KB085886

소오강호 4

笑傲江湖
The Smiling Proud Wanderer by Jin Yong

소오강호 4 – 끌리는 마음

1판 1쇄 발행 2018. 10. 15.
1판 4쇄 발행 2022. 3. 26.

지은이 김용
옮긴이 전정은
발행인 고세규
편집 조은혜 | 디자인 윤석진
발행처 김영사
등록 1979년 5월 17일 (제406-2003-036호)
주소 경기도 파주시 문발로 197(문발동) 우편번호 10881
전화 마케팅부 031)955-3100, 편집부 031)955-3200 | 팩스 031)955-3111

값은 뒤표지에 있습니다. ISBN 978-89-349-8332-3 04820
978-89-349-8337-8 (세트)

홈페이지 www.gimmyoung.com 블로그 blog.naver.com/gybook
인스타그램 instagram.com/gimmyoung 이메일 bestbook@gimmyoung.com

좋은 독자가 좋은 책을 만듭니다.
김영사는 독자 여러분의 의견에 항상 귀 기울이고 있습니다.

소오강호

笑傲江湖

김용 대하역사무협

전정은 옮김

끌리는 마음

4

4권

끌리는 마음

주요 등장인물 · 6

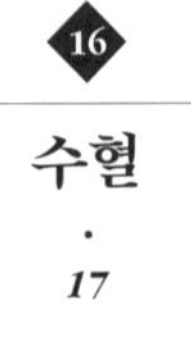

16 수혈 · 17

17 덧정 · 71

18 협력 · 171

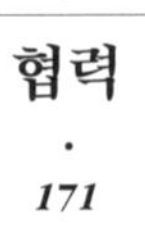

19 내기 · 237

20 지하 감옥 · 307

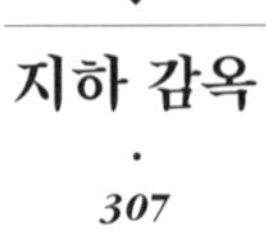

❖ 각권 차례

【1권】 **벽사검보**

1 · 멸문 | 2 · 진상 | 3 · 구출 | 4 · 앉아 싸우기 | 5 · 치료

【2권】 **독고구검**

6 · 금분세수 | 7 · 곡보 | 8 · 면벽 | 9 · 손님 | 10 · 검법 전수

【3권】 **사라진 자하비급**

11 · 내상 | 12 · 포위 | 13 · 금 수업 | 14 · 술잔론 | 15 · 투약

【5권】 **흡성대법**

21 · 감금 | 22 · 탈출 | 23 · 매복 기습 | 24 · 누명 | 25 · 소식

【6권】 **날아드는 화살**

26 · 소림사 포위 | 27 · 삼세판 | 28 · 적설 | 29 · 장문인 | 30 · 밀담

【7권】 **규화보전의 비밀**

31 · 자수 | 32 · 합병 | 33 · 비검 | 34 · 우두머리 정하기 | 35 · 복수

【8권】 **화산의 정상에서**

36 · 애도 | 37 · 억지 장가 | 38 · 섬멸 | 39 · 거절 | 40 · 합주

영호충令狐沖

화산파 대사형. 어렸을 때 부모를 잃어 화산파 장문인 부부 손에서 자랐다. 강호의 의리와 예의를 중요하게 여겨 의협심이 강하지만, 술을 좋아하고 거침없는 성정을 가졌다. 타고난 호방함으로 많은 이들의 총애를 받아, 여러 사람들의 도움으로 절체절명의 위기도 잘 헤쳐 나간다. 규율이나 관습에 얽매이지 않고 자유롭게 사는 삶을 추구하는 인물이다.

임평지林平之

복주 복위표국 소표두. 집안에 전해져 내려오는 〈벽사검보〉를 노리고 가문을 몰살한 청성파에게 복수하기 위해 화산파에 입문했다. 무공 실력이 뛰어나지 않고, 소심한 인물이었으나 집안 멸문에 얽힌 비밀을 알게 된 뒤 변하게 된다.

악불군岳不羣

화산파 장문인. 영호충의 아버지 같은 인물로 군자검이라는 별호를 갖고 있을 정도로 점잖고 고상하다. 무공 또한 뛰어나 당대 무림에서 손꼽히는 고수였지만, 위선적인 태도와 탐욕이 드러난다.

악영산岳靈珊

악불군과 영중칙의 딸. 어렸을 때부터 영호충과 함께 놀고, 무공을 익히며 자랐다. 털털하고 솔직한 성격으로 다소 천방지축같은 모습도 보인다. 영호충이 짝사랑하는 인물로, 악영산 또한 영호충에게 마음이 있었지만 임평지를 만난 뒤 그에게 마음을 뺏긴다.

막대莫大

형산파 장문인. 꾀죄죄한 차림새로 다니는 신출귀몰한 인물로, 언제나 호금을 지닌 채 자유롭게 강호를 누비며 다닌다. 매사에 흔들림 없고 당당한 대장부의 면모를 가진 영호충에게 호의적인 태도를 보이며, 영호충이 위험에 처할 때 도움을 주기도 한다.

의림儀琳

불계 화상의 딸이자 항산파 정일 사태 제자. 처음에는 본인이 고아인 줄 알았으나 우연한 계기로 아버지를 만나게 됐다. 좌중을 사로잡는 빼어난 외모를 가진, 출가한 승려로 순수한 심성을 가진 인물이다. 영호충의 도움을 받아 목숨을 구한 이후로, 줄곧 그에게 연정을 품는다.

유정풍劉正風과 곡양曲洋

형산파 고수와 일월신교 장로. 유정풍과 곡양은 각각 정파와 사파에 속해 있기 때문에 교우해서는 안 되지만 음악에 대한 뜻이 같아 우정을 키워나갔다. 두 인물은 어렵게 완성한 퉁소와 금 합주곡 〈소오강호곡〉을 영호충에게 건넨 뒤 죽는다.

풍청양風淸揚

화산파가 검종과 기종으로 나뉘어 분쟁이 있기 전, 화산파에 있던 태사숙. 화산에 은거하며 모습을 드러내지 않지만, 뛰어난 무림 고수로 영호충에게 '초식이 없는 것으로 초식이 있는 것을 깨뜨리는' 비결과 독고구검을 전수했다.

도곡육선桃谷六仙

정파 없이 강호를 떠도는 여섯 형제로 이름은 도근선桃根仙, 도간선桃幹仙, 도지선桃枝仙, 도엽선桃葉仙, 도화선桃花仙, 도실선桃實仙이다. 서로 쉴 새 없이 떠들며 웃음을 주는 인물들이지만, 화가 나면 간담이 서늘해질 정도로 사람을 처참하게 죽인다.

임영영任盈盈

일월신교 교주였던 임아행의 딸. 많은 강호 호걸의 존경과 사랑을 받지만 수줍음이 많은 인물로, 우연한 계기로 영호충에게 깊은 정을 느껴 그를 물심양면으로 돕는 조력자다. 악한 성정을 갖고 태어났지만 아버지처럼 독선적이거나 권력에 눈 먼 인물은 아니다.

상문천向問天

일월신교 광명좌사. 목표를 위해서는 물불 가리지 않는 오만하고 고집스러운 사람이지만, 현명하고 의리를 중요하게 여기며 강호를 제패할 야심은 없는 인물이다. 동방불패에게 일월신교 반역자로 찍혀 도망을 다니다 영호충의 도움으로 위기에서 벗어난 뒤, 영호충과 생사를 함께 하기로 약속한다.

임아행任我行

동방불패 이전에 일월신교 교주. 타인의 진기를 빨아들이는 흡성대법을 연마한 독선적인 인물로 지모와 지략이 뛰어나다. 동방불패에게 교주 자리를 뺏긴 후, 10여 년간 깊은 지하 감옥에 갇혀 살았다. 상문천과 영호충의 도움을 받아 감옥을 탈출한 뒤 교주 자리를 탈환하려 한다.

좌냉선左冷禪

숭산파 장문인. 오악검파인 화산파, 숭산파, 태산파, 형산파, 항산파를 오악파로 통합해 오악파 장문인이 되려 한다. 목표를 위해서는 협박과 살인 등 간악한 짓도 일삼는 인물이지만, 악불군과 겨루다 두 눈을 잃고 만다.

동방불패東方不敗

일월신교 교주. 일월신교에 전해져 내려오는 《규화보전》의 무공을 연성한 유일한 사람으로, 임아행에게서 교주 자리를 찬탈하고 10년 동안 천하제일 고수라 불려왔다. 함께 지내는 양연정을 끔찍하게 여겨, 양연정의 일이라면 오랜 벗이라도 죽일 수 있는 헌신적이면서도 잔인한 인물이다.

당인唐寅의 〈취소사녀도吹簫仕女圖〉

묘족 여인들이 짠 천

남봉황과 그 휘하의 묘족 여인들이 입은 옷에도 이와 유사한 아름다운 무늬가 있었다.

두릉내사杜陵內史의 〈무금사녀도撫琴仕女圖〉

두릉내사는 대 화가 구영仇英의 딸로, 규명은 미상이나 '주珠'라는 이름을 썼을 것으로 짐작된다. 인물도에 능했다.

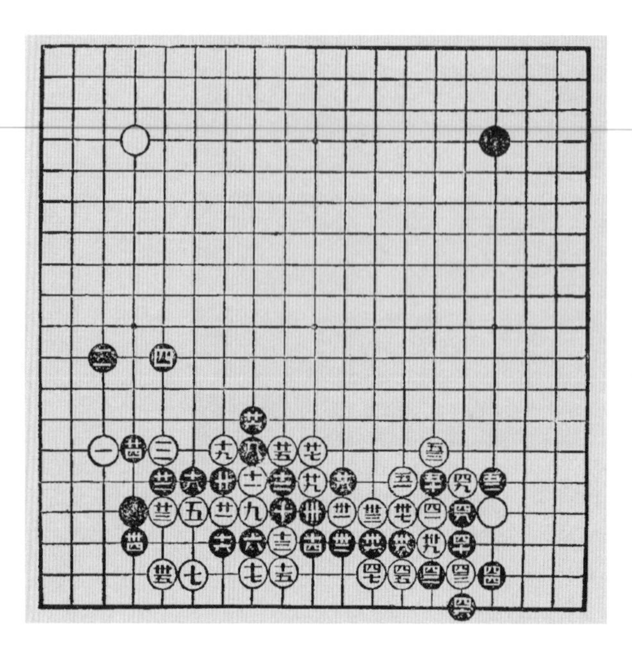

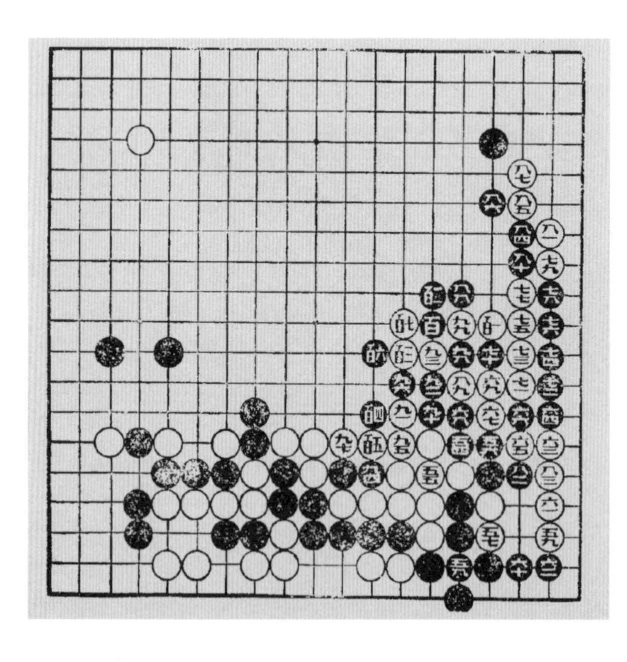

고대 바둑 기보 〈구혈보嘔血譜〉

송나라 때 국수 유중보劉仲甫가 여산 기슭에서 우연히 만난 노파와 두었던 바둑의 기보라고 전해지며, 120수 만에 유중보가 완전히 무너졌다. 고대 중국에서는 백돌이 먼저 두는데 유중보는 백돌을 잡았다. 이 기보는 착수 하나하나가 빈틈이 없어, 흑백자가 푹 빠질 만하다.

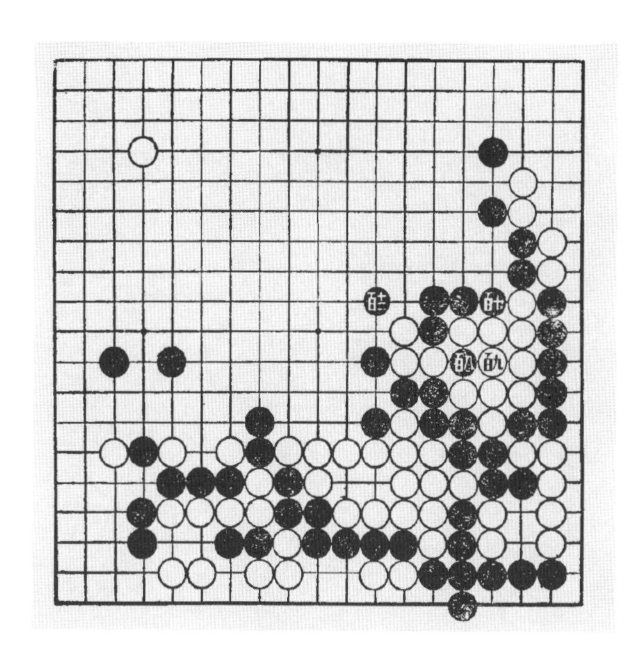

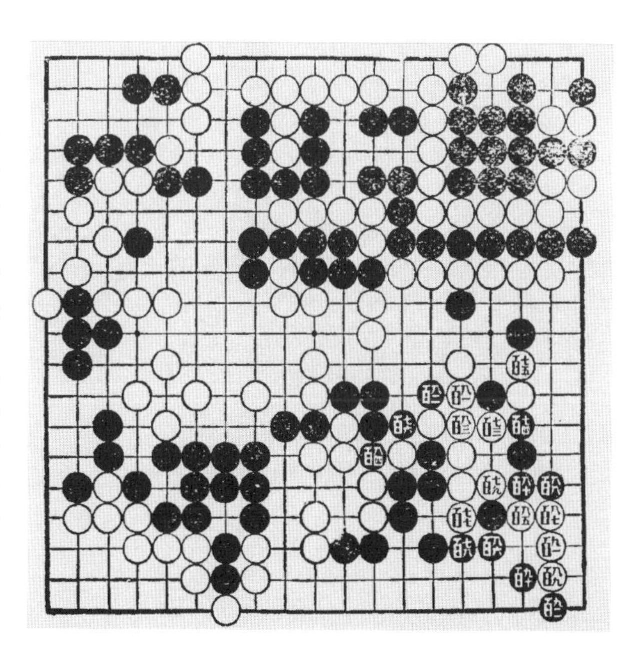

고대 바둑 기보 〈난가보爛柯譜〉

진나라 왕질王質이 구주 난가산에 나무를 하러 갔다가 우연히 목격한 신선들의 바둑 기보라고 전해진다. 왕질이 바둑을 끝까지 구경하고 나니 도끼 자루가 썩었다고 한다. 이 기보는 왕질이 써서 전했다고 하나, 후세의 호사가들이 지어낸 것으로 추측된다. 모두 290수이며, 백돌이 선이고 흑돌이 승리했다. 이 그림은 173수에서 192수를 나타낸 것이다.

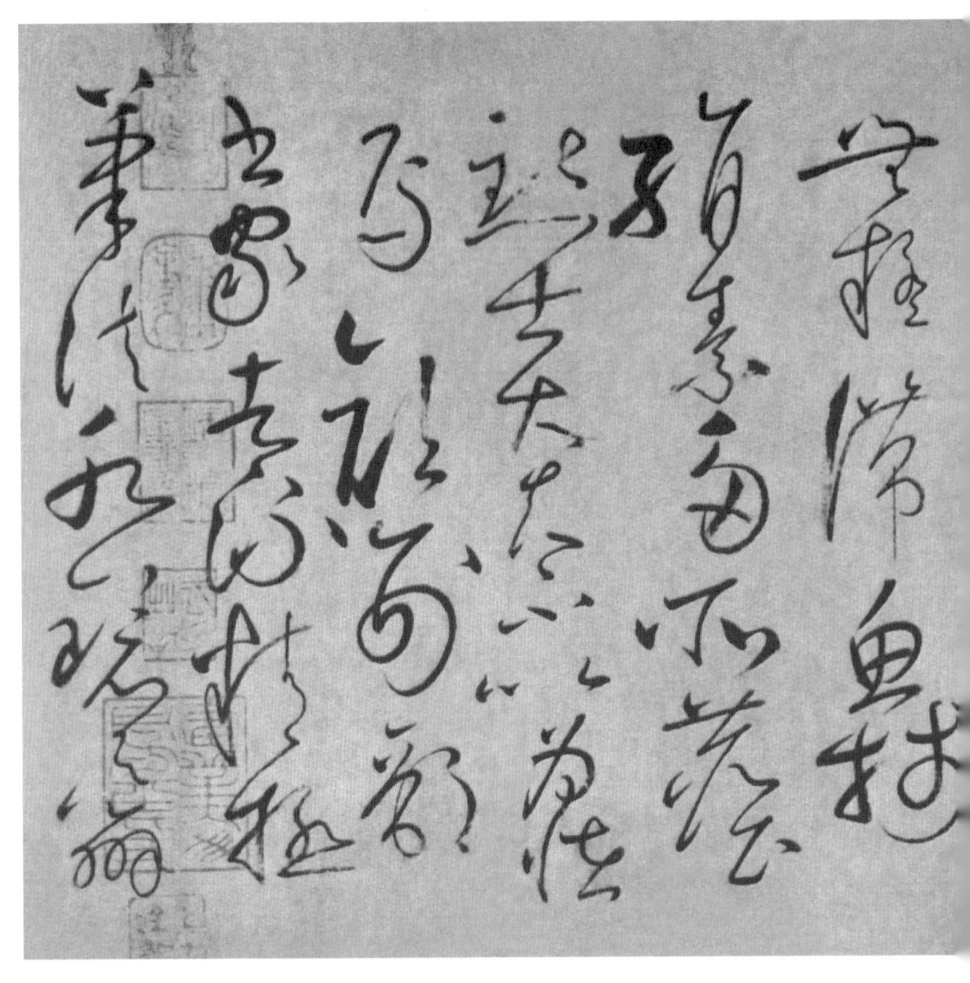

회소懷素의 〈자서첩自敍帖〉

회소는 당나라 때 대 서예가로 초서체로 유명하다.

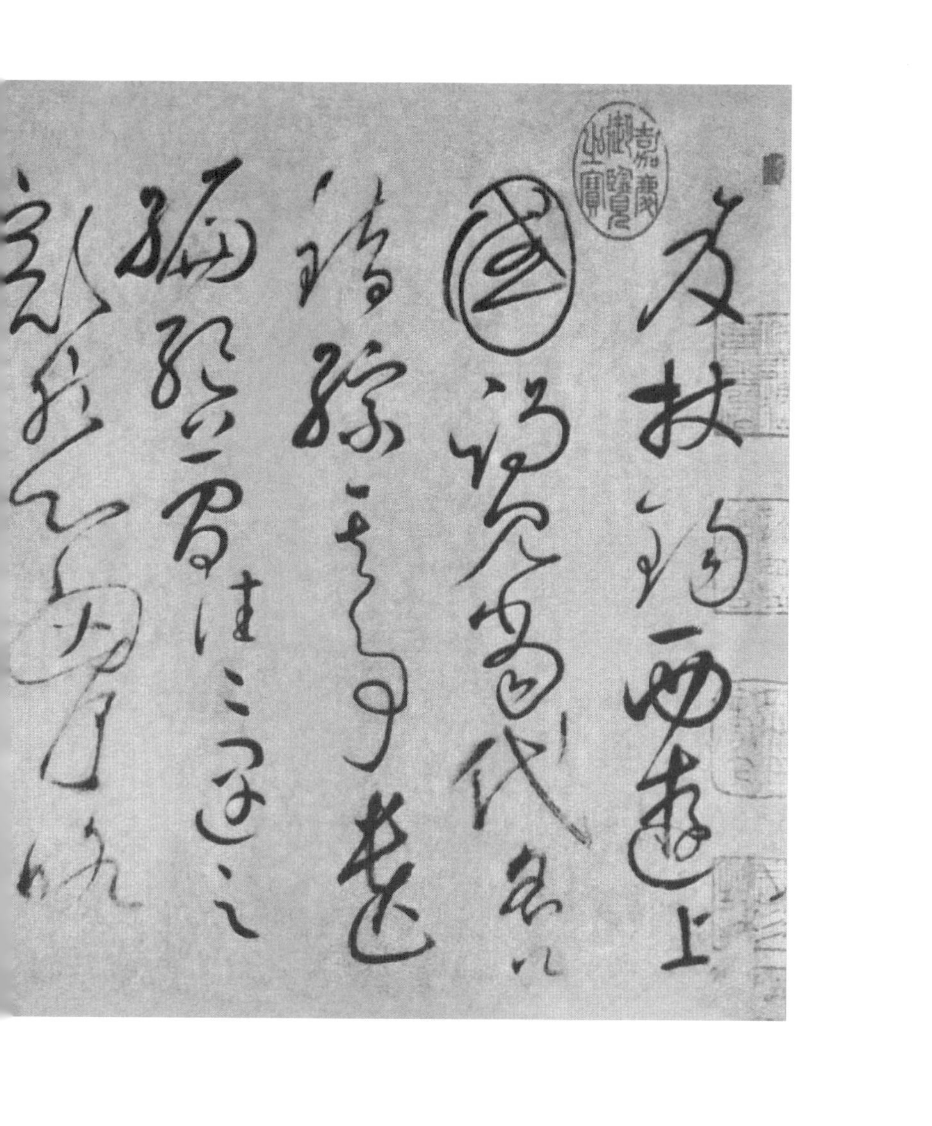

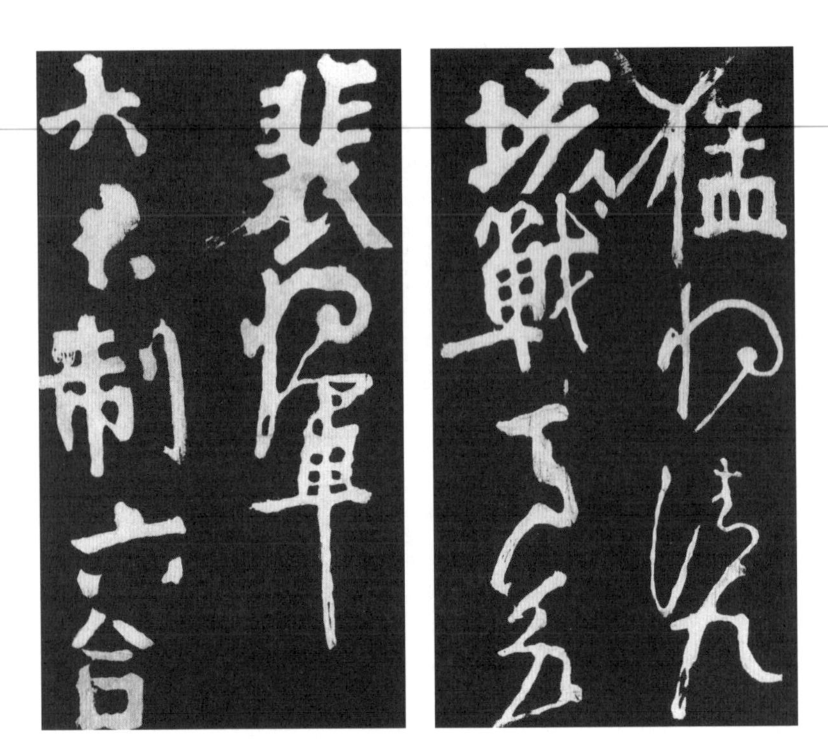

안진경顔真卿의 〈송배장군시送裴將軍詩〉 일부

배장군의 이름은 민旻이고, 검에 능했다. 당시 이백의 시와 배민의 검, 장욱의 초서는 당대 '삼절三絶'로 불렸다.

범관范寬의 〈계산행려도谿山行旅圖〉

범관의 자는 중립中立이며 화원 사람으로, 북송 시대 산수 화가 가운데 중요한 인물이다. 풍격이 있고 굳세며 소박한 성품으로, 행동이 시원시원하고 술을 몹시 좋아했으며, 화산에 살면서 그 경치를 보며 뜻을 키웠다. 평론가들은 그의 그림에 쓸쓸한 기상이 느껴진다 평한다. 숲은 고요하고 넓으며 산봉우리는 힘차고 자연스러워 기세가 웅장하고, 깊은 곳에서 흐르는 개울이 졸졸 소리를 내는 것 같으므로 실로 일대의 대가라 하였다.

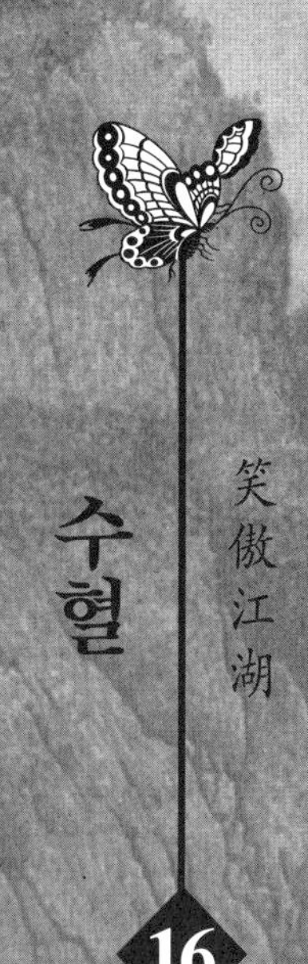

16 수혈

笑傲江湖

— 작은 배의 선실에서 한 여자가 사뿐사뿐 걸어나왔다.
남빛 바탕에 흰색이 섞인 옷차림을 하고 가슴에서 무릎까지 수를 놓은
앞치마를 걸쳤는데 색채가 몹시 강렬하고 눈부셨다.
미소를 띤 여자는 차림새로 보아 결코 한족 같지 않았다.

도곡육선이 허무맹랑하게 떠드는 사이, 배는 닻을 올리고 황하 하류 쪽으로 미끄러져갔다. 막 날이 새기 시작한 때라 희뿌연 새벽안개가 도도히 흐르는 탁류 위를 뒤덮고 있었다. 가없이 이어지는 강물은 보기만 해도 속이 탁 트이는 것 같았다.

반 시진가량이 지나자 해가 서서히 솟아 강을 비췄다. 반짝이는 강물은 마치 금빛 물뱀들이 춤을 추는 듯했다.

그때 조그마한 배 한 척이 돛을 활짝 펼치고 이쪽으로 다가왔다. 마침 동풍이 불어 푸른색 돛이 바람을 가득 머금고 강을 거슬러 그 배를 밀어올려주었다. 푸른 돛 위에는 하얀 사람 다리가 그려져 있었는데, 거리가 가까워지자 곱고 가녀린 여자의 다리라는 것을 알 수 있었다. 화산파 제자들은 호기심을 감추지 못했다.

"돛에 다리를 그리다니, 참 이상한걸!"

도지선이 끼어들었다.

"아마 막북쌍웅의 배일 거야. 아이고, 악 부인, 악 낭자. 여자들은 조심해야 해. 저 배에 탄 사람이 여자 다리를 먹겠다고 선포한 거야."

악영산은 허튼소리라는 듯 코웃음을 치면서도 속으로는 약간 긴장했다.

작은 배는 곧 그들의 지척에 이르렀고, 배 안에서는 그윽한 노랫소리가 들려왔다. 부드럽고 고운 목소리였다. 노랫말은 다른 나라 말인지 한마디도 알아듣기 어려웠지만, 곡조가 끈적끈적해서 노래라기보다는 탄식이나 신음 소리 같았다.

잠시 후 곡조가 바뀌어, 마치 남녀가 사랑을 나눌 때 지르는 환호성처럼 기쁨과 광란에 빠진 소리를 냈다. 화산파의 젊은 제자들은 부끄러움에 귀까지 빨개졌다.

악 부인이 화를 냈다.

"사특한 무리로구나!"

그때, 배에서 한 여자가 코맹맹이 소리로 말을 걸었다.

"화산파의 영호충 공자께서 계신가요?"

악 부인이 소리 죽여 말했다.

"충아, 상대하지 마라."

여자의 목소리가 계속 이어졌다.

"영호 공자가 어떻게 생겼는지 너무너무 궁금해서 그래요. 좀 볼 수 없을까요?"

듣는 사람의 혼을 쏙 빼놓을 정도로 매혹적이고 교태 넘치는 목소리였다.

작은 배의 선실에서 한 여자가 사뿐사뿐 걸어나왔다. 남빛 바탕에 흰색이 섞인 옷차림에 가슴에서 무릎까지 수를 놓은 앞치마를 걸쳤는데 색채가 몹시 강렬했고, 귀에는 술잔만 한 황금 귀걸이를 달아 휘황찬란하게 반짝였다. 여자의 나이는 대략 스물서넛 정도, 피부가 노르스름하고 두 눈은 큼직하면서도 칠흑처럼 까맸으며, 휭휭 불어오는 바람에 몸 앞으로 어지러이 휘날리는 허리에 두른 오색 띠 아래로는 신발을 신지 않아 고운 발이 고스란히 드러나 있었다. 차림새로 보아 도저히 한족漢族(중국 본토에서 예로부터 살아온, 중국의 중심이 되는 종족)이라고 생각할 수 없는 그 여자는 화산파 사람들을 향해 생긋 미소를 지었다.

그사이 화산파 사람들이 탄 배는 물살을 따라 떠내려가 작은 배를 들이받을 뻔했다. 아슬아슬한 순간, 작은 배는 재빨리 뱃머리를 돌려 방향을 바꾸고는, 돛을 내리고 화산파의 배와 나란히 하류로 떠내려가기 시작했다.

악불군이 그제야 알겠다는 듯 낭랑한 목소리로 물었다.

"혹시 운남 오선교 남 교주의 부하시오?"

여자가 까르르 웃으며 부드러운 목소리로 말했다.

"제법 보는 눈이 있으시군요. 하지만 반만 맞추셨답니다. 운남 오선교 사람은 맞지만, 남 교주의 부하는 아니에요."

악불군은 뱃머리로 나아가 두 손을 포개 들며 인사했다.

"이 몸은 악불군이라고 하는데 낭자의 존성대명을 듣고자 하오. 무슨 가르침이 있어 이렇게 강으로 왕림하셨는지 궁금하구려."

여자가 생글생글 웃으며 말했다.

"묘족苗族(중국 남부 및 동남아에 거주하는 소수 민족) 여자는 책에나 나오는 그런 까다로운 말은 알아듣지 못해요. 좀 쉽게 말씀해주세요."

악불군이 어쩔 수 없다는 듯 다시 말했다.

"낭자의 성이 어찌 되시오?"

"내 성은 이미 아시는데 왜 묻나요?"

"이 악불군, 낭자의 성을 들은 기억이 없소. 부디 가르쳐주시오."

"나이 지긋하신 분이 장난도 심하시네. 분명히 아시면서 모른 척하시긴."

어찌 보면 무례한 말이었지만, 친근한 얼굴로 생글생글 웃으면서 말하니 적의라고는 전혀 느껴지지 않았다. 악불군도 화를 내지 않고 말했다.

"낭자야말로 농을 하시는구려."

여자는 어여쁘게 웃으며 말했다.

"악 장문인, 당신의 성은 무엇이죠?"

"내 성이 '악'이라는 것을 아시면서 왜 그렇게 물으시오?"

"상관하지 마세요."

악 부인이 여자의 교태 어린 목소리에 눈을 찌푸리며 조용히 속삭였으나, 악불군은 아무 말 하지 말라는 뜻으로 왼손을 등 뒤로 돌려 흔들었다.

그 모습을 보고 도근선이 말했다.

"악 선생이 등 뒤로 손을 흔드는데 무슨 뜻일까? 아, 악 부인이 저 여자를 상관하지 말라고 했지만, 저 여자가 예쁘고 요염해서 마누라 말을 듣기 싫은 거야."

그 말에 여자가 까르르 웃었다.

"칭찬 고마워요! 나더러 예쁘고 요염하다고 했지만, 우리 묘족 여자들이 무슨 수로 한족의 높으신 부인네들의 아름다움을 따라가겠어요?"

그녀는 '요염하다'는 말에 다소 천박한 의미가 담겨 있음을 모르는 듯, 그저 예쁘다는 말이 듣기 좋은지 활짝 웃으며 기뻐했다.

"악 장문인, 내 성을 알면서 굳이 묻는 이유가 무엇이죠?"

그녀가 다시 묻는 사이 도간선이 속삭이는 척 말했다.

"악 선생이 마누라 말을 안 듣는데… 저러다 나중에 큰일 나는 거 아냐?"

도화선도 고개를 끄덕였다.

"아주 무시무시한 큰일이 나겠지."

"악 선생은 군자검이라고 불리는데 이제 보니 진짜 군자가 아니잖아. 저 여자 성을 알면서 모르는 척 묻는 이유도 저 여자와 몇 마디 더 나누고 싶어서인 거야."

악불군은 이런 도곡육선 때문에 입장이 곤란해졌다. 그들이 자꾸 듣기 흉한 말을 해대면 같은 자리에 있는 제자들이 어떻게 생각할지 걱정스러워, 마음 같아서는 여섯 명의 입을 틀어막고 싶었지만 그들과 똑같이 굴고 싶지 않아 어쩔 수 없이 두 손을 모으며 여자에게 말했다.

"그렇다면 남 교주께 화산파의 악불군이 어르신의 안부를 여쭙더라고 인사를 전해주시오."

여자는 커다란 두 눈으로 눈동자를 또르르 굴리더니 의아한 표정으로 말했다.

"왜 나를 어르신이라고 부르는 거죠? 내가 그렇게 늙었어요?"

악불군은 깜짝 놀랐다.

"설마 낭… 낭자가… 오선교의 남 교주?"

오선교는 잔악하고 무서운 무리들로 '오선五仙'이라는 칭호는 그저 듣기 좋으라고 지은 이름일 뿐, 강호에서는 남몰래 그들을 '오독교五毒教'라고 불렀다. 기실 100여 년 전만 해도 그들의 정식 명칭은 오독교였다. 교를 세운 사람이나 교 내 중요 인물들은 모두 운남, 귀주, 사천, 호남 일대의 묘족들이었는데 훗날 한인들이 교인으로 들어오면서 '오독'이라는 이름이 흉하다며 '오선'으로 개명했던 것이다. 오선교는 장기瘴氣와 독충, 독약에 능통해, 북쪽에 기반을 둔 백약문과 나란히 남북의 독의 대가로 불렸다. 오선교의 교인은 대부분 묘족이었고 독을 쓰는 수법은 백약문보다 못했지만, 독특하고 신비한 점에 있어서는 따를 자가 없었다.

강호에 떠도는 소문에 따르면, 백약문의 독 공격은 막을 수는 없지만 중독된 뒤 잘 살피면 독의 원리를 깨달을 수 있다고 했다. 반면 오독교의 독은 독을 쓴 사람이 아무리 자세히 설명해주어도 어떻게 중독되었는지 알 수 없을 만큼 상식으로는 생각할 수 없는 솜씨였다.

여자는 웃으며 말했다.

"내가 바로 남봉황藍鳳凰이에요. 말했잖아요? 나는 오선교 사람이 맞지만 남 교주의 부하는 아니라고요. 오선교 사람 중에 남봉황의 부하가 아닌 사람이 남봉황 말고 또 있겠어요?"

그렇게 말한 그녀가 즐거운 듯이 까르르 웃었다.

도곡육선도 박장대소했다.

"악 선생은 정말 멍청하구나. 확실히 말해주었는데도 눈치를 전혀 못 챘어."

악불군은 본디 오선교 교주의 성이 남씨라는 것만 알고 있었는데, 이제 그 이름이 봉황이라는 것도 알게 되었다. 이제 보니 알록달록한 옷차림이 어딘지 봉황을 연상시키는 것 같기도 했다. 한족의 귀한 집 규수들은 방명을 깊이 숨겼다가 부부의 연을 맺은 다음에야 이름을 밝히곤 했다. 물론 무림인들은 그 정도로 예의를 따지지는 않았지만, 그래도 처녀의 이름을 함부로 말하거나 부르는 일은 흔치 않았는데, 이 묘족 여자는 많은 사람들 앞에서 자기 이름을 밝히면서도 전혀 부끄러워하지 않았다. 당당하고 시원시원한 태도와는 달리 목소리는 간지러울 만큼 간드러져 어딘지 어울리지 않는 느낌도 있었지만, 겨우 스물몇 살밖에 되지 않은 나이에 유명한 교파의 교주라는 사실은 놀랍기 그지없었다.

악불군이 다시 두 손을 포개 들며 말했다.

"남 교주께서 친히 왕림하셨구려. 이 악불군이 몰라보고 실례했소이다. 남 교주께서는 무슨 가르침이 있으신지?"

남봉황은 생긋 웃으며 대답했다.

"나 같은 일자무식이 가르치긴 뭘 가르치겠어요? 당신이 나를 가르치면 또 모를까. 차림새가 꼭 서당 선생 같은데, 정말 내게 글을 가르치고 싶은 거예요? 나는 멍청해서 당신네 한인들의 꿍꿍이속은 절대 못 배울 거예요."

악불군은 속으로 고개를 설레설레 저었다.

'일부러 저러는 건지, 으레 하는 인사말을 못 알아들은 건지 모르겠구나. 저 표정을 보면 일부러 그러는 건 아닌 듯한데….'

악불군은 다시 쉬운 말로 물었다.

"남 교주, 무슨 일로 우리를 찾아오셨소?"

남봉황이 웃으며 말했다.

"영호충이 당신 사제인가요, 제자인가요?"

"이 몸의 제자요."

"아, 그럼 내가 좀 만나볼 수 있을까요?"

"제자는 병을 앓아 정신이 혼미하오. 아마도 교주께 절을 올릴 상황이 아닌 것 같소."

남봉황은 두 눈을 동그랗게 뜨며 놀란 목소리로 물었다.

"절이라고요? 절을 받자는 게 아니에요. 그 사람이 우리 오선교에 들어올 것도 아닌데 뭐 하러 절을 해요? 게다가 그 사람은 그분의… 후후훗, 그분의 친구니 언감생심 어떻게 절을 받겠어요? 듣자니 그가 노두자의 딸을 살리려고 피를 두 그릇이나 뽑아 먹였다죠? 우리 묘족 여자들은 그렇게 의기 넘치는 사람을 가장 좋아해요. 그래서 한번 보려는 거예요."

"음… 그러나…."

악불군이 망설이자 남봉황이 다시 말했다.

"내상을 입었다는 것은 나도 알아요. 게다가 피까지 많이 흘렸으니 몸이 말이 아니겠지요. 여기까지 데리고 나올 필요는 없어요. 내가 들어가서 보면 돼요."

악불군이 황급히 만류했다.

"교주께 그런 폐를 끼칠 수는 없소."

"폐는 무슨 폐람?"

남봉황은 까르르 웃으며 말하고는, 훌쩍 몸을 날려 화산파의 배에 올라탔다.

움직임은 경쾌했으나 경신술이 뛰어나다고 해서 반드시 무공이 높다고 할 수는 없었기 때문에 악불군은 재빨리 물러나 선실 입구를 가로막았다. 오선교는 상대하기 어려운 교파고 독을 쓰는 수법도 신출귀

몰해, 이런 교파와 척을 지면 아무리 무공이 높아도 막아내기 어려웠기 때문에 악불군은 몹시 난처했다. 그가 줄곧 남봉황에게 예의를 갖춘 것도 그런 이유에서였다.

어젯밤 백약문 사람들은 누군가의 부탁을 받고 화산파를 뒤쫓고 있다고 했는데, 유유상종이라는 말이 있듯이 십중팔구 오선교가 부탁한 일일 것이었다. 오선교는 대체 무엇 때문에 화산파를 감시하는 것일까? 강호에서 이름만 말하면 누구나 아는 유명한 교파의 교주가 친히 나섰으니 대놓고 막아서는 것은 좋은 선택이 아니었지만, 온몸에 독물을 지닌 사람을 선실에 들여놓자니 도무지 마음이 놓이지 않아 그는 선실을 가로막은 채 외쳤다.

"충아, 남 교주께서 너를 만나보고자 하시니 어서 나오너라."

영호충을 뱃머리로 불러 만나게 하면 아무 문제도 없을 것 같아서였다.

그러나 영호충은 피를 너무 많이 흘려 정신이 오락가락하는 상태였다. 사부의 부름을 듣고 겨우 대답은 했지만, 아무리 발버둥을 쳐도 일어날 수가 없었다.

남봉황이 말했다.

"상처가 무겁다고 들었는데 무슨 수로 걸어나오겠어요? 게다가 강바람이 차서 풍한이라도 들면 더 큰일이랍니다. 내가 들어가볼게요."

그녀가 대뜸 선실 쪽으로 걸음을 옮겨 입구에 서 있던 악불군에게 바짝 다가갔다. 코가 멍해질 정도로 짙은 꽃향기에 악불군이 저도 모르게 슬쩍 몸을 돌리자, 그사이 남봉황은 선실로 들어가버렸다.

바깥 선실에는 도곡오선이 가부좌를 틀고 앉아 있었고 도실선 홀로 침상에 누워 있었다. 남봉황이 생긋 웃으며 말했다.

"당신들이 도곡육선인가요? 나는 오선교 교주고 당신들은 도곡육선이니 다 같은 신선 가족이네요."

도근선이 고개를 저으며 대답했다.

"그건 아니지. 우리는 진짜 신선이고 당신은 가짜 신선이잖아."

도간선이 그 말을 받았다.

"당신이 진짜 신선이라고 해도 마찬가지야. 우리는 육선이고 당신은 오선이니 우리가 하나 많아."

남봉황은 까르르 웃음을 터뜨렸다.

"당신들보다 수가 많아지는 것은 어렵지 않아요."

도엽선이 의아해하며 물었다.

"어떻게? 교파 이름을 칠선교로 바꾸려고?"

"아니, 우리에게는 오선밖에 없어요. 하지만 도곡육선을 도곡사선으로 바꾸면 우리가 하나 많겠죠?"

그 대답에 도화선이 버럭 화를 냈다.

"도곡육선을 도곡사선으로 바꾸겠다니? 우리 중에 두 사람을 죽이겠다는 거야?"

남봉황은 까르르 웃었다.

"죽일 수도 있고 안 죽일 수도 있죠. 당신들은 영호 공자의 친구라고 하니 기왕이면 안 죽이는 것이 낫겠네요. 대신 우리 오선교보다 신선이 많다는 둥 하는 헛소리는 그만하도록 해요."

"우리가 헛소리를 하든 말든 무슨 상관이야?"

도간선의 외침과 동시에 도근선, 도간선, 도엽선, 도화선 네 사람이 벌떡 일어나 그녀의 팔다리를 붙잡았다. 그러나 곧바로 마구 비명을 지르며 화다닥 손을 떼더니, 손바닥을 펼치고 공포에 질린 얼굴로 그 위에 있는 것을 바라보았다.

악불군 역시 그 장면을 보자 오싹 소름이 돋고 등에서는 식은땀이 흘렀다. 도근선과 도간선의 손바닥에는 초록빛 커다란 지네가 놓여 있었고, 도엽선과 도화선의 손바닥에는 얼룩무늬 거미가 놓여 있었던 것이다. 네 마리 독충의 몸에는 털이 길게 나 있어 구역질이 날 만큼 징그러웠는데, 그 징그러운 몸을 꿈틀꿈틀할 뿐 도곡사선을 물지는 않았다. 차라리 물렸으면 그러려니 했을 테지만 물락 말락 하는 상황이 더욱더 섬뜩해서 손가락 하나 까딱할 수가 없었다.

남봉황이 살짝 손을 휘둘러 독충 네 마리를 거둬들였다. 독충들은 그녀의 몸 어디로 숨었는지 순식간에 모습을 감췄다. 그녀는 도곡육선을 무시하고 안으로 들어갔고, 혼비백산한 도곡육선은 더 이상 그녀에게 시비를 걸지 못했다.

영호충은 화산파 남자 제자들과 함께 가운데 선실에 있었다. 그때쯤 악 부인은 가운데 선실과 안쪽 선실을 나누는 칸막이를 세우고 여제자들과 함께 안쪽 선실로 들어가 있었다.

남봉황의 시선이 선실에 있는 사람들의 얼굴을 하나하나 훑다가 영호충이 누운 침상에 이르렀다.

"어머나, 영호 공자!"

나지막하게 외치는 목소리가 어찌나 다정하고 애틋한지 듣는 사람마다 가슴이 사르르 녹아내리며 자기를 부른 양 자연스레 대답을 하고 싶어질 정도였다. 선실에 있는 남자 제자들 대부분이 얼굴을 붉히며 몸을 떨었다.

영호충은 힘겹게 눈을 뜨고 물었다.

"다, 당신은…?"

남봉황이 다정하게 말했다.

"난 당신 친구의 친구예요. 그러니 우리도 친구랍니다."

영호충은 겨우 고개를 끄덕이고 다시 눈을 감았다.

"영호 공자, 피를 많이 흘렸지만 두려워할 것 없어요. 당신은 죽지 않아요."

그녀가 다정하게 말했지만 정신이 혼미한 영호충은 대답조차 없었다.

남봉황은 아랑곳 않고 이불 속으로 손을 넣어 그의 오른팔을 꺼낸 뒤 맥을 짚어보았다. 고운 눈썹이 살며시 찌푸려졌다. 갑자기 그녀가 바깥을 홱 돌아보며 길게 휘파람을 불더니 뭐라고 알아듣지 못할 말로 소리를 쳤다. 선실 안에 있는 사람들은 의미를 짐작하지 못한 채 어리둥절해하며 서로를 바라볼 뿐이었다.

잠시 후, 묘족 여자 네 명이 선실로 들어왔다. 열여덟에서 열아홉쯤 된 소녀들로, 하나같이 남색으로 물들인 옷에 수놓은 띠를 허리에 두른 차림이었다. 소녀들의 손에는 대나무로 짠 직경 여덟 치짜리 상자가 하나씩 들려 있었다.

악불군은 눈살을 찌푸렸다. 오선교 교인들이 들고 있는 것이 좋은 물건일 리 만무했기 때문이었다. 남봉황 한 사람만 해도 지네와 거미 같은 독충을 수십 마리 품고 있을 텐데, 묘족 여자들이 공공연히 상자까지 들고 나타났으니 자칫하면 무슨 일이 벌어질지 몰라 두려웠지만, 적의를 드러내지 않은 상대를 무작정 가로막을 수도 없었다.

묘족 소녀들은 남봉황에게 다가가 뭐라고 속삭였고, 남봉황이 고개를 끄덕이자 상자를 열었다. 선실에 있던 사람들은 그 안에 무슨 신비한 물건이 들어 있는지 몹시 궁금했지만, 방금 도곡사선을 위협했던 털북숭이 독충들을 본 악불군은 상자 안에도 똑같은 것이 들어 있으리라 생각하고 고개를 돌렸다.

바로 그 순간, 이상한 일이 벌어졌다.

묘족 소녀들이 소매를 말아올려 새하얀 팔을 드러내고는, 치맛자락도 무릎까지 걷는 것이 아닌가? 화산파 남자 제자들은 눈이 휘둥그레지고 심장이 쿵쿵 뛰기 시작했다.

'이런, 큰일이다! 저 사특한 여자들이 제자들을 유혹하려 하는구나. 남봉황이라는 여자는 목소리조차 교태가 흐르는데 마음먹고 요사한 술법을 부리면 제자들이 견뎌내지 못할 것이다.'

악불군은 저도 모르게 검자루에 손을 가져갔다. 만에 하나 오선교 교인들이 옷을 벗어 사술을 부리려 하면 검을 뽑는 수밖에 없었다.

묘족 소녀들이 옷을 걷자, 이번에는 남봉황도 천천히 치맛자락을 걷어올렸다.

악불군은 사술에 빠지지 않도록 선실 밖으로 나가라는 눈짓을 연신 제자들에게 보냈으나, 노덕낙과 시대자 두 사람만 물러갔을 뿐 나머지 제자들은 넋을 놓고 멍하니 있거나 잠시 나갔다가도 슬며시 돌아오곤 했다. 악불군은 단전에 기를 모으고 자하신공을 끌어올렸다. 순식간에 그의 얼굴이 진한 보랏빛으로 물들었다. 오선교가 오로지 운이 좋아 200년간 남쪽에서 기세를 떨쳤을 리는 없었다. 반드시 그 악명에 맞는 지독한 사술을 갖췄을 것이고, 교주가 직접 그 사술을 펼치려고 하는 지금, 결코 가볍게 여길 일이 아니니 신공으로 심신을 보호하지 않았다가는 자칫 실수해 사술에 빠질지도 몰랐다. 묘족 여자들은 사람들 앞에서 나체를 드러내도 부끄러운 줄 모르는 모양이지만, 그는 달랐다. 사악한 독에 당해 목숨을 잃는 것은 아까울 것 없어도, 심신이 미혹되어 추태를 부리기라도 하면, 힘겹게 쌓아올린 화산파와 군자검의 명성이 하루아침에 돌이킬 수 없는 나락으로 떨어질 것이니 죽음보다 더 무서운 일이었다.

그때 묘족 소녀들이 상자에서 무언가를 꺼냈다. 꿈틀거리는 모양이 예상대로 독충인 것 같았다. 소녀들이 독충을 자신의 팔과 다리에 올리자 독충은 피부에 단단히 달라붙었다. 자세히 보니 독충이 아니라 물에서 흔히 볼 수 있는 거머리로, 보통 거머리보다 배로 컸다. 묘족 소녀들은 큼직한 거머리를 한 마리 한 마리 꺼내 몸에 올렸다. 남봉황도 대나무 상자에서 거머리를 꺼내 똑같이 팔과 다리에 올리기 시작했고, 얼마 지나지 않아 다섯 사람의 팔다리는 거머리로 가득 뒤덮였다. 적어도 100마리는 됨직해 보였다.

화산파 사람들은 그들이 무얼 하려는지 몰라 어리둥절했다. 안쪽 선실에 있던 악 부인은 '엇', '저런' 하는 소리에 호기심을 참지 못하고 칸막이를 살짝 열었다가 거머리에 뒤덮인 묘족 소녀들을 보고는 놀라 '어머나' 하고 비명을 질렀다.

남봉황이 생긋 웃으며 말했다.

"겁낼 것 없어요. 당신을 물지는 않을 테니까. 당신이… 악 선생의 마누라예요? 검법이 아주 대단하다던데, 정말 그래요?"

악 부인은 대답 없이 억지웃음만 지었다. '악 선생의 마누라'라는 저속한 말도 마음에 들지 않았지만, 검법 솜씨가 어떠냐는 질문 역시 대답하기가 껄끄러웠다. 이런 질문은 보통 악의를 가진 사람들이 하는 것이라 겸손한 대답을 하기 마련인데, 남봉황은 한인들의 그런 습관을 잘 모르는 것 같아 '좋다'고 대답하자니 너무 자존망대한 것 같고, '좋지 않다'고 말하자니 곧이곧대로 받아들여 자신을 얕잡아볼까 봐 내키지 않았던 것이다.

남봉황은 구태여 캐묻지 않고 입을 다물었다.

악불군은 그녀들이 조금이라도 이상한 행동을 하면 남봉황부터 제압할 생각으로 바짝 긴장해 있었다. 덕분에 한동안 선실은 이상하리만치 조용했고, 화산파 남자 제자들의 거친 숨소리 외에는 아무 소리도 들리지 않았다.

한참 후, 묘족 여자들의 몸에 있던 거머리가 퉁퉁 부어오르고 빨갛게 변했다. 사람이나 동물의 몸에 붙은 거머리는 흡반 같은 입으로 피부에 단단히 달라붙어 피를 빠는데, 배불리 빨기 전에는 결코 떨어지지 않았다. 하지만 피를 빨리는 사람은 가렵기만 하고 별다른 통증을 느끼지 못해, 농부들은 밭일을 하다가 자기도 모르는 사이 많은 피를 빨리곤 했다. 이런 사실을 잘 아는 악불군은 눈을 찌푸리며 생각했다.

'저 요녀들이 무슨 생각으로 거머리에게 피를 빨리는 것인가? 오선교에서 사술을 쓸 때 반드시 피가 필요한 모양이구나. 거머리들이 피를 다 빨고 나면 움직이겠군.'

그러나 예상과 달리 남봉황은 영호충이 덮은 이불을 걷더니 터질 듯이 피를 빤 빨간 거머리 한 마리를 떼어내 영호충의 목 혈관 위에 내려놓았다.

악 부인은 그녀가 영호충을 해치려는 줄 알고 깜짝 놀랐다.

"이보시오, 지금 무얼 하는 거요?"

그녀가 외치며 검을 뽑아 달려오자, 악불군이 천천히 고개를 저었다.

"서두르지 말고 기다리시오."

악 부인은 검을 쳐든 채로 남봉황과 영호충에게서 한시도 눈을 떼지 않았다.

영호충의 목에 붙은 거머리는 다시 피를 빨기 시작했다. 남봉황은 품에서 도자기병을 꺼내 마개를 열고, 오른손 새끼손가락을 병 안에 넣어 하얀 가루를 찍어내 거머리에게 뿌렸다. 다른 묘족 소녀들도 영호충의 옷을 걷어올리고 자기 몸에 있던 거머리를 하나하나 떼어내 그의 가슴과 팔다리로 옮겼다. 잠시 후 100여 마리의 거머리는 모두 영호충의 몸으로 옮겨졌고, 그동안 남봉황은 쉼 없이 약가루를 찍어 거머리들에게 뿌려댔다. 그러자 신기하게도 묘족 여자들의 피를 빨아 통통해진 거머리들이 점점 쪼그라들기 시작했다.

악불군은 그제야 깨닫고 안도의 숨을 내쉬었다.

'이제 보니 피를 옮기려는 것이었구나. 거머리를 이용해 자기 몸에서 피를 뽑아 충이에게 주려는 것이다. 저 하얀 가루는 무엇으로 만들었을까? 거머리가 피를 뱉어내게 하다니 실로 신기한 약이구나.'

묘족 여자들의 호의를 확신하자, 그는 검자루를 움켜쥐었던 손가락에 힘을 풀었다. 악 부인도 조용히 검을 넣고 팽팽히 긴장했던 얼굴에 미소를 띠었다.

선실은 여전히 소리 없이 조용했지만, 폭풍전야 같은 조금 전의 긴

장된 분위기와는 사뭇 달랐다. 특히 도곡육선마저 그 놀라운 광경에 떡 벌린 입을 다물지 못한 덕분에 평소처럼 끊임없이 입씨름을 하지 않아 더욱 조용했다.

얼마쯤 시간이 흐른 후, 피를 모두 뱉어낸 거머리들이 선실 바닥으로 툭툭 떨어졌다. 거머리들은 한동안 몸을 비틀다가 빳빳하게 굳은 채 죽어갔고, 묘족 소녀들은 창을 통해 죽은 거머리들을 강으로 던졌다. 거머리가 모두 떨어지기까지는 밥 한 끼 먹을 정도의 시간이 흘렀다. 그때쯤 누렇게 시들었던 영호충의 얼굴에는 차차 혈색이 돌아왔다. 거머리 100여 마리가 영호충의 몸에 넣어준 신선한 피는 양으로 따지면 한 그릇 정도여서 그가 쏟은 피를 완전히 보충할 수는 없었지만, 목숨을 건질 정도는 되었다.

악불군과 악 부인은 같은 생각을 하며 서로를 바라보았다.

'저 여자는 교파의 지존인데도 충이에게 피를 주는 것을 아까워하지 않는구나. 충이와는 안면조차 없는 사이니 저 아이에게 정을 느꼈기 때문은 아닐 테지. 자기 입으로 충이의 친구의 친구라고 하던데, 충이가 언제 저렇게 유명한 사람의 친구를 알게 되었을까?'

영호충의 안색이 좋아지자 남봉황은 또다시 그의 맥을 짚어보았다. 확실히 조금 전보다는 맥박이 훨씬 강했다. 그녀는 기뻐하며 다정하게 물었다.

"영호 공자, 좀 어때요?"

영호충은 무슨 일이 벌어졌는지는 몰라도 이 여자가 자신을 치료했다는 것은 알 수 있었다. 한결 정신이 든 그가 말했다.

"고맙소, 낭자. 조금… 좋아졌소."

"혹시 내가 늙어 보여요? 많이 늙은 것 같아요?"

"누가 당신더러 늙었다고 했소? 낭자는 전혀 늙어 보이지 않소. 낭자만 괜찮다면 누이동생이라고 부르겠소."

남봉황은 몹시 기뻐하며 환하게 웃었다. 봄날 꽃처럼 활짝 핀 그 웃음 덕에 그녀의 얼굴은 더욱더 요염하고 매력적으로 보였다.

"당신 참 좋은 사람이네요. 어쩐지… 그럼 그렇지, 세상 남자들은 안중에도 없는 그분이 당신에게 이렇게 관심을 가질 만도 해요. 그러니, 휴…."

영호충이 웃으며 말했다.

"내가 정말 좋은 사람이라고 생각한다면 나를 오라버니라고 부르지 않겠소?"

남봉황이 두 뺨에 살짝 홍조를 띠며 그를 불렀다.

"영호 오라버니."

영호충이 빙그레 웃으며 대답했다.

"그래, 누이. 우리 착한 누이!"

시원시원하고 사소한 예절에 얽매이지 않는 영호충은 군자라 자처하는 악불군과는 전혀 달랐다. 남봉황이 젊고 아름다운 외모를 칭찬해주는 걸 좋아하는 것을 알아차리자, 자신과 엇비슷한 나이로 보이는데도 불구하고 목숨을 구해준 보답으로 '누이동생'이라 부른 것이었다. 과연 남봉황은 그 말을 듣고 몹시 기뻐했다.

악불군과 악 부인은 못마땅한 얼굴로 눈을 찌푸렸다.

'저 아이는 늘 저렇게 진지하지 못하니 정말이지 구제불능이구나. 평일지는 저 아이가 앞으로 100일밖에 살지 못한다고 했지만, 이제

100일은 고사하고 오늘내일이라도 세상을 뜰지 모르는데, 깨어나자마자 저 음란한 여자와 농이나 주고받다니….'

남봉황이 생글생글 웃으며 말했다.

"오라버니, 거머리로 피를 옮기는 것은 아무나 할 수 있는 일이 아니랍니다. 오라버니에게 피를 줄 수 없는 사람도 있어요. 그럴 때는 거머리도 혈관을 물자마자 피를 옮기지 못하고 떨어져나가지요. 우리 다섯 명은 몇백 명 중에서 고르고 고른 사람들이에요. 우리 피는 누구에게든 줄 수 있답니다. 자, 오라버니, 먹고 싶은 것이 있나요? 간식을 조금 가져왔는데, 드실래요?"

"간식은 됐고, 술 생각이 간절하구나."

"잘됐네요. 우리가 직접 담근 오보화밀주五寶花蜜酒가 있으니 맛 좀 보세요."

그녀가 알아듣기 힘든 묘족 언어로 명령하자, 묘족 소녀 두 명이 작은 배로 옮겨가 술병 여덟 개를 들고 돌아왔다. 마개를 열자마자 꽃향기와 술향기가 선실을 가득 채웠다.

영호충이 말했다.

"누이, 저 술은 꽃향기가 너무 강해 술의 향미를 가리는군. 여자들이나 먹는 술이겠지."

남봉황은 까르르 웃었다.

"꽃향기가 강하지 않으면 독사의 비린내를 가릴 수가 없답니다."

영호충은 의아한 얼굴로 물었다.

"술에 독사가 들었어?"

"그럼요, 이 술 이름이 오보화밀주니 당연히 다섯 가지 보물이 들었지요."

영호충은 더욱 의아했다.

"그 다섯 가지 보물이 뭐지?"

"다섯 가지 보물이란 우리 오선교에서 귀하게 여기는 것들이에요. 자, 보세요."

그녀가 그릇 두 개에 술을 따르자, 술과 함께 퐁퐁 소리가 나며 무엇인가 그릇 속으로 떨어졌다.

호기심 많은 화산파 제자들이 다가가 들여다보더니 호들갑스레 비명을 질렀다.

남봉황은 영호충에게 술그릇을 내밀었다. 영호충이 들여다보니 술은 샘물처럼 무척 맑았고, 그 속에 자그마한 독충 다섯 마리가 들어 있었다. 청사青蛇, 지네, 거미, 전갈, 그리고 작은 두꺼비였다. 영호충은 놀란 얼굴로 물었다.

"술에 왜 이런… 독충을 넣었지?"

남봉황은 뿌루퉁하게 대답했다.

"이게 바로 오보, 다섯 가지 보물이라고요. 독충이라고 함부로 부르지 말아요. 자, 한잔 드시겠어요?"

영호충은 쓴웃음을 지었다.

"이… 이 보물들은 조금 겁이 나는군."

남봉황은 보란 듯이 그릇을 입으로 가져가 단숨에 비우더니 생긋 웃으며 말했다.

"우리 묘족의 풍습에 따르면, 친구가 주는 술과 고기를 거절하면 친구가 될 수 없답니다."

그 말에 영호충은 그릇을 받아들고 꿀꺽꿀꺽 마시더니 독충 다섯 마리도 통째로 삼켰다. 아무리 간이 커도 차마 독충들을 씹을 용기가 나지 않았던 것이다.

남봉황은 뛸 듯이 기뻐하며 그의 목을 끌어안고 뺨에 두 번이나 입을 맞췄다. 그녀의 입술에 바른 연지가 영호충의 양쪽 뺨에 진한 자국을 남겼다.

"이래야 우리 오라버니죠!"

싱글싱글 웃던 영호충은 사부의 엄한 눈빛을 보자 퍼뜩 정신이 들었다.

'어이쿠, 큰일 났다! 사부님과 사모님 앞에서 너무 함부로 굴었구나. 한바탕 혼쭐이 나게 생겼어. 소사매도 다시는 나를 쳐다보지 않으려 하겠지.'

남봉황은 술병 하나를 또 열어 술에 담긴 독충까지 그릇에 따른 뒤 웃으며 악불군에게 내밀었다.

"악 선생, 한잔 드세요."

악불군은 그릇에 가라앉은 지네며 거미만으로도 구역질을 참을 수 없었지만, 짙은 꽃향기에도 불구하고 은근하게 느껴지는 비린내에 견딜 수가 없어 술잔을 든 남봉황의 손을 밀어냈다. 뜻밖에도 남봉황은 외간 남자의 손이 다가오는데도 손을 움츠릴 기색이 없었다. 악불군은 깜짝 놀라 손끝이 그녀의 손에 닿기 전에 황급히 물렀다. 남봉황이 까르르 웃으며 말했다.

"어쩜 사부가 제자보다도 간이 작담? 화산파 친구들 중에 이 술을 마실 사람이 있나요? 마시면 몸에 아주 좋답니다."

순간, 선실 안은 정적에 휩싸였다. 남봉황이 술잔을 높이 들었지만 받으려는 사람은 없었다. 남봉황은 아쉬운 듯 탄식했다.

"화산파에는 영호충 말고는 영웅호걸이 없군요?"

그때 누군가 큰 소리로 외쳤다.

"내가 마시겠소!"

다름 아닌 임평지였다. 그가 다가가 손을 내밀자, 남봉황은 고운 눈썹을 활짝 펴며 웃었다.

"역시…."

그녀의 말이 끝나기도 전에 악영산이 냉큼 소리쳤다.

"소림자, 그 술을 마시면 다시는 날 못 볼 줄 알아!"

남봉황이 임평지 앞으로 그릇을 내밀며 말했다.

"자, 마셔요!"

임평지는 우물쭈물했다.

"모, 못 마시겠소."

그 대답에 남봉황이 큰 소리로 깔깔거리자 임평지는 저도 모르게 얼굴이 달아올라 재빨리 해명했다.

"무… 무서워서 못 마시는 게 아니오."

남봉황이 웃으며 말했다.

"나도 알아요. 저 예쁘장한 낭자를 다시는 못 볼까 봐 그러겠죠. 당신은 겁쟁이가 아니라 다정한 공자로군요, 푸하하하!"

그녀는 큰 소리로 웃은 다음 영호충에게 말했다.

"오라버니, 다음에 봐요."

그러고는 술그릇을 탁자에 내려놓고 손을 휘젓자, 묘족 소녀들이 남은 여섯 병을 들고 그녀를 따라 작은 배로 돌아갔다.

강물 위로 아련하게 퍼지는 달달하고 간드러지는 노랫소리가 물살을 따라 동쪽으로 동쪽으로 천천히 멀어지더니 작은 배는 곧 모습을 감췄다.

악불군은 눈을 찌푸리며 말했다.

"저 술병과 술잔은 모두 강에 버려라."

"예!"

임평지가 대답하고 탁자로 다가갔다. 그러나 손이 술병에 닿는 순간 이상한 비린내가 확 풍기더니 몸이 휘청거려 똑바로 서 있을 수가 없었다. 그는 겨우 탁자 모서리를 붙잡아 몸을 바로 했다. 이를 본 악불군이 깜짝 놀라 외쳤다.

"술병에 독이 있다!"

그가 소매를 휘두르자 휙 하고 공기를 가르는 소리와 함께 술병과 술잔이 모조리 창을 통해 강물 속으로 풍덩 빠졌다. 그와 동시에 속에서 욕지기가 올라왔다. 악불군은 진기를 끌어올려 억지로 눌렀지만, 임평지는 웩 하고 구토를 했다.

그 소리를 필두로 다른 사람들도 배를 움켜쥐고 토하기 시작했다. 도곡육선은 물론이고 멀리 뱃고물에 있던 사공들까지 그 고난에서 벗어나지 못했다. 억지로 참았던 악불군도 결국 그 흐름에 합류해 구역질을 했다. 모두 한참을 웩웩거리며 그날 하루 먹은 것을 죄다 토해냈고, 더 이상 토할 것이 남지 않았는데도 구역질이 그치지 않아 신물까지 뱉어내야 했다. 그만하면 다행이건만, 신물마저 모두 토했는데도 여전히 목구멍이 간질간질하고 속이 메슥거려 죽을 지경이었다. 차라리 배 속에 뭐라도 들어 있는 것이 빈속으로 이런 증상을 견디는 것보다 나을 것 같았다.

배 안에 있는 사람 중에서 무사한 사람은 오로지 영호충뿐이었다.

도실선이 그를 살피며 말했다.

"영호충, 그 요녀가 네가 마음에 들어 해약을 먹였나 봐."

"해약 같은 것은 보지도 못했소. 혹시 그 독주가 해약이었나?"

도근선이 도실선의 말에 맞장구를 쳤다.

"누가 아니래? 그 요녀는 네가 그럴싸하게 생겨서 마음에 든 거야."

도지선도 끼어들었다.

"그게 아니라 영호충이 그 요녀더러 젊고 예쁘다면서 누이동생이라고 불렀기 때문이야. 이럴 줄 알았으면 나도 누이동생이라고 부를걸 그랬어."

도화선이 반박했다.

"그 요녀의 오라비가 되려면 독충이 든 술을 마실 정도의 용기가 있어야 해."

도엽선도 가만히 있지 않았다.

"영호충이 구토는 안 했지만 배 속에 독충 다섯 마리가 들어갔으니 우리보다 더 상태가 안 좋아질지도 모르잖아?"

도간선이 놀란 목소리로 외쳤다.

"어이쿠, 이걸 어째! 영호충이 독주를 마시도록 놔뒀으니 그 술 때문에 죽기라도 하면 큰일이야. 평일지가 꼬치꼬치 캐물을 텐데 뭐라고 하지?"

도근선이 자신 있게 대답했다.

"평일지가 영호충은 곧 죽을 거라고 했어. 기왕 죽을 사람인데 며칠 일찍 죽는 게 무슨 큰일이라고?"

도화선이 말했다.

"영호충에게는 큰일이 아니지만 우리에게는 큰일이지."

도실선이 고개를 저으며 끼어들었다.

"걱정 없어. 우리가 멀리 달아나버리면 작달막한 평일지가 그 짧은 다리를 아무리 놀려도 절대 못 쫓아올걸."

도곡육선은 구토를 하면서도 쉬지 않고 입씨름을 했다.

뱃사공이 구토를 하느라 키를 놓치자 배는 방향을 잃고 동쪽으로 기우뚱했다. 위험을 알아차린 악불군이 뱃고물로 나가 몸소 키를 잡고 남쪽 강가로 배를 몰았다. 다행히 내공이 깊어 몇 번 운기행공을 하고 난 뒤 욕지기가 점차 가라앉았기 때문이었다.

배가 서서히 강가에 닿자 악불군은 다시 뱃머리로 돌아와 닻을 던졌다. 무게가 무려 200근이나 되어 뱃사공 두 사람이 끙끙거리며 옮기던 닻을 닭 한 마리 잡을 힘도 없어 보이는 악불군이 한 손으로 번쩍 들어 몇 장 밖으로 내던지자 뱃사공들은 혀를 내둘렀다. 물론 감탄은 잠시뿐, 곧 다시 웩웩거리며 구토를 해댔다.

기슭으로 올라간 사람들은 배부를 때까지 강물을 마셨다. 강물로 배를 채우고 다시 토하기를 몇 번 반복한 후에야 겨우 구역질이 가라앉았다. 배를 댄 곳은 황량하고 외진 곳이었지만, 다행히 동쪽에 집들이 늘어선 마을이 보였다. 악불군이 마을을 가리키며 말했다.

"배에 아직 독이 남아 있으니 타서는 안 된다. 우선 저 마을에 가서 생각해보자꾸나."

도간선이 영호충을, 도지선이 도실선을 업었고, 일행은 다 함께 마을로 향했다.

마을에 당도하자 도간선과 도지선은 제일 먼저 객점으로 들어가 영호충과 도실선을 의자에 앉힌 뒤 외쳤다.

"술과 안주 가져와! 밥도!"

객점 한가운데에는 왜소한 도인이 앉아 있었는데, 영호충은 그가 청성파 장문인 여창해인 것을 알아보고 흠칫 놀랐다.

청성파 장문인은 사람들에게 단단히 포위된 상태였다. 그가 앉아 있는 작은 탁자에는 술병과 젓가락, 가벼운 안주가 담긴 접시 세 개, 그리고 번쩍번쩍 빛나는 검이 검집에서 뽑힌 채 놓여 있었다. 그 탁자 주위에 빙 둘러 놓여 있는 등받이 의자 일곱 개에는 하나같이 누군가 앉아 있었다. 그들 중에는 남자도 있고 여자도 있었는데, 남녀를 가리지 않고 흉악하게 생겼고 보란 듯이 무기를 꺼내놓고 있었다. 그들은 한마디도 없이 여창해를 노려보았으나, 청성파 장문인은 태연하게 왼손으로 술잔을 들어 술을 마셨고, 들어올린 소맷자락은 조금도 떨리지 않았다.

도근선이 말했다.

"저 조그만 도사도 속으로는 벌벌 떨고 있을 거야."

도지선이 고개를 끄덕였다.

"당연하지. 혼자서 일곱 명을 상대해야 하는데 어떻게 이겨?"

도간선도 끼어들었다.

"겁을 먹지 않았으면 왜 오른손이 아니라 왼손으로 술잔을 들었겠어? 당연히 오른손은 검을 잡기 위해 비워둔 거라고."

이 말에 여창해가 '흥' 하고 코웃음을 치며 술잔을 오른손으로 바꿔 들었다.

도화선이 그 모습을 보고 말했다.

"저 도사가 둘째 형 말은 들으면서 이쪽을 쳐다볼 엄두도 못 내니 겁을 내는 게 맞아. 둘째 형이 겁나는 게 아니라 시선을 돌린 사이 저 일곱 명이 우르르 무기를 휘둘러 몸뚱이가 일곱 조각 날까 봐 겁나는 거야."

도지선은 고개를 저었다.

"틀렸어. 일곱 명이 무기를 휘두르면 일곱 조각이 아니라 여덟 조각이 나는 거야."

도엽선이 낄낄 웃었다.

"저 도사는 본래 작달막한데 여덟 조각이 나면 얼마나 더 작아지려나?"

영호충은 여창해에게 불만이 많았지만, 강적들에게 둘러싸여 위험에 처한 사람을 괴롭히고 싶지는 않았다.

"도곡육선, 저 도장은 청성파의 장문인이시오."

"청성파 장문인이 어쨌다는 거야? 네 친구라도 돼?"

도근선이 물었다.

"내가 무슨 자격으로 저분의 친구가 되겠소?"

영호충이 대답하자 도간선이 말했다.

"친구가 아니면 됐어. 재미있는 구경이나 하자고."

도화선은 탁자를 마구 두들겼다.

"어서 술 가져와! 술 마시면서 저 조막만 한 도사가 아홉 조각 나는 것을 구경할 테니!"

도엽선이 끼어들었다.

"여덟 조각이라고 방금 알려줬는데 왜 또 아홉 조각이야?"

도화선은 태연하게 대답했다.

"저 두타頭陀가 호두계도虎頭戒刀 두 자루를 든 게 안 보여? 한 사람이 두 번 베니 모두 아홉 조각이지."

도지선이 끼어들었다.

"꼭 그렇지는 않아. 저들 중에 낭아추狼牙錘나 황금괴장黃金拐杖을 쓰는 사람도 있는데 그걸로는 사람을 벨 수가 없거든."

영호충이 보다못해 다시 말했다.

"그만들 하시오. 도와주지는 못할망정 싸움을 앞둔 사람을 정신 사납게 만들지는 말아야 하지 않겠소?"

도곡육선은 입을 다물었지만, 여전히 히죽거리며 여창해만 바라보았다. 영호충은 시선을 돌려 그를 에워싼 일곱 사람을 살폈다.

호두계도를 쓰는 두타는 머리칼이 어깨에 닿을 정도로 길었는데, 빛이 번쩍이는 구리테를 머리에 써 긴 머리칼을 고정시켜놓았다. 의자 옆에 놓인 것은 반달처럼 휘어진 호두계도였다. 그 옆에는 쉰 살가량의 부인이 앉아 있었다. 머리가 하얗게 세고 낯빛은 칙칙했으며, 옆에는 두 자 길이의 단도가 놓여 있었다. 그 부인 옆에 나란히 앉은 사람은 승려와 도인이었다. 승려는 핏빛 같은 가사를 걸치고 그릇과 동발을 내려놓고 있었다. 모두 순철로 만들었고, 특히 동발은 가장자리를 날카롭게 깎아 무시무시한 무기로 쓸 수 있었다. 도인은 몸집이 컸고,

육중해 보이는 팔각낭아추를 의자에 기대 세워놓았다. 도인의 오른쪽 의자에 다리를 쭉 뻗고 앉은 중년의 거지는 목과 어깻죽지에 청사青蛇를 올려놓고 있었다. 청사의 머리는 삼각형이었고 기다란 혀를 쉼 없이 날름거렸다. 나머지 두 사람은 마흔 살 안팎으로 보이는 남녀로, 남자는 왼쪽 눈이 멀고 여자는 오른쪽 눈이 멀었다. 두 사람 옆에는 괴장이 하나씩 놓여 있는데, 황금처럼 누르스름한 빛이 잘잘 흘렀다. 제법 굵직해서 정말 황금으로 만든 괴장이라면 무척 무거울 것 같았다. 강호에서 흔히 볼 수 있는 가난한 강호인 차림으로 몹시 귀중해 보이는 괴장을 들고 있으니, 그 모습이 기이하기 짝이 없었다.

두타가 눈에서 흉광을 번뜩이며 천천히 호두계도의 손잡이를 잡았다. 거지 역시 목에서 청사 한 마리를 떼어 팔뚝에 올려놓고 뱀 머리로 여창해를 겨눴다. 승려는 동발을 집어들었고, 도인은 낭아추를 들어올렸다. 중년 부인도 단도를 손에 움켜쥐었다. 당장이라도 일제히 달려들 기세였다.

여창해가 껄껄 소리를 내며 웃었다.

"머릿수로 밀어붙이는 것은 사마외도가 늘 쓰는 수법이지. 이 여창해가 그런 수법을 두려워할 줄 아느냐?"

한쪽 눈이 먼 남자가 입을 열었다.

"여가야, 우리는 너를 죽이러 온 것이 아니다."

한쪽 눈이 먼 여자가 맞장구를 쳤다.

"그래, 〈벽사검보〉만 순순히 내놓으면 예의를 갖춰 보내주지."

악불군과 영호충, 임평지, 악영산 등은 갑작스럽게 튀어나온 〈벽사검보〉라는 말에 놀라움을 감출 수 없었다. 저 일곱 사람이 여창해를 포위한 연유가 〈벽사검보〉 때문이라니. 네 사람은 서로를 번갈아 바라보며 속으로 중얼거렸다.

'설마 〈벽사검보〉가 여창해 손에 있다는 말인가?'

중년 부인이 싸늘하게 말했다.

"저 난쟁이와 길게 말해봐야 소용없다. 일단 베고 몸을 뒤지는 것이 낫다."

한쪽 눈이 먼 여자가 대답했다.

"은밀한 곳에 숨겼을지도 몰라. 베어버렸는데 저자 몸에 검보가 없으면 낭패잖아?"

중년 부인은 입을 실룩였다.

"없으면 그만이지 낭패는 무슨 낭패?"

그녀의 말은 어디선가 소리가 새는 것처럼 불명확했는데, 자세히 보니 이가 태반이나 빠지고 없기 때문이었다.

한쪽 눈이 먼 여자가 외쳤다.

"여가야, 순순히 바치는 게 좋을 거야. 어차피 네 검보도 아니고, 그렇게 오랫동안 가지고 있었으니 달달 욀 정도로 보았을 게 아니냐? 보물처럼 움켜쥐고 있어봐야 무슨 소용이 있어?"

여창해는 대답 한마디 없이 단전에 기를 모으고 정신을 집중했다.

바로 그때, 문밖에서 너털웃음 소리가 들리고 누군가 싱글벙글 웃는 얼굴로 들어왔다. 얇은 비단 장포를 걸치고 머리가 반쯤 벗겨진 남자였는데, 머리는 벗겨졌지만 관리를 잘했는지 반들반들 윤이 났고 턱에는 새까만 수염을 길렀다. 그는 투실투실 살이 오르고 얼굴은 혈색 좋게 불그스름한 데다 표정도 상냥하고 친근했다. 게다가 왼손에는 비취로 만든 코담배를, 오른손에는 길이가 한 자 정도 되는 접선을 들고 있어서, 화려하고 비싸 보이는 차림새가 꼭 부유한 상인 같았다. 객점을 가득 채운 사람들을 보자 당황한 듯 그의 웃는 얼굴도 살짝 굳었지만, 곧 다시 허허 웃으며 두 손을 포개 들었다.

"만나뵙게 되어 영광입니다! 당세의 영웅호걸들이 모두 이곳에 모이시다니 삼생三生(불교에서 전생, 현생, 내생을 통틀어 이르는 말)의 인연도 이런 인연이 어디 있겠습니까!"

그렇게 말한 그가 여창해를 돌아보았다.

"아니, 무슨 바람이 불어 청성파 여 관주께서 이 하남까지 오셨습니까? 청성파의 송풍검법이 무림일절이라는 말을 귀가 따갑도록 들어왔는데, 덕분에 오늘 안목이 크게 트이게 생겼습니다."

여창해는 기를 모으는 데 집중하느라 그 말을 들은 체 만 체 했다. 그 남자는 신경 쓰지 않고 한쪽 눈이 먼 남녀에게 두 손을 모으며 인사했다.

"동백쌍기桐柏雙奇가 강호에 나온 것이 얼마 만인지 모르겠군요. 그동안 돈은 많이 버셨겠지요?"

남자가 빙그레 웃으며 대답했다.

"그래봤자 유 나리보다 많이 벌었겠소?"

부유해 보이는 남자가 너털웃음을 터뜨렸다.

"저야 왼손으로 번 돈을 오른손으로 다 써버리니 늘 빈털터리지요. 제 별호는 그저 듣기 좋으라고 지어준 것이지, 사실상 속이 텅 빈 강정입니다."

듣고 있던 도지선이 참지 못하고 끼어들었다.

"당신 별호가 뭔데?"

그 남자가 도지선 쪽을 돌아보았다. 특이하고 괴상한 도곡육선의 모습에 그 역시 그들의 내력을 짐작할 수 없었지만, 이번에도 웃으며 대했다.

"제 이름은 유신游迅인데, 썩 고상하지 않은 별호를 가지고 있습니다. 바로 쑥쑥 빠져나가는 활불유수滑不留手라고 하지요. 사람들은 저더러 친구 사귀는 것을 몹시 좋아한다고들 합니다. 친구를 위해서라면 천금도 아끼지 않다 보니, 아무리 돈을 벌어도 쑥쑥 빠져나가 손에 돈이 남아나지를 않지요."

한쪽 눈이 먼 남자가 말했다.

"별호가 하나 더 있지 않소?"

"아, 그래요? 저는 모릅니다."

별안간 싸늘한 목소리가 귀를 때렸다.

"기름칠한 미꾸라지, 활불유수."

잇새로 바람이 새는 그 목소리의 주인은 바로 이가 거의 다 빠진 중년 부인이었다.

도화선이 소리를 질렀다.

"어이쿠, 그냥 미꾸라지도 미끌미끌한데 기름칠까지 한 미꾸라지를 누가 잡아?"

유신은 빙그레 웃었다.

"그건 제 경공이 조금 봐줄 만해서 마치 미꾸라지처럼 빠르다고 강호의 친구들이 붙여준 것이지요. 참 부끄럽습니다. 그런 시시한 재주는 입에 담기도 민망하지요. 장 부인, 건강하시지요?"

그가 인사하며 깊이 읍했지만, '장 부인'이라고 불린 중년 여인은 매섭게 그를 노려보며 일갈했다.

"미꾸라지 같은 놈, 썩 물러나라!"

성격이 모난 데 없이 둥글둥글한 유신은 그녀의 반응에 개의치 않고 거지를 향해 몸을 돌렸다.

"쌍룡신개雙龍神丐 엄 형, 엄 형의 그 용 두 마리는 볼 때마다 더 날래고 똘똘해지는 것 같습니다."

거지의 이름은 엄삼성嚴三星이고 별호는 쌍사악걸雙蛇惡乞이었는데, 유신은 일부러 '쌍룡신개'라고 듣기 좋게 고쳐 불렀다. 그 덕분인지 엄삼성은 흉악한 얼굴에 슬그머니 미소를 지었다.

유신은 다른 사람들과도 안면이 있는지 장발의 두타 구송년仇松年, 승려 서보西寶, 옥령玉靈 도인도 빼놓지 않고 치켜세웠다. 허허거리는 웃음소리와 듣기 좋은 아부에 팽팽하게 긴장되었던 분위기가 다소 풀렸다.

돌연, 도엽선이 외쳤다.

"이봐, 미꾸라지. 우리 형제들도 무공이 높고 재주가 많은데 왜 칭찬을 안 하는 거야?"

유신이 싱글벙글 웃으며 입을 열었다.

"아아, 그야 물론…."

그러나 말이 끝나기도 전에 도근선, 도간선, 도지선, 도엽선이 그의 팔다리를 하나씩 잡아 번쩍 들어올렸다. 유신이 황급히 떠벌렸다.

"오오오, 대단한 무공이군요. 정말 대단하십니다! 이 정도라면 고금을 통틀어 찾아볼 수가 없는 무공입니다!"

연신 칭찬을 듣자 도곡육선도 그를 찢어발길 생각이 사라졌다. 도근선과 도지선이 입을 모아 물었다.

"고금을 통틀어 찾아볼 수 없는 무공이라고? 어째서?"

"제 별호가 바로 활불유수 아닙니까? 솔직히 말씀드려서 지금껏 저를 붙잡은 사람은 아무도 없었지요. 그런데 네 분은 손을 뻗자마자 저를 단단히 낚아채 빠져나가지 못하게 만드셨으니, 실로 엄청난 무공입니다. 고금을 통틀어 보기 드문 무공이지요. 이제부터 저는 강호에 나갈 때마다 여섯 분의 이야기를 해야겠습니다. 그래야 무림인들이 세상에 이토록 대단한 분들이 있다는 사실을 알 테니까요."

도곡사선은 뛸 듯이 기뻐하며 그를 내려놓았다.

장 부인이 싸늘하게 말했다.

"활불유수는 역시 명불허전이군. 이번에도 잡혔다가 무사히 빠져나가다니."

유신은 그 말을 못 들은 척 도곡육선에게 말했다.

"여섯 분의 무공은 실로 우러러보지 않을 수가 없군요. 허나 저는 견문이 얕아 아직 여러분을 어찌 불러드려야 할지 몰라 몹시 안타깝습니다."

도근선이 기분 좋게 대답했다.

"우리 형제들은 도곡육선이라고 부르지. 나는 도근선이고 이쪽은 도간선…."

그가 형제들의 이름을 하나하나 알려주자 유신은 손뼉을 치며 웃었다.

"훌륭합니다, 훌륭해요. 여러분의 무공이라면 신선이라는 말도 아깝지 않지요. 이토록 신묘하고 초범한 무공을 지니지 않고서야 무슨 자격으로 신선 '선仙' 자를 쓸 수 있겠습니까?"

도곡육선은 더욱더 기뻐하며 연신 고개를 끄덕였다.

"당신 제법 머리가 잘 돌아가는걸. 보는 눈도 있고 말이야. 아주 좋은 사람이야!"

그때 장 부인이 여창해를 노려보며 캐물었다.

"도대체 〈벽사검보〉를 어디에 숨겼느냐?"

여창해는 여전히 못 들은 척 무시했지만, 유신이 그쪽을 돌아보며 끼어들었다.

"아니 두 분, 〈벽사검보〉 때문에 이러시는 겁니까? 제가 아는 대로라면 그 검보를 가진 사람은 여 관주가 아닙니다만."

"그렇다면 누가 그 검보를 가지고 있느냐?"

"그 사람은 너무나도 유명해서 그 이름을 말하면 놀라 자빠지실까 걱정입니다."

두타 구송년이 버럭 소리를 질렀다.

"어서 말하지 못해? 모르면 걸리적거리지 말고 비키시지!"

유신은 능글능글하게 웃었다.

"스님께서 불벼락을 맞으셨나, 어찌 이리 급하실까? 저는 본래 무공은 별 볼일 없지만 소식은 무척 빠릅니다. 강호에 떠도는 비밀이라면 그 무엇이든 저의 이 천리안을 벗어날 수 없지요."

동백쌍기와 장 부인 등도 그 말이 사실이라는 것을 알고 있었다. 유신은 오지랖이 넓어 무슨 일이든 틈만 있으면 끼어들기 때문에 아는 사실이 퍽 많았다. 한쪽 눈이 먼 여자가 조바심을 냈다.

"왜 이렇게 뜸을 들여요? 빨리 말하지 않고!"

장 부인도 채근했다.

"〈벽사검보〉가 대체 누구 손에 있는 것이냐?"

유신은 싱글벙글 웃으며 말했다.

"제 별호가 활불유수인 것은 모두들 아실 겁니다. 왼손으로 번 돈을 오른손으로 모조리 써버려 요즘 몹시 궁핍하지요. 반면 여러분은 모두 대부호시니, 주머니에 든 동전만 모아도 저를 구제하고도 남지요. 참 어렵게 얻은 소식인데 마침 때를 잘 맞췄군요. 보검은 장수에게 바치고 연지분은 미녀에게 바치라는 말이 있듯, 좋은 소식은 당연히 부자에게 바쳐야지요. 저는 지금 뜸을 들이는 게 아니라 흥정을 하고 있는 겁니다."

장 부인이 차갑게 내뱉었다.

"좋다. 우선 여창해부터 처리하고 이 미꾸라지를 잡자. 공격!"

그 말이 떨어지기 무섭게 챙챙, 쩡쩡 하는 쇳소리가 어지럽게 울렸다. 장 부인을 포함한 일곱 명이 일제히 의자에서 일어나 무기를 휘두른 것이었다. 여창해에게 일격을 가한 후 그들은 재빨리 뒤로 물러났지만 여전히 포위는 풀지 않았다. 서보 화상과 두타 구송년의 다리에서는 피가 흘러내렸고, 여창해는 누구에게 맞았는지 모르지만, 오른쪽 어깨의 도포가 찢어진 채로 검을 왼손에 쥐고 있었다.

"한 번 더!"

장 부인의 외침에 일곱 사람이 다시 일제히 달려들었다. 챙챙, 쩡쩡 하는 소리가 장내를 가득 채운 뒤 일행은 여전히 여창해를 에워싼 채 뒤로 물러났다.

이번에는 장 부인이 얼굴에 검을 맞아 허연 왼쪽 눈썹에서 턱까지 길게 상처가 나 있었다. 여창해 역시 왼쪽 어깨에 칼을 맞아 검을 오른손으로 바꿔 들었다. 옥령 도인이 낭아추를 쳐들며 또랑또랑하게 외쳤다.

"여 관주, 여 관주와 나는 같은 길을 걷는 사람이 아니오? 그만 항복하시오!"

여창해는 코웃음을 치고 나지막하게 욕설을 내뱉었다.

장 부인은 얼굴에 흐르는 피를 닦을 생각도 하지 않고 단도로 여창해를 겨눴다.

"한 번…."

그녀가 '더'라고 말하기 전에 갑자기 누군가 소리 높여 외쳤다.

"잠깐!"

외친 사람은 둘러싼 사람들을 헤치고 여창해 곁에 섰다.

"일곱 명이 한 사람을 공격하는 것은 너무 불공평합니다. 여기 계신 유 형제께서 〈벽사검보〉는 여 관주의 손에 없다고 알려주지 않았습니까?"

그렇게 말하는 사람은 바로 임평지였다. 여창해를 발견한 뒤로 한시도 눈을 떼지 않던 임평지는 그가 양팔을 모두 다치고 장 부인 일행이 다시 공격할 낌새를 보이자, 이대로 죽어 피맺힌 원한을 갚을 길이 없어질까 봐 이렇게 나선 것이었다. 임평지는 결코 여창해가 다른 사람 손에 죽도록 내버려둘 수 없었다.

장 부인이 날카로운 목소리로 물었다.

"너는 누구냐? 같이 죽고 싶으냐?"

"그럴 마음은 없습니다. 하지만 너무 불공평한 싸움이라 나서지 않을 수 없었습니다. 이제 그만 싸움을 멈추시지요."

구송년이 눈을 부라렸다.

"저놈도 함께 베자!"

옥령 도인이 그를 무시하고 물었다.

"너는 누구냐? 감히 이런 자리에 나서다니 아주 대담무쌍하구나."

"저는 화산파의 임평지…."

그의 말이 끝나기도 전에 동백쌍기와 쌍사악걸, 장 부인 등이 일제히 놀란 목소리로 외쳤다.

"화산파라고? 영호 공자는 어디 계시느냐?"

영호충이 두 손을 포개며 외쳤다.

"제가 영호충입니다만, 저 같은 촌사람에게 공자라는 말은 가당치도 않습니다. 그런데 여러분도 저의 그 친구를 아십니까?"

여기까지 오는 동안, 수많은 고수와 기인들이 그를 찾아와 공손히 대해준 까닭은 오로지 한 사람 때문이었다. 영호충은 아직도 그 사람이 누군지, 이다지도 대단한 인물과 대체 언제 교분을 맺었는지 짐작이 가지 않았지만, 장 부인 일행이 하는 말을 들으니 이번에도 그 신비한 친구의 부탁을 받은 모양이라고 짐작했다.

과연 장 부인 등 일곱 사람은 영호충에게 공손히 인사를 했다. 옥령 도인이 그들을 대표해서 말했다.

"저희는 소식을 듣자마자 공자를 뵙기 위해 밤낮없이 달려왔습니다. 이런 곳에서 만나뵙다니 참으로 영광입니다."

가볍지 않은 상처를 입은 여창해는 포위를 뚫고 도우러 나선 사람이 임평지라는 사실에 몹시 놀랐으나, 곧 그의 속마음을 간파했다. 그는 포위망을 만든 사람들이 영호충과 이야기하느라 경계를 늦추자, 그 때를 틈타 살그머니 뒷문으로 빠져나가 나는 듯이 달아났다.

엄삼성과 구송년이 놀라 소리를 질렀지만, 쫓아가기에는 이미 늦은 뒤였다.

활불유수 유신이 영호충에게 다가와 웃는 얼굴로 말했다.

"저는 동쪽에서 왔는데 강호 친구들이 입을 모아 영호 공자 이야기를 하기에 크게 흠모하고 있었습니다. 수십 명의 교주분들과 방주분들, 동주洞主분들, 도주島主분들이 오패강에서 공자를 만나뵙기로 했다 듣고 만사 제쳐두고 구경을 하러 오던 차에 이렇게 먼저 공자를 만나다니 참으로 운수가 좋군요. 이제 마음 푹 놓으십시오. 오패강에 가시면 영단묘약이 한아름이나 기다리고 있을 테니, 공자께서 앓으시는 자잘한 병쯤이야 문제도 아니지요. 암, 그렇고말고요! 하하하, 잘되었습니다, 잘되었어요!"

그는 무척 친근하게 영호충의 손을 잡고 흔들었다.

영호충은 깜짝 놀라 물었다.

"수십 명의 교주와 방주, 동주, 도주라니 무슨 말씀입니까? 영단묘약은 또 무엇인지요? 도무지 어떻게 된 영문인지 모르겠습니다."

유신은 여전히 사람 좋게 웃었다.

"걱정은 접어두십시오. 어찌 된 영문인지는 제가 아무리 간이 큰들 절대 발설할 수가 없습니다만, 하여간 공자께서는 마음 푹 놓으십시오. 하하하, 허튼소리를 입 밖에 내면 공자께서는 용서하실지 몰라도 남들이 가만있지 않을 겁니다. 아무리 미꾸라지같이 잘 빠져나간다는 저라도 필시 목을 꽉 틀어잡혀 달아나지 못하게 되겠지요. 이 유신의 목이 몇 개라도 된답니까?"

장 부인이 음침한 목소리로 말했다.

"허튼소리는 하지 않겠다면서 굳이 그런 말을 꺼내는 연유가 무엇이냐? 오패강에서 무슨 일이 있을지는 영호 공자께서 친히 가서 보시면 될 일이다. 그나저나 대체 〈벽사검보〉는 누가 가지고 있느냐?"

유신은 그 말을 못 들은 척하고 악불군 부부를 향해 싱글거리며 말했다.

"들어오자마자 두 분의 모습을 보고 놀라움을 금치 못했습니다. 선생과 부인 모두 청아한 외모에 기도도 범상치 않아 필시 대단한 무림 고수시리라 짐작했지요. 영호 공자와 함께 계신 것을 보니, 바로 그 유명하신 화산파 장문인 '군자검' 악 선생과 부인이시겠군요."

악불군은 빙그레 웃으며 겸양했다.

"과찬이시오."

"눈이 있어도 태산을 알아보지 못한다는 말이 있다더니, 오늘 제가 바로 딱 그 짝입니다. 얼마 전 악 선생께서 열다섯 명의 고수를 단 일검만으로 장님을 만드셨다는 이야기가 강호에 쫙 퍼졌습니다. 실로 탄복할 만한 일이지요. 대단한 검법이십니다, 대단해요!"

그는 마치 직접 그 장면을 본 사람처럼 실감나게 이야기했지만, 악불군은 코웃음만 치고 얼굴을 살짝 굳혔다.

유신은 악 부인에게 말했다.

"악 부인이신 영 여협은…."

"대체 언제까지 수다를 떨 생각이냐? 어서 말해라! 〈벽사검보〉를 가진 사람이 누구냐?"

장 부인이 그의 말을 끊으며 소리쳤다. 악불군 부부의 이름을 듣고도 전혀 동요하지 않는 것 같았다.

유신은 히죽히죽 웃으며 손을 내밀었다.

"은자 100냥만 주시면 말씀드리지요."

장 부인은 침을 퉤 뱉었다.

"돈 없어 굶어 죽은 귀신이라도 붙었느냐? 무슨 말만 하면 그놈의 돈, 돈, 돈!"

동백쌍기 중 남자가 품에서 은자 한 덩어리를 꺼내 유신에게 휙 던졌다.

"100냥은 족히 될 거요. 이제 말해보시오!"

유신이 은자를 받아 손대중을 해보더니 싱글거리며 말했다.

"이거 참 감사합니다. 자, 밖으로 나가시지요. 밖에서 말씀드리겠습니다."

"어째서 밖으로 나가야 하오? 모두 들을 수 있도록 여기서 말하시오."

"그래, 여기서 말해라! 무슨 꿍꿍이냐?"

다른 여섯 명이 입을 모아 외쳤으나 유신은 연신 고개를 가로저었다.

"안 됩니다, 안 돼요! 제가 말한 은자 100냥은 한 사람당 가격입니다. 이 어마어마한 소식을 고작 100냥에 넘길 수는 없지요. 세상에 그렇게 손해 보는 장사를 하는 사람도 있답니까?"

한쪽 눈이 먼 남자가 손을 치켜들자, 구송년과 장 부인, 엄삼성, 서보 등이 바짝 다가서서 조금 전 여창해에게 그랬던 것처럼 유신을 단단히 에워쌌다. 장 부인이 싸늘한 웃음을 띠며 말했다.

"활불유수라는 별호를 가졌으니 쉽사리 잡히지 않겠지. 모두 무기를 꺼내라."

옥령 도인이 팔각낭아추를 휭휭 소리가 날 정도로 휘두르며 말했다.

"좋은 생각이오. 저자의 머리가 이 낭아추 앞에서도 미끄러지듯 빠져나갈지 궁금하군."

그의 낭아추에 난 뾰족뾰족한 톱니들은 번쩍번쩍 으스스한 빛을 내는 반면, 유신의 머리는 여리여리하고 기름기가 자르르 흘러 누가 봐도 저 머리가 오래갈 것 같지 않았다.

유신이 영호충에게 말했다.

"영호 공자, 조금 전에는 청년을 내세워 여 관주의 포위를 풀어주시더니, 어째서 이 유신이 어려움에 처해도 본체만체하십니까?"

"〈벽사검보〉의 행방을 말하지 않으면 저도 저분들 편에 설 수밖에 없습니다."

이렇게 말한 영호충은 문득 가슴이 저며와 저도 모르게 악영산 쪽을 흘끔 바라보았다.

'소사매마저 내가 소림자의 검보를 훔쳤다고 생각하겠지.'

장 부인 일행은 그의 마음도 모른 채 일제히 환호성을 터뜨렸다.

"훌륭하십니다, 훌륭해요! 영호 공자께서 나서주시지요!"

유신은 한숨을 푹 쉬었다.

"좋습니다, 말씀드릴 테니 그만 자리로 돌아가십시오. 왜 이렇게 저를 에워싸십니까?"

장 부인이 차갑게 대답했다.

"기름칠한 미꾸라지 활불유수를 상대하는데 마땅히 조심해야지."

유신은 다시 한숨을 내쉬었다.

"불나방은 타 죽을 줄 모르고 불로 날아든다더니 제가 딱 그 꼴이군요. 오패강에서 조용히 구경이나 할 것이지, 무엇 하러 죽을 줄도 모르고 여기까지 왔을까요?"

장 부인은 코웃음을 쳤다.

"말을 할 테냐, 말 테냐?"

"예예, 합니다, 해야지요. 안 하긴 왜 안 하겠습니까? 어? 아니, 동방 교주께서 이런 곳까지는 어쩐 일이십니까?"

유신이 갑자기 큰 소리로 외치며 몹시 놀란 듯 눈을 휘둥그레 뜨고 객점 밖을 바라보았다. 다른 사람들도 화들짝 놀라 그의 시선을 따라 고개를 돌렸다. 채소 바구니를 손에 들고 느릿느릿 길을 지나는 사람은 누가 봐도 평범한 채소 상인일 뿐, 천하에 위엄을 떨치는 마교의 교주 동방불패일 리가 없었다.

다시 고개를 돌렸을 때 유신의 모습이 감쪽같이 사라진 것을 보고서야 사람들은 그에게 속았다는 사실을 알아차렸다. 장 부인과 구송년, 옥령 도인은 분통이 터져 큰 소리로 욕을 퍼부었다. 유신은 경공이 빼어나고 영리하기 때문에 이렇게 사라진 이상 다시 붙잡기란 요원한 일이었다.

영호충이 큰 소리로 말했다.

"이제 보니 유신이라는 사람이 〈벽사검보〉를 가지고 있었군요. 정말 뜻밖입니다."

사람들이 그를 바라보았다.

"정말입니까? 유신이 〈벽사검보〉를 가지고 있다는 말씀 말입니다."

"물론이지요. 그렇지 않으면 어째서 입을 꾹 다물고 있다가 슬그머니 달아났겠습니까?"

억지로 소리를 높여 외친 영호충은 곧 기운이 빠져 숨을 헐떡였다.

그때 문밖에서 유신의 쩌렁쩌렁한 외침 소리가 들려왔다.

"영호 공자, 대관절 무엇 때문에 제게 누명을 씌우십니까?"

말이 끝나기가 무섭게 그가 객점 문으로 들어섰다. 장 부인 일행은 몹시 기뻐하며 다시 그를 포위했다. 옥령 도인이 웃으며 말했다.

"영호 공자의 계책에 꼼짝없이 당했군."

유신은 우거지상을 지었다.

"어쩔 수 없지요. 제가 〈벽사검보〉를 가지고 있다는 소문이 퍼지면 하루도 편할 날이 없을 테니까요. 수많은 강호인들이 찾아와 시비를 걸면 제가 머리가 셋에 팔이 여섯인 괴물이라 해도 막지 못할 겁니다. 영호 공자, 참으로 대단하십니다. 단 한마디로 이 활불유수를 붙잡으셨으니 말입니다."

영호충은 빙그레 웃으며 속으로 중얼거렸다.

'대단할 것도 없지. 나도 누명을 써보았기 때문에 그 마음을 잘 알거든.'

그는 저도 모르게 악영산을 바라보았는데 마침 악영산도 그를 보고 있었다. 시선이 마주치는 순간, 두 사람은 동시에 얼굴을 붉히며 황급히 고개를 돌렸다.

장 부인이 물었다.

"유신, 방금 나가서 〈벽사검보〉를 숨기고 왔지? 우리가 몸을 뒤져도 찾지 못하게 말이다."

유신은 비명을 질러댔다.

"아이고, 제발 그만! 장 부인, 이 유신을 죽이려고 작정하셨군요. 생각들 해보십시오. 〈벽사검보〉가 제 손에 있다면 저는 필시 검을 썼을 것이고 검법도 무시무시했을 겁니다. 그런데 왜 제 손에는 검 한 자루 없을까요? 왜 검법을 펼치지 않을까요? 왜 무공이 이다지도 별 볼일 없을까요?"

듣고 보니 일리 있는 말이었다.

하지만 도근선이 따박따박 반박했다.

"〈벽사검보〉는 얻었지만 익힐 시간이 없었겠지. 익힌다고 해도 곧바로 할 수 있는 것도 아니고 말이야. 지금은 검을 가지고 있지 않지만 혹시 오는 길에 잃어버렸는지도 모르고."

도간선이 덧붙였다.

"그 부채를 단검처럼 쓸 수 있잖아. 조금 전에 손가락을 이렇게 휘두를 때 보니 딱 〈벽사검보〉 초식이던데?"

도지선도 나섰다.

"맞아, 맞아. 다들 잘 보라고. 저렇게 접선을 비스듬하게 겨누는 것은 벽사검법 제59초 '지타간사指打奸邪'야. 부채 끝이 가리키는 사람의 목숨을 빼앗는 초식이지."

유신이 든 부채 끝은 구송년을 가리키고 있었다. 장발의 두타는 으르렁거리며 양손에 든 호두계도로 유신을 내리찍었다.

유신은 옆으로 슬쩍 피하며 소리쳤다.

"저 사람들이 농담을 하는 겁니다. 이봐요, 제발! 제발 곧이곧대로 받아들이지 마시라니까요!"

챙챙챙챙 경쾌한 소리와 함께 구송년의 쌍도가 각각 두 번씩 유신의 접선을 내리쳤다. 소리로 보아 접선은 예상대로 강철로 만들어진 것이 분명했다. 바깥일 한 번 안 해본 사람처럼 희고 포동포동한 유신이었지만 움직임은 누구보다 민첩했고, 접선을 살짝 떨치기만 했는데도 구송년의 호두계도가 몇 자나 뒤로 밀려나는 것을 보면 무공 또한 구송년보다 높은 것 같았다. 다만 포위된 상태라 경솔하게 반격을 시도하지는 못했다.

도화선은 신이 나서 외쳤다.

"저 초식은 거북이 방귀 같다고 하는 벽사검법 제32초인 '오구방비烏龜放屁'야. 그렇지, 저렇게 칼을 밀어내는 초식은 펄떡펄떡 뛰는 자라를 본뜬 제25초 '갑어번신甲魚翻身'이고."

영호충이 유신을 향해 물었다.

"유 선생, 〈벽사검보〉를 가진 사람이 당신이 아니라면 대체 누가 가지고 있습니까?"

장 부인과 옥령 도인도 맞장구를 쳤다.

"그래, 어서 말해라. 대체 누가 가지고 있느냐?"

유신은 너털웃음을 터뜨렸다.

"몇천 냥 벌겠다고 여태 입을 다물고 있었는데, 여러분이 이렇게 자린고비이신 줄은 몰랐군요. 제값을 치르기가 그리 싫으시다면… 좋습니다, 속 시원히 말해드리지요. 하지만 제 말을 듣고 아무리 마음이 동한들 아무것도 못하실 겁니다. 〈벽사검보〉가 다른 사람 손에 들어갔다면 다소 희망이 있지만, 하필이면 그분 손에 들어갔으니, 쯧쯧…. 그

〈벽사검보〉는 말입니다…."

사람들은 숨을 죽이고 그의 입에서 나올 말을 기다렸다.

그때, 급한 말발굽 소리와 덜커덩거리는 마차 바퀴 소리가 들려왔다. 누군가 길을 따라 이쪽으로 달려오고 있었다. 유신은 이때다 싶어 입을 다물고 그 소리에 귀를 기울이는 척했다.

"아니, 누구지?"

"빨리 대답이나 해라. 대체 누가 그 검보를 가지고 있느냐?"

"어련히 말씀드릴 텐데 왜 이리 재촉하십니까?"

그사이 말과 마차가 객점 앞에 멈춰섰고, 노쇠한 목소리가 밖에서 들려왔다.

"영호 공자께서 여기 계십니까? 공자를 모셔가기 위해 특별히 마차를 대령했습니다."

한시바삐 〈벽사검보〉의 행방을 알아내 사부와 사모, 사제, 사매들의 의심에서 벗어나고 싶은 영호충은 그 외침에 대답하지 않고 유신을 재촉했다.

"다른 사람이 왔으니 어서 말해주시지요!"

"공자, 이렇게 된 이상 말씀드릴 수 없습니다. 부디 널리 이해해주시기 바랍니다."

바깥에서 또다시 다급한 말발굽 소리가 울리고, 말 일고여덟 마리가 바람처럼 내달아 객점 앞에 와 섰다. 밖에서 힘찬 목소리가 들려왔다.

"황 노방주, 영호 공자를 모시러 온 거요?"

"그렇소. 사마 도주께서는 어쩐 일이오?"

노인의 대답에 힘찬 목소리는 '흥' 하고 코웃음만 쳤다. 곧이어 저벅

저벅하는 묵직한 발소리와 함께 우람한 남자가 안으로 들어서며 크게 외쳤다.

“어느 분이 영호 공자십니까? 이 사마대司馬大가 공자를 오패강으로 모셔가려고 왔습니다.”

영호충은 두 손을 포개며 말했다.

“제가 영호충입니다. 사마 도주께 이런 수고를 끼치다니 몸 둘 바를 모르겠습니다.”

사마대는 껄껄 웃었다.

“제 이름은 사마대라 합니다. 어려서부터 몸집이 장대해서 부모님께서 ‘대’라는 이름을 지어주셨으니 앞으로 그냥 사마대나 아대阿大라고 부르십시오. 도주니 뭐니 하는 말은 듣기 민망합니다.”

“겸손이 지나치십니다.”

영호충은 그렇게 말하고는 악불군 부부를 돌아보았다.

“이분은 제 사부님과 사모님이십니다.”

사마대가 포권하며 쩌렁쩌렁하게 외쳤다.

“말씀 많이 들었소이다!”

가볍게 인사를 건넨 뒤, 그는 다시 몸을 돌려 영호충에게 말했다.

“영접이 조금 늦었지만 너무 탓하지는 마십시오, 영호 공자.”

10여 년간 화산파의 장문 자리에 있으며 강호인들에게 존중을 받아온 악불군은 영호충에게는 몹시 공손하게 말하면서도 자신은 거들떠보지도 않는 사마대와 장 부인, 구송년, 옥령 도인 등의 태도가 몹시 거슬렸다. 물론 인사치레를 하며 존경은 표했지만, 영호충 때문에 알은체를 한다는 내색을 빤히 드러냈기에 대놓고 면박을 주는 것보다 더 울화가 치밀었다. 다만 워낙 수양이 깊어 그런 기분을 전혀 겉으로 드러내지 않을 뿐이었다.

그때 황 방주라고 불린 사람도 안으로 들어왔다. 그는 여든 살 가까이 된 노인으로, 하얗게 센 수염을 가슴까지 늘어뜨렸고 무척 정정해 보였다. 그는 영호충을 향해 허리를 살짝 굽히면서 포권했다.

"영호 공자, 이 부근에서 밥을 벌어먹고 사는 우리가 공자를 제대로 모시지 못하다니 죽을죄를 지었습니다."

악불군은 살짝 눈을 찡그렸다.

'설마?'

황하 하류에는 천하방天河幫이라는 방파가 있는데 그 방주인 황백류黃伯流는 중원 무림에서 알아주는 명숙이었다. 천하방은 방규가 엄하지 않고 무리 중에도 인재와 범재가 섞여 있어 간악한 짓을 저지르기도 했기 때문에 방파의 명성이 썩 높은 편은 아니지만, 그래도 사람이 많고 고수들도 제법 있어서 제와 노, 예, 악 지방에서는 가장 큰 방파였다.

'설마 저 노인이 만 명이 넘는 무리를 이끄는 은염교銀髯蛟 황백류일까? 그럴 리 없다. 그 사람이 처음 만난 충이를 저렇게 공손히 대할 이유가 없지 않은가?'

악불군의 마음속에서 피어나던 의혹은 금방 흩어졌다. 쌍사악걸 엄삼성이 이렇게 말한 덕분이었다.

"이보시오, 은염교. 이 바닥 주인이라는 사람이 멀리 타지에서 온 친구들을 아는 척도 하지 않아서야 되겠소?"

수염 기른 노인은 과연 은염교 황백류였다. 그가 껄껄 웃으며 대답했다.

"영호 공자가 아니었다면 이 많은 영웅들께서 이곳까지 찾아왔겠나? 좌우간 이 일대에 들어선 이상 모두 우리 천하방의 귀빈들인데 마땅히 잘 모셔야지. 오패강에 주연상을 마련했으니, 다들 영호 공자와 함께 가세나."

영호충이 둘러보니 조그마한 객점에 사람이 꽉 들어차 있었다. 이렇게 소란스러운 곳에서 〈벽사검보〉의 행방을 밝힐 유신이 아니었다. 다행히 조금 전에 있었던 일로 사부와 사매의 의심도 한결 풀어졌으리라 여긴 그는 언젠가는 진실이 밝혀지리라 예상하고 서둘러 해명할 생각을 접었다.

그가 악불군에게 물었다.

"사부님, 어떻게 할까요? 명을 내려주십시오."

악불군은 사람들을 둘러보며 생각했다.

'오패강에 모이는 사람들 중에 정파 사람은 단 한 명도 없는데 어찌 함께 어울리겠는가? 저들이 저렇게 공손히 나오는 까닭은 충이를 유혹해 무리에 끌어들이기 위해서다. 사악한 무리와 어울렸다가 패가망신한 유정풍의 전철을 밟을 수는 없으나, 그렇다 하여 가지 않겠다고 할 수도 없는 상황이구나.'

유신이 대답 없는 그를 바라보며 말했다.

"악 선생, 지금 오패강에 가시면 볼거리가 넘쳐납니다! 여러 동주와 도주들이 10여 년, 혹은 20여 년 만에 얼굴을 드러내는 자리니까요. 모두들 영호 공자 때문에 나온 것이지요. 저렇게 문무를 겸비한 영웅호걸을 배출해내시다니 참으로 자랑스러우시겠습니다. 반드시 오패강에 가셔야 합니다. 악 선생께서 걸음하지 않으시면 홍이 싹 달아날 겁니다."

악불군이 대답하기도 전에 사마대와 황백류가 영호충을 안다시피 해 밖으로 데려가 마차에 태웠다. 구송년과 엄삼성, 동백쌍기, 도곡육선도 우르르 뒤를 따랐다.

악불군과 악 부인은 쓴웃음을 지으며 서로 마주 보았다.

'저들에게 필요한 사람은 충이뿐이구나. 우리가 가든 안 가든 전혀 관심도 없겠지.'

잔뜩 호기심이 난 악영산이 악불군을 졸랐다.

"아버지, 우리도 가요. 저 괴상한 사람들이 대사형을 불러 무얼 하려는지 구경해야죠."

사람고기를 먹는 흑백쌍웅을 떠올리면 가슴이 서늘했지만, 대사형의 한마디에 자신을 풀어주었으니 다시 만나더라도 손가락을 뜯어 먹을 것 같지는 않았다. 물론 오패강에서는 아버지 곁에서 한 발짝도 떨어지지 않을 생각이었다.

악불군은 고개를 끄덕이고 밖으로 나갔다. 구토를 심하게 한 뒤 속이 텅 비어서 그런지, 걸음걸이에 힘이 없고 진기도 고르지 못했다. 그는 짐짓 놀라지 않을 수 없었다.

'오독교 남봉황의 독약이 무섭긴 무섭구나.'

황백류와 사마대 일행에게는 말이 여러 필이었기 때문에 악불군과 악 부인, 장 부인, 구송년, 도곡육선 등에게 한 마리씩 내주었다. 화산파의 남자 제자 몇몇은 탈 말이 없어 천하방 사람들과 장경도長鯨島에서 온 사마대의 부하들과 함께 걸어서 오패강으로 출발했다.

작가 주: 현대 의학은 혈액형에 따라 수혈하며 O형 혈액은 누구에게나 수혈할 수 있다. 남봉황은 이런 지식이 없으나 오랜 경험으로 100명 남짓한 여자 교인들 중에서 O형을 가려내 영호충에게 수혈을 해주었다. 그녀 또한 O형이었다. O형이 아닌 사람은 수혈에 참여하지 않았다.

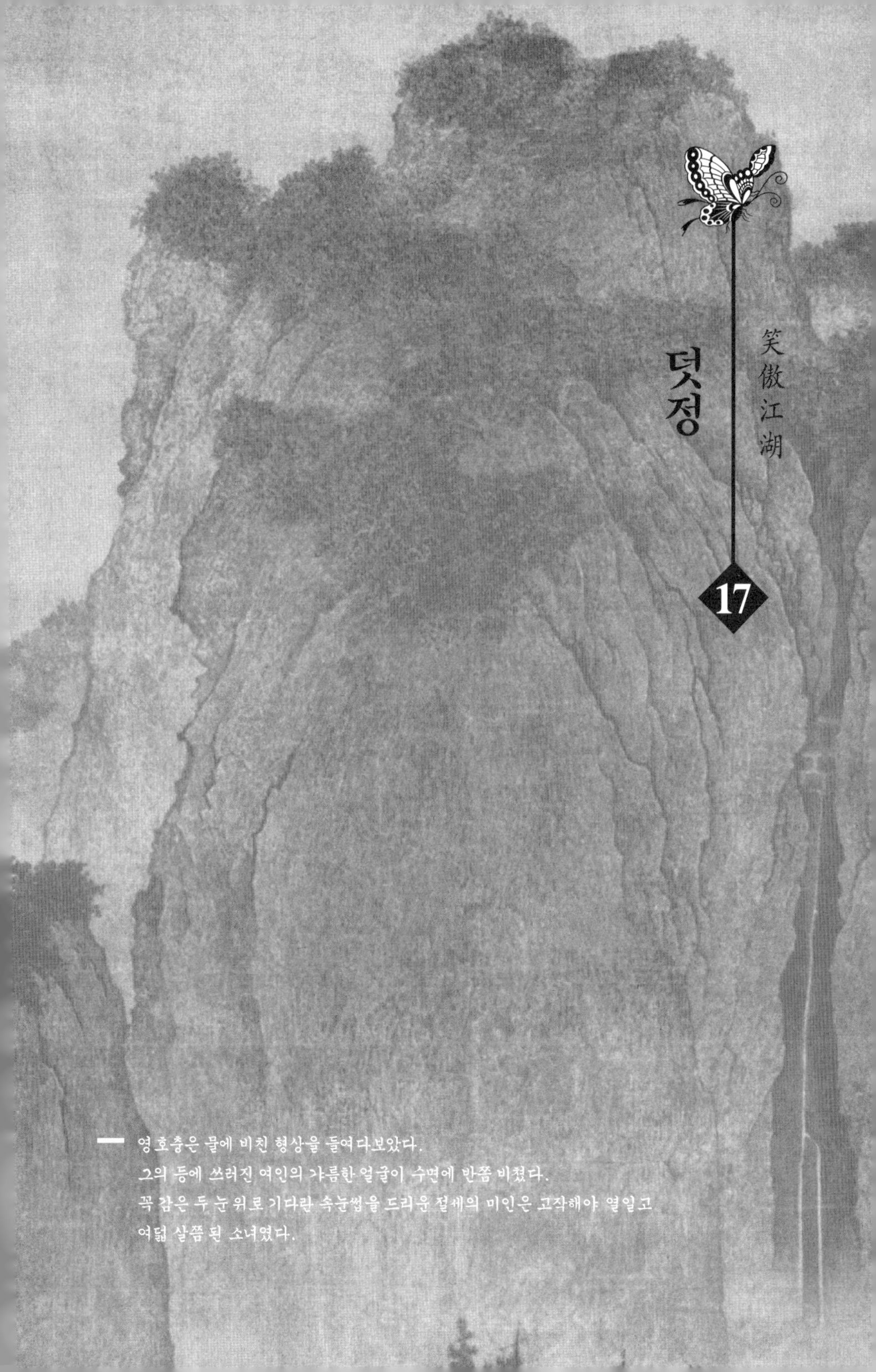

笑傲江湖

17 덧정

영호충은 물에 비친 형상을 들여다보았다.
그의 등에 쓰러진 여인의 갸름한 얼굴이 수면에 반쯤 비쳤다.
꼭 감은 두 눈 위로 기다란 속눈썹을 드리운 절세의 미인은 고작해야 열일고
여덟 살쯤 된 소녀였다.

오패강은 하남성과 산동성 접경에 자리해, 동쪽으로는 산동성 하택현과 정도현, 서쪽으로는 하남성 동명현과 맞닿아 있었다. 이 일대는 지세가 평탄하고 늪이나 못이 많았다. 멀리서 본 오패강은 높다란 산등성이라기보다는 구릉 같았다. 화산파와 여러 강호인들이 탄 마차와 말이 오패강을 향해 동쪽으로 달리기를 몇 리, 곧 사람들이 말을 타고 마중을 나왔다. 그들은 말에서 뛰어내려 큰 소리로 영호충의 안부를 물었는데, 언제나 그렇듯이 몹시 공손하고 예의 바른 태도였다. 오패강에 가까워질수록 마중 온 사람들은 점점 늘어났다.

오패강 언덕 위에는 빽빽한 소나무 숲이 자리 잡았고 그사이로 구불구불한 산길이 나 있었다.

황백류가 마차에서 영호충을 부축해 내렸다. 벌써 장한 두 사람이 푹신푹신한 가마를 메고 와 옆에서 기다리고 있었다. 영호충은 사부와 사모가 걸어가는데 혼자 가마를 타기가 민망해 악 부인에게 말했다.

"사모님, 앉으시지요. 저는 걸을 수 있습니다."

"저들이 맞이하러 온 사람은 영호 공자이지, 내가 아니란다."

악 부인은 빙그레 웃으며 말하고는 경공을 펼쳐 먼저 언덕을 올라갔다. 악불군과 악영산마저 걸음을 빨리해 사라지자 영호충은 어쩔 수 없이 가마에 올랐다. 가마는 흔들흔들 언덕에 올라 소나무 숲속 공터로 들어섰다. 공터 주변에는 사람들이 득시글거렸는데, 생김새나 차림새로 보아 전국 방방곡곡에서 몰려온 강호인들이었다.

가마가 다가가자 그들이 벌떼처럼 몰려들었다.

"이분이 영호 공자시군요?"

"공자, 이것은 소인의 집안에 대대로 내려오는 영약입니다. 죽은 사람도 살려내는 효험이 있지요."

"여기 제가 20년 전에 장백산에서 캔 오래된 인삼이 있습니다. 이제 다 자랐으니 부디 공자께서 드셔주십시오."

"산동에서 가장 솜씨 좋은 명의名醫 일곱 명을 초청했습니다. 공자의 병세를 살펴봐줄 겁니다."

각자 한마디씩 떠드는 가운데 두 손이 꽁꽁 묶여 굴비처럼 밧줄에 엮여 줄줄이 끌려오는 명의들이 보였다. 하나같이 눈이 퀭하고 얼굴은 우거지상을 하고 있어서 도무지 명의라고 생각할 수가 없었다. '초청'이라는 듣기 좋은 단어를 썼지만, 사실은 억지로 끌고온 것이 분명했다.

누군가 커다란 대광주리 두 개를 들고 와 말했다.

"제남성에서 파는 진귀한 약재들을 종류별로 조금씩 가져왔습니다. 공자께 필요한 약재가 모두 있으니 급할 때 요긴하게 쓰일 겁니다."

대부분 차림새가 특이하고 외양도 험상궂었지만, 그 성의만큼은 의심할 데가 없었다. 영호충은 그런 그들의 진심에 매우 감동했다. 여러 가지 굴욕과 좌절을 겪고 목숨도 위태로운 상태에서 감정이 격해졌던지, 그는 눈물까지 글썽이며 포권을 해 보였다.

"여러분, 일개 무명소졸에 불과한 이 영호충을 이렇게… 이렇게 보살펴주시다니, 실로… 실로 어찌… 어찌 보답해야 할지….”

그가 목이 메어 말을 잇지 못하며 절을 하자, 호걸들이 허둥지둥 소리를 질렀다.

“공자, 이러지 마십시오!”

“어서, 어서 일어나십시오!”

“이러다 소인 죽습니다!”

그들 역시 황망히 엎드려 절을 하기 시작했고, 곧 오패강에 있던 천 명 가까운 사람들이 일제히 바닥에 엎드리는 상황이 되었다. 서 있는 사람은 화산파 악불군과 그 제자들, 그리고 도곡육선뿐이었다.

악불군 일행은 그 많은 사람들 앞에 서 있기가 어색해 옆으로 비켜섰지만, 도곡육선은 히죽히죽 웃으며 엎드린 호걸들을 가리켜가면서 쓸데없는 소리를 늘어놓았다.

호걸들에게 몇 번 절을 하고 일어난 영호충의 얼굴은 뜨거운 눈물로 축축하게 젖어 있었다.

‘이 사람들이 무슨 연유로 내게 이렇듯 잘해주는지 모르지만, 앞으로 이 사람들을 위해 온몸을 바칠 것이다.’

천하방 방주 황백류가 나서서 말했다.

“영호 공자, 저 앞에 초막이 있으니 가서 쉬시지요.”

그는 영호충과 악불군 부부를 초막으로 안내했다. 새로 세운 듯한 초막 안에는 탁자와 의자가 완비되어 있었고, 탁자 위에는 찻주전자와 찻잔도 있었다. 황백류가 손짓을 하자 그의 부하가 술을 가져왔고 또 다른 사람이 말린 소고기나 돼지 다릿살 같은 안주를 내왔다.

영호충은 술잔을 들고 초막을 나가 낭랑하게 외쳤다.

"여러 친구분들! 영호충은 오늘 처음 여러분을 뵈었으니 이 술 한 잔으로 친구가 되고자 합니다. 이제부터는 복을 함께 나누고 어려움을 함께 헤쳐나가도록 합시다. 이 술은 여러 친구분들과 함께 마신 것으로 여기겠습니다."

말을 마친 그가 오른손을 높이 들어 잔을 허공에 털자, 술이 방울방울 사방으로 흩어졌다. 호걸들이 우레와 같은 목소리로 대답했다.

"영호 공자의 말씀이 옳습니다. 앞으로 복을 나누고 어려움도 함께 헤쳐나가시지요!"

악불군은 눈살을 찌푸렸다.

'저 아이는 늘 저리 앞뒤 생각지 않고 경솔하게 행동하는구나. 당장 자신에게 잘해준다고 해서 화복禍福을 함께하자고 약속하다니. 여기 있는 사람들은 하나같이 전백광처럼 반듯하지 못한 자들이다. 저들이 간음하고 노략질하고 다른 사람의 재물을 강탈할 때에도 함께하려느냐? 저런 악당들을 섬멸하는 것이 우리 같은 정파 사람들이 할 일인데 그런 자들과 어려움을 함께 헤쳐나가겠다고?'

영호충의 말은 계속 이어졌다.

"여러 친구분들께서 어떤 연유로 저를 이렇게 보살펴주시는지 저는 전혀 알지 못합니다. 그 연유를 알아도 좋고 몰라도 좋으니, 어려움이 있으신 분은 제게 알려주십시오. 당당한 대장부는 남에게 하지 못할 말이 없는 법이라 했습니다. 이 영호충에게 알려주시면 아무리 어렵고 위험한 일이라도 결단코 거절하지 않겠습니다."

그는 생면부지인 사람들이 이렇게 잘해주는 까닭은 무엇인가 어려운 부탁이 있어서라고 생각하고 있었다. 이 때문에 아무리 어려운 부탁이라도 고작해야 죽기밖에 더하겠느냐는 생각으로 시원시원하게 받아들이겠다 선언한 것이었다.

황백류가 고개를 저으며 말했다.

"영호 공자, 왜 그런 말씀을 하십니까? 이 사람들은 공자께서 오신다는 소식을 듣고 흠모하는 마음에 한번 뵈러 온 것뿐입니다. 공자께서 건강이 좋지 않다 하시기에 명의를 모셔오거나 약재를 구해온 것이지, 공자께 바라는 것은 아무것도 없습니다. 우리는 같은 방파가 아닙니다. 대다수는 서로 이름만 들어본 사이고 다소 불화가 있는 사람들도 있지요. 허나 공자께서 복을 함께 나누고 어려움을 함께 헤쳐나가자고 하셨으니, 전에는 사이가 나빴다 하더라도 이제부터 친구가 될 것입니다."

"그렇습니다! 황 방주의 말씀대로입니다!"

호걸들이 입을 모아 소리쳤다.

그때 명의들을 잡아온 사람이 다가와 청했다.

"공자, 속히 초막으로 드셔서 저 의원들이 진맥을 할 수 있도록 해주시지요."

'평일지같이 신통한 의원도 나를 치료할 수 없다고 했는데 저 사람들이 무얼 할 수 있을까?'

영호충은 회의가 들면서도 호의를 거절할 수 없어 초막 안으로 들어갔다. 명의 일곱 명도 굴비처럼 줄줄이 끌려들어왔다.

영호충은 빙그레 웃으며 말했다.

"저분들을 놓아주시지요. 달아나지는 않을 겁니다."

"공자께서 놓아주라면 놓아주어야지요."

그가 돌아서서 손을 휘두르자, 의원들을 묶은 밧줄이 툭툭 끊어져 바닥으로 떨어졌다.

"영호 공자를 치료하지 못하면 너희 목도 이렇게 바닥으로 떨어질 것이다!"

그 으름장에 의원 한 명이 더듬더듬 말했다.

"소… 소인, 전력을 다하겠습니다. 허나 세상에는 의원이 치료할 수 없는 병도 있기 마련입니다."

또 다른 의원은 생각이 다른 모양이었다.

"공자의 신색이 훤한 것을 보니 약을 쓰면 금방 나을 것입니다."

의원 몇 명이 서로 맥을 짚겠다고 앞다퉈 달려왔다.

그때 초막 입구에서 누군가 날카롭게 일갈했다.

"썩 꺼져라! 너희 같은 돌팔이들을 어디에 써먹겠느냐?"

영호충은 초막 입구에 서 있는 살인명의 평일지를 발견하고 몹시 기뻐하며 외쳤다.

"평 의원께서도 오셨군요. 저도 이 의원들이 크게 도움이 되지 않을 것이라 생각하던 차였습니다."

평일지는 성큼성큼 안으로 들어와 두 발을 이리저리 휘둘렀다. 퍽 퍽 하는 소리와 함께 그에게 걷어차인 의원들이 초막 밖으로 날아갔다. 의원들을 잡아온 남자는 평일지를 무척 경외했는지, 다짜고짜 소리를 질렀다.

"당세 제일이 명의 평 의원께서 오셨는데 너희 같은 놈들이 무슨 낯으로 여기 있느냐!"

또다시 퍽퍽 하며 의원 두 명이 밖으로 날아갔고, 남은 세 의원도 걷어차이기 전에 머리를 감싸쥐고 달아났다. 남자는 허리를 숙이며 배실배실 웃었다.

"영호 공자, 평 의원, 제가 주제넘은 짓을 했습니다. 부디…."

그 말이 끝나기도 전에 평일지가 왼발을 휘둘렀다. 퍽 하는 둔탁한 소리에 이어 그 남자 역시 발길질에 차여 초막 밖으로 사라졌다. 예상치 못한 상황에 영호충은 입을 떡 벌리고 평일지를 바라보았다.

평일지는 일언반구도 없이 의자에 앉아 그의 오른손을 잡아당겨 맥을 짚었다. 한참 후, 이번에는 왼손의 맥을 짚었다. 이렇게 오른손과 왼손을 번갈아 짚어보던 평일지는 얼굴을 일그러뜨리며 고뇌에 빠진 듯 눈을 감았다.

영호충이 말했다.

"평 의원, 사람에게는 정해진 명이 있습니다. 제 병은 치료하기 어려운데, 두 번이나 찾아와 보살펴주시니 감사할 따름입니다. 이제 더는 신경 쓰지 마십시오."

초막 밖이 술내기를 하는 소리로 시끌시끌해지는 것을 보니 천하방이 호걸들을 대접할 술과 안주를 푸짐하게 내놓은 모양이었다. 영호충의 신경은 온통 그쪽으로 쏠렸다. 호걸들과 한판 신나게 놀아보고 싶었지만, 평일지는 내맡긴 손을 영원히 놓아줄 것 같지 않았다.

'이 사람은 한 손가락으로 맥을 짚어 병을 고치고 한 손가락으로 혈도를 짚어 사람을 죽인다 해서 평일지라 불린다고 했어. 그런 그가 지금 열 손가락이 모자라도록 나를 진맥해주는데 뿌리칠 수는 없지.'

그때 누군가 초막 안으로 머리를 쑥 들이밀었다. 도간선이었다.

"영호충, 술 안 마실 거야?"

"곧 갈 테니 기다려주시오. 내가 가기 전에 다 마시면 안 되오."

"알았어! 평 의원, 빨리 끝내라고!"

도간선이 사라진 후, 평일지는 천천히 손을 거두고 눈을 감은 채 오른손 둘째 손가락으로 탁자를 톡톡 두들겼다. 몹시 곤란한 상황인 것 같았다.

한참 뒤 그가 눈을 뜨고 말했다.

"영호 공자, 지금 공자의 몸속에선 여덟 갈래의 진기가 서로를 해소하지도 물리치지도 못한 채 충돌하고 있소. 이런 증상은 중독이나 풍한과는 달라 뜸이나 약으로는 치료할 수가 없소."

"압니다."

"지난번 주선진에서 공자를 진맥한 뒤 다소 위험하기는 하나 방법을 생각해냈소. 내공이 깊은 고수 일곱을 청해 공자의 몸속에 있는 진기를 단번에 제거하는 것이오. 내가 세 명의 고수를 모셔왔고, 여기 모인 호걸들 중에 그만한 고수 둘을 구한 뒤 존사이신 악 선생과 이 몸이 도우면 공자를 치료할 수 있소. 그런데 방금 공자의 맥을 짚어보니 상태가 더욱 복잡하고 이상해져 있구려."

영호충은 말없이 고개를 끄덕였다. 평일지가 계속 말했다.

"지난 며칠간 일어난 변화는 네 가지요. 첫째, 공자는 몸보신에 좋은 수십 가지 열약熱藥(따뜻한 기운이 있는 약재로 만든 약)을 복용했는데, 그중에 인삼, 하수오, 영지, 복령 등 진기한 약재가 든 약도 있었소. 그 약은 본디 순음純陰의 성질을 지닌 여자를 위한 약이오."

영호충은 놀란 얼굴로 고개를 끄덕였다.

"그렇습니다. 그것을 알아내시다니 정말 보기 드문 신기한 재능이

시군요."

평일지는 고개를 저으며 물었다.

"어쩌다 그런 약을 드셨소? 흥, 아마 어느 돌팔이가 실수로 먹였겠지. 답답한 놈들 같으니."

'조천추는 내 몸을 생각해서 노두자의 속명팔환을 먹였을 뿐이야. 보약에 남녀의 구분이 있을 줄은 당연히 몰랐겠지. 사실대로 말하면 평 의원에게 호되게 야단맞을 테니 숨기는 것이 좋겠군.'

영호충은 이렇게 생각하며 말했다.

"제가 잘못 알고 먹은 것이지, 다른 사람의 잘못이 아닙니다."

"공자의 몸은 기가 허한 것이 아니라 정반대요. 몸속의 진기가 무척 강한데 보약까지 듬뿍 보탰으니 어찌 되겠소? 장강이 범람하는데 치수를 맡은 자가 물길을 터 내보낼 생각은 않고, 도리어 동정호와 번양호의 물까지 끌어들인 꼴이니 대홍수가 나지 않고 배기겠소? 그런 약은 선천적으로 기가 약하고 허약한 여자들에게나 효험이 있는데, 공자 같은 사람이 먹었으니… 휴, 화도 이런 큰 화가 없소!"

영호충은 대답 없이 속으로만 중얼거렸다.

'여자에게는 효험이 있다니, 노두자의 딸 노불사 낭자가 내 피를 마신 뒤 몸이 좋아졌기를 빌어야지.'

평일지의 말이 이어졌다.

"두 번째 변화는 갑작스레 피를 많이 쏟은 것이오. 그런 몸으로 왜 그리 큰 싸움을 벌였소? 호기롭게 싸움을 벌인다고 목숨이 늘어나기라도 하오? 아아, 그분은 공자를 이다지도 소중히 여기시는데 공자는 도무지 스스로를 아낄 줄 모르는구려. 군자의 복수는 10년이 걸려도 늦지 않다 했건만 무엇이 그리 급했소?"

그렇게 말하며 그는 답답하다는 듯이 연신 고개를 저었다. 도저히 이해가 가지 않는다는 표정이라, 환자가 영호충만 아니었다면 벌써 따귀를 한 대 올려붙이고 욕을 실컷 퍼부었을 것 같았다.

영호충은 공손히 말했다.

"피를 흘린 것이 왜 잘못되었는지 부디 가르쳐주십시오."

"단순히 피만 흘렸다면 치료가 어렵지는 않소. 한데 하필이면 공자는 운남 오독교와 어울려 그들이 만든 오보화밀주를 마셨소."

영호충은 의아한 목소리로 물었다.

"오보화밀주가 문제였다고요?"

"그 약주는 오독교에서 조상 대대로 내려오는 비전으로, 작은 독충 다섯 마리를 담가 만드는 아주 진귀한 술이오. 독충 한 마리를 기르는 데만 10여 년이 걸린다고 들었는데, 독충뿐만 아니라 상생상극의 이치를 따져 수십 가지 기화요초琪花瑤草가 함께 들어가오. 그 약주를 마시면 만병을 이겨내고 독을 당하지 않을 뿐 아니라, 공력이 10년 늘어나니 당세에 둘도 없는 보약이라 할 수 있소. 이 늙은이도 오랫동안 소문은 들었지만 직접 보지는 못했소. 듣자니 남봉황이라는 여자는 정절을 중요하게 여겨 남자에게 친근하게 군 적이 없다 하던데, 그녀의 부하들이 그 진귀한 약주를 공자에게 먹일 줄이야…. 쯧쯧, 젊어 풍류를 즐기는 것은 좋지만 어찌 자기 몸에 해가 될 줄도 몰랐단 말이오!"

영호충은 쓴웃음을 지을 수밖에 없었다.

"저는 배 위에서 남 교주를 딱 한 번 만나 오보화밀주를 얻어마셨을 뿐, 사사로이는 아무 관계도 없습니다."

평일지는 한참이나 그를 노려보다가 비로소 고개를 끄덕였다.

"그렇다면 남봉황도 그분을 위해 공자에게 오보화밀주를 권한 모양이구려. 허나 그 약주는 기가 과한 공자의 몸에 기를 보탠 꼴이 되었소. 아무리 몸에 좋은 술이라 해도 결국 독이 든 술 아니겠소? 오독교가 독약에 능통한 까닭은 대대로 내려오는 기괴한 약제법 덕분이오. 남봉황같이 머리에 피도 안 마른 여자가 의술과 약리를 알기는 개뿔이나 알겠소? 얕디얕은 생각으로 일을 망치기나 하지!"

그가 마구 욕을 퍼붓자 영호충은 새삼 평일지의 거친 성질에 놀랐지만, 창백해진 얼굴로 흥분해 숨을 헐떡이는 모습을 보면 자신을 걱정하는 진심이 느껴져 감격하기도 하고 송구스럽기도 했다.

"평 의원님, 남 교주는 호의로…."

"호의? 흥, 호의 좋아하시네! 사람 죽이는 돌팔이들 중에 호의로 나서지 않는 자가 어디 있소? 매일 돌팔이들 손에 죽는 사람 수가 강호에서 칼을 맞아 죽는 사람 수보다 훨씬 많다는 사실을 알고나 있소?"

"그럴 수도 있겠군요."

"그럴 수도 있겠군요가 아니라 사실이 그렇소. 남봉황 따위가 대체 무엇이라고 이 평일지의 환자를 함부로 치료한다는 말이오? 이제 공자의 피에 극독이 섞였으니 하나하나 해독하려고 하면 몸속의 진기가 날뛰어 세 시진 안에 목숨을 앗아갈 것이오."

영호충은 가만히 생각했다.

'내 피에 독이 섞인 것은 단순히 오보화밀주 때문만은 아닐 거야. 남 교주와 묘족 소녀 네 명이 내게 피를 나눠주었는데, 밤낮 극독을 다루는 사람들이니 음식에도 독이 섞이고 핏속에도 독소가 들어 있었겠지. 물론 그들은 오랫동안 그렇게 해왔으니 익숙해져서 나와는 달리 몸이 상하지는 않겠지만. 평 의원이 크게 노하실 테니 이 말은 하지 말아야겠어.'

이렇게 생각한 그는 고개를 끄덕이며 말했다.

"의술과 약리는 워낙 깊고 신비해서 저희 같은 보통 사람은 익힐 엄두도 못 냅니다."

평일지는 한숨을 내쉬었다.

"보약을 먹고 피를 흘리고 오보화밀주를 마셨을 뿐이라면 그나마 치료할 방법이 있소. 허나 네 번째 변화만큼은 나도 어쩔 도리가 없소. 휴우, 모두 공자 잘못이오!"

"예, 모두 제 잘못입니다."

"요 며칠 공자는 실의에 빠져 삶의 의욕을 모두 잃지 않았소? 대체 무슨 일이 있었소? 지난번 주선진에서 만났을 때만 해도 상태가 위중하고 증상도 기괴했지만, 심맥은 왕성하고 가슴이 탁 트여 생기가 넘쳤소. 나는 공자를 100일 동안 연명시킨 뒤, 그동안 어떻게든 치료 방법을 찾을 생각이었는데 그 당시에는 확신이 없어 공자에게 말하지 않았소. 그런데 이제 보니 공자는 살고자 하는 마음조차 없구려. 대체 무엇 때문이오?"

그 말에 영호충의 마음은 슬픔에 휩싸였다.

'사부님께서 내가 임 사제의 〈벽사검보〉를 훔쳤다고 의심하실 때만 해도 이렇게 슬프지는 않았어. 나만 떳떳하면 언젠가 사실이 밝혀질 때가 오리라고 생각했으니까. 하지만… 이제 소사매까지 내게 의심을 품기 시작했어. 소사매는 오로지 임 사제 생각뿐이고 내 목숨 같은 것

에는 관심도 없는데, 이 세상에 살아남아 무슨 의미가 있을까?'

평일지는 그의 대답을 기다리지 않고 말했다.

"공자의 맥을 짚어보니 정에 깊이 얽매여 있소. 무릇 세상 여자들이란 말이 아름답지 않고 생김새는 가증스러우며 성격 또한 까다롭고 거칠어 멀리 피하는 것이 상책이오. 운명이 허락하지 않아 아무리 달아나도 피할 수 없다면, 꾹 참으며 짐짓 좋아하는 척해주는 수밖에 없다오. 공자는 어찌 그런 이치를 모르고 도리어 밤낮으로 여자를 그리워하는 것이오? 이는 크나큰 잘못이오. 비록, 비록 그분이…. 휴, 무엇이라 해야 할지…."

연신 고개를 가로저으며 한숨을 쉬는 평일지를 보며, 영호충은 속으로 중얼거렸다.

'당신 부인이야 말과 생김새가 추하고 성격도 괴팍해서 어떻게든 피하고 싶겠지만, 세상 여자들이 다 그런 것은 아니지. 부인 한 사람만 보고 세상 여자들을 논하다니 우스운 일이군. 저 말대로 소사매가 말이 아름답지 않고 생김새도 가증스러웠다면….'

그때 도화선이 양손에 큼직한 술그릇 두 개를 들고 초막 입구로 걸어와 외쳤다.

"평 의원, 치료 안 끝났어?"

평일지는 얼굴을 굳히고 대답했다.

"치료할 수가 없네!"

도화선은 어리둥절한 얼굴로 물었다.

"치료를 못해? 그럼 어쩌지?"

그는 영호충을 돌아보았다.

"어차피 이렇게 된 거 나와서 술이나 마셔."
"좋소!"
영호충이 시원스레 대답하자 평일지가 버럭 화를 냈다.
"안 되오!"
벼락같은 외침 소리에 도화선은 화들짝 놀라 달아났다. 그릇에서 술이 출렁출렁 넘쳐 달아나는 도화선의 옷을 흠뻑 적셨다.
"영호 공자, 신선이 와도 공자의 병을 완전히 치료하기 어려울 거요. 하지만 몇 달 혹은 몇 년 정도 목숨을 부지할 방법은 있소. 단, 내 지시를 철저히 따라야 하오. 첫째는 술을 금하고, 둘째는 마음을 잘 다스리고 여색을 멀리하는 것이오. 아니, 단순히 멀리하는 것이 아니라 생각조차 하지 말아야 하오. 마지막으로 싸움도 하지 마시오. 술과 여자, 싸움만 금한다면 1~2년 정도는 더 살 수도 있소."
영호충은 껄껄 웃음을 터뜨렸다.
평일지가 눈살을 찌푸리며 물었다.
"무엇이 그리 우습소?"
"세상에 태어났으면 하고 싶은 대로 하면서 살아야지요. 술도 안 마시고, 여자도 멀리하고, 하물며 누가 때려도 가만히 맞고만 있으면 그게 사람입니까? 그리 살 바에야 몇 년 일찍 죽더라도 통쾌하게 살다 죽는 게 낫습니다."
평일지는 차갑게 대답했다.
"나는 무슨 수를 써서든 공자를 그리 만들 것이오. 공자의 병을 치료하지 못했다는 소문이 나면 내 명성이 어찌 되겠소?"
영호충은 그의 오른팔을 꽉 잡으며 진심 어린 목소리로 말했다.

"의원님의 호의에는 감사할 따름입니다. 하지만 생사는 하늘이 정하는 법이라 의원님의 의술이 아무리 훌륭해도 살릴 수 없는 사람이 있기 마련입니다. 저를 치료하지 못해도 의원님의 명성에는 아무런 누가 되지 않을 겁니다."

그때 또다시 누군가 머리를 들이밀었다. 이번에는 도근선이었다.

"영호충, 병은 다 나았어?"

그가 큰 소리로 외치자 영호충이 대답했다.

"평 의원의 신선 같은 의술 덕에 다 나았소."

"잘됐군, 잘됐어."

도근선이 안으로 들어와 영호충의 소매를 잡아당겼다.

"가자! 가서 술 마시자고!"

영호충은 평일지에게 깊이 읍하고 말했다.

"의원님의 호의에 감사드립니다."

평일지는 반례조차 하지 않고 눈을 잔뜩 찌푸린 채 알아들을 수 없는 혼잣말을 중얼거렸다.

도근선이 시원스레 웃으며 말했다.

"당연히 치료해줄 줄 알았어. 저자의 별호는 살인명의여서 한 사람을 치료하면 한 사람을 죽인다는 규칙이 있거든. 그러니 사람을 치료하지 못하면 어떻게 되겠어? 뭔가 이상하잖아?"

영호충이 웃으며 퉁을 주었다.

"또 쓸데없는 소리를!"

두 사람은 어깨를 나란히 하고 초막을 나갔다.

너른 공터에는 호걸들이 삼삼오오 모여 거하게 술을 마시고 있었다. 영호충이 무리를 지나칠 때마다 사람들이 다가와 술을 권했다. 흥겹게 술을 마시고 신나게 어울리는 그를 보자 호걸들은 무척 기뻐했다.

"영호 공자는 과연 호기 넘치는 대장부시군요! 탄복했습니다."

술을 열 잔 넘게 마시고 나자 영호충은 평일지가 마음에 걸려, 몸을 돌려 들고 있던 술그릇을 높이 들어올리며 노래를 시작했다.

"오늘 술은 오늘 마셔 취하리!"

그러면서 초막 안으로 들어가 말했다.

"평 의원님, 술 한잔 올리겠습니다."

바람에 어른거리는 촛불이 새하얘진 평일지의 얼굴을 비췄다. 영호충은 화들짝 놀라 술기운이 싹 달아났다. 자세히 살펴보니, 평일지의 새까맣던 머리칼은 어느새 하얗게 세어 있었고, 얼굴에도 주름이 깊이 패어 몇 시진 사이 수십 년이나 늙어버린 것 같았다. 어렴풋하게 그의 중얼거림이 들려왔다.

"한 사람을 치료하면 한 사람을 죽이는데, 사람을 치료하지 못하면 어떻게 하나?"

영호충은 뜨거운 피가 거꾸로 솟는 것 같아 크게 외쳤다.

"이 영호충의 목숨이 도대체 무엇이라고 이렇게까지 마음에 두십니까?"

평일지가 중얼거렸다.

"사람을 치료하지 못하면 나라도 죽어야지. 그렇지 않으면 어찌 살인명의가 되겠나?"

그는 벌떡 일어났지만 똑바로 서지 못하고 휘청거리다가 시뻘건 피를 한 움큼 토하고 바닥에 쓰러졌다.

놀란 영호충이 달려가 부축했지만 이미 숨이 끊어진 후였다. 영호충은 그를 부둥켜안고 어쩔 줄 몰라 했다. 무슨 연유에선지 초막 바깥의 웅성거리던 소리도 차차 줄어들어, 기분은 점점 더 처량해져갔고 울적한 마음에 절로 눈물이 뚝뚝 흘렀다. 품에 안은 평일지는 몸이 굳어갈수록 무거워져, 그는 시신을 조심스레 바닥에 내려놓았다.

그때 누군가 살금살금 안으로 들어와 소리 죽여 그를 불렀다.

"영호 공자!"

조천추를 알아본 영호충이 슬픈 목소리로 말했다.

"조 형, 평 의원께서 돌아가셨소."

조천추는 그 일에는 전혀 관심이 없는 듯 엉뚱한 말을 했다.

"영호 공자, 한 가지 부탁이 있습니다. 누군가 묻거든 이 조천추와는 한 번도 만난 적이 없다고 말해주십시오. 부탁드립니다."

영호충은 어리둥절했다.

"왜 그래야 하오?"

"별다른 이유는 없습니다. 다만… 다만… 험험. 다음에 봅시다!"

그가 사라지기 무섭게 또 한 사람이 나타났다. 이번에는 사마대였다.

"영호 공자, 차마 입에 담기 힘든 말이지만… 이런 말을 하면 안 되지만… 만약 누군가 이 오패강에 모인 사람들이 누구냐고 묻거든 부디 제 이름은 숨겨주십시오. 그렇게만 해주시면 감사하겠습니다."

"알겠습니다. 그런데 무엇 때문입니까?"

사마대는 큰 잘못을 저지르다 어른에게 들킨 어린아이처럼 부끄러운 표정으로 우물쭈물했다.

"그… 그것은…."

"예, 잘 알겠습니다. 이 영호충은 사마 도주의 친구가 될 자격이 없으니 앞으로는 감히 아는 척도 하지 않겠습니다."

영호충이 이렇게 비꼬자 사마대는 낯빛을 싹 바꾸며 바닥에 털썩 엎드렸다.

"공자, 저를 죽이려고 이러십니까? 오패강의 일을 숨기려는 까닭은 화를 피하기 위해서입니다. 그런데 이렇게 의심하시니 차라리 방금 제가 한 말은 못 들은 셈 쳐주십시오!"

영호충이 황급히 그를 일으켜 세웠다.

"어서 일어나십시오. 예가 지나치십니다. 대체 오패강에서 저를 만난 일에 누가 화를 낸다는 겁니까? 그 사람이 저를 그리도 미워한다면 저에게 화풀이를 하면 될 일이지…."

사마대가 황망히 손을 내저으며 빙그레 웃었다.

"자꾸만 이상한 말씀을 하시는군요. 그분께서 공자를 아끼면 아끼셨지, 미워할 리가 있겠습니까? 아이고, 소인이 또 쓸데없는 말을 했군요. 이런 말을 입에 담으면 안 되는데…. 이만 물러가겠습니다. 아무튼 이미 저와 친구가 되셨으니 어려움에 부딪힐 때 불러주시면 불속이든 물속이든 가리지 않고 달려가겠습니다. 공자가 찾으실 때 눈살이라도 찌푸리면 이 사마대의 18대 조상님들까지 바보 멍청이가 될 것입니다!"

사마대는 가슴을 팍팍 치며 자신 있게 말한 뒤 성큼성큼 밖으로 사라졌다.

영호충은 더욱 호기심이 일었다.

'사마 도주가 내게 성의를 보인 것은 의심할 바 없는 진심이었어. 그런데 오패강에서 나를 만난 것이 왜 화가 된다는 것일까? 더욱이 화를 내는 사람은 나를 미워하는 것이 아니라 도리어 좋은 감정을 가지고 있다니, 이런 이상한 일이 또 있을까? 정말로 내게 좋은 감정을 가졌다면 내가 사귄 친구들에게도 호감을 가져야 마땅한데….'

그때 문득 뇌리를 스치는 것이 있었다.

'아, 그렇구나. 그 사람은 정파의 선배기 때문에 나를 몹시 아끼지만, 내가 사귄 방문좌도들은 마음에 들지 않으신 거야. 혹시 풍 태사숙님이신가? 사마 도주는 시원시원한 남아대장부인데 대체 어디가 마음에 들지 않으실까?'

또다시 밖에서 헛기침 소리가 들리고 누군가 조용히 그를 불렀다.

"영호 공자."

영호충은 황백류의 목소리를 알아듣고 대답했다.

"들어오십시오, 황 방주."

황백류가 초막으로 들어와 말했다.

"영호 공자, 친구들이 공자에게 전해달라는 말이 있습니다. 당장 처리해야 할 급한 일이 생겨 공자께 작별 인사도 못하고 떠나게 되었으니 부디 용서해달라는 전갈입니다."

"별말씀을 다 하시는군요."

영호충이 그렇게 말하며 귀를 기울이니 과연 많은 사람들이 떠났는지 초막 밖이 조용했다.

황백류가 더듬더듬 말을 이었다.

"이번 일은… 허험, 저희 생각이 참으로 짧았습니다. 그저 궁금하기도 하고 또 그간의 정에 보답하고자 하는 마음에 저지른 일입니다만, 이렇게 될 줄은…. 그분은 이 일을 크게 만드는 것이 부끄러우셨던 모양인데, 저희같이 무식하고 거친 자들이 어찌 알았겠습니까? 남 교주와 묘족 소녀들도…."

영호충은 그가 무슨 말을 하는지 전혀 알아들을 수가 없었다.

"황 방주께서도 저더러 오패강의 일을 말하지 말아달라고 부탁하시는 것입니까?"

황백류는 마른 웃음을 흘리며 몹시 민망한 표정을 지었다.

"남들은 발뺌할 수 있어도 이 황백류는 빠져나갈 수가 없지요. 천하방이 오패강에서 공자를 대접한 일은 숨기려야 숨길 수가 없습니다."

영호충은 코웃음을 쳤다.

"제게 술 한잔 대접한 것이 천하에 용서받지 못할 일도 아닌데, 당당한 대장부가 어찌 그 사실을 숨기려 하십니까?"

황백류는 당황한 듯 미소를 지어 보였다.

"공자, 이상한 생각은 마십시오. 이 늙은이는 나면서부터 조심성이 없었습니다. 일찌감치 며느리나 손녀딸에게 물어보았다면 그분께 죄를 짓는 일은 하지 않았을 텐데… 휴…. 저는 열일곱에 마누라를 얻었는데 마누라가 박복해서 일찍 죽는 바람에 여인네의 심사에 대해서는 요만큼도 모릅니다."

영호충은 여전히 이해할 수가 없었다.

'사부님께서 이들은 방문좌도라 하시더니, 그래서인지 말이 두서가 없구나. 내게 술을 대접하는 것까지 며느리나 손녀에게 물어봐야 한다니, 아내가 일찍 죽었다 해도 이해가 안 가는군.'

황백류가 말을 이었다.

"이렇게 된 이상 어쩌겠습니까? 부디 공자께서는 예전부터 저와 아는 사이고 수십 년째 친구로 지내온 막역한 사이라고 해주십시오. 아차, 수십 년이 아니라 10년이겠군요. 공자께서 열다섯 살 때 이 늙은이와 술내기를 하셨다고 하지요."

영호충은 웃으며 말했다.

"제가 네 살 되던 해 황 방주와 함께 주사위를 던지고 술을 마셨는데 벌써 잊으셨습니까? 그때부터 셈하면 20년은 되었지요."

황백류는 눈을 둥그렇게 떴지만 곧 영호충이 일부러 농담하는 것을 깨닫고 쓴웃음을 지었다.

"그렇게 말씀해주시니 고마울 따름입니다. 허나 20년 전에 이 늙은이는 남의 재산을 털며 온갖 흉한 일들을 많이 저질렀는데, 공자께서 그때부터 이 늙은이의 친구가 되었다고 할 수는 없지요. 허허… 그렇게는…."

"황 방주께서 솔직하게 시인하시니, 저는 기어코 황 방주의 20년 지기가 되어야겠습니다."

황백류는 몹시 기뻐하며 큰 소리로 외쳤다.

"좋습니다, 좋아요. 그럼 20년 지기로 하시지요."

그는 주위를 살핀 뒤 목소리를 낮춰 말했다.

"부디 몸조심하십시오, 공자. 공자는 어진 분이니 지금 앓는 병도 반드시 나으실 겁니다. 하물며 성聖… 성… 신통광대神通廣大하신… 어이쿠!"

별안간 황백류가 비명을 지르며 허둥지둥 달아나자 영호충은 어리둥절할 수밖에 없었다.

'성? 신통광대? 대체 무슨 소린지 모르겠군.'

멀어지는 말발굽 소리가 들려오고 시끌벅적하던 소리도 완전히 그쳤다. 영호충은 한참 동안 평일지의 시신을 바라보다가 초막을 나섰다. 초막 밖으로 걸음을 내딛는 순간, 그는 경악하지 않을 수 없었다. 드넓은 언덕을 채웠던 사람들이 단 한 명도 남김없이 사라져 스산한 기운만 감돌고 있었던 것이다. 호걸들 가운데 몇 사람이 떠나가고 조금 전처럼 시끄럽게 술을 마시지 않을 뿐이라고 여겼지, 눈 깜짝할 사이에 이렇게 완전히 모습을 감추리라곤 전혀 생각지 못한 그는 깜짝 놀라 목이 터져라 소리쳤다.

"사부님! 사모님!"

그러나 어디에서도 대답이 없었다. 그는 다시 한번 소리쳤다.

"둘째 사제! 넷째 사제! 소사매!"

여전히 대답은 없었다.

초승달이 아련히 비추고 산들바람조차 불지 않는 이 드넓은 오패강에 남은 사람이라곤 오직 그 혼자뿐이었다. 바닥에 나뒹구는 술병과 그릇이 유난히도 눈에 띄었다. 술병뿐만은 아니었다. 모자, 바람막이, 외투, 허리띠 등 온갖 물건들이 가져온 것조차 챙길 틈 없이 바삐 떠난 호걸들의 모습을 소상히 알려주고 있었다.

영호충은 더욱 의심스러웠다.

'마치 맹수라도 들이닥쳐 황급히 달아난 모양새로군. 세상에 두려울 것이 없는 사람들인데 별안간 겁쟁이가 되어 꽁무니를 빼다니, 도대체 무슨 일일까? 사부님과 사모님, 사제와 사매들은 어디로 갔지?

정말로 위험한 상황이 벌어졌다면 어째서 나를 부르지 않았을까?'

이 넓은 세상에서 자신의 안위를 염려해주는 사람이 아무도 없다고 생각하자 서글픔이 밀려왔다. 조금 전만 해도 수많은 사람들이 그를 둘러싸고 반갑게 맞아주었는데 지금은 가족이나 마찬가지인 사부와 사모마저 그를 버리고 떠나가버린 것이다.

감정이 북받치자 몸속의 진기가 들끓기 시작했다. 그는 힘없이 비틀거리다가 바닥에 나동그라졌다. 일어나려고 발버둥쳐보았지만 신음만 흘러나올 뿐 힘이 주어지지 않았다. 어쩔 수 없이 눈을 감고 잠시 쉰 뒤 다시 움직여보았는데, 갑작스레 힘을 준 나머지 귓속이 웅웅거리고 눈앞이 까매지며 정신을 잃고 말았다.

얼마나 시간이 흘렀을까. 몽롱한 가운데 부드러운 칠현금 소리가 희미하게 들려와 그는 차차 정신을 차렸다. 느릿느릿하고 우아한 곡조가 귓속으로 흘러들어 흐트러진 그의 감정을 토닥여주었다. 다름 아닌 낙양성에서 만난 노파의 〈청심보선주〉였다. 영호충은 마치 망망대해에서 조그마한 섬을 만난 사람처럼 정신이 번쩍 들어 벌떡 일어났다. 금 소리는 초막 안에서 들려오고 있었다. 한 걸음 한 걸음 그쪽으로 다가가보니 초막 문은 단단히 닫혀 있었다.

그는 초막에서 예닐곱 걸음 떨어진 곳에서 걸음을 멈췄다.

'이 소리는 분명 낙양성 녹죽항에서 만난 할머니의 연주다. 낙양성에 계실 때도 나를 직접 대면하는 것을 꺼리셨으니 허락도 없이 문을 열고 들어갈 수는 없어.'

이렇게 생각한 영호충은 허리를 숙이고 소리 높여 말했다.

"영호충이 선배님께 인사드립니다."

금 소리가 띠링띠링 울리다가 뚝 그쳤다. 영호충은 그 속에 담긴 무한한 위로를 느끼고 마음이 편안해졌다. 이 세상에 자신을 염려해주는 사람이 적어도 한 명은 있다는 사실에 감격해 가슴이 부풀어올랐다. 그때 멀리서 누군가가 외쳤다.

"금 소리가 들리는군요! 방문좌도 놈들이 아직 흩어지지 않은 모양입니다."

이어서 귀청이 터질 정도로 괄괄한 음성이 들려왔다.

"요사한 음적들이 감히 하남성까지 와서 소란을 피우다니, 우리가 안중에도 없는 모양이구나?"

그 사람은 더욱더 목소리를 높여 외쳤다.

"비루하고 더러운 놈들, 이 오패강을 더럽힌 자들이 누구냐? 썩 이름을 대지 못할까?"

오패강을 떠르르 울리는 힘찬 목소리가 자못 위세등등했다.

'예상대로 사마대와 황백류, 조천추 같은 사람들이 놀라 달아난 까닭은 정파의 고수들이 나타났기 때문이구나.'

잡힐세라 꽁무니를 뺀 것이 남자답지 못하다고는 생각했지만, 나타난 사람이 워낙 쟁쟁한 고수였으니 이해하지 못할 것도 없었다.

'저들이 내게 묻기라도 하면 대답하기 껄끄러우니 일단 피하는 것이 낫겠다.'

영호충은 재빨리 몸을 돌렸지만, 곧 생각이 바뀌었다.

'초막 안에 할머니가 계신데 혹시 저들이 괴롭히면 어쩌지?'

그때 바쁜 발소리와 함께 세 사람이 언덕 위에 모습을 드러냈다. 그들은 이상하리만치 조용하고 텅 빈 언덕을 둘러보며 당황한 표정을 지었다.

우렁찬 목소리를 가진 사람이 말했다.

"그놈들이 어디로 갔지?"

가느다란 목소리가 대답했다.

"소림파의 두 고수께서 요마를 물리치러 오신다는 소식에 놀라 꽁지가 빠져라 달아났나 보군요."

또 다른 사람도 웃으면서 맞장구를 쳤다.

"하하, 부끄럽구려! 모두 곤륜파 담譚 형의 위세 때문이 아니겠소?"

세 사람은 입을 모아 껄껄 웃었다.

'이제 보니 소림파와 곤륜파였구나. 소림파는 당나라 초부터 무림의 수뇌로, 명성이 우리 오악검파를 모두 합친 것보다 높고 무공도 강하며, 소림파 장문인 방증方證 대사는 무림인이라면 누구나 흠모해마지않는 훌륭한 분이지. 곤륜파 역시 웅혼하면서도 날렵한 검법으로 명성을 얻어 강호에서 비할 자가 없다고 사부님께 들었어. 그런 소림파와 곤륜파가 나섰으니 결코 쉬운 상대가 아니겠군. 저 세 사람은 선봉이고 곧 지원군이 나타나겠지. 그런데 사부님과 사모님은 어째서 몸을 피하셨을까?'

잠시 고민하던 그는 곧 깨닫고 고개를 끄덕였다.

'그렇구나. 사부님은 명문정파의 장문인이시니 황백류 같은 사람들과 함께 있는 모습을 소림파나 곤륜파 고수에게 보이실 수는 없었겠지.'

'담 형'이라고 불린 곤륜파 사람의 목소리가 들려왔다.

"방금까지 금 소리가 들렸는데 연주하던 자는 어디로 갔을까요? 신辛 형, 역易 형, 아무래도 이상합니다."

목소리 큰 남자가 대답했다.

"그렇구려. 역시 담 형은 세심하시오. 자, 이곳을 수색해서 놈들을 찾아냅시다."

또 다른 사람이 말했다.

"신 사형, 저 초막을 살펴보시지요."

여기까지 들은 영호충은 소림파 사람들 중 역씨 성을 가진 사람이 사제고 신씨 성을 가진 사람이 사형이며 목소리가 큰 사람임을 알게 되었다.

그들이 초막 쪽으로 가까이 다가서자 안에서 맑은 여자 목소리가 흘러나왔다.

"여자 혼자 머무는 곳이오. 야심한 밤에 남녀가 한자리에 있을 수는 없소."

신씨 남자가 놀란 목소리로 말했다.

"아니! 여자로군."

"방금 당신이 금을 연주했소?"

역씨 남자가 물었다.

"그렇소."

"다시 한번 연주해보시오."

"한 번 만난 적도 없는 사이인데 왜 당신을 위해 연주해야 하오?"

여자가 대답하자 신씨 남자가 콧방귀를 뀌었다.

"흥, 그깟 연주가 뭐 그리 대단하다고? 이러쿵저러쿵 핑계를 대는 것을 보니 저 안에 뭔가 있나 보군. 들어가보세."

역씨 남자가 다시 물었다.

"여자 홀로 이 야심한 밤에 오패강에는 왜 왔소? 십중팔구 그 더러운 방문좌도 놈들과 한패겠지. 들어가서 수색합시다."

그가 초막 입구로 성큼성큼 걸음을 옮기자, 영호충은 숨어 있던 곳에서 달려나가 입구를 막아섰다.

"멈추십시오!"

세 사람은 그의 갑작스러운 출현에 다소 놀랐으나, 젊은 청년 혼자라는 것을 알자 마음을 놓았다. 신씨 남자가 우렁차게 외쳤다.

"너는 누구냐? 어두컴컴한 곳에 숨어서 무얼 하고 있었느냐?"

"저는 화산파의 영호충입니다. 소림파와 곤륜파 선배님들께 인사드립니다."

영호충이 공손히 대답하며 세 사람에게 읍했다.

역씨 남자가 코웃음을 치며 물었다.

"화산파? 화산파가 여기서 무얼 하고 있느냐?"

영호충이 살펴보니, 신씨 남자는 생각보다 우람한 체구는 아니었지만, 가슴이 북처럼 불룩 솟아 있었다. 목소리가 우렁찬 이유는 저 가슴 때문인 것 같았다. 또 다른 한 명은 중년으로, 신씨 남자와 같은 모양의 갈색 장포를 입고 있는 것으로 보아 같은 문파인 역씨가 분명했다. 담씨라는 곤륜파 사람은 등에 검 한 자루를 메고 폭이 넓은 옷을 걸쳐 차림새가 제법 멋이 있었다.

영호충이 대답하지 않자 역씨 남자가 다시 물었다.

"너는 정파의 제자인데 어째서 오패강에 와 있느냐?"

그가 조천추 등을 나쁘게 말할 때부터 심사가 좋지 않았던 영호충은 이번에도 강압적인 그의 말투가 마음에 들지 않았다.

"그렇게 물으시면, 세 분께서도 정파 사람이신데 어째서 오패강에 오셨습니까?"

담씨 남자가 껄껄 웃었다.

"그래, 틀린 말도 아니군. 자네는 저 안에서 금을 타는 여자가 누군지 아는가?"

"예, 속세를 등지고 사시는 나이 지긋한 할머니십니다."

역씨 남자가 꾸짖었다.

"헛소리 마라! 저 여자의 목소리가 저리 젊은데 어찌 할머니라는 말이냐?"

영호충은 웃으며 대답했다.

"할머니의 목소리가 고운 것이 문제라도 됩니까? 저분의 조카도 선배님보다 서른 살은 많으실 텐데, 할머니의 연세는 말씀드릴 필요도 없지요."

"비켜라! 내가 직접 보겠다."

역씨 남자가 일갈했지만 영호충은 두 팔을 활짝 벌리며 말했다.

"할머니께서 야심한 밤에 남녀가 한자리에 있을 수 없다고 하지 않으셨습니까? 선배님들과는 전혀 모르는 사이인데 이유 없이 만나보실 수는 없습니다."

역씨 남자가 소매를 휙 떨치자 힘찬 기운이 밀려왔다. 내공을 잃은 영호충은 그 힘을 당해내지 못하고 풀썩 쓰러지고 말았다. 그가 무공을 전혀 모른다는 사실에 역씨 남자도 당황한 것 같았지만 곧 차갑게 비웃었다.

"네가 화산파의 제자라고? 개가 웃겠구나!"

그가 초막 쪽으로 걸음을 옮기자 영호충은 억지로 몸을 일으켰다. 돌멩이에 긁혀 얼굴에서 피가 흐르고 있었다.

"할머니께서 만나고 싶지 않다고 하시는데 왜 이리 무례하십니까? 낙양성에 머물며 며칠 동안 할머니와 이야기를 나눈 저도 아직 그분을 직접 뵙지 못했습니다."

역씨 남자가 피식 웃었다.

"이놈이 말을 안 듣는군. 또다시 쓰러져 피를 흘리고 싶으냐?"

"소림파는 무림에서 가장 명망이 높은 명문정파고, 두 분은 그 소림파의 속가俗家 고수십니다. 아마도 이분은 곤륜파의 유명한 선배님이시겠지요. 그런 세 분께서 야심한 밤에 나이 지긋한 할머니를 괴롭히시다니, 강호인들의 비웃음이 두렵지 않으십니까?"

"쓸데없이 입을 놀리는구나!"

역씨 남자가 버럭 소리치더니 왼손을 휘둘러 영호충의 뺨을 힘껏 올려붙였다. 영호충은 내공을 잃었지만 무공의 기본까지 잊은 것은 아니었다. 역씨 남자의 오른쪽 어깨가 살짝 처지는 것을 보고 왼손을 움직이리라는 것을 예측하고 재빨리 몸을 피하려 했지만, 안타깝게도 허리와 다리가 마음대로 움직여주지 않았다. 짝 하는 마찰음과 함께 눈앞이 까매지고 그의 몸이 바닥에 나뒹굴었다.

신씨 남자가 달랬다.

"역 사제, 무공을 모르는 녀석이니 봐주게. 요사한 놈들은 일찌감치 달아났으니 그만 돌아가지!"

역씨 남자는 고개를 저었다.

"산동과 하남 지방 방문좌도 무리들이 느닷없이 오패강에 결집했다가 순식간에 사라졌습니다. 모인 것도 의심스럽지만 갑자기 사라진 것도 이상하니 반드시 명확하게 밝혀야 합니다. 분명 저 초막 안에 단서가 있을 겁니다."

그가 초막의 문을 열려고 하자 영호충이 다시 벌떡 일어났다. 그의 손에는 어느새 검 한 자루가 들려 있었다.

"역 선배님, 초막 안에 계신 할머니는 제게 은혜를 베푸셨습니다. 제가 숨이 붙어 있는 한, 누구든 그분을 괴롭히게 둘 수는 없습니다."

역씨 사내가 호쾌하게 웃음을 터뜨렸다.

"네놈이 무슨 수로? 겨우 그 검 한 자루를 믿고 오만방자하게 구는 것이냐?"

"제 보잘것없는 무예가 어찌 소림파 고수의 상대가 되겠습니까? 하지만 모든 일에는 순서가 있는 법, 그 안으로 들어가시려거든 저부터 죽이십시오."

신씨 남자가 말했다.

"역 사제, 저 녀석은 꽤 기개가 있는 대장부인 것 같네. 그만 놔주게."

그러나 역씨 남자는 웃으며 고개를 저었다.

"화산파의 검법은 제법 일가를 이뤄 검종이니 기종이니 하는 파벌까지 있다지? 너는 검종이냐 기종이냐? 아니면 똥종이냐? 하하하하!"

그가 웃어대자 신씨와 담씨 남자도 따라 웃었다.

영호충이 낭랑하게 대답했다.

"힘만 믿고 사람을 괴롭히는 자가 어떻게 명문정파가 될 수 있겠습니까? 당신이 소림파의 제자라면 개가 웃겠군요!"

그러자 역씨 남자는 대로하여 오른손을 휙 뻗어 영호충의 가슴을 후려쳤다. 정통으로 맞으면 그 자리에서 즉사할 수도 있는 장력이었다. 놀란 신씨 남자가 재빨리 앞을 가로막으며 외쳤다.

"잠깐! 영호충, 우리가 힘만 믿고 너를 괴롭힌다고 했겠다? 그렇다면 명문정파의 제자는 싸우지도 못한다는 말이냐?"

"명문정파라면 응당 합당한 명분을 갖추고 싸워야 합니다."

역씨 남자는 천천히 손을 거둬들이며 말했다.

"셋을 셀 때까지 비키지 않으면 갈비뼈 세 대를 부러뜨려주마. 하나!"

영호충은 빙그레 웃었다.

"갈비뼈 세 대로 되겠습니까?"

역씨 남자가 이를 갈며 다시 외쳤다.

"둘!"

신씨 남자가 영호충을 달랬다.

"우리 사제는 한 말은 꼭 지키는 사람이니 그만 비켜주어라."

영호충은 여전히 웃음 띤 얼굴로 말했다.

"이 영호충도 한 번 한 말은 반드시 지킵니다. 설사 이 자리에서 죽더라도 할머니께 무례를 저지르는 것을 두고 볼 수는 없습니다."

그렇게 말한 후 그는 공격이 날아들 것을 대비해 몰래 진기를 움직여서 오른팔에 힘을 가했다. 기를 운용하는 순간 가슴이 터질 듯이 아프고 눈앞에 별이 번쩍번쩍했다.

그때 마지막 외침이 들려왔다.

"셋!"

역씨 남자가 한 발짝 성큼 다가왔다. 문에 등을 바짝 붙이고 서서 절대 비키지 않겠다는 듯이 미소를 짓는 영호충을 보자, 그는 망설이지 않고 오른손을 휘둘렀다.

호흡이 턱 막히는 순간 상대방의 장력이 밀려들자, 영호충은 상대의 손바닥을 겨누고 검을 내밀었다. 그 시기와 방향이 워낙 절묘해, 역씨 남자가 오른손을 거두기도 전에 치익 하는 소리가 나고 뒤이어 날카로운 비명이 터졌다. 검날이 그의 손바닥을 꿰뚫은 것이었다. 그가 황급히 손을 움츠리자, 또다시 치익 소리가 나며 손이 검에서 빠져나왔다. 상처가 무척 심했기 때문에 그는 비틀비틀 뒤로 물러나며 왼손으로 허리에 찬 검을 뽑았다.

"비열한 놈, 멍청한 척 굴더니 이런 무공을 숨기고 있었구나! 네… 네놈과 여기서 담판을 짓겠다!"

분노와 놀라움이 뒤섞인 목소리였다.

하나같이 검의 고수인 세 사람은, 영호충이 검을 휘두를 때 특별한 초식 없이 적절한 때 적절한 방향으로 검을 찌름으로써 마치 상대가 검 앞에 손바닥을 갖다 바친 것처럼 만들었음을 똑똑히 알 수 있었다. 그야말로 고명하기 짝이 없는 솜씨였다.

역씨 남자는 화가 머리끝까지 났지만 그만한 검법 앞에 함부로 덤벼들 수는 없어 멀찍이서 검을 쉭쉭쉭 세 번 찔렀다. 셋 다 상대를 가늠하기 위한 허초였다.

약왕묘에서 고수 열다섯 명의 눈을 찌를 때에도 영호충은 이미 내공을 잃은 상태였지만, 그때의 상태는 지금과는 사뭇 달랐다. 그 뒤로 잇달아 상처를 입고 몸이 망가진 그는 이제 검을 들고 서 있기조차 어려웠다. 역씨 남자가 펼친 초식은 모두 허초였으나 검날이 파르르 떨리는 것으로 보아 소림파의 상승 검법임이 분명했고, 그런 검법을 상대하고 싶은 마음은 추호도 없었다.

"저는 세 분을 모욕할 생각이 전혀 없습니다. 여기서 떠나주시기만 하면… 진심으로 감사히 여기겠습니다."

영호충의 말에 역씨 남자는 코웃음을 쳤다.

"이제 와서 부탁해봤자 늦었다."

검이 번개처럼 영호충의 목으로 날아들었다. 영호충은 그 검을 피할 수 없다는 것을 알고 똑같이 검을 내밀었다. 시작은 늦었지만 움직임이 빨랐기 때문에, 그의 검은 퍽 하는 소리와 함께 역씨 남자의 왼손 요혈을 때렸다. 역씨 남자는 저도 모르게 손을 활짝 폈고, 쥐고 있던 검은 땅으로 툭 떨어졌다.

그즈음 동쪽 하늘이 서서히 빛을 내기 시작해 그의 손목에서 흐르는 빨간 핏방울이 초록 풀잎 위로 뚝뚝 떨어지는 것이 선명하게 보였다. 그는 믿을 수 없는 얼굴로 한참 동안 그 장면을 바라보다가 길게 한숨을 쉬고는 고개를 푹 숙인 채 돌아서서 언덕을 내려갔다.

신씨 남자는 본래부터 화산파와 원한을 맺고 싶지 않았던 데다 영호충의 절묘한 검법을 목격하자 적수가 못 된다고 생각했다.

"역 사제!"

다친 사제가 염려되는지 그는 사제를 부르며 뒤를 쫓았다.

담씨 남자는 영호충을 살피며 물었다.

"자네가 정말 화산파 제자인가?"

영호충은 쓰러질 듯 비틀거리며 대답했다.

"그렇습니다!"

누가 봐도 중상을 입어 더 이상 버티기 힘들어 보였다. 비록 뛰어난 검법을 익혔지만 이대로라면 공격하지 않아도 알아서 쓰러질 것이 분명했다.

'소림파 고수들이 이 화산파 청년 손에 패해 물러갔다. 내가 이 자를 쓰러뜨려 소림사로 끌고 가면 소림파에 크나큰 은혜를 베풀 수도 있고 우리 곤륜파 역시 중원에서 톡톡히 명성을 누릴 수 있을 것이다.'

이렇게 생각한 그는 빙그레 웃으며 영호충에게 한 걸음 다가갔다.

"이보게, 자네 검법이 아주 훌륭하더군. 어디 나와 한번 겨뤄보지 않겠나?"

영호충은 그의 표정만으로도 속마음을 짐작할 수 있었다. 교활하기 짝이 없는 얼굴이 역씨 남자보다 더욱 가증스러워 보여, 아무 말 없이 검을 들어 그자의 어깨를 찔렀다. 그러나 끝까지 찌르기도 전에 팔에 힘이 빠져 검이 쨍그랑 하고 바닥에 떨어지고 말았다. 담씨 남자는 무척 기뻐하며 영호충의 가슴을 주먹으로 힘껏 때렸다.

영호충은 새빨간 피를 울컥 토했다. 두 사람의 거리가 무척 가까웠기 때문에 그 피는 고스란히 담씨 남자의 얼굴 위로 쏟아졌고, 몇 방울은 그의 입속으로 들어갔다. 혀끝에 비릿한 맛이 느껴졌지만, 그는 아랑곳하지 않고 영호충이 반격하기 전에 제압하려고 오른손을 휘둘렀다. 그러나 갑자기 머리가 핑 도는 것을 느끼고는 정신을 잃은 채 풀썩 쓰러지고 말았다.

위기일발의 순간에 느닷없이 적이 쓰러지자 영호충은 의아해하면서도 안도의 숨을 쉬었다. 담씨 남자의 얼굴은 시커멓게 변하고 얼굴

근육이 부들부들 경련을 일으켜 차마 두 눈으로 볼 수 없을 정도로 무시무시했다.

"진기를 잘못 쓰신 모양이니 제 탓은 마십시오."

영호충은 그렇게 말하며 주변을 둘러보았다. 오패강에는 더 이상 아무도 남아 있지 않았고 나무 위에서 짹짹거리는 새소리만이 고요함을 달랠 뿐이었다. 바닥에는 그릇과 안주, 무기들이 어지러이 흩어져 표현할 길 없이 기괴한 느낌을 주었다. 그는 소매로 입에 묻은 피를 닦고 외쳤다.

"할머니, 그동안 무탈하셨습니까?"

초막 안에서 노파가 대답했다.

"공자, 다른 것은 신경 쓰지 말고 앉아서 쉬시게."

기운이 없어 서 있기 힘들었던 영호충은 그 말대로 바닥에 털썩 주저앉았다. 초막 안에서 은은한 금 소리가 들려오기 시작했다. 금 소리는 마치 맑은 샘물처럼 방울방울 몸속으로 흘러들어와 그의 근육과 뼈를 촉촉이 적셨다. 영호충은 몸에서 힘이 쭉 빠지고, 마치 푹신푹신한 구름 위에 누워 두둥실 떠가는 듯한 착각이 들었다. 아주 오랜 시간이 흐른 뒤 금 소리가 점점 잦아들더니 살며시 사라졌다.

영호충은 정신을 차리고 일어나 깊이 읍했다.

"연주를 들려주셔서 감사합니다, 할머니. 덕분에 살아났습니다."

"영호 공자가 목숨을 걸고 적을 물리쳐준 덕분에 모욕을 면했으니 감사할 사람은 날세."

"무슨 말씀을요? 당연히 제가 해야 할 일이었습니다."

노파는 더 이상 말이 없었다. 대신 손으로 현을 쓰다듬는 듯 띠리링

띠리링 하는 소리가 들려왔다. 무언가 결정하기 힘든 일이 있어 고민에 잠긴 것 같았다.

한참 후, 노파가 물었다.

"공자는… 이제 어디로 가려는가?"

순간, 영호충은 뜨거운 피가 솟구쳤다. 넓디넓은 세상에 갈 곳조차 없는 처지가 서글퍼 쿨럭쿨럭 기침이 나왔다. 간신히 기침이 가라앉자 그가 더듬거리며 대답했다.

"저… 저는 갈 곳이 없습니다."

"공자의 사부와 사모를 찾아가지 않을 것인가? 사제와 공자의 그… 사매들은?"

"그분들은… 어디로 가셨는지 모르고, 저는 중상을 입어 찾을 힘도 없습니다. 찾아낸다 한들…."

그는 말을 잇지 못하고 길게 탄식했다.

'찾아낸다 한들 무슨 의미가 있을까? 어차피 나를 반기지도 않을 텐데….'

노파가 말했다.

"공자는 몸이 좋지 않은데 어찌하여 경치 좋은 곳을 찾아 요양할 생각은 않고 공연히 스스로를 힘들게 하는가?"

영호충은 호쾌하게 웃었다.

"할머니 말씀이 맞습니다. 이 영호충은 본래 죽고 사는 것에는 관심이 없는 사람이지요. 그럼 이만 경치 구경이나 하러 물러가겠습니다!"

그는 초막 안을 향해 읍하고 돌아섰다. 서너 걸음쯤 옮겼을 때 노파의 목소리가 들려왔다.

"이대로… 가려고?"
영호충은 걸음을 멈추고 대답했다.
"예, 할머니."
"상처가 무거운데 홀로 여행길에 오르면 돌봐줄 사람도 없지 않은가? 그래서는 안 되네."
영호충은 그 속에 담긴 깊은 관심을 느끼고 가슴 한편이 따스해졌다.
"염려해주셔서 감사합니다. 어차피 치료할 수 없는 병이니 일찍 죽으나 늦게 죽으나, 여기서 죽으나 저기서 죽으나 무슨 상관이 있겠습니까?"
"음, 그렇군. 허나… 허나…."
노파는 한참을 망설이다가 비로소 입을 열었다.
"공자가 떠난 뒤 그 소림파 사람들이 다시 찾아오면 어찌해야 좋을지 모르겠군. 저 곤륜파의 담적인譚迪人도 잠시 기절했을 뿐이니 깨어나면 나를 귀찮게 굴겠지."
"할머니, 할머니께서는 어디로 가실 생각입니까? 제가 가시는 곳까지 모셔다드리겠습니다."
"그래주면 참으로 고맙겠네. 허나 큰 문제가 하나 있어 공자에게 누를 끼치게 될까 두렵네."
"할머니께서 이 영호충의 목숨을 구해주셨는데, 누를 끼치다니 그게 무슨 말씀이십니까? 개의치 말고 말씀하십시오."
노파는 한숨을 쉬며 말했다.
"나에게 무시무시한 적이 있네. 그자가 낙양 녹죽항으로 나를 찾아와 어쩔 수 없이 이곳으로 피했으나 곧 다시 쫓아올 것일세. 공자는 상처가 심해 그자를 물리칠 수가 없으니, 외진 곳에 잠시 숨었다가 훗날 도와줄 사람을 찾거든 그때 해결하는 것이 좋을 듯하네만, 공자가 나를 호위하는 것은 고마우나 몸도 건강치 않고 또 젊고 활발한 사람이 늙은이 곁에 있느라 답답해하지 않을까 모르겠군."

영호충은 큰 소리로 웃었다.

"무슨 일로 그리 망설이시나 했더니, 고작 그런 사소한 문제 때문이었군요. 할머니께서 어디로 가시든 제가 모시겠습니다. 세상 끝까지 가더라도 제가 살아 있는 한 할머니를 호위하겠습니다."

"그럼 부탁하겠네. 정말로 세상 끝까지 나를 호위해주겠는가?"

다시 한번 다짐을 받는 노파의 목소리에 기쁨이 짙게 묻어 있었다.

영호충은 고개를 끄덕였다.

"그렇습니다. 세상 끝까지라도 할머니와 함께 가겠습니다."

"난처한 일이 하나 더 있네."

"무슨 일입니까?"

"내 용모가 몹시 추해서 누구든 내 얼굴을 보면 놀라 기절할 정도라네. 그 때문에 내가 여태 아무도 만나지 않으려 했던 걸세. 그렇지 않고서야 조금 전 그 세 사람을 만나는 것이 무슨 큰일이었겠나? 그러니 공자도 약속하게. 무슨 일이 있어도 나를 보지 않겠다고 말일세. 내 얼굴은 물론이고 손이나 발, 옷, 신발도 절대 보아서는 안 되네."

"저는 할머니를 무척 존경할 뿐 아니라 저에게 보여주신 정에 깊이 감사하고 있습니다. 할머니의 용모가 어떠하든 저에게는 아무 상관이 없습니다."

"약속하지 않으려거든 혼자 떠나시게."

노파의 말에 영호충은 황급히 손을 내저었다.

"예, 예, 알겠습니다! 약속하겠습니다. 무슨 일이 있어도 결단코 할머니를 보지 않겠습니다."

"내 뒷모습도 보아선 안 되네."

영호충은 더욱 의아했다.

'설마 뒷모습마저 기절할 정도로 추하다는 말은 아니겠지? 세상에서 제일 보기 흉한 뒷모습이라고 해봤자 난쟁이나 곱추일 텐데 그 정도가 왜 그리 추하다는 것일까? 먼 길을 함께 가는데 뒷모습조차 보지 않으려면 쉽지 않겠군.'

영호충이 대답이 없자 노파가 다시 물었다.

"못하겠는가?"

"아니요, 할 수 있습니다, 할 수 있어요. 혹여 할머니를 쳐다보게 되면 제 눈을 뽑아버리겠습니다."

"약속은 꼭 명심하시게. 공자가 먼저 가면 내가 뒤따라가겠네."

"예!"

영호충은 걸음을 옮겨 언덕을 내려갔다. 노파가 따라오는지 뒤에서 가녀린 발소리가 들렸다. 몇 장 정도 걸었을 때 노파가 나뭇가지 하나를 쑥 내밀며 말했다.

"이 나뭇가지를 지팡이 삼아 짚고 걷게."

"예."

영호충은 나뭇가지를 받고 천천히 아래로 내려갔다. 얼마쯤 가던 그가 문득 생각이 나서 물었다.

"할머니, 저 곤륜파 사람의 이름을 아시지요?"

"그렇다네. 저자는 곤륜파 제2대 제자 중에서 제법 고수로 꼽히는 담적인일세. 사부의 검법을 6할 이상 배웠으나 대사형이나 둘째 사형에 비하면 아직 한참 모자라지. 소림파의 거한인 신국량辛國樑의 검법도 담적인보다는 나을 걸세."

"목소리가 쩌렁쩌렁하던 그 사람은 신국량이었군요. 그 사람은 말이 조금 통하는 것 같았습니다."

"그 사제인 역국재易國梓는 무례하기 짝이 없는 인물이지. 그자의 손바닥을 꿰뚫고 왼손 손목을 찌른 검법은 아주 훌륭했네."

"부득이하게 벌어진 일이었습니다. 휴, 소림파와 원한을 맺었으니 앞으로 후환이 걱정이군요."

"소림파가 무엇이 무섭다는 말인가? 우리가 이길지도 모르는 일 아닌가. 담적인이 공자를 공격하리라고는 생각조차 못했지만, 공자가 피를 토할 줄은 더더욱 몰랐네."

"할머니도 다 보셨군요? 담적인은 대체 왜 갑자기 쓰러진 겁니까?"

"몰랐는가? 남봉황과 그 부하들이 자네에게 피를 나눠주지 않았는가? 밤낮 독을 가까이 하는 사람들이니 그들의 피 속에 독이 섞여 있는 것은 말하지 않아도 알겠지. 오보화밀주도 마찬가지일세. 그런 자네의 독혈을 마셨으니 담적인이 무슨 수로 견뎌내겠는가?"

영호충은 그제야 깨닫고 탄성을 터뜨렸다.

"그랬군요! 그런데 저는 여태 버티고 있으니 참 신기한 일이네요. 남 교주와는 아무런 원한도 없는데, 그녀가 왜 저를 독살하려고 했을까요?"

"그녀가 공자를 해치려 하다니 무슨 말인가? 오로지 좋은 뜻으로 한 일일세. 흥, 함부로 공자의 병을 치료하려 한 것이지. 핏속에 독이 있어도 생명에 지장이 없는 것이 바로 그 오독교가 자랑하는 수법이라네."

"예, 저도 남 교주가 저를 해치려 한다는 느낌은 받지 않았습니다. 평일지 의원께서도 그녀가 준 약주는 몸에 아주 좋은 것이라고 말씀하셨습니다."

"아무렴, 잘해주어도 모자랄 형편에 해칠 까닭이 없지."

영호충은 빙그레 웃다가 다시 물었다.

"담적인은 살았을까요, 죽었을까요?"

"그건 공자에게 달려 있네. 공자가 독혈을 얼마나 토했는지 모르니 나도 알 수가 없네."

중독되어 경련을 일으키던 담적인을 떠올리자 영호충은 오싹 소름이 돋았다.

그렇게 10여 장을 더 걸어가던 그는 갑자기 무엇인가가 떠올라 느닷없이 외쳤다.

"아차, 할머니, 잠시만 기다려주세요. 오패강에 다녀와야겠습니다."

"무슨 일인가?"

"제가 깜빡하고 평 의원의 시신을 묻지 못했습니다."

"돌아갈 필요 없네. 내가 그 시체를 처리했다네."

"아, 할머니께서 평 의원을 안장해주셨군요."

"안장이라고 할 수는 없지. 약으로 시체를 녹였으니까. 그 초막 안에 시체가 있는데 밤새 그 시체와 함께 있을 수는 없지 않은가? 평일지는 살아 있을 때도 보기 흉했는데 죽은 모습이야 오죽했겠는가?"

영호충은 예상 밖의 노파의 대답에 당황했다. 평일지는 그에게 은혜를 베풀었으니 죽은 뒤에 양지 바른 땅에 묻어주는 것이 도리인데, 노파가 약물로 그의 시체를 녹였다니 생각할수록 마음이 불편했다. 그러나 약물로 시체를 녹이는 것이 나쁜 일도 아니니 따질 수도 없었다.

몇 리를 더 걷자 오패강 아래의 평지에 다다랐다. 노파가 말했다.

"손바닥을 내밀어보게!"

"예!"

영호충은 이상하게 생각하면서도 꼬치꼬치 캐묻지 않고 손을 활짝 펴서 내밀었다. 가벼운 물체가 뒤에서 휙 날아와 그의 손바닥에 툭 떨어졌다. 새끼손톱만 한 크기의 노르스름한 환약이었다.

"약을 삼키고 저 나무 아래 앉아서 쉬게나."

"예."

영호충은 이번에도 캐묻지 않고 약을 입에 넣어 삼켰다.

노파가 물었다.

"공자의 신묘한 검법을 믿고 호위를 맡겼으니 약으로 공자의 목숨을 부지하려는 것일세. 공자가 갑자기 쓰러져 죽기라도 하면 호위할 사람이 없어지지 않겠는가? 절대… 절대 공자를 위해서가 아닐세. 공자의 목숨을 구하기 위해서가 아니니 꼭 명심하게."

영호충은 알겠다고 대답한 뒤 나무로 걸어가 등을 기대고 앉았다. 단전에서 뜨거운 기운이 활활 끓어올라 몸 구석구석으로 퍼져나가기 시작했다.

'분명히 내 몸에 좋은 약인데 할머니는 나를 위해서가 아니라 내 검법을 이용하기 위해서라고 우기시는구나. 세상 사람들은 남을 이용해먹고도 딱 잡아떼기만 하는데, 할머니는 어째서 그 반대로 말씀

하실까?'

영호충은 속으로 중얼거렸다.

'방금 이 약을 주실 때도 약이 손바닥에서 튕기지 않고 정확히 내려앉은 것을 보면 고강한 내공으로 조종한 것이 분명해. 할머니의 무공이 나보다 더 뛰어난데 어째서 내 도움이 필요하실까? 에이, 모르겠다. 그냥 하자는 대로 하자.'

그는 잠시 쉬고 다시 일어났다.

"그만 가시지요, 할머니. 피곤하십니까?"

"몹시 피곤하니 조금 더 쉬세."

"예."

영호충은 고개를 끄덕이며 생각했다.

'연세가 많으시니 아무리 무공이 높아도 정력은 젊은이만 못하시겠지. 내 생각만 하고 할머니를 배려하지 못했구나.'

그렇게 한참을 더 쉬었더니 이윽고 노파가 말했다.

"가세!"

영호충은 일어나 앞장을 섰고 노파는 뒤를 따랐다.

약을 복용한 뒤로 걸음이 훨씬 가벼워진 영호충은 노파가 시키는 대로 외진 오솔길로 접어들었다. 10리 가까이 가자 산길이 점차 가팔라져 절로 숨이 찼다.

"많이 걸었더니 피곤하군. 여기서 조금 쉬세나."

노파가 말하자 영호충은 고개를 끄덕이고 바위에 앉았다.

'휴식이 필요한 건 난데 할머니가 피곤하다고 하시는구나. 숨소리

가 고른 것을 보면 전혀 피곤하지 않으신 것 같은데.'

두 사람은 차 한잔 마실 정도로 짧게 쉰 뒤 다시 걸었다.

산모롱이를 돌았을 때 누군가의 목소리가 들렸다.

"서둘러 밥을 먹고 빨리 이곳을 떠나세!"

수십 명이 일제히 대답하는 소리도 들려왔다. 영호충이 걸음을 멈추고 돌아보니 골짜기 가에 자리한 풀밭에 수십 명의 사람들이 옹기종기 모여앉아 식사를 하고 있었다. 그중 몇몇이 영호충을 발견하고 외쳤다.

"영호 공자님!"

어젯밤 오패강에서 만난 사람들이라는 것을 알아차린 영호충이 인사를 하려는데, 그들은 느닷없이 벙어리라도 된 양 말을 뚝 끊고 이상야릇한 표정으로 그의 뒤쪽을 응시했다.

놀라서 후들거리는 사람도 있고, 당황해 어쩔 줄 몰라 하는 사람도 있었다. 마치 말로는 설명할 수도 없고 이성적으로 대응할 수도 없는 괴상한 일이 그의 뒤에서 벌어지고 있는 것 같았다. 대체 무엇이 수십 명이나 되는 강호인들을 순식간에 벙어리로 만들었을까?

영호충은 무슨 일인가 싶어 고개를 돌리다가 뒤에 있는 노파에게 돌아보지 않겠다고 약속한 일이 언뜻 떠올라 황급히 목을 홱 꺾었다. 갑자기 힘을 주는 바람에 목이 뻐근했다. 강호인들이 노파를 보고 저렇게 놀랐다고 생각하자 호기심을 누를 수가 없었다.

'어째서 할머니를 보자마자 저렇게 당황하는 것일까? 할머니가 정말 보기 흉할 정도로 괴상망측하게 생기신 것일까?'

바로 그때, 한 남자가 고기를 자르던 비수로 자기 두 눈을 푹 찔렀다. 눈에서 새빨간 피가 줄줄 흘렀다. 영호충이 화들짝 놀라 외쳤다.

"왜 이러시오?"

그 남자는 큰 소리로 말했다.

"소인은 사흘 전에 눈이 멀어 아무것도 보지 못했습니다!"

뒤이어 두 남자가 똑같이 단도를 뽑아 자신의 눈을 찌르고 외쳤다.

"소인도 오래전에 눈이 멀어 아무것도 볼 수가 없습니다!"

이 괴이한 광경에 놀라 입을 다물지 못하던 영호충은 다른 사람들마저 비수며 철추鐵椎 같은 뾰족한 무기를 꺼내 눈을 찌르려고 하자 황급히 만류했다.

"이보시오, 그만들 하시오! 할 이야기가 있으면 말로 하지, 왜 눈을 찌르는 것이오? 도… 도대체 어떻게 된 일이오?"

한 남자가 비참하게 말했다.

"저희는 입도 뻥긋하지 않겠다고 맹세할 수도 있지만, 믿어주지 않으실까 봐 이럴 수밖에 없었습니다."

영호충이 뒤를 향해 다급히 외쳤다.

"할머니, 어떻게 좀 해보세요! 이 사람들 모두 눈이 멀게 할 수는 없어요!"

노파가 나지막이 대답했다.

"좋다, 너희를 믿어주마. 동해에 있는 반룡도蟠龍島라는 섬을 아는 자가 있느냐?"

한 노인이 대답했다.

"복건성 천주에서 동남쪽 바다로 100리 정도 가면 반룡도가 있습니다. 사람이 살지 않는 황폐한 곳이라 들었습니다."

"바로 그곳이다. 당장 이곳을 떠나 반룡도로 가거라. 그곳에서 7~8년 놀다가 중원으로 돌아오도록 해라."

수십 명의 사람들은 희색을 띠며 입을 모아 대답했다.

"곧바로 떠나겠습니다."

"가는 동안 한마디도 발설하지 않겠습니다."

누군가 덧붙이자 노파는 싸늘하게 대꾸했다.

"너희가 무슨 말을 하건 나와 무슨 상관이지?"

"예, 예! 소인이 헛소리를 했습니다!"

그 사람은 쩔쩔매며 자기 뺨을 호되게 때렸다.

"가거라!"

노파의 명이 떨어지자 수십 명이 우르르 달아났다. 자기 눈을 찌른 세 사람도 옆 사람들의 부축을 받아 순식간에 모습을 감췄다.

영호충은 몹시 놀랐다.

'할머니의 한마디에 저 많은 사람들이 8년이나 중원에 발을 들이지 못하게 되다니…. 그런데 저 사람들은 도리어 은혜를 입은 듯이 기뻐하니 이해할 수가 없구나.'

그는 묵묵히 걸음을 옮겼지만, 속으로는 온갖 이상한 생각이 들었다. 아무리 생각해도 뒤따라오는 노파는 지금껏 한 번도 만나보지 못한 괴인인 것 같았다.

'오패강에서 만난 친구들이 더 이상 눈에 띄지 말아야 할 텐데. 나를 치료하려고 여기까지 와서 정성껏 대해준 사람들인데 할머니와 마주치면 두 눈이 멀거나 무인도로 귀양을 가게 생겼으니 얼마나 억울할까? 황 방주나 사마 도주, 조천추가 자기들과 일면식도 없다고 말해달라고 부탁한 까닭도, 오패강에 있던 호걸들이 순식간에 모습을 감춘 까닭도 모두 이 할머니 때문이었구나. 대체… 할머니가 얼마나 무시무시하기에….'

그런 생각을 하자 절로 몸이 쭈뼛쭈뼛해졌다.

그렇게 8리쯤 걸었을까. 누군가 뒤에서 크게 외쳤다.

"앞에 가는 저자가 바로 영호충입니다!"

쩌렁쩌렁한 목소리로 보아 소림파의 신국량이었다. 노파가 조용히 말했다.

"저자와 마주치고 싶지 않으니 공자가 알아서 돌려보내게."

"예."

잎사귀 스치는 소리가 나면서 길옆의 나뭇가지가 파르르 흔들렸다. 노파가 숲속으로 몸을 숨긴 모양이었다.

신국량의 목소리가 다시 들려왔다.

"사숙님, 영호충은 중상을 입어 빨리 걷지 못합니다."

거리가 제법 먼데도 신국량의 목소리가 워낙 커서 마치 귀에 꽂히다시피 들려왔다.

'사숙까지 모셔왔군.'

영호충은 그렇게 생각하면서도 숲에 숨은 노파 때문에 피하지 않고 길가에 앉아 기다렸다.

잠시 후, 자박자박 발소리가 들리며 몇 사람이 바쁜 걸음으로 다가왔다. 신국량과 역국재는 물론이고 승려 두 명과 중년 남자도 있었다. 승려 중 한 사람은 나이가 많아 주름이 자글자글했지만, 다른 한 사람은 서른 살 정도로 손에는 방편산方便鏟을 들고 있었다.

영호충이 일어나 공손히 읍했다.

“화산파 영호충이 소림파의 선배님들께 인사드립니다. 어떻게 불러 드리면 될지 알려주십시오.”

“네 이놈!”

역국재가 버럭 소리를 지르는데 늙은 승려가 차분하게 말했다.

“소승의 법명은 방생方生이라 하오.”

그가 나서자 역국재는 재빨리 입을 다물었지만, 영호충에게 수모를 당한 분이 아직도 풀리지 않았는지 여전히 씩씩거렸다.

영호충이 허리를 숙여 인사했다.

“대사를 뵙게 되어 영광입니다.”

방생은 고개를 끄덕이고 온화한 얼굴로 말했다.

“소협께서는 예를 거두시오. 존사이신 악 선생은 무탈하시오?”

서둘러 쫓아오는 그들을 봤을 때는 걱정이 앞서던 영호충이었지만, 고승의 면모를 갖춘 방생 스님의 말투와 태도를 대하자 마음이 놓였다. 특히 ‘방’ 자 항렬의 승려는 당금 소림사에서 배분이 가장 높았고, 방장인 방증 대사와는 사형제간이었기 때문에 역국재처럼 천둥벌거숭이같이 굴지는 않을 터였다.

그는 공손하게 대답했다.

“염려해주셔서 감사합니다. 사부님께서는 편안히 잘 계십니다.”

방생이 물었다.

“여기 이 사람들은 내 사질이오. 이쪽 스님은 각월覺月이라 하고, 이쪽은 황국백黃國柏 사질, 이쪽은 신국량 사질, 그리고 이쪽은 역국재 사질이오. 신 사질과 역 사질은 소협도 만나보았을 것이오.”

"예. 네 분께 다시 인사드립니다. 중상 때문에 거동이 불편하여 예를 다 갖추지 못하는 것을 이해해주십시오."

역국재가 코웃음을 쳤다.

"중상? 흥, 웃기는 소리!"

방생이 다시 물었다.

"소협이 정말 중상을 입었소? 국재야, 네가 그리했느냐?"

역국재가 대답하기 전에 영호충이 말했다.

"잠시 오해가 있었을 뿐입니다. 역 선배께서 소생의 뺨을 때리고 장법을 시전하셨으나 다행히 죽지 않고 살아났습니다. 역 선배를 나무라지 마십시오."

자신이 중상을 입은 책임을 역국재에게 떠넘기려는 술책이었다. 방생 같은 고승이라면 그런 이야기를 듣고 또다시 사질들이 영호충을 괴롭히게 내버려두지는 않으리라 생각해서였다.

"오패강에서 있었던 여러 가지 일들은 신 선배께서 두 눈으로 똑똑히 보셨습니다. 대사께서 친히 걸음을 하신 이상 소생도 훌훌 털고 사부님께 이 일을 고하지 않겠습니다. 안심하십시오. 비록 치료하기 힘든 중상을 입었지만, 이 일로 인해 오악검파와 소림파가 척을 지는 일은 없을 겁니다."

이렇게 치료하기 힘든 중상을 입은 까닭이 모두 역국재의 잘못이라는 투였다. 역국재는 더 이상 참고 넘길 수가 없었다.

"무… 무슨 헛소리냐? 네놈은 처음 만났을 때부터 중상을 입고 있었는데 내가 무엇을 어쨌다는 것이냐?"

영호충은 한숨을 푹 쉬고는 찬찬히 대답했다.

"역 선배님, 그리 말씀하시면 안 되지요. 이번 일이 소문나면 소림파의 맑은 이름이 땅에 떨어질지도 모릅니다."

신국량과 황국백, 각월은 같은 생각을 했는지 보일락 말락 고개를 끄덕였다. 소림파의 '방' 자 항렬 승려들은 강호에서는 누구나 우러러보는 높은 신분으로, 비록 오악검파와 동문은 아니나 서열을 따지자면 오악검파의 각 장문인들보다 한 항렬 높다고 볼 수 있었다. 그에 따라 신국량과 역국재 역시 영호충보다 서열이 높았으니, 역국재가 영호충을 공격했다는 사실만으로도 이미 선배가 후배를 괴롭힌 셈이었다. 하물며 영호충은 혼자인데 소림파 사람은 둘이나 그 자리에 있지 않았던가? 더군다나 영호충이 그때 이미 중상을 입었다면 사람들이 무엇이라고 떠들지는 보지 않아도 뻔했다.

소림파는 문규가 무척 엄해, 만에 하나 역국재가 이미 중상을 입은 어린 후배를 때려죽이기라도 했다면 책임을 지고 목숨을 내놓거나 무공을 폐하고 사문에서 축출당하거나 양자택일할 수밖에 없었다. 그 정황을 깨닫자 역국재의 얼굴이 하얗게 질렸다.

방생이 입을 열었다.

"소협, 이리 가까이 오시오. 상처가 어떤지 살펴보겠소."

영호충이 다가가자, 방생은 오른손을 내밀어 영호충의 맥을 짚었다. 손가락이 대연혈大淵穴과 경거혈經渠穴에 닿는 순간, 영호충의 몸속에서 날뛰는 기괴한 진기들이 느껴졌다. 그 힘에 손가락이 휙 튕겨나자 방생은 흠칫했다. 소림사에서 제일가는 고승들 중에서도 손꼽히는 고수인 그의 손가락을 내공만으로 튕겨내기란 결코 쉬운 일이 아니었던 것이다. 영호충의 몸에 도곡육선과 불계 화상의 진기가 있다는 사실을 방생이 알 리 만무했고, 안다 한들 아무리 무공이 강한 그라도 갑작스러운 상황에서 일곱 고수의 합공을 당해낼 수는 없었다. 그는 나지막하게 비명을 지르며 영호충을 뚫어져라 바라보았다.

"소협, 소협은 화산파 제자가 아니구려."

영호충이 고개를 저었다.

"소생은 틀림없는 화산파 제자입니다. 사부님이신 악 선생의 첫 번째 제자가 바로 접니다."

방생이 눈을 찡그리며 물었다.

"그러하다면 어찌하여 방문좌도들과 어울려 사악한 무공을 익혔소?"

역국재가 끼어들었다.

"사숙님, 이놈이 사악한 무공을 쓴 것은 분명합니다. 아무리 오리발을 내밀어도 틀림없는 사실이지요. 조금 전에 발견했을 때는 여자가 뒤따르고 있었는데 지금은 사라지지 않았습니까? 뒤가 구린 사람처럼 슬그머니 숨은 것을 보면 필시 나쁜 꿍꿍이가 있을 것입니다."

그가 노파를 모욕하자 영호충은 화가 치밀었다.

"명문정파의 제자라는 분이 말이 너무 심하지 않습니까? 할머니께서는 역 선배님을 보면 화가 나실까 봐 자리를 피하신 것뿐입니다."

"그럼 나오라고 해라. 사숙님의 법안法眼이라면 정파인지 사파인지 단박에 구분하실 수 있다."

"할머니께 무례한 언사를 하지 말라 말씀드리는 것인데 왜 엉뚱한 소리를 하십니까?"

영호충이 지지 않고 따지자 각월이 나서 말했다.

"영호 소협, 우리가 방금 저 언덕에서 내려올 때 소협의 뒤를 따르는 여자를 보았는데, 걸음이 가볍고 빨라 나이 지긋한 사람 같지는 않았네."

"할머니는 무림인이십니다. 걸음이 가볍고 빠른 무림인이 적지는 않을 텐데요?"

방생은 고개를 저으며 만류했다.

"각월, 우리는 출가인이거늘 어찌 여염집 여인을 억지로 만날 수 있겠느냐? 영호 소협, 이번 일에는 의심스러운 것이 많아 빈승도 당장은 판단을 내릴 수가 없구려. 소협은 확실히 중상을 입었으나 그 괴이한 증상으로 보아 역 사질의 소행은 아니오. 다만 오늘 이렇게 만난 것도 인연이니 소협이 하루빨리 쾌차하기를 기원하고자 환약 두 알을 드리겠소. 소협이 입은 내상이 가볍지 않아 이것으로 그 내상이 낫지는 않겠으나…."

그가 안타까워하며 말하고는 약을 찾기 위해 품에 손을 넣었다.

'소림사의 고승은 과연 기도가 다르구나.'

영호충은 크게 감동해 깊이 허리를 숙였다.

"대사를 뵙게 되어…."

그의 말이 끝나기도 전에 역국재의 검이 쐐액 소리를 내며 뽑혔다.

"저기 있다!"

역국재가 외치며 검을 움켜쥐고 쏜살같이 수풀 속으로 몸을 날렸다.

"역 사질, 예의를 갖춰라!"

방생의 외침과 동시에 역국재가 수풀 밖으로 휙 튕겨나와 수 장 밖의 길바닥에 우당탕하고 나동그라졌다. 그 충격에 그는 한동안 손발을 몇 번 움찔하다가 마침내 그 동작마저 우뚝 멈췄다. 대경실색한 방생 등 그 일행이 달려가보니, 이마에 작은 상처가 생겨 피가 줄줄 흐르고 있었다. 미련이 남은 듯 손에는 여전히 검을 움켜쥐고 있었지만, 숨은 이미 끊어져 있었다.

신국량과 황국백, 각월이 노성과 함께 무기를 휘두르며 숲으로 달려들었다. 방생이 두 손을 뻗자 너른 승포 자락이 펄럭펄럭 부풀어오르며 부드럽지만 힘찬 바람이 일어나 달려가는 세 사람을 가로막았다. 그는 관목 숲을 향해 낭랑하게 외쳤다.

"흑목애黑木崖에서 오신 친구께서 이곳에 계시오?"

그러나 수백 그루의 관목으로 뒤덮인 숲속에서는 아무런 움직임도, 대답도 없었다. 방생이 다시 물었다.

"본 파는 흑목애와 그 어떤 원한도 없건만 친구께서는 어찌하여 역 사질에게 독수를 쓰셨소?"

관목 숲에서는 여전히 아무 대답이 없었다. 반면 영호충은 방생의 말에 깜짝 놀랐다.

'흑목애라고? 흑목애는 마교의 총단이 있는 곳이다. 설마… 설마 할머니께서 마교 사람이셨나?'

방생은 다시금 외쳤다.

"빈승은 왕년에 동방 교주와 일면식을 가진 적이 있소. 친구께서 사람의 목숨을 해쳤으니 오늘 반드시 그 시시비비를 가려야 하오. 한데 어찌 모습을 드러내지 않으시오?"

영호충은 또다시 흠칫했다.

'동방 교주? 마교의 교주인 동방불패를 말하는 것일까? 동방불패는 당세 제일의 고수라고 불리는데, 그렇다면… 그렇다면 할머니가 정말

마교 사람인가…?'

관목 숲에 숨은 노파는 끝내 나올 생각이 없는 것 같았다. 방생이 다시 말했다.

"친구께서 끝내 응하지 않으시니 빈승의 무례를 용서하시오!"

그가 두 손을 뒤로 살짝 들자 소맷자락이 삽시간에 부풀어올랐다. 양손을 앞으로 쭉 뻗는 동작과 함께 관목 수십 그루가 우지끈 뚝딱하며 부러지고 나뭇잎이 어지러이 휘날렸다.

바로 그때, 숲속에서 그림자 하나가 휙 튀어나왔다. 영호충은 노파의 모습이 궁금해 견딜 수 없었지만, 약속을 지키기 위해 재빨리 몸을 돌렸다. 신국량과 각월의 호통 소리에 이어 무기 부딪치는 소리가 창을 때리는 빗소리처럼 급박하게 귀를 때렸다. 노파와 방생 일행이 싸우기 시작한 것이었다.

때는 사시巳時(9~11시)에 가까워 햇볕이 비스듬히 내리쬐고 있었다. 영호충은 초조하기도 하고 호기심도 일었지만 노파와 한 약속을 지키기 위해 싸움터를 돌아볼 엄두조차 내지 못하고 바닥에 어른거리는 그림자만 바라보았다.

방생 일행이 노파를 단단히 에워싼 형국이었다. 방생은 무기가 없었지만, 각월은 방편산을, 황국백은 칼을, 신국량은 검을 사용했다. 노파는 짤막하고 날카로운 무기 한 쌍을 들었는데, 비수 같기도 하고 아미자峨嵋刺 같기도 했다. 짧고 얇으면서도 투명해 보여 그림자만으로는 무엇인지 확신할 수가 없었다. 노파와 방생은 아무 소리도 내지 않았으나, 신국량 등 세 사람은 위세를 돋우려고 크게 소리를 질러댔다.

영호충이 뒤돌아선 채 외쳤다.

"무기를 거두고 말로 하십시오! 남자 넷이 할머니 한 분을 공격해서야 체면이 서겠습니까?"

황국백이 냉소를 터뜨렸다.

"할머니라고? 으하하하! 저놈이 꿈이라도 꾸는 모양이구나. 이 여자는…."

그의 말이 끝나기도 전에 방생이 황급히 외쳤다.

"국백, 조심하거라!"

이어서 황국백의 비명이 터졌다. 상처가 가볍지 않은지 꽤 참혹한 비명이었다. 영호충은 가슴이 서늘했다.

'할머니의 무공이 대단하구나! 소맷바람으로 나무를 쓰러뜨리는 방생 대사도 대단하지만, 할머니는 홀로 네 명을 맞아 싸우는데도 전혀 밀리지 않다니.'

얼마 지나지 않아 각월 역시 비명을 질렀다. 그의 손에서 빠져나간 방편산이 영호충의 머리 위로 빙글빙글 날아가 수장 밖에 떨어졌다. 바닥에 어른거리는 그림자는 다섯에서 셋으로 줄었다. 황국백과 각월이 쓰러진 뒤 방생과 신국량만 남아 노파와 싸움을 계속했다.

"아미타불! 실로 자비롭지 못하시구려. 사질 셋을 사정없이 죽였으니 빈승도 더는 보아넘길 수 없게 되었소. 이제 전력을 다하는 수밖에 없구려."

방생은 그렇게 말하고 무기를 꺼내 들었는데, 나무로 만든 곤봉 같은 무기로 보였다. 등 뒤에서 바람이 세차게 일어 영호충은 몇 걸음이나 앞으로 떠밀렸다.

방생이 무기를 쓰기 시작하자 과연 예사롭지 않았다. 상황은 금세

역전되어 노파는 진기가 이어지지 않는 사람처럼 급하게 숨을 헐떡였다. 방생이 외쳤다.

"무기를 내려놓으시오! 친구를 괴롭힐 마음은 없소. 빈승을 따라 소림사에 가서 방장 사형의 처분을 받기만 하면 되오."

노파는 대답하지 않고 신국량에게 공격을 퍼부었다. 신국량은 당해내지 못해 몸을 피했고, 방생이 대신 막아 싸웠다. 그사이 정신을 가다듬은 신국량이 다시 검을 춤추듯 휘두르며 달려들었다.

얼마쯤 더 지나자 무기 부딪는 소리는 점차 뜸해지고 윙윙 일어나는 바람은 더욱 강해졌다.

방생이 말했다.

"친구의 내공은 아직 상대가 되지 못하오. 어서 무기를 버리고 빈승을 따라 소림사로 갑시다. 계속 이리 버티면 무거운 내상을 입을 것이오."

노파는 코웃음을 쳤지만 곧 외마디 비명을 질렀다. 목 뒤에 물방울이 튀자 영호충은 자연스레 손을 목으로 가져갔다. 손바닥에 검붉게 묻어나는 것은 바로 새빨간 피였다. 또다시 방생이 외쳤다.

"아미타불! 상처를 입어 더는 견디기가 쉽지 않을 것이오. 빈승이 줄곧 사정을 보아주었다는 것을 친구도 알고 있을 것이오."

신국량이 화를 참지 못하고 끼어들었다.

"저 계집은 사악한 요녀입니다. 어서 베어 사제들의 복수를 하십시오! 저런 요녀에게 어찌 자비를 베푸십니까?"

헐떡이는 숨소리와 당장 쓰러져도 이상하지 않을 불안정한 발소리를 듣자 영호충은 초조함을 감추지 못했다.

'할머니는 나의 보호를 받고자 동행하신 것이다. 그런 분이 위험에 처하셨는데 모른 척하는 것이 어찌 사람의 도리겠는가? 방생 대사는 득도한 고승이요, 신국량도 꽁생원은 아니지만, 두 사람 손에 할머니를 내맡길 수는 없다.'

그는 검을 쑥 뽑으며 낭랑하게 외쳤다.

"대사님, 신 선배님! 부디 손을 거두어주십시오. 그렇지 않으면 소생도 두 분께 실례를 범할 수밖에 없습니다."

"너 또한 한패가 아니냐! 모조리 주살하겠다!"

신국량이 쩌렁쩌렁하게 외치며 검으로 영호충의 등을 힘껏 찔렀다. 영호충은 노파에게 시선이 갈까 봐 돌아서지 못하고 피하기만 했다.

"조심하게!"

노파가 외쳤다. 영호충이 옆으로 몸을 피했으나 신국량의 검이 방향을 바꿔 다시 찔러들어오고 있었던 것이다. 별안간 신국량이 '으악' 하고 외마디 비명을 질렀다. 그가 영호충의 왼쪽 어깨를 스치며 휙 날아가 바닥에 내리꽂히더니, 한 차례 몸을 부들부들 떨다가 그 자리에서 숨이 끊어졌다. 자세한 상황은 알 수 없었지만 노파의 독수에 당한 것이 분명했다. 바로 그때, 퍽 하는 소리와 함께 노파 역시 방생 대사의 일장을 맞고 관목 숲으로 나가떨어졌다.

"할머니! 할머니, 괜찮으십니까?"

영호충이 놀란 목소리로 외쳤으나 노파는 대답 없이 신음만 흘렸다. 그녀가 아직 살아 있다는 사실에 다소 마음이 놓인 영호충은 그제야 검을 뽑아 방생을 공격했다. 막을 수 없는 방향으로 검이 찔러들어오자 방생은 부득불 뒤로 물러나야 했다. 영호충은 곧바로 두 번째 검을 찔렀으나 방생이 막으려고 무기를 들자 기다렸다는 듯이 검을 거뒀다. 방생과 정면으로 마주 섰을 때에야 그가 든 무기가 석 자 길이의 오래된 나무 곤봉이라는 것을 알 수 있었다.

'저 평범한 곤봉을 무기로 삼을 줄이야…. 내공이 저렇게 강하니 검술로 제압하지 못하면 할머니를 구할 수 없어.'

영호충은 놀라워하면서도 결심을 하고 위아래로 한 번씩 검을 찌른 다음 다시 위쪽을 두 번 찔렀다. 모두 풍청양에게 전수받은 초식이었다.

그 모습을 본 방생 대사의 안색이 싹 변했다.

"소… 소협은…?"

그러나 영호충은 잠시도 지체할 수 없었다. 일말의 내공조차 남아 있지 않은 몸이니 상대가 내공을 쓸 틈을 주면 자신이 쓰러지는 것은 물론이고 노파마저 소림사에 끌려가 처벌을 받게 될 것이기 때문이었다. 오로지 그 상황을 피하고자 하는 마음으로 그는 독고구검의 오묘한 변화들을 마음껏 펼쳐냈다. 독고구검의 정묘함은 비록 내공을 잃고 검법을 완전히 깨우치지 못한 영호충의 힘으로도 방생을 연신 뒷걸음질치도록 만들었다. 그러나 검법을 펼칠수록 영호충은 가슴속에서 모든 것을 태워버릴 것 같은 뜨거운 기운을 느꼈고, 손발이 찌르르해지며 휘두르는 검의 위력도 점점 약해져갔다.

"검을 거두시오!"

그때 갑자기 방생이 큰 소리로 외치며 영호충의 가슴을 향해 왼손을 뻗었다.

기운이 빠진 영호충은 억지로 검을 들었지만 채 찌르기도 전에 팔이 힘없이 처지고 말았다. 처진 대로 검을 찌르기는 했지만 기운이 달려 위력과 속도가 약해졌고, 그 틈에 날아든 방생의 손이 그의 가슴에 닿았다. 방생은 그의 가슴을 누른 채 진기를 쏟아내지 않고 물었다.

"소협은 독고구검의…?"

그러는 동안 느릿느릿 내밀었던 영호충의 검이 방생의 가슴을 찔렀다.

이 소림파의 고승을 몹시 존경하던 영호충은 검이 그의 피부에 닿는 순간 화들짝 놀라 팔을 움츠렸다. 갑작스러운 움직임에 힘을 너무 썼는지 몸이 휘청하더니 입에서 피가 왈칵 쏟아졌다.

방생이 가슴에 난 상처를 누르며 빙그레 웃었다.

"훌륭한 검법이오! 소협이 사정을 두지 않았다면 빈승의 목숨은 무사하지 못했을 것이오."

자신의 배려는 언급하지 않은 채 영호충을 칭찬한 방생은 그 말을 끝내기 무섭게 기침을 했다. 영호충이 재빨리 팔을 물렸는데도 검이 가슴을 한 치 정도 찔러 부상을 입은 것이었다.

"죄… 죄송합니다, 대사님."

방생은 기침을 억누르고 말했다.

"화산파 풍청양 선배님의 검법을 전수받은 사람이 있는 줄은 몰랐소. 빈승은 지난날 풍 선배님께 큰 은혜를 입은 적이 있으니 오늘은… 이만 물러가겠소."

그는 천천히 승포 안에 손을 넣어 종이로 싼 꾸러미를 꺼내 풀었다. 안에는 용안 열매만 한 환약 두 알이 들어 있었다.

"치료에 좋은 소림사의 영약이니 한 알 드시오."

이렇게 말한 방생이 잠시 망설이다가 덧붙였다.

"나머지 한 알은 여시주에게 주시오."

"제 증상은 치료하기 어려워 약도 소용이 없습니다. 하나는 대사께서 드시지요."

"아니오."

방생은 고개를 가로저으며 환약 두 알을 영호충 옆에 내려놓았다. 그리고 각월과 신국량 등 네 구의 시신을 둘러보더니 처연한 낯빛으로 합장을 하고 극락왕생하는 경을 외기 시작했다. 경을 외면 욀수록 그의 얼굴은 점점 평온해졌고, 나중에는 서광이 얼굴을 뒤덮어, 마치 대자대비한 부처의 모습을 연상시켰다.

그동안 영호충은 현기증을 견디기 어려워 환약 한 알을 입에 넣었다.

경을 마친 방생이 영호충에게 말했다.

"풍 선배님의 독고구검 전수자라면 결코 요사한 무리일 리 없소. 소협은 협의심이 넘치니 비명횡사할 운명이 아니오만, 내상이 몹시 괴이하여 약으로는 치료할 수 없고 반드시 심오한 내공을 익혀 내상을 다스려야만 살 수 있소. 빈승을 따라 소림사로 가면 장문 사형께 소림의 지고무상한 내공 심법을 전수해달라 부탁해보겠소. 그 내공이 소협의 내상을 치료할 수 있을 것이오."

그는 두어 번 기침을 하고 말을 이었다.

"그 내공을 익히려면 인연이 있어야 하는데 빈승은 아직 그런 인연을 얻지 못했소. 장문 사형은 하해와 같은 마음을 지닌 분이시니, 혹 소협과 인연이 닿아 심법을 전수해주실지도 모르오."

"호의에 감사드립니다. 허나 소생은 할머니를 안전한 곳까지 모셔다드리기로 약속했습니다. 만약 그때까지 요행히 살아남는다면 소림사로 가서 대사와 방장을 찾아뵙겠습니다."

방생은 의아한 표정을 지었다.

"지금… 저 여시주를 할머니라 하였소? 소협, 명문정파의 수제자는 요사한 무리와 어울려 다녀서는 아니 되오. 빈승의 충언을 받아들여 부디 다시 생각해보시오."

"남아대장부가 한 번 입 밖으로 뱉은 말을 어찌 주워담을 수 있겠습니까?"

방생은 한숨을 쉬었다.

"알겠소! 소림사에서 소협을 기다리겠소."

그는 바닥에 있는 시체들을 돌아보았다.

"몸은 그저 껍데기에 불과하니 매장을 해도 그만, 하지 않아도 그만이로다. 이 번잡한 속세를 떠났으니 모든 것이 끝났구나."

그 말을 남긴 후, 그는 돌아서서 천천히 사라졌다.

영호충은 힘없이 앉아 숨만 겨우 쉬고 있었다. 온몸이 쑤시고 힘이 빠져 움직일 수가 없었다.

"할머니, 괜… 괜찮으세요?"

노파가 숲에서 걸어나오는지 등 뒤에서 풀잎 스치는 소리가 들렸다.

"죽을 정도는 아닐세! 저 늙은 화상을 따라가게나. 저 화상이 공자의 내상을 치료할 수 있다지 않는가. 소림파의 내공 심법은 당세 제일인데 어째서 함께 가지 않았는가?"

"할머니를 보호해드리기로 했으니 끝까지 약속을 지킬 겁니다."

"그 몸을 하고서 무슨 보호를 한다는 말인가?"

영호충은 피식 웃었다.

"할머니도 다치셨으니, 누가 누구를 보호하게 되는지는 두고보아야지요!"

"나는 요사한 사마외도고 공자는 명문정파의 제자일세. 나와 함께 다니면 공자의 명예에 누가 될 것일세."

"저는 원래 명예 같은 것은 없는 사람이니 남들이야 뭐라고 떠들든 상관없습니다. 할머니는 제게 무척 잘해주셨고 저는 옳고 그름을 구분하지 못하는 멍청이도 아닙니다. 할머니께서 중상을 입으셨는데 모른 척 떠나면 사람이라고 할 수도 없지요."

"내 몸이 멀쩡하다면 공자는 나를 버려두고 떠났겠구먼. 아니 그런가?"

노파의 물음에 영호충은 어리둥절해하다가 웃음을 터뜨렸다.

"할머니께서 어리석은 저를 귀찮다 여기지만 않으시면, 언제까지나 할머니 곁에서 말동무가 되어드릴 겁니다. 제가 거칠고 제멋대로여서 며칠 만에 진저리를 내실까 봐 걱정이지요."

노파가 '음' 하고 대답하자 영호충은 팔을 뒤로 내밀어 방생이 준 환약을 건넸다.

"소림사의 고승은 역시 보통 사람이 아닙니다. 할머니가 소림사 제자 네 명을 죽였는데도 대사께서는 이 약을 드시지 않고 할머니께 양보하셨습니다. 방금 할머니와 싸우실 때도 전력을 다하지 않으셨던 것 같고요."

"흥! 그자가 전력을 다하지 않았다면 무슨 수로 내게 상처를 입혔겠는가? 명문정파입네 하고 으스대며 좋은 사람인 척 위선을 떠는 그런 작자들은 내 수도 없이 보았네."

"할머니, 이 약부터 드시지요. 제가 먹어보니 가슴이 한결 편해졌습니다."

노파는 코웃음만 칠 뿐 받을 기미가 없었다.

"할머니…."

영호충이 다시 달래려고 입을 열자 노파가 버럭 화를 냈다.

"여기 공자와 나밖에 달리 누가 또 있다고 자꾸 할머니 할머니 하고 부르는 건가? 그만 좀 부를 수 없겠는가?"

"예, 예, 그러겠습니다. 어서 약부터 드시지요."

"소림파의 영약이 그리 좋고 내가 준 약은 썩 좋지 않은 모양이니 차라리 그 늙은 화상이 준 약을 공자가 다 먹지 그러나?"

"참, 할머니도. 제가 언제 할머니가 주신 약이 좋지 않다고 했습니까? 다만 이 소림파의 약이 몸에 좋으니, 이걸 드셔야 기운이 나서 길을 가실 수 있다는 것이지요."

"내가 기운이 없어 골골거리는 것이 싫은 게지? 흥, 붙잡지 않을 테니 공자 혼자 가게나."

영호충은 고개를 설레설레 저었다.

'할머니가 왜 이렇게 고집을 부리시지? 계속 말꼬리를 잡으시니…. 그래, 부상을 입어 몸이 불편하니 예민해지시는 것도 당연해. 이런 일로 투덜거릴 수는 없지.'

그는 일부러 웃음 섞어 말했다.

"저도 지금은 기운이 없어서 가고 싶어도 갈 수가 없습니다. 만약…

만약… 하하하!"

"만약 어쨌다는 것인가? 그리고 웃기는 또 왜 웃나?"

"우스우니까 웃지요. 만약에 제가 걸을 기운이 있더라도 가지는 않을 겁니다. 저는 반드시 할머니와 함께 갈 테니까요."

지금까지는 노파에게 깍듯이 예의를 갖췄지만, 노파가 성질을 부리고 고집을 피우자 그도 다소 가벼운 말투로 응수한 것이었다. 그런데 노파는 화를 내기는커녕 무슨 생각을 하는지 아무 말도 없었다. 영호충이 의아해하며 불렀다.

"할머니…!"

"또 할머니! 평생 할머니라고 불러본 적이 없는 모양이군. 그리 부르는 것이 지겹지도 않나?"

영호충은 웃음을 터뜨렸다.

"할머니라 부르지 않으면 뭐라고 부르라는 말씀이세요?"

노파는 대답이 없다가 한참 후에야 말했다.

"우리 두 사람뿐인데 부를 필요가 어디 있나? 공자가 말을 하면 자연히 나에게 하는 말인 줄 알지, 설마 다른 사람에게 한 말이겠는가?"

영호충은 또다시 웃음을 터뜨렸다.

"저는 가끔 혼잣말을 하니 오해 마세요."

노파가 코웃음을 쳤다.

"저리 진지하지 못하니 소사매가 싫어하는 것도 당연하지!"

그 한마디가 영호충의 가슴을 아프게 찔러, 그는 쓰라린 마음으로 악영산을 떠올렸다.

'할머니 말씀대로 소사매가 내가 아니라 임 사제를 좋아하는 이유는 내가 말이나 행동에 진지한 데가 없어서 평생 함께할 만한 사람이 아니기 때문일까? 그래, 임 사제는 올곧고 점잖은 정인군자고 사부님과 꼭 닮았지. 소사매는 말할 것도 없고 다른 여자들도 제멋대로에 행실 나쁜 영호충보다는 임 사제를 좋아할 거야. 아아, 영호충, 이 멍청아! 술이나 마시고 소란을 피우며 문규를 어긴 것도 모자라, 채화음적인 전백광과 교분을 맺고 형산의 기루에 누워 잠을 잤으니 소사매가 싫어하는 것도 당연해!'

그가 한참 동안 말이 없자 노파가 가만히 물었다.

"어찌 그러는가? 내 말이 심해서 화가 났나 보군, 안 그런가?"

"아닙니다. 할머니 말씀이 맞습니다. 저는 말도 단정치 못하고 행실도 나쁘니 소사매가 싫어하는 것도 당연합니다. 사부님과 사모님도 좋아하시지 않고요."

"슬퍼하지 말게. 사부와 사모와 소사매가 공자를 싫어한다고 해서 설마하니… 설마하니 세상에 공자를 좋아해주는 사람이 없기야 하겠나?"

노파의 목소리는 무척 따뜻했고 다정한 위로가 담겨 있었다.

영호충은 감동해 가슴이 뜨거워지고 목이 메었다.

"할머니, 할머니는 제게 정말 잘해주시는군요. 할머니가 계시니 이 세상에 저를 좋아해주는 사람이 아무도 없어도 저는… 저는 상관없습니다!"

"흥, 듣기 좋은 말만 골라 하는군. 오독교의 남봉황 같은 사람조차 입에 침이 마르도록 공자를 칭찬하더라니, 다 그런 입에 발린 말에 넘어간 모양이군. 하여간 공자도 나도 움직일 수가 없으니 오늘은 저 절벽 아래에서 쉬도록 하세나. 죽을지 안 죽을지는 운명에 맡겨야지."

영호충은 빙그레 웃었다.

"오늘 살아난다고 해서 내일 죽지 않으리란 법도 없고, 내일 살아난다고 해서 모레 죽지 않으리란 법도 없지요."

"쓸데없는 소리 그만하고 천천히 저리로 기어가보게. 나도 뒤따라 갈 테니."

"대사께서 주신 약을 드시지 않으면 저는 한 발짝도 못 가요."

"또 쓸데없는 소리! 내가 약을 먹든 안 먹든 공자의 몸이 움직이는 것과 무슨 상관인가?"

"쓸데없는 소리라니요? 할머니께서 약을 안 드시면 상처가 낫지 않고, 상처가 낫지 않으면 금을 연주하실 수가 없잖아요. 금 연주를 듣지 못하면 저는 마음을 안정시킬 수가 없으니 무슨 수로 움직이겠어요? 움직이는 것은 고사하고 누워 있을 힘도 없다고요."

노파는 코웃음을 쳤다.

"누워 있는 것도 힘이 필요한가?"

"당연하지요! 이쪽은 비탈이라 힘을 주지 않으면 굴러떨어진다고요. 그러다가 저 밑에 있는 개울에 빠지면 머리가 깨져서 죽거나 물에 빠져 죽을걸요."

노파는 한숨을 쉬었다.

"중상을 입어 목숨이 오늘내일하는데도 그런 농담을 하는군. 공자 같이 싱거운 사람은 세상에 다시없을 것이야."

영호충은 소림파의 환약을 뒤로 툭 던지며 말했다.

"어서 드세요."

"흥, 명문정파라고 자부하는 자들치고 좋은 사람은 한 명도 없네. 소림파의 환약을 먹으면 내 입만 더러워질 뿐이야."

그러자 영호충이 '으악' 하고 크게 비명을 지르더니, 비탈을 따라 데굴데굴 굴러가기 시작했다.

"조심하게!"

노파가 놀라 외쳤으나 영호충은 계속해서 개울 쪽으로 굴러갔다. 비탈은 가파르지는 않았지만 매우 길어, 그는 한참 만에야 개울가에 이르러 팔로 힘껏 버텨 겨우 멈췄다.

노파가 외쳤다.

"이보게, 공자! 괜찮은가?"

영호충의 얼굴과 손은 오돌토돌 튀어나온 돌멩이에 긁혀 여기저기 피가 배어나왔다. 그가 고통에 겨운 신음 소리를 내자 노파가 다시 외쳤다.

"알겠네, 알겠어. 그 더러운 약을 먹으면 될 게 아닌가? 어서… 어서 올라오게."

"하신 말씀은 꼭 지키셔야 합니다."

영호충이 말했지만, 기운도 없는 데다 거리도 멀어 노파에게까지 들릴 리가 없었다. 노파는 웅얼거리는 소리를 듣기는 했으나 무슨 말인지 알아들을 수가 없어 물었다.

"뭐라고 했나?"

"하… 하신…."

영호충이 소리를 높여 외쳤지만 숨이 가빠 말을 할 수가 없었다.

"어서 올라오게! 약을 먹겠다고 하지 않는가!"

영호충은 억지로 몸을 일으켜 비탈을 기어오르려고 했지만, 굴러 내려오기는 쉬워도 다시 기어오르기는 하늘에 오르기만큼이나 힘들었다. 고작 두어 걸음 옮겼는데, 다리에 힘이 탁 풀려 맥없이 비틀거리더니 그대로 개울 속에 풍덩 빠지고 말았다. 멀리서 그 모습을 지켜본 노파는 다급한 마음에 똑같이 몸을 굴려 비탈을 데굴데굴 내려온 뒤 영호충의 왼발 발목을 붙잡았다. 그리고 몇 번 숨을 가다듬은 다음 오른손으로 뒷덜미를 붙잡아 축축하게 젖은 그를 개울에서 끌어냈다.

개울물을 잔뜩 들이마신 영호충은 눈앞에 별이 왔다갔다 하고 정신이 없었다.

한참 후에야 겨우 정신을 차리고 눈을 떠보니 맑디맑은 물 위에 두 사람의 모습이 비쳤다. 자신의 뒷덜미를 붙잡고 있는 묘령의 여인을 보자 그는 영문을 몰라 어리둥절했다. 그때 뒤에 있던 여인이 그의 목덜미에 뜨끈뜨끈한 피를 웩 토하며 힘없이 그의 등으로 쓰러졌다.

나긋나긋한 여인의 몸이 안겨오고 부드러운 머리칼이 얼굴을 스치자, 영호충은 어쩔 줄 몰라 그 자리에 얼어붙었다. 다시 물속을 들여다보았더니 여인의 갸름한 얼굴이 반쯤 비쳤는데, 꼭 감은 두 눈 위로 기다란 속눈썹이 드리워져 있었다. 자세히 보이지는 않지만 절세의 미모를 지닌 열일고여덟의 소녀라는 것을 알 수 있었다.

그는 도무지 알 수가 없었다.

'이 낭자는 누구지? 어디서 갑자기 나타나 나를 구해주었을까?'

물속에 비친 모습과 등에 느껴지는 묵직함이 그녀가 이미 혼절했다는 사실을 알려주었다. 영호충은 몸을 돌려 그녀를 부축하고 싶었지만, 몸이 나른해서 손가락 하나 까딱할 힘도 없었다. 마치 꿈을 꾸는 느낌이었다. 맑은 개울에 비친 아리따운 얼굴을 보면 선경仙境에 와 있는 것 같기도 했다.

'내가 죽었을까? 죽어서 하늘에 온 것일까?'

한참이 지나서야 등에 쓰러진 여인이 투덜거리는 소리를 냈다.

"대체 어쩌자고 이러나? 나를 놀라게 할 생각인가, 아니면 정말… 정말 죽고 싶은 건가?"

그 목소리를 듣는 순간 영호충은 깜짝 놀랐다. 바로 지금껏 함께 다닌 노파의 목소리였던 것이다. 그는 놀라움을 감출 수 없어 몸을 부르르 떨며 입을 열었다.

"어… 어떻게…?"

"모를 줄 알았나? 내가 그 더러운 약을 거부하니 일부러 그런 것이겠지."

"할머니, 이제 보니 할머니는… 어여쁜… 낭… 낭자셨군요."

여인은 화들짝 놀랐다.

"어떻게 알았지? 약… 약속을 어기고 훔쳐보았구나?"

그러나 그녀의 눈에도 개울에 생생하게 비친 자신의 모습이 보였다. 영호충의 등에 쓰러진 것을 깨닫자 그녀는 몹시 부끄러워 황급히 몸을 일으켰지만, 금방 다리에 힘이 풀려 또다시 그에게로 쓰러지고 말았다. 몇 번 발버둥을 쳐보았지만 머리가 어지럽고 혼절할 것 같아 결국 움직임을 멈출 수밖에 없었다.

영호충은 도무지 의문이 풀리지 않아 물었다.

"대체 왜 할머니를 가장하고 나를 속였소? 어른 노릇을 하면서 나를… 나를 놀렸구려."

"내가 당신을 놀리다니요?"

영호충의 얼굴과 그녀의 얼굴은 채 한 자도 떨어져 있지 않아, 투명하리만치 새하얀 피부가 발그레하게 달아오르는 것을 똑똑히 볼 수 있었다.

"내가 당신을 할머니라고 부르게 했으니 놀린 것이 아니면 무엇이오? 흥, 부끄러운 줄 알아야지. 내 누이동생이라 하기에도 한참 어린 낭자가 할머니 노릇을 하다니! 할머니가 되려면 80년은 더 지나야 할 거요!"

여인이 '풋' 하고 웃음을 터뜨렸다.

"내가 언제 당신더러 할머니라고 부르라고 했지요? 당신 스스로 그렇게 부른 거예요. 당신이 자꾸 할머니, 할머니 하자 나는 화를 내면서 그만 부르라고도 했고요. 그런데도 계속 부른 사람이 누구였나요?"

영호충도 그 말이 옳다는 것은 알았지만, 멍청이처럼 이렇게 오래 속았다는 사실에 분이 풀리지 않았다.

"나더러 얼굴도 보지 말라고 했으니 분명히 일부러 속인 거요. 당신 얼굴을 보았다면 내가 왜 할머니라고 불렀겠소? 낙양에서부터 녹죽옹과 짜고 나를 속인 것이 분명하오. 그렇게 나이 지긋하신 분이 당신을 고모라고 부르는데 할머니라고 부르지 않으면 뭐라고 부르라는 말이오?"

여인은 쿡쿡 웃었다.

"녹죽옹의 사부가 우리 아버지를 사숙이라고 부르는데, 녹죽옹이 나를 고모라고 부르는 것이 무엇이 잘못되었나요?"

영호충은 멈칫하며 입을 다물었다가 의심쩍어하며 물었다.

"정말 당신이 녹죽옹의 고모 뻘이었소?"

"녹죽옹이 대단한 사람도 아닌데 무슨 이득이 있다고 일부러 그의 고모인 척하겠어요?"

영호충은 한숨을 푹 쉬었다.

"아아, 내가 바보였소. 일찌감치 눈치를 챘어야 하는데."

"무슨 눈치 말인가요?"

"당신 목소리가 이렇게나 곱지 않소? 세상에 여든 살 먹은 노파의 목소리가 이렇게 맑고 고울 리가 있겠소?"

여인은 피식 웃었다.

"내 목소리는 까마귀처럼 거칠고 딱딱해요. 당신이 나를 할머니라고 생각해도 어쩔 수 없지요."

"당신 목소리가 까마귀 같다고? 허허, 세상이 많이 변했구려. 요즘은 까마귀가 까악까악 울지 않고 꾀꼴꾀꼴 우는 모양이지?"

그가 칭찬을 하자 여인은 기분이 좋은 듯 얼굴을 빨갛게 물들이며 말했다.

"네네, 영호 할아버지. 나를 할머니라고 불러주었으니 이제 내가 당신을 할아버지라고 불러드릴게요. 그러면 피장파장이니 화가 풀리시겠지요?"

영호충은 웃음을 터뜨렸다.

"당신은 할머니, 나는 할아버지니 늘그막에 썩…."

자잘한 예의에 얽매이지 않는 그는 농담 삼아 '썩 잘 어울리는 한 쌍'이라고 말할 생각이었지만, 여인이 눈썹을 살짝 찡그리며 화난 표정을 짓자 재빨리 입을 다물었다. 여인이 쌀쌀하게 말했다.

"무슨 쓸데없는 말을 하려는 거예요?"

"늘그막에 썩… 썩 훌륭한 무림 고수가 탄생하겠다는 말이었소."

여인은 그가 말을 바꾼 것을 알았지만 더 듣기 거북한 말이 나올까 봐 굳이 반박하지 않았다. 영호충의 품에 안기다시피 한 그녀는 그에게서 나는 강렬한 남자의 체취에 마음이 몹시 어지러워 어떻게든 벗어나려 했다. 그러나 아무리 애를 써도 움직일 수가 없어 얼굴을 붉히며 말했다.

"이봐요, 나를 좀 밀어줘요!"

"밀다니? 왜 그래야 하오?"

"지금처럼 이렇게… 이렇게… 있을 수는 없잖아요."

영호충은 피식 웃었다.

"할머니와 할아버지는 본래 이렇게 오손도손 의지하면서 살아야 한다오."

여인이 코웃음을 치며 차갑게 말했다.

"또 한 번 허튼소리를 하면 죽여버리겠어요!"

그 말에 영호충은 오싹 소름이 끼쳤다. 수십 명의 사람들을 동해 반룡도로 내쫓은 일을 떠올리자 그녀 앞에서 함부로 농담을 하면 안 되겠다는 생각이 들었다.

'이렇게 어린 나이에 혼자서 소림파의 제자 넷을 죽이다니, 무공도 높지만 성품도 몹시 잔인하겠지. 이렇게 아름다운 낭자가 그런 짓을 하다니 도무지 믿을 수가 없군.'

그가 말이 없자 여인이 물었다.

"또 화가 났군요, 그렇죠? 당당한 대장부가 어쩜 그렇게 속이 좁은지 모르겠군요."

"화가 난 것이 아니오. 당신이 죽일까 봐 두려운 거지."

여인은 생긋 웃었다.

"점잖은 말만 하면 내가 왜 당신을 죽이겠어요?"

영호충은 한숨을 푹 쉬었다.

"나는 태어나면서부터 점잖지 못해서 어쩔 수가 없소. 아무래도 당신 손에 죽을 운명인가 보오."

여인은 웃으며 말했다.

"할머니라고 부를 때는 아주 공손하고 말도 잘 듣더군요. 앞으로도 그렇게 하면 돼요."

영호충은 고개를 저었다.

"그럴 수는 없소! 당신이 젊은 낭자라는 사실을 안 이상 예전처럼 할머니로 대할 수는 없소."

"다, 당신은 정말…."

그녀는 말을 더듬다가 무슨 생각을 했는지 별안간 얼굴이 새빨개진 채 입을 다물었다.

바로 앞에 수줍음을 가득 담은 아리따운 얼굴이 보이자, 영호충은 마음이 마구 흔들려 저도 모르게 그녀의 뺨에 살며시 입을 맞췄다. 여인은 화들짝 놀라더니 어디서 그런 힘이 났는지 짝 소리가 나도록 영호충의 뺨을 힘껏 때리고 벌떡 일어났다. 그러나 그뿐, 곧 다시 힘이 빠져 영호충의 품으로 스르르 쓰러지고 말았다.

그녀는 영호충이 또다시 경박한 짓을 할까 봐 초조해하며 말했다.

"한 번 더 이런… 이런 무례한 행동을 하면 당장… 당장 죽여버리겠어요."

영호충은 빙그레 웃었다.

"죽이든 살리든 마음대로 하시오. 어차피 나는 곧 죽을 목숨이니 하고 싶은 대로 하겠소."

"다, 당신…."

여인은 초조해서 어쩔 줄 몰랐지만 아무런 방법이 없었다.

영호충은 억지로 힘을 내 그녀의 어깨를 살짝 밀어세운 후 옆으로 몸을 굴려 피해주었다.

"그래, 어쩔 생각이오?"

그는 그 말만 하고 연신 콜록거리며 선혈을 토했다. 기실 그도 충동적으로 그녀에게 입맞춤을 한 후 곧 후회했고, 뺨을 맞은 다음에는 더욱 죄스러워 겉으로는 그런 말을 하면서도 더 이상은 그녀와 가까이 있을 수가 없었던 것이다.

여인은 의외로 그가 알아서 물러난 데다 그 바람에 또다시 피를 토하자 내심 미안한 마음이 들었지만, 부끄러워 사과는 하지 못하고 부드러운 목소리로 물었다.

"가슴이 많… 많이 아파요?"

"가슴은 괜찮은데 다른 곳이 몹시 아프오."

"어디가 아픈 거예요?"

걱정이 담뿍 담긴 목소리였다. 영호충은 조금 전 그녀에게 맞은 뺨을 어루만지며 말했다.

"이곳이오."

그러자 여인이 생긋 웃으며 말했다.
"나더러 사과를 하라고 하면 하겠어요."
"내가 잘못한 거요. 부디 용서해주시지요, 할머니."
그가 또다시 할머니라고 부르자 여인은 사랑스럽게 쿡쿡 웃었다.
영호충이 물었다.
"대사께서 주신 그 더러운 약은 어쨌소? 끝내 먹지 않았구려?"
"챙길 틈이 없었어요."
여인이 비탈 위를 가리키며 말했다.
"아직 저 위에 있어요."
그녀는 잠시 망설이다가 덧붙였다.
"당신 말대로 해요. 더러운 약이든 깨끗한 약이든 조금 있다가 저 위로 올라가서 먹겠어요."
평소라면 몸을 날려 순식간에 올라갈 수 있는 비탈이었지만, 지금은 만길 낭떠러지처럼 높아 보였다. 두 사람은 비탈 위를 올려다보다가 다시 아래를 살피고, 서로 마주 보며 크게 한숨을 내쉬었다.
여인이 말했다.
"잠시 정좌할 테니 방해하지 말아요."
"알겠소."
그녀는 개울가에 앉아 눈을 감고 오른손 엄지와 식지, 중지를 붙이고 한참 동안 움직이지 않았다. 영호충은 그 모습을 보며 생각했다.
'정좌하는 방법도 우리와는 다르구나. 가부좌를 틀지도 않고.'
그도 마음을 가다듬고 잠시 쉬려는데 호흡이 가빠 도무지 앉아 있을 수가 없었다. 그때 개굴개굴 하는 소리가 들리고 개울 위로 살집이 두툼한 청개구리 한 마리가 훌쩍 뛰어올랐다. 반나절을 바삐 다니느라 끼니도 제대로 챙기지 못했는데 푸짐한 식사거리가 나타났으니 이보다 좋을 수가 없었다. 그는 개구리를 잡으려고 손을 뻗었지만 힘없는 팔이 말을 듣지 않아 헛손질만 했다. 개구리는 폴짝 뛰어 피하고는 더욱 큰 소리로 개굴개굴 울었다. 마치 개구리 한 마리 잡지 못하는 영호충을 놀려대는 것 같았다. 영호충은 한숨을 푹 쉬었다. 개울가에는 개구리가 제법 많아 또다시 두 마리가 그의 앞으로 폴짝폴짝 뛰어올랐지만 잡을 방법이 없었다.

그때, 옆에서 섬섬옥수가 튀어나와 손쉽게 개구리 한 마리를 낚아챘다. 여인이 정좌를 끝내고 움직일 수 있게 된 모양이었다. 아직 완전히 회복하지는 못했지만 개구리를 잡기에는 충분했다.

영호충은 기쁜 소리로 외쳤다.

"잘했소! 개구리로 배를 채우겠구려."

여인은 생글생글 웃으며 순식간에 스무 마리를 잡았다.

"됐소, 충분하오! 마른 나뭇가지를 구해 불을 피워주시오. 내가 개구리를 씻어 오겠소."

여인은 그가 시킨 대로 나뭇가지를 모으기 시작했고, 영호충은 검으로 개구리 머리를 자르고 내장을 빼냈다.

여인이 웃으며 말했다.

"옛말에 닭 잡는 데 소 잡는 칼을 쓴다더니, 오늘 영호 대협께서 개구리를 잡는 데 독고구검을 펼치시는군요."

영호충도 큰 소리로 웃었다.

"구천에 계신 독고 대협께서 이 꼴을 보시면 아마 놀라 돌아가실 거요."

말은 그렇게 했지만, 속으로는 이미 오래전에 세상을 떠난 독고구패가 다시 죽는다는 것은 말이 되지 않겠구나 생각했다. 여인이 웃으며 입을 열었다.

"영호 대협은…."

영호충은 죽은 개구리를 들고 손을 내저었다.

"대협이라니, 당치 않소. 세상에 개구리를 죽이는 대협이 어디 있소?"

여인은 까르르 웃었다.

"옛날에 개를 죽인 영웅도 있었는데 개구리를 죽인 대협이 왜 없겠어요? 당신의 독고구검은 무척 신묘해서 소림파의 늙은 화상조차 상대가 되지 못했지요. 그 검법을 전수한 풍청양이라는 분이 그 화상의 은인이라던데, 대체 어떻게 된 건가요?"

"내게 이 검법을 전수해주신 분은 우리 화산파의 선배님이오."

"그 선배님의 검술이 이렇게 신통한데 어째서 강호에 이름이 전해지지 않았지요?"

"그… 그것은…. 나는 그분께 그분의 행적에 대해서는 누구에게도 말하지 않겠다고 약속했소."

"흥, 뭐가 그리 대단하다고요? 당신이 말해준다 해도 듣고 싶지 않아요. 내가 누군지, 어떤 사람인지나 아나요?"

영호충은 고개를 저었다.

"모르오, 낭자의 이름조차 알지 못하오."

"당신이 숨기고 말하지 않으면 나도 알려주지 않겠어요."

영호충은 빙그레 웃으며 말했다.

"알려주지 않아도 대강 짐작이 가오."

여인의 안색이 살짝 변했다.

"짐작이 간다고요? 내가 누구라고 생각하나요?"

"아직은 확실치 않지만 밤이 되면 확실히 알 수 있소."

여인은 더욱 의아한 표정을 지었다.

"어째서 밤이 되어야만 알 수 있다는 거예요?"

"밤하늘에서 어느 별이 사라졌는지 보면 어느 별의 선녀가 내려왔는지 알 수 있지 않소? 낭자는 선녀처럼 아름다우니 결코 이 세상 사람이 아닐 거요."

여인이 얼굴을 붉히며 '피' 하고 입을 내밀었다. 하지만 눈빛은 몹시 기뻐하는 것 같았다.

"또 쓸데없는 말을 하는군요."

그때 나뭇가지에 불이 붙었다. 그들은 잘 씻은 개구리들을 뾰족한 가지에 가지런히 꽂아 모닥불 위에 올렸다. 개구리 기름이 뚝뚝 떨어지자 치익칙 소리가 나며 구수한 향기가 코를 찔렀다. 여인은 모닥불에서 피어오르는 푸른 연기를 응시하며 조용히 말했다.

"내 이름은 영영盈盈이에요. 나중에도 당신이 기억해줄지 모르지만."

"영영이라, 아주 좋은 이름이오. 당신 이름이 영영이라는 것을 일찍 알았다면 결코 할머니라 부르지 않았을 거요."

"어째서요?"

"영영이라는 이름은 분명히 소녀의 이름이오. 그런 이름을 가진 사람이 할머니일 리가 없소."

영영은 피식 웃었다.

"나중에 할머니가 돼도 내 이름은 여전히 영영이라고요."

"당신은 할머니가 될 리 없소. 이렇게 아름다우니 여든 살이 되어도 여전히 누구보다 아름다운 낭자 같을 거요."

"그건 요괴잖아요?"

영영이 까르르 웃으며 말하더니 문득 정색을 했다.

"내 이름을 알려주었지만 함부로 부르지는 말아요."

"왜 그래야 하오?"

"하지 말라면 하지 말아요. 내가 싫으면 싫은 거예요."

영호충은 혀를 쏙 내밀며 장난스레 말했다.

"이것도 싫다, 저것도 싫다. 그렇게 까다롭게 굴면 훗날 아무도…."

여기까지 말했을 때 영영이 얼굴을 굳히자 그는 재빨리 입을 다물었다. 영영은 코웃음을 쳤다.

"왜 화를 내시오? 훗날 아무도 당신의 제자가 되지 않을 거라고 하던 참이었소. 당신 제자가 되면 고생이 이만저만이 아닐 테니까."

본래 생각한 말은 '아무도 남편이 되려 하지 않을 것이다'였지만 상황을 보고 냉큼 말을 바꾼 것이었다. 영영은 그의 마음을 훤히 들여다본 것처럼 말했다.

"당신은 진지하지도 않고 솔직하지도 못하군요. 세 마디를 하면 두 마디는 실없는 소리잖아요. 나는… 남들에게 이래라저래라 하지 않아요. 내 말을 들으려면 듣고 듣기 싫으면 마음대로 하면 돼요."

영호충은 빙그레 웃으며 말했다.

"나는 당신 말을 들을 거요."

그 말 속에는 여전히 농이 섞여 있었다. 영영은 눈을 찡그리며 한마디 쏘아붙이려다가 곧 얼굴을 붉히며 고개를 돌렸다. 한동안 두 사람은 아무 말도 없었다. 시간이 얼마나 흘렀을까, 타는 냄새가 나자 영영이 소리를 질렀다. 들고 있던 개구리가 타들어가고 있었던 것이다.

"이걸 어째! 다 당신 탓이에요!"

그녀가 입을 삐죽이며 말하자 영호충은 씨익 웃었다.

"내 탓이 아니라 덕분이라고 해야 하오. 내게 화를 낸 덕분에 이렇게 맛있게 구워지지 않았소?"

그는 구운 개구리 한 마리를 나뭇가지에서 빼내 다리를 떼고 입에 넣어 꼭꼭 씹었다.

"일품이군, 일품이야! 아주 잘 익었는걸. 고소하면서도 씁쓸하고 씁쓸하면서도 고소한 것이 아주 기가 막히는구려."

영영은 그의 우스꽝스러운 말투에 쿡쿡 웃으며 개구리를 먹기 시작했다. 영호충은 탄 부분을 자기가 먹고 잘 익은 부분을 그녀에게 주었다.

다 먹고 나자 따사로운 햇볕이 내리쬐기 시작했다. 몹시 피곤하던 두 사람은 자기도 모르는 사이 눈을 감고 잠이 들었다. 밤새 잠 한숨 자지 못하고 부상까지 당한 터라 잠깐의 낮잠은 깊고도 달콤했다.

영호충은 폭포 아래에서 악영산과 연검하는 꿈을 꾸었다. 두 사람이 한창 연습하고 있는데 갑자기 누군가 끼어들었다. 임평지였다. 그는 임평지와 결투를 벌였지만, 팔에 힘이 빠져 움직일 수가 없었고, 어떻게든 독고구검을 펼치려고 했으나 초식이 하나도 생각나지 않았다. 그사이 임평지의 검은 그의 가슴과 배, 머리, 어깨를 마구 찔렀다. 악영산은 그 모습을 보면서 깔깔 웃기만 했다. 그는 놀라고 화가 나 큰 소리로 외쳤다.

"소사매! 소사매!"

몇 번 외치다가 놀라 잠에서 깨어나자, 부드러운 목소리가 귓가에 들려왔다.

"꿈에서 소사매를 만났군요? 그녀가 어찌했나요?"

영호충은 여전히 꿈속에서처럼 괴로워하며 말했다.

"누군가 나를 죽이려고 하는데 소사매가 아랑곳하지 않고… 웃기만 했소!"

영영은 한숨을 쉬고는 조용히 말했다.

"이마가 온통 땀이에요."

영호충이 소매로 이마를 훔쳤다. 어디선가 싸늘한 바람이 불어와 몸이 으슬으슬 떨렸다.

어느새 별이 총총한 밤이 되어 있었다. 정신이 들자 마음이 편안해진 그가 다시 입을 여는데, 영영이 손으로 그의 입을 막으며 속삭였다.

"누군가 오고 있어요."

귀를 기울이자 과연 이쪽으로 다가오는 세 사람의 발소리가 들렸다.

잠시 후 누군가가 말했다.

"이곳에도 시체 두 구가 있소이다."

영호충은 그 목소리를 알아들었다. 다름 아닌 조천추였다.

"아니, 소림파의 화상이군."

이렇게 말하는 또 다른 사람은 노두자로, 각월의 시체를 발견한 모양이었다.

영영이 천천히 손을 치우는데 계무시의 목소리가 들렸다.

"세 사람 모두 소림파 속가 제자인데 어째서 이런 곳에 죽어 있지? 아니, 신국량 아닌가? 이자는 소림파에서 제법 알아주는 고수일세."

"소림파 제자 네 명을 죽일 정도로 대단한 실력을 지닌 사람이 대체 누구겠나?"

조천추의 말에 노두자가 더듬거리며 속삭였다.

"혹시… 혹시 흑목애의 사람이 아닐까? 동방 교주님이 친히 오셨을지도…."

"상황을 보면 그럴 수도 있겠지. 소림파 눈에 띄기 전에 어서 이 시체들을 묻어야겠네."

계무시가 권하자 조천추가 말했다.

"흑목애 사람이 벌인 일이라면 소림파에게 알려지는 것을 꺼리지는 않았을 걸세. 소림파에 겁을 주려 일부러 시체를 놔두었는지도 모르지."

계무시가 고개를 저었다.

"그런 뜻이었다면 이런 황폐한 곳에 시체를 두지는 않았을 거야. 우리도 우연히 지나가다 발견하지 않았나? 혹여 새나 들짐승이 시체를 먹어치웠다면 발견하지도 못했겠지. 일월신교日月神教가 위세를 뽐낼 생각이었다면 대로변에 시체를 매달고 소림파 제자라고 써놓았겠지. 그래야 소림파의 체면이 제대로 구겨질 테니."

조천추는 고개를 끄덕였다.

"그렇군. 아무래도 흑목애 사람이 저들을 죽인 뒤 적에게 쫓기는 바람에 시체를 묻을 여유가 없었던 모양일세."

곧이어 땅을 파는 소리가 들려왔다. 세 사람이 시체를 묻기 위해 칼이나 검으로 땅을 파헤치기 시작한 것이었다.

영호충은 의아한 생각을 감출 수가 없었다.

'저 세 사람은 흑목애의 동방 교주와 인연이 깊은 모양이구나. 그러니 저렇게 힘을 쓰는 것이겠지.'

그때 조천추가 '엇' 하고 놀라는 소리가 들렸다.

"이게 무언가? 환약이 아닌가?"

계무시가 냄새를 맡아보고 말했다.

"소림파의 치료약일세. 죽은 사람도 살려낸다는 영약이지. 여기 이 소림파 제자들의 몸에서 떨어졌나 보군그래."

"자네가 어찌 아나?"

"몇 년 전에 어느 늙다리 소림 화상이 가진 것을 본 적이 있네."

"몸에 좋은 영약이라면 아주 잘되었군. 노 형, 이걸 불사에게 먹이게. 그럼 불사도 훌훌 털고 일어날 걸세."

노두자는 고개를 저었다.

"내 딸자식의 생사는 신경 쓰지 말게나. 차라리 어서 빨리 영호 공자를 찾아 약을 드리도록 하세."

영호충은 그들의 마음에 감격하며 생각했다.

'영영이 떨어뜨린 환약인데, 어쩌지? 약을 돌려받아 영영에게 먹여야 할 텐데….'

그런 생각을 하며 돌아보자, 희미한 달빛 아래에서 생글생글 웃던 영영이 그의 시선을 받자 장난스러운 표정을 지어 보였다. 천진난만하고 사랑스럽기 그지없는 얼굴이라 조금 전 소림파 고수 네 명을 순식간에 죽여버린 사람이라고는 믿을 수가 없었다. 비탈 위에서는 땅 파는 소리와 돌 던지는 소리가 이어졌다. 마침내 시체를 모두 묻은 뒤 노두자가 말했다.

"문제가 좀 있는데, 야묘자 자네가 좀 도와주게."

"무슨 일인가?"

"지금쯤 영호 공자는 분명… 성고聖姑와 함께 있을 걸세. 내가 이 약을 드리러 가면 틀림없이 성고와 마주치지 않겠나? 성고께서 나를 죽이는 것쯤이야 아무 상관없네만, 공연히 성고의 성미를 건드려 노여움을 일으켜봐야 좋을 것이 없네."

영호충은 곁눈질로 영영을 흘끔 살펴보았다.

'저 사람들은 당신을 성고라고 부르는 데다 무서워서 벌벌 떠는군. 도대체 무엇 때문에 그리 함부로 사람을 죽이는 거요?'

계무시의 대답이 들려왔다.

"마침 오는 길에 눈먼 장님 세 사람을 만났으니 그들을 이용하면 되네. 내일 아침 일찍 그들을 찾아 이 환약을 영호 공자에게 전해달라고 하세. 그들은 눈이 멀었으니 성고와 영호 공자가 함께 있는 것을 봐도 목숨을 잃지는 않을 걸세."

"그러잖아도 의심스러웠다네. 그 세 사람이 눈을 잃은 연유가 바로 성고와 영호 공자가 함께 있는 것을 보았기 때문이 아니겠나?"

조천추가 말하자 노두자는 무릎을 탁 쳤다.

"아무렴! 그렇지 않고서야 왜 가만히 있는 눈을 찔렀겠나? 소림파 제자들도 재수 없게 성고와 영호 공자를 만나 저 꼴이 되었을 거야."

세 사람은 잠시 말이 없었다. 영호충의 마음속에서 의심이 무럭무럭 자라는 사이 조천추가 탄식을 하며 말했다.

"영호 공자가 어서 빨리 쾌유해 성고와 짝이 되면 좋으련만. 두 사람이 맺어지지 않으면 강호는 하루도 평온할 날이 없을 걸세."

영호충은 깜짝 놀라 영영을 흘끔흘끔 살폈다. 어스름한 밤하늘 아래 그녀의 얼굴이 발갛게 물드는 것이 보였다. 그러나 눈빛에는 짙은 노여움이 떠올라, 영호충은 그녀가 노두자 일행을 죽일까 두려워 황급히 손을 뻗어 그녀의 왼손을 꽉 잡았다. 노여움 때문인지 부끄러움 때문인지, 그녀의 몸이 바르르 떨렸다.

조천추가 말했다.

"우리가 오패강에 모였다고 성고께서 그렇게 화를 내실 줄 누가 알았겠나? 남녀 간에 서로 이끌리는 마음은 당연한 것일세. 영호 공자같이 잘생기고 협의심 강한 호걸이라야 성고같이 아름다운 낭자의 배필이 될 자격이 있지. 성고같이 위대하신 분이 어찌 평범한 여자들처럼 이리 꼬고 저리 꼬며 에둘러 가시는지 모르겠네. 분명히 영호 공자를 좋아하시면서 남들이 그 이야기를 꺼내면 난리를 치시니… 도무지 이해가 가지 않는단 말이야."

영호충은 가만히 고개를 끄덕였다.

'그런 것이었나? 저 말이 사실일까?'

그때 영영이 그에게 잡힌 손을 빼내려고 팔을 흔들었다. 그녀가 노여움을 이기지 못하고 조천추 등을 죽일까 봐 영호충은 더욱 힘주어 그 손을 붙잡았다.

계무시가 말했다.

"흑목애에서야 성고를 거스를 사람이 없으니 위대한 분이시긴 하지. 심지어 동방 교주께서도 한 수 접어주시니까 말일세. 하지만 아무리 그래도 결국은 젊은 여인이 아닌가? 처음으로 남자를 좋아하게 되었으니 수줍음을 타는 것은 자연스러운 일일세. 그런데 우리가 아무렇게나 소문을 내버렸으니, 비록 호의라고는 해도 화를 내실 만했지. 다들 세심한 데라곤 눈곱만치도 없는 남정네들이라 여자의 마음을 헤아리지 못했던 거야. 물론 여자들도 몇 명 있었지만 다들 남자 못지않게 거친 사람들이라 별 차이가 없었고. 우리가 오패강 일로 성고의 화를 돋웠다는 이야기가 전해지면 명문정파랍시고 뻐기는 놈들이 신나게 비웃을 걸세."

노두자가 낭랑하게 외쳤다.

"성고께서는 우리에게 큰 은혜를 베푸셨고, 우리는 그 은혜에 보답하고자 하는 마음에 그분이 마음에 두신 사람을 치료하려 했던 것뿐이야. 대장부는 은원이 분명해야지! 은혜를 입었으면 갚고 원한이 있으면 복수를 하는 것이 이치가 아닌가? 그 비겁한 놈들이 감히 비웃으면 내 그놈들의 뼈를 부러뜨리고 살갗을 벗겨놓겠네."

영호충은 그제야 깨달았다.

'저들이 나를 친밀하게 대한 까닭은 영영이라는 이름의 성고 때문이었구나. 오패강에서 갑자기 모습을 감춘 것도 성고가 함부로 소문을 낸 그들에게 화가 났기 때문이었어. 수많은 영웅호걸들이 저렇게 젊은 여인에게 잘 보이려고 저러는 것을 보면 아무래도 마교에서 아주 높은 자리에 있는 모양이군. 계무시의 말대로라면 무공이 천하제일이라는 동방불패마저 한 번도 그녀의 뜻을 거스른 적이 없을 정도고…. 나는 일개 무명소졸에 불과하고 그녀를 만난 것도 낙양의 허름한 골목에서 금을 배우기 위해서였을 뿐 정분이라고 부를 만한 일은 전혀 없었어. 혹시 녹죽옹이 우리 둘을 오해하고 잘못된 소문을 퍼뜨려 성고가 화를 낸 것이 아닐까?'

조천추의 말이 계속되었다.

"노 형의 말이 옳네. 성고는 우리에게 크나큰 은혜를 베푸셨으니, 영호 공자와 인연을 맺어 평생 행복하게 사실 수 있도록 온 힘을 다해야 하네. 그분을 위해서라면 이 한 몸 깨지고 망가져도 후회는 없네. 오패강에서 체면이 좀 깎인 일쯤이야 대수겠나? 하지만… 영호 공자는 화산파의 수제자고 흑목애와는 양립할 수 없는 사이니 두 사람을 맺어주려면 난관이 많을 걸세."

"내게 좋은 계책이 있네. 화산파 장문인 악불군을 납치해서 두 사람의 혼인을 허락하라고 협박하는 것이 어떻겠나?"

계무시가 말하자 조천추와 노두자가 입을 모아 외쳤다.

"역시 야묘자야! 좋은 생각일세! 자자, 생각난 김에 당장 악불군을 잡으러 가세."

"하지만 악 선생은 한 문파의 장문인인 만큼 내공이나 검법이 무척 높네. 그를 잡으러 간다고 해서 반드시 이긴다는 보장도 없고, 운 좋게 잡는다 해도 그가 죽어도 굴하지 않으면 어쩌겠나?"

노두자가 고개를 저으며 맞받았다.

"그럼 그 마누라와 딸을 붙잡아 협박을 해야지."

"좋은 생각일세! 하지만 화산파의 체면이 깎이면 안 되니 아무도 모르게 은밀히 진행해야 하네. 영호 공자의 사부에게 해를 입히면 공자가 좋아하지 않을 테니까."

세 사람은 머리를 맞대고 악 부인과 악영산을 사로잡을 계획을 꾸미기 시작했다.

그때, 영영이 버럭 소리를 질렀다.

"대담무쌍한 것들 같으니! 내가 화를 내기 전에 썩 꺼지지 못하겠느냐!"

갑작스러운 외침에 영호충은 펄쩍 뛸 듯이 놀라 황망히 그녀의 손을 잡아당겼다. 계무시와 조천추, 노두자는 영호충보다 더 놀랐다.

"예, 예. 소… 소인이… 소인이…."

노두자는 너무 놀란 나머지 '소인'이라는 말만 반복하며 어쩔 줄 몰라 했다. 계무시가 황망히 나섰다.

"예, 예, 알겠습니다! 저희가 농담 삼아 지껄인 말이니 부디 진심으로 생각지 마십시오. 내일 날이 밝자마자 멀리 서역으로 떠나 다시는 중원에 돌아오지 않겠습니다."

영호충은 눈을 찡그렸다.

'또 세 사람이 귀양을 가게 생겼군.'

영영이 벌떡 일어나 말했다.

"누가 너희더러 서역으로 가라 했느냐? 너희에게 시킬 일이 있다."

계무시 일행은 몹시 기뻐하며 대답했다.

"성고께서 분부만 내리시면 성의를 다해 완수하겠습니다."

"죽이려는 사람이 있는데 찾을 수가 없구나. 누구든 그자를 죽이면 무거운 상을 내리겠다고 사람들에게 전해라."

"상이라니 당치도 않으십니다. 성고께서 그자의 목숨을 원하시니 저희가 세상 끝까지 가서라도 그자를 찾아내겠습니다. 그 죽일 놈이 대체 누구기에 감히 성고께 죄를 지었습니까?"

노두자가 묻자 영영은 쌀쌀하게 대답했다.

"너희 셋만으로는 역부족이니 모두에게 내 말을 전하도록 해라."

"예, 예, 알겠습니다!"

"그만 가거라!"

"예, 알겠습니다. 한데 성고께서 누구의 목을 원하시는지요?"

영영은 '흥' 하고 코웃음을 쳤다.

"그자의 성은 '영호'고 이름은 '충'이다. 바로 화산파의 수제자다."

그 말이 떨어지자 영호충은 물론이고 계무시, 조천추, 노두자도 크게 놀라 말문이 턱 막혔다. 한참이 지난 다음에야 노두자가 떨리는 목소리로 말했다.

"그… 그런…."

영영이 그를 노려보며 날카롭게 힐책했다.

"왜 그러지? 오악검파가 두려워서 화산파 제자를 건드릴 용기가 나지 않는 모양이구나?"

계무시가 재빨리 나섰다.

"성고께서 분부하신다면 오악검파는 말할 것도 없고 황제나 염라대왕이라도 가만두지 않을 것입니다. 무슨 수를 써서든 영호 공… 영호충을 붙잡아 성고 앞에 데려다놓겠습니다. 노두자, 조천추, 그만 가세."

노두자는 속으로 고개를 가로저었다.

'영호 공자가 성고와 다퉜나 보구나. 젊은이들은 가까이 지내면 지낼수록 다투기 십상이지. 나도 불사 어미와 한창 깨소금을 볶을 때 매일같이 말다툼을 했지. 휴… 불사 어미가 불사를 가졌을 때 내가 싸우다 화가 나서 배를 힘껏 때리는 바람에 그 아이가 병약하게 태어난 것일지도 몰라. 그래, 그래, 아무래도 영호 공자를 모셔와 성고와 둘이서 해결하게 하는 것이 낫겠다.'

그가 딴생각에 잠긴 사이 영영이 노한 목소리로 외쳤다.

"누가 그자를 잡아오라 하더냐? 영호충 그자가 살아 있으면 내 순결한 명성에 누가 된다. 이 분을 풀기 위해서는 하루빨리 그자를 죽여야 한다."

조천추가 더듬더듬 말했다.

"성고, 그… 그…."

"오냐, 너희가 영호충과 교분이 있어 내 명을 따를 수가 없는 모양인데, 그렇다면 그만두어라. 다른 사람에게 시키겠다."

그녀의 결연한 말투에 세 사람은 황망히 허리를 숙였다.

"성고의 명을 따르겠습니다!"

그러면서도 노두자는 여전히 딴생각을 하고 있었다.

'성고의 명 때문에 영호 공자같이 인의로운 협객을 죽여야 하다니…. 공자를 죽이고 나면 이 노두자도 혀를 깨물고 자결해야겠구나.'

그는 품에서 소림파의 환약을 꺼내 바닥에 내려놓은 뒤 나머지 두 사람과 함께 그곳을 떠났다.

영호충이 영영을 돌아보니 그녀는 고개를 숙인 채 생각에 잠겨 있었다.

'영영이 명예를 위해 내 목숨을 취하려고 하는군. 별로 어려운 일도

아니지.'

그는 고개를 끄덕이며 말했다.

"나를 죽이고 싶으면 직접 손을 쓰지 왜 다른 사람에게 수고를 끼치는 거요? 그게 싫으면 내 손으로 자결해도 상관없소."

그는 천천히 검을 뽑아 검자루를 그녀에게 내밀었다. 영영은 검을 받아들고 살짝 고개를 기울이며 그를 응시했다. 영호충은 시원스레 웃으며 가슴을 쭉 폈다. 영영이 물었다.

"죽음을 앞두고도 웃음이 나와요?"

"죽음을 앞두었기 때문에 웃는 거요."

영영은 찌를 듯이 검을 든 팔을 살짝 당기더니, 뜻밖에도 몸을 홱 돌려 검을 힘껏 던져버렸다. 검은 어둠속에 싸늘한 빛을 뿌리며 빙글빙글 날아가다가 저 멀리 바닥에 툭 떨어졌다.

영영은 발을 동동 구르며 말했다.

"다 당신 때문이에요! 당신 때문에 저 많은 사람들이 나를 비웃게 되었다고요. 마치 내가… 내가 아무도 받아주지 않아서 어떻게든 당신과 잘해보려고 안달이 난 여자가 된 것 같잖아요. 당신이… 당신이 대체 무엇이 그리 대단해요? 당신이 대체 무어라고 내가 평생 얼굴을 들고 살지 못하게 하는 거예요?"

영호충은 또다시 큰 소리로 웃었다. 영영은 더욱 노해 파르르 떨었다.

"그래도 웃어요? 당신도 나를 비웃는 거죠?"

그녀는 날카롭게 소리치고는 왁 하고 울음을 터뜨렸다.

이렇게 되자 영호충도 몹시 미안한 마음이 들었다. 가만히 생각해보면 그녀를 이해할 수 있을 것 같았다.

'영영은 줄곧 강호인들에게 존중을 받던 사람이야. 그 많은 호걸들이 그녀를 존경하고 떠받들었으니 세상 부족한 것 없이 오만하게 자랐을 텐데, 나를 좋아한다는 사실을 세상 사람들이 모두 알게 되었으니 견딜 수가 없었겠지. 노두자 일행에게 그런 말을 전하게 한 이유도 나를 죽이기 위해서가 아니라 그 소문이 오해라는 걸 밝히기 위해서일 거야. 그녀 스스로 한 말이니 이제 그녀가 나와 함께 있다고 의심하는 사람은 없겠지.'

이렇게 생각한 그는 부드러운 목소리로 말했다.

"당신 말이 맞소. 당신의 명예를 더럽혔으니 모두 내 잘못이오. 더는 누가 되지 않도록 이만 떠나겠소."

영영은 소맷자락으로 눈물을 닦으며 물었다.

"어디로 가려고요?"

"발길 닿는 대로 갈 뿐이오."

"나를 보호하겠다고 약속해놓고 혼자 가겠다는 말인가요?"

영호충은 빙그레 웃었다.

"내가 하늘 높은 줄도 모르고 자존망대한 말을 했소. 낭자의 무공이 그렇게 뛰어난데 누구의 보호가 필요하겠소? 영호충 100명이 와도 낭자 한 사람만 못할 거요."

말을 마친 그가 돌아서자 영영이 다급히 외쳤다.

"가면 안 돼요!"

"무슨 말이오?"

영호충이 그녀를 돌아보며 물었다.

"조천추 일행이 내 명을 전하러 갔으니 며칠 안에 강호에 그 소문이

펴져서 모두들 당신을 죽이려고 할 거예요. 가는 곳마다 가시밭길일 테니, 설령 당신이 중상을 입지 않았다 해도 언제 무슨 일을 당할지 몰라요."

영호충은 담담하게 미소를 지었다.

"낭자의 명으로 목숨을 바치게 된다면 그 또한 좋은 일 아니겠소?"

그는 바닥에 떨어진 검을 주워 검집에 넣고는, 비탈을 올라갈 힘이 없어 개울가를 따라 걷기 시작했다.

그가 점점 멀어지자 영영은 황급히 뒤를 쫓으며 외쳤다.

"잠깐만, 가지 말아요!"

"낭자와 함께 있으면 낭자에게 누가 될 뿐이오. 나 혼자 떠나는 것이 최선이오."

"다, 당신…."

영영은 불안한 표정으로 입술을 꽉 깨물었다. 그러나 그가 걸음을 멈추지 않자 어쩔 수 없이 다시 쫓아가며 말했다.

"영호충, 정말 내 입으로 직접 말해야만 속이 풀리겠어요?"

영호충은 의아한 목소리로 되물었다.

"무얼 말이오? 무슨 소린지 전혀 모르겠소."

영영은 입술을 잘근잘근 씹으며 말했다.

"내가 조천추에게 그런 명령을 내린 것은… 당신을… 당신을 영원히 내 곁에 붙잡아두기 위해서였어요."

그 한마디를 마치자 그녀는 몸이 바들바들 떨려 더 이상 서 있을 수가 없었다. 영호충은 몹시 놀랐다.

"나… 나와 함께 있고 싶다는 말이오?"

"그래요! 조천추가 그 소식을 전하면 당신은 내 곁에 있어야만 살 수 있어요. 그런데 당신이 죽음도 겁내지 않을 줄은 몰랐어요. 공연히… 공연히 당신만 위험하게 만들다니…."

영호충은 감격을 금할 수 없었다.

'이제 보니 영영은 나를 정말 좋아하는구나. 다른 사람들 앞에서는 죽어도 인정하지 않으려 했지만….'

그는 돌아서서 그녀에게 다가가 두 손을 꼭 잡았다. 그녀의 손은 얼음처럼 차가웠고 손바닥은 식은땀으로 축축했다. 그가 조용히 물었다.

"왜 이렇게 긴장하시오?"

"두려워서 그래요."

"무엇이 그리 두렵소?"

"바보 같은 당신이 내 말을 듣지 않고 강호에 나갔다가 며칠 안에 한 푼어치 가치도 없는 자들 손에 죽게 될까 봐 두려워요."

영호충은 한숨을 쉬었다.

"그들 모두 열혈남아들이오. 더구나 당신을 깍듯이 대하는데 어째서 그들을 그렇게 경멸하시오?"

"뒤에서 나를 비웃고 당신을 죽이려 하는데 무슨 열혈남아라는 말이에요?"

영호충은 실소를 터뜨렸다.

"당신이 그들에게 나를 죽이라 하지 않았소? 더욱이 그들은 뒤에서 당신을 비웃은 적이 없소. 계무시와 노두자, 조천추는 당신 이야기를 할 때에도 몹시 공손했소. 도대체 그들이 언제 당신을 비웃었소?"

"겉으로는 그러지 않았지만, 속으로는 분명 비웃었을 거예요."

영호충은 말이 통하지 않는다고 생각하고 더 이상 반박하지 않았다.
"알겠소. 당신이 가지 말라고 하니 곁에 남겠소. 솔직히 말해서 남들 손에 갈가리 찢기는 기분이 썩 좋을 것 같지는 않거든."
그가 떠나지 않겠다고 약속하자 영영은 곧 기분이 좋아졌다.
"썩 좋지 않은 것이 아니라 무척 괴로울걸요."
이렇게 말하며 고개를 살짝 돌리는데, 환한 달빛이 그녀의 얼굴을 비춰 새하얀 얼굴에서 빛이 나는 것 같았다. 그 아름다운 얼굴에 영호충은 마음이 흔들렸다.
'영영은 소사매보다 훨씬 더 아름답고 내게도 무척 잘해주는데 어째서… 어째서 나는 아직도 소사매를 잊지 못하는 것일까?'
영영은 그가 악영산을 생각하는 줄도 모르고 말했다.
"내가 준 금은 어쨌나요? 잃어버렸군요?"
"참, 그렇지. 오는 길에 여비가 없어 전당포에 저당 잡혔소."
영호충은 너스레를 떨며 등에 멘 보따리를 열어 단금을 꺼냈다. 자신이 준 선물을 소중하게 꽁꽁 싸맨 것을 보자 영영은 무척 기뻐했다.
"하루라도 농담을 하지 않으면 마음이 편치 않나 보죠?"
그녀는 고운 손으로 금을 쓸며 〈청심보선주〉를 연주하기 시작했다.
"이 곡은 다 익혔나요?"
"아직 한참 멀었소."
그녀의 손가락 끝에서 흘러나오는 우아한 곡조에 귀를 기울이자 기분이 좋아졌다. 가만히 듣고 있는데, 예전에 낙양 녹죽항에서 연주하던 것과는 사뭇 다른 느낌이 들었다. 마치 새들이 짹짹 노래하고 샘물이 퐁퐁 샘솟는 것처럼 훨씬 듣기 좋은 소리였다.

'곡은 같지만 음이 다르구나. 이 〈청심보선주〉라는 곡에도 다양한 변주가 있었어.'

그때 팅 소리가 나며 가장 짧은 현이 끊어졌다. 영영은 눈을 찡그린 채 계속 연주했지만, 얼마 지나지 않아 또다시 현 하나가 끊어지고 말았다. 금 소리에서 〈청심보선주〉의 본래 의미와 달리 초조한 기색이 묻어나는 것을 느낀 영호충이 의아하게 여기는 순간 또다시 현이 툭 끊어졌다.

영영은 당황한 듯 금을 밀어내며 투덜거렸다.

"당신이 옆에 있으니 성가셔서 금을 탈 수가 없어요."

영호충은 말없이 속으로만 생각했다.

'조용히 앉아만 있는데 무엇이 성가시다는 거지? 집중이 안 되는 것을 내 탓을 하는군.'

그러나 굳이 따지려 하지 않고 풀 위에 누워 눈을 감았다. 피로 때문인지 스르르 잠이 쏟아졌다.

다음 날 눈을 떠보니 영영이 개울가에서 세수를 하고 있었다. 세수를 마치고 빗으로 머리를 빗어내리자 영호충은 옥같이 하얀 팔이며 바닥에 닿을 듯 늘어지는 까만 머리칼을 넋을 잃고 바라보았다. 영영이 고개를 돌리다가 그 모습을 보고 얼굴을 붉혔다.

"잠꾸러기 같으니. 이제야 깨어났군요."

영호충도 민망해서 멋쩍게 말했다.

"가서 개구리를 좀 잡아오겠소. 이제 기운이 좀 나겠지."

"누워서 좀 더 쉬어요. 내가 잡아올게요."

영호충은 일어나려고 애를 썼지만 팔다리가 흐물거리고 몸속의 진기가 요동쳐 움직이기가 힘들어서 괜히 짜증이 났다.

'죽으려면 시원하게 죽을 것이지, 죽지도 살지도 못하는 폐인이 되어 옆에 있는 사람만 힘들게 하는구나.'

영영이 그 표정을 보고 부드럽게 위로했다.

"당신의 내상은 치료할 수 없는 것이 아니에요. 이렇게 한적한 곳에서 근심걱정 없이 지내다 보면 차차 나을 테니 그렇게 초조해할 필요 없어요."

개울가는 외지고 고요해 어젯밤에 나타난 계무시 일행 외에는 지나는 사람이 아무도 없었다. 두 사람은 열흘이 넘게 그곳에서 지냈다. 영영의 부상은 곧 좋아져 야생 과일을 따고 개구리를 잡아와 배를 곯지는 않게 되었지만, 영호충은 나날이 수척해져갔다. 영영은 억지로 그에게 소림파의 환약을 먹이고 금을 타서 편안히 잠들게 해주었으나 그의 병세는 차도가 없었다. 영호충은 목숨이 얼마 남지 않았다는 것을 느끼면서도 시원시원한 성격 덕분에 괴로워하거나 근심하지 않고 매일 영영과 함께 웃으며 시간을 보냈다.

어려서부터 사람들의 보살핌을 받으며 자란 영영이지만, 어느 날 갑자기 영호충이 죽을지도 모른다고 생각하자 정성을 다해 그를 보살피고 백방으로 시중을 들었다. 때로는 화를 참지 못하고 성질을 부리기도 했으나, 곧 뉘우치며 사과를 하곤 했다.

어느 날 영호충은 복숭아를 먹다가 피곤해서 잠이 들었는데, 꿈결에 흐느끼는 소리가 들려왔다. 몽롱하게 눈을 떠보니 영영이 그의 발치에 엎드려 소리 죽여 울고 있었다. 영호충은 깜짝 놀라 무슨 일이냐고 물어보려다가 곧 깨닫고 입을 다물었다.

'내가 죽을 때가 되어 슬퍼하는구나.'

그는 왼손을 뻗어 그녀의 고운 머리칼을 쓰다듬으며 억지웃음을 지었다.

"울지 마시오! 나는 80년은 더 살 거요. 이렇게 빨리 죽지 않소."

영영이 흐느끼며 말했다.

"당신은 하루하루 야위어가고 있어요. 나도… 나도… 더는 살고 싶지 않아요."

영호충은 그 말에 감동하면서도 마음이 아팠다. 감정이 북받치자 가슴이 뜨거워지면서 머리가 핑핑 돌고 목구멍으로 뜨거운 피가 왈칵 솟구쳐 그대로 혼수상태에 빠져들었다.

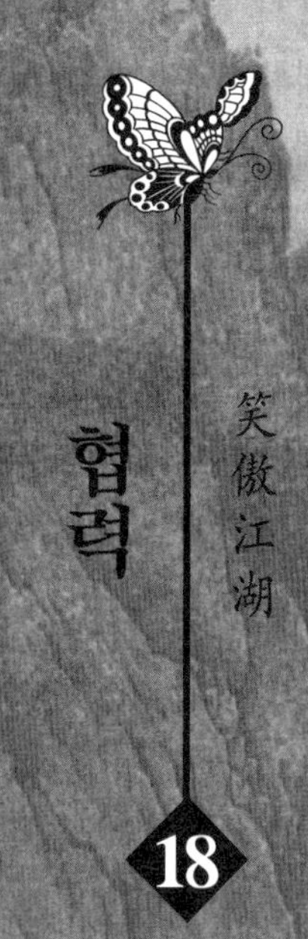

笑傲江湖

18 협력

노인은 고개를 돌려 번갯불처럼 싸늘한 눈빛으로 영호충을 훑어보더니 다소 의아한 얼굴로 가볍게 코웃음을 쳤다. 영호충이 술잔을 높이 들며 외쳤다.
“드시지요!”

정신을 잃은 지 며칠이나 지났을까? 이따금 정신이 들 때면 마치 구름을 탄 듯 홍덩거리는 느낌이 들었으나 그것도 잠시, 곧 다시 인사불성이 되곤 했다. 그렇게 혼절했다가 깨어나기를 반복하는 동안 누군가 입에 물을 흘려넣어주거나 불을 피워 몸을 데워주는 듯했지만, 영호충 스스로는 손발을 움직이기는커녕 눈꺼풀조차 밀어올리기 힘들었다.

약간 정신이 맑아진 어느 날, 누군가 그의 양쪽 손목을 꽉 움켜쥐고 뜨거운 기운을 흘려넣는 것이 느껴졌다. 손목에서 흘러든 기운은 몸속에 있는 진기와 격렬하게 충돌해 그의 몸을 마구 할퀴었고, 몸이 천 갈래 만 갈래로 갈가리 찢어지는 듯한 아픔에 비명을 지르려고 입을 열었지만 아무 소리도 나오지 않았다. 마치 잔혹한 형벌을 당하는 것 같았다.

그렇게 혼미한 상태로 또 며칠이 흘렀다. 뜨거운 기운이 몸속에 주입되는 횟수가 늘어날수록 고통이 점차 줄어들자, 그는 내공이 무척 깊은 사람이 자신을 치료하고 있다는 것을 깨달았다.

'혹시 사부님이나 사모님께서 나를 치료하기 위해 명의를 모셔온 것일까? 그런데 영영은 어디로 갔을까? 사부님과 사모님은 어디 계시지? 소사매는 왜 보이지 않지?'

악영산을 떠올리자 가슴이 찌릿찌릿해지며 또다시 정신을 잃었다.

이렇게 매일매일 누군가 그의 몸에 내공을 주입해주던 어느 날, 영호충은 평소보다 정신이 맑게 깨어 가까스로 입을 열어 말했다.

"감… 감사합니다, 선배님. 제가… 있는 곳이… 어디입니까?"

무거운 눈꺼풀을 밀어올리며 눈을 떠보니, 인자한 웃음을 띤 주름살 가득한 얼굴이 보였다.

어딘지 낯이 익은 얼굴이라 영호충은 억지로 정신을 가다듬고 그를 자세히 바라보았다. 머리칼이 한 올도 없고 차분하게 향을 피우는 모습으로 보아 승려가 분명했다. 그의 머릿속에 언뜻 누군가가 떠올랐다.

"방… 방생 대사…."

노승은 무척 안심한 얼굴로 미소를 지었다.

"다행이오, 빈승을 알아보다니 참 다행이구려! 내가 방생이오."

"예, 예. 방생 대사셨군요."

그제야 영호충은 자신이 자그마한 방에 누워 있는 것을 알았다. 방안에 놓인 탁자 위에는 콩알만 한 등불이 타고 있어, 누르스름한 불빛이 그가 누운 침상과 몸을 덮은 솜이불을 비췄다.

방생이 물었다.

"몸은 어떠시오?"

"훨씬 좋아졌습니다. 제… 제가 어디에 있는 겁니까?"

"이곳은 소림사외다."

영호충은 몹시 놀랐다.

"제… 제가 소림사에 있다는 말씀입니까? 영영은 어찌 되었습니까?

제가 어떻게 소림사에…?"

방생은 빙그레 미소를 지었다.

"이제 겨우 정신이 들었으니 생각이 많으면 몸에 좋지 않소. 그간의 일은 천천히 이야기합시다."

방생은 매일 아침저녁 방으로 찾아와 내공으로 영호충을 치료했고, 열흘쯤 지나자 영호충은 일어나 앉아 자기 손으로 식사를 할 수 있게 되었다. 그가 영영의 소재나 소림사에 오게 된 연유를 물으면 방생은 늘 빙그레 웃기만 하고 대답을 피했다.

어느 날, 방생은 영호충에게 내공을 주입해준 뒤 말했다.

"영호 소협, 소협의 몸은 이제 얼마간은 무탈할 것이오. 허나 빈승의 공력에는 한계가 있어 소협의 몸속에 있는 이상한 진기들을 제거하지는 못하였소. 그저 발작을 조금 미루었을 뿐이니 1년이 채 못 되어 내상이 재발할 것인즉, 그때는 대라금선이 와도 목숨을 구하기 어려울 것이오."

영호충은 고개를 끄덕였다.

"평일지 의원께서도 제게 그리 말씀하셨습니다. 저는 대사께서 전력을 다해 도와주신 것만으로도 감사할 따름입니다. 사람은 각자 타고난 운명이 있으니 대사님의 공력이 아무리 높아도 천기를 거스를 수는 없겠지요."

방생은 고개를 저었다.

"불가에서는 천명을 믿지 않소. 오로지 인연을 따를 뿐이오. 지난번에도 말했지만, 본 사의 주지이신 방증 사형께서는 내공이 심오하신 분이오. 혹 소협과 인연이 있어 비술인 《역근경易筋經》을 전수해주실지도 모르오. 《역근경》을 익히면 근골을 자유롭게 옮길 수 있으니 몸 속의 이상한 기운을 제거하는 것도 어렵지 않을 것이오. 방장 사형께 안내해줄 터이니 빈승을 따라오시오."

소림사 방장인 방증 대사의 명성을 귀가 아프도록 들었던 영호충은 그를 만날 수 있다는 말에 몹시 기뻤다.

"이렇게 기회를 주셔서 감사합니다. 제게 방장 대사의 호의를 입을 만한 인연이 없더라도 당세의 이름 높은 고승을 직접 뵙는 것 역시 크나큰 영광입니다."

그는 천천히 침상에서 몸을 일으켜 옷을 입고 방생을 따라 방을 나섰다.

방 밖에는 햇살이 찬란하게 내리쬐어 마치 딴 세상 같았다. 햇볕을 쬐자 기분도 훨씬 상쾌해졌다. 영호충은 걸음을 옮길 때마다 다리가 쑤시고 아파, 천천히 걸으면서 웅장한 전각들을 둘러보았다. 가는 길에 마주치는 승려들은 멀리서부터 길을 비켜주며 더없이 공손한 태도로 방생을 향해 합장하고 고개를 숙였다.

긴 회랑 세 곳을 지나자 돌로 지은 건물이 나타났다. 방생이 문 앞을 지키고 선 사미승에게 말했다.

"방장 사형을 뵐 일이 있어 찾아왔네."

사미승은 안으로 들어갔다가 금방 다시 나와 합장을 하고 말했다.

"방장께서 들어오라 하십니다."

영호충은 방생을 따라 안으로 들어갔다. 체구가 작은 노승이 방 한가운데 놓인 방석 위에 정좌를 하고 앉아 있었다.

방생은 허리를 굽히며 인사했다.

"방장 사형께 인사드립니다. 화산파 대제자인 영호충 소협을 데려 왔습니다."

영호충은 무릎을 꿇고 머리를 바닥에 대며 예를 올렸다. 방증 방장도 살짝 허리를 숙여 반례를 한 후 오른손을 들었다.

"소협, 그만 일어나 앉으시오."

영호충은 절을 마치고 방생의 아래쪽에 놓인 방석에 앉았다. 방증 방장은 수척한 얼굴에 자애로운 표정을 띠고 있었는데 나이가 얼마쯤 되었는지는 짐작이 가지 않았다. 영호충은 그의 모습에 속으로는 깜짝 놀랐다.

'당세 제일의 고승으로 이름을 떨치시는 분이 이렇게 평범하게 생기셨을 줄이야…. 미리 듣지 않았다면 저분이 무림 제일 명문대파의 장문인이라고는 생각조차 못했을 거야.'

방생이 공손히 입을 열었다.

"영호 소협은 두 달 동안 몸조리를 하여 많이 좋아졌습니다."

그 말에 영호충은 또 한 번 놀랐다.

'내가 두 달 동안이나 정신을 잃고 있었구나. 한 스무 날쯤 지났나 했는데….'

"잘되었네."

방증이 고개를 끄덕이고 영호충을 바라보았다.

"소협의 존사이신 악 선생은 화산파의 장문인으로서 올바르고 강직하며 널리 깨끗한 이름을 얻고 계시어 항상 존경해마지않았소."

영호충은 일어나 공손하게 허리를 숙였다.

"과찬이십니다. 소생이 중상을 입어 인사불성이 되었을 때 방생 대사께서 은혜를 베푸시어 도와주셨는데 벌써 두 달이나 지난 줄은 몰랐습니다. 저희 사부님과 사모님은 평안하신지요?"

사부와 사모의 안부를 다른 사람에게 묻는 것은 사리에 맞지 않았지만, 걱정이 된 나머지 이렇게 묻지 않을 수 없었던 것이다.

방증이 조용히 대답했다.

"악 선생과 악 부인은 화산 제자들과 함께 복건으로 가셨다 들었소."

영호충은 그제야 마음이 놓였다.

"알려주셔서 감사합니다."

이렇게 인사를 하고 나자 마음 한구석이 저려왔다.

'사부님과 사모님이 결국 소사매를 데리고 임 사제의 집으로 가셨구나.'

방증은 손을 내밀며 말했다.

"소협, 자리에 앉으시오. 방생 사제에게 들으니 소협의 검술은 화산파 선배이신 풍 노선생의 진전眞傳을 이어받았다고 하더구려. 실로 축하할 일이오."

"부끄럽습니다."

"풍 노선생께서 은거하신 지 오래되어 세상을 뜨셨으리라 생각했거늘, 무탈하시다니 기쁨을 이길 수가 없구려."

"예, 감사합니다."

영호충이 고개를 숙이자 방증은 천천히 말을 이었다.

"소협은 부상을 당한 뒤에 치료를 잘못 받아 이상한 진기가 몸속으로 들어가서 제거하기 어렵게 되었다고 방생 사제가 알려주었소. 빈승의 헤아림으로는, 본 사의 내공 비결인 《역근경》을 익혀 스스로의 공력으로 그 진기들을 물리치는 것이 유일한 방법이오. 억지로 외력을 가하면 얼마간은 생명을 유지할 수 있으나, 이는 바닷물로 갈증을 해소하는 것과 매한가지로 상황을 악화시킬 뿐이오. 방생 사제가 두 달간 내공을 주입하여 소협의 목숨을 구했으나, 그의 내공이 몸속에 들어갔으니 소협의 몸에는 또 한 갈래의 진기가 더해졌을 뿐이오. 운기를 해보면 쉽게 알 수 있을 것이오."

영호충이 조심스레 진기를 끌어올려보았더니 과연 단전이 팽팽하게 부풀어오르며 기운이 제멋대로 날뛰기 시작했다. 심장을 찌르는 듯한 고통에 그는 몸을 휘청이며 헐떡거렸고 이마에는 식은땀이 송골송골 맺혔다.

방생이 합장을 하며 말했다.

"빈승이 무능하여 소협의 병을 가중시켰구려."

영호충은 고개를 저었다.

"무슨 말씀이십니까? 대사께서는 소생을 위해 공력을 크게 버리셨습니다. 이생이 아니면 내생에서라도 반드시 대사의 은혜에 보답하겠습니다."

"당치 않소. 오래전 풍 노선생께서 빈승에게 베푼 은혜를 생각하면 이런 일은 그 만분의 일에도 미치지 못하오."

방증이 고개를 들고 말했다.

"은혜가 무엇이고 원한은 또 무엇인가? 은혜는 인연이고 원한 또한 인연이니, 은혜를 입었다 하여 반드시 갚을 필요도 없고, 원한을 맺었다 하여 반드시 풀 필요도 없네. 속세의 일이란 한낱 구름같이 속절없이 흘러갈 뿐이요, 오랜 세월이 지나면 은혜도 원한도 한 줌 먼지로 화하여 사라질 뿐일세."

방생은 고개를 숙이며 대답했다.

"예, 사형의 가르침 깊이 새기겠습니다."

방증은 천천히 말을 이었다.

"불문의 제자는 자비를 근본으로 삼으니, 소협이 심각한 내상을 입은 것을 안 이상 돕는 것이 마땅하오. 《역근경》은 동방 선종禪宗의 시조이신 달마達摩 조사께서 창안하셨고, 제2대 혜가慧可 대사께서 이어받으신 비술이오. 혜가 대사의 법명은 본디 신광神光으로, 낙양에서 태어나 어려서부터 공자와 노자의 가르침을 익히고 현리玄理에 통달하신 분이었소. 달마 조사께서 본 사에 머무르실 때 신광 대사께서 찾아와 가르침을 청하였는데, 달마 조사께서는 그분의 배움이 잡다하고 깊은 선입관을 가졌으며, 스스로 총명하다고 자부하기에 선리禪理를 깨우치기 어렵다며 물리치셨다오. 신광 대사는 오랫동안 빌며 배움을 갈구하셨으나 끝내 받아들여지지 않자 그 자리에서 검을 뽑아 자신의 왼팔을 자르셨소."

영호충은 놀라 탄성을 터뜨렸다.

'신광 대사라는 분은 불법을 익히고자 하는 의지가 그토록 강하셨구나.'

방증의 이야기가 이어졌다.

"달마 조사께서는 그 진심을 보시고서야 비로소 신광 대사를 제자로 거두고 혜가라는 이름을 내리셨소. 그 후 혜가 대사는 달마 조사의 의발衣鉢을 받아 선종의 법통을 이어가게 되셨소. 혜가 대사께서는 달마 조사를 따라 불법의 큰 도리를 깨우치셨고, 《능가경楞伽經》을 통해 스스로의 본심을 들여다보는 깨달음을 얻으셨소. 선종의 무공은 널리 세상에 알려져 있으나, 이는 하찮은 학문에 불과하고 입에 담을 가치도 없소. 선종의 무공이란 본디 달마 조사께서 제자들의 몸을 튼튼하게 하기 위해 전수하신 법문이었을 뿐이오. 몸이 튼튼해야 마음이 맑아지고, 마음이 맑아야 깨달음을 얻을 수 있는 법. 허나 후세의 제자들은 왕왕 무학 자체에 마음을 빼앗겨, 뿌리를 멀리하고 가지만을 좇으며 무공을 전수하신 조사의 종지宗旨를 잃으니 실로 한탄을 금할 수가 없소."

여기까지 말한 방증은 아쉬움을 달래기 어려운 듯 설레설레 고개를 저었다.

잠시 후, 그가 다시 말했다.

"달마 조사께서 원적하신 후 혜가 대사께서는 조사의 방석 옆에서 경문 하나를 발견하셨는데, 그것이 바로 《역근경》이오. 이 경문은 심오한 이치를 담고 있어 골똘히 생각하고 연구해보아도 이해하기가 쉽지 않았다오. 혜가 대사는 이 경문이 조사께서 9년간 면벽하시면서 남긴 것이니만큼, 비록 짧은 글이나 필시 중요한 의미가 있다 생각하시어, 명산을 두루 돌며 고승들을 찾아 그 묘체妙諦(뛰어난 진리)를 깨우쳐달라 청하셨소. 그러나 당시 혜가 대사께서는 이미 득도한 고승이셨으니, 그분보다 큰 깨달음을 얻은 사람이 또 누가 있어 그분이 풀지 못하는 글을 풀어낼 수 있었겠소? 그리하여 20년이 지나도록 그 경문은 비밀에 싸여 있었소. 그러던 어느 날, 혜가 대사께서는 크나큰 인연을 얻어 사천 아미산에서 범승梵僧 반자밀체般刺密諦를 만나게 되셨소. 불법을 논하며 서로 마음이 통하자, 혜가 대사께서는 《역근경》을 꺼내 반자밀체 대사와 함께 연구하기 시작하셨소. 두 분의 고승은 아미산 금정에서 서로 지혜를 다하셨고, 마침내 49일째 되는 날, 그 경문을 활연 통달하게 되셨다오."

듣고 있던 방생이 두 손을 모으며 읊조렸다.

"아미타불, 선재善哉로다!"

방증은 계속 이야기를 이어갔다.

"반자밀체 대사께서 밝히신 부분은 주로 선종의 불학에 관한 것이었소. 그로부터 또 12년이 흐른 뒤, 혜가 대사께서는 장안성의 길을 가시다 무공에 정통한 젊은이를 만나게 되셨는데, 그와 함께 사흘 밤낮 토론하며《역근경》무학의 오묘한 진수를 깨우치게 되셨다오."

그는 잠시 멈췄다가 다시 말했다.

"그 젊은이는 바로 당나라의 개국공신이자 훗날 당 태종을 보필하고 돌궐을 평정하여 위공衛公에 오른 이정李靖이었소. 이 위공이 불세출의 공적을 세운 데에는 아마도《역근경》에서 얻은 깨달음이 크게 작용을 했을 것이오."

영호충은 탄성을 터뜨렸다.

'《역근경》에 이런 어마어마한 내력이 숨어 있었구나.'

방증이 말을 이었다.

"《역근경》의 무공은 몸의 경맥을 순조롭게 하고, 오장육부의 기운을 이어 흩어지지 않고 순환하며 끊어지지 않고 흐르게 함으로써, 안에서부터 기운이 나게 하고 밖에서부터 피가 스며들게 해준다오.《역근경》을 익히면 생각만으로도 힘이 나며, 기운을 모으거나 방출함이 마치 파도가 밀려오고 우레가 울리듯 자연스러워져서, 그 흐름을 느끼지 못하는데도 자연히 기운을 쏟아낼 수 있소. 《역근경》을 익히는 것은 곧 일엽편주一葉片舟로 망망대해를 가는 것과 같소. 거친 파도가 밀려오면 조각배는 파도를 타고 자연스럽게 오르락내리락할 뿐이니 힘을 쓸 일이 어디 있겠소? 힘을 쓴다 한들 어디에 어떻게 쓸 수 있겠소?"

영호충은 연신 고개를 끄덕였다. 방증 대사가 말하는 도리는 깊고도 오묘하며 풍청양이 알려준 검도와도 일맥상통하는 것 같았다.

방증의 이야기는 계속되었다.

"《역근경》이 이토록 위력적인 탓에 수백 년 동안 인연이 있는 사람들만 이 비술을 전수받았고, 본 파 제자 중 발군의 인재라 하여도 복이나 인연이 없으면 《역근경》을 익힐 수가 없었소. 방생 사제가 바로 그런 제자 중 한 명이오. 사제는 무공이 무척 뛰어나고 계율을 엄히 따르는 훌륭한 제자이나 사부님께서는 인연이 닿지 않는다 하여 《역근경》을 전수하지 않으셨소."

"잘 알겠습니다. 소생에게는 그만한 복이 없으니 감히 전수해주십사 청하지 않겠습니다."

방증은 고개를 저었다.

"그렇지 않소. 소협은 인연이 있는 사람이오."

영호충은 놀라움과 기쁨에 휩싸여 심장이 쿵쿵 뛰었다. 방생 같은 소림의 고승조차 허락받지 못한 소림의 비술을 전수받을 수 있다니, 감히 꿈도 꾸지 못한 일이었다.

방증이 천천히 말을 이었다.

"광대한 불문의 바다는 오로지 인연이라는 조각배에 의지하여 건널 수밖에 없는 법, 소협은 풍 노선생의 전인이니 이것이 곧 인연이요,

우리 소림사에 들어왔으니 이 또한 인연이오. 또한 소협은《역근경》을 익히지 않으면 목숨을 잃을 운명이나, 방생 사제는 익히면 도움이 될지언정 익히지 않아도 아무런 해를 입지 않으니 이 차이가 곧 인연의 차이라오."

방생이 합장을 하며 말했다.

"영호 소협이 이토록 깊은 인연을 얻었으니 빈승은 그저 기쁠 따름이오."

"사제, 사제는 천성적으로 집착이 강하여 아직 해탈의 진리인 공空과 무상無相, 무작無作을 깨우치지 못하고 생사의 관문을 깨뜨리지 못하였네. 내가 사제에게《역근경》을 전수하지 않는 까닭은 사제가 상승의 무학을 익힌 뒤 그 속에 깊이 빠져 참선이라는 본업을 망칠까 두려워서라네."

방생은 놀란 얼굴로 일어나 공손하게 대답했다.

"사형의 가르침 깊이 새기겠습니다."

방증은 그런 사제를 격려하듯 보일 듯 말 듯 고개를 끄덕였다.

얼마 후 방생의 얼굴에 미소가 피어오르자, 방증은 그제야 기쁜 얼굴로 다시 한번 고개를 끄덕인 후 영호충을 돌아보았다.

"이 일에는 본디 커다란 장애물이 있었으나 이제 그 장애도 뛰어넘었구려. 달마 조사께서《역근경》을 쓰신 이래로 이 경전은 오로지 본파의 제자에게만 전해져왔으니 빈승도 함부로 관례를 깨뜨릴 수가 없소. 따라서 소협은 반드시 숭산 소림사 문하로 들어와 우리 소림파의 속가 제자가 되어야 하오."

그는 잠시 멈췄다가 다시 말을 이었다.

"소협이 꺼리지만 않는다면, 빈승의 문하가 되어 '국國' 자 항렬을 받아서 영호국충으로 개명하면 되오."

"축하하오, 영호 소협. 방장 사형은 평생 제자를 단둘만 거두셨고 그것도 벌써 30년 전의 일이오. 소협이 방장 사형의 마지막 제자가 된다면,《역근경》의 심오한 무학을 배울 수 있을 뿐 아니라 재능에 따라서는 방장 사형께서 정통하신 열두 가지 소림 절학을 이어받을 수도 있소. 그렇게 되면 소협은 본문의 이름을 크게 높이게 될 것이고 무림에서 짝을 찾아볼 수 없는 선례로 전해질 것이오."

영호충은 일어나서 공손히 말했다.

"방장 대사의 호의에 몸 둘 바를 모르겠습니다. 허나 소생은 화산파 제자니 사문을 버리고 소림파에 들 수는 없습니다."

방증이 빙그레 미소를 지었다.

"빈승이 말한 큰 장애물이 바로 그것이오. 영호 소협, 소협은 이제 더 이상 화산파의 제자가 아니오. 아직 모르는 모양이구려."

영호충은 몹시 놀라 떨리는 소리로 물었다.

"제… 제가 어째서 화산파의 제자가… 아니라는 말씀입니까?"

방증은 소매에서 서신 한 통을 꺼내 내밀었다.

"소협이 직접 읽어보시오."

그가 손을 살짝 떨치자 서신은 영호충에게 똑바로 날아들었다. 두 손으로 서신을 받아든 영호충은 몸이 부르르 떨리자 놀라지 않을 수 없었다.

'방장 대사의 내공은 과연 그 깊이가 남다르구나. 얇디얇은 종이 한 장에도 이토록 강력한 기운을 담아내다니.'

서신 겉봉에는 '화산파 장문'이라는 붉은 인장이 찍혀 있고, '소림파 장문 대사께 드립니다'라고 쓰여 있었다. 단정하고 묵직한 글씨체는 사부인 악불군의 필체가 분명했다. 영호충은 불안한 마음을 안고 떨리는 손으로 서신을 펼쳐 찬찬히 읽어내려갔다. 시선이 서신을 훑는 동안 손이 덜덜 떨리기 시작했다. 도무지 사실이라고 믿을 수가 없었던 그는 정신을 가다듬고 한 번 더 읽은 다음 눈앞이 핑 돌아 바닥에 털썩 쓰러지고 말았다.

겨우 정신을 차려보니 방생이 부축하고 있었다. 영호충은 억지로 몸을 일으켰지만 끝내 울음을 터뜨리고 말았다. 방생이 물었다.

"소협, 어찌 그리 슬퍼하시오? 존사께 무슨 일이라도 있소?"

영호충은 서신을 내밀며 잠긴 소리로 말했다.

"이걸 보십시오."

방생은 서신을 받아 펼쳤다. 서신에는 이렇게 쓰여 있었다.

> 화산파 장문인 악불군이 소림파 장문인 대사께 고개 숙여 인사 올립니다. 부덕한 제가 화산파를 관장하게 되어 오래도록 문후를 여쭙지 못하였으나 대사의 맑은 가르침에는 늘 귀를 기울이고 있습니다. 근간에 천성이 악랄한 본 파의 역도逆徒 영호충이 누차 문규를 어기고 요사한 자들과 무리를 지어 복과 화를 함께하자고 선언하는 일이 있었습니다. 이 악불군이 무능하여, 엄하게 훈계하고 벌을 내렸음에도 효과를 보지 못하였습니다. 이에 무림의 정의를 견지하고 정파의 명예를 수호하기 위하여 역도 영호충을 본 파에서 축출하오니 이제부터 그 역도는 본 파의 제자가 아닙니다. 영호충이 또다시 음란하고 사악한 자들과 어울려 강호에

해악을 끼치게 된다면 정파의 여러 친구들이 힘을 모아 주살하여주시기 바랍니다. 그리만 된다면 이 악불군은 깊이 감사할 따름입니다. 황송하고 부끄러운 마음, 글로는 다 표현할 길이 없으니 대사께서 너그러이 받아주시기를 바랄 뿐입니다.

방생도 이 내용은 무척 의외였던지 위로할 말을 찾지 못해 말없이 서신을 방증에게 돌려주며 영호충을 바라보았다. 잠시 후 눈물 젖은 그의 얼굴을 보자 방생은 깊이 탄식하며 말했다.

"소협, 흑목애 사람들과는 어울리지 말았어야 했소."

방증도 말했다.

"아마도 정파의 모든 장문인들이 이 서신을 받고 제자들에게 소식을 전했을 것이오. 설사 소협이 내상을 입지 않았다 해도 소림사의 문을 나서는 순간 정파의 문하 제자 모두가 소협을 적으로 여길 것이니 가시밭길을 가듯 어려운 길이 열릴 것이오."

영호충은 흠칫 놀랐다. 산속 개울가에서도 영영이 똑같은 말을 하지 않았던가? 이제 방문좌도뿐만 아니라 정파의 제자들까지 그를 적으로 여기게 되었으니, 세상이 아무리 넓어도 몸을 맡길 곳조차 마땅치 않았다. 사문의 깊은 은혜를 생각하면 더욱더 괴로웠다. 사부와 사모는 그에게 무학만 가르친 것이 아니라, 마치 친부모처럼 기르고 돌봐주었다. 그런 은혜를 입고도 행실이 올바르지 못해 사문에서 쫓겨나게 되었으니, 이 서신을 쓰는 사부의 마음은 그보다 더 아프면 아팠지, 편안하지만은 않았으리라.

영호충은 너무도 괴롭고 부끄러워 벽에 머리를 박고 죽고 싶은 심정이었다.

눈물로 흐려진 시야에 연민에 젖은 방증과 방생의 얼굴이 보였다. 문득, 오래전 세상을 떠난 유정풍의 모습이 떠올랐다. 오로지 마교의 장로 곡양과 교분을 맺었다는 이유로 금분세수하고 무림을 떠나는 것조차 허락받지 못하고 끝내 숭산파의 손에 목숨을 잃지 않았던가? 유정풍같이 무공이 고강하고 높은 지위에 있는 사람조차 정과 사를 가르는 칼날을 피하지 못했는데, 의지할 곳도 없고 무거운 부상까지 입은 하찮은 무명소졸인 그는 말할 것도 없었다. 특히 사파의 수많은 강호인들이 그를 위해 오패강에 모여들었으니 그들과 내통했다고 억지를 부려도 변명할 말이 없었다.

방증이 천천히 말했다.

“가없는 고해苦海의 바다에서도 돌아보면 피안彼岸이 있다 하였소. 악행을 일삼던 간악한 사람도 마음 깊이 뉘우치면 불문은 항상 열려 있는 법이오. 소협은 젊은 혈기에 길을 잘못 들어 악인들과 교분을 맺었으나, 어찌 새로운 길이 없겠소? 소협과 화산파의 관계는 깨끗이 끝났으니 오늘부터 우리 소림 문하에 들어 지난 과오를 씻고 새사람이 된다면, 무림에서 소협에게 시시비비를 가리려 하는 사람은 없을 것이오.”

차분한 목소리였지만 절로 고개를 숙이게 하는 위엄이 서려 있었다.

영호충은 조용히 생각에 잠겼다.

‘나는 이제 갈 곳이 없어. 소림파에 들어가면 신비한 무공을 배울 수도 있고 목숨을 구할 수도 있다. 소림파는 명성이 높으니 감히 방증 대사의 제자를 건드리려는 사람은 없겠지.’

그러나 금방 오기가 치솟았다.

'어려움에 처했다고 낯 두껍게 다른 문파의 비호를 받으며 목숨을 부지하려고 하다니, 그래서야 무슨 영웅호걸이라 할쏘냐? 강호인들이 일심으로 나를 죽이고자 한다면 죽어주면 그뿐이지. 사부님께 버림받고 화산파에서 쫓겨난 몸으로 뻔뻔하게 살아남아봤자 무슨 의미가 있을까?'

여기까지 생각이 미치자 뜨거운 피가 끓어오르고 입이 바짝바짝 말라, 독한 술 생각이 간절했다. 얼마 남지 않은 목숨도, 사문에서 쫓겨난 일도 씻은 듯이 머릿속에서 사라지고, 단 하루도 잊어본 적 없는 악영산마저 낯선 사람처럼 느껴졌다.

그는 방증과 방생 앞에 무릎을 꿇고 공손히 머리를 조아렸다.

두 승려는 그가 소림파에 들어오기로 마음먹은 줄로만 알고 흐뭇하게 미소를 지었지만, 뜻밖에도 몸을 일으킨 영호충은 낭랑한 목소리로 이렇게 말했다.

"사문에서도 용납받지 못하는 소생이 무슨 염치로 다른 문파에 들어갈 수 있겠습니까? 두 분 대사께서 베풀어주신 자비는 결코 잊지 않겠습니다."

방증은 죽음조차 마음에 두지 않는 그의 호기에 몹시 놀랐다.

방생이 영호충을 달랬다.

"소협, 소협의 생명과 직결된 일이니 혈기만으로 판단해서는 아니 되오."

그러나 영호충은 싱긋 웃으며 깊이 허리를 숙여 인사한 다음 미련 없이 돌아섰다. 억울하고 외로운 마음에 가슴은 답답했지만, 발걸음만큼은 더없이 가벼웠다.

성큼성큼 소림사에서 나온 그는 쓸쓸한 마음을 가누지 못해 일부러 하늘을 우러러 큰 소리로 웃음을 터뜨렸다.

'정파의 인사들은 적이 되었고, 방문좌도의 인사들은 나를 죽이려 혈안이 되어 있으니 오늘을 넘기기 힘들겠구나. 내 목숨을 거둘 사람은 누가 될까?'

주머니를 뒤적였으나 은전 한 푼 없고 허리에 찬 검도 사라지고 없었다. 영영이 선물한 단금도 어디로 갔는지 보이지 않았다. 가진 것이 없어 걱정도 없으려니 하는 마음으로 소실산少室山을 내려가며, 그는 가만히 생각했다.

'세상 사람들이 모두 문파에 속한 것은 아니야. 오늘부터는 나도 그들처럼 문파 없는 떠돌이가 되어 사부님과 사모님, 소사매로부터 낯선 사람 취급을 받게 되는구나. 아니지, 소사매는 내가 임 사제의 〈벽사검보〉를 훔쳤다며 마치 비열한 소인배를 보듯 경멸하고 비난할 테니 낯선 사람인 양 대하지는 않겠군.'

오후쯤 되자 소림사는 아득히 멀어졌다. 지치고 고단한 몸에 끼니조차 들지 못해 그는 몹시 배가 고팠다.

'어디서 먹을 것을 구하지?'

걸음을 멈추고 고민하는데, 발소리가 들리며 서쪽에서 일고여덟 명의 장한들이 모습을 드러냈다. 모두 경장 차림에 무기를 꼬나들고 급히 달려오고 있었다.

'그래, 죽이려면 빨리 죽여라. 죽으면 배고픔도 사라지겠지. 배불리

먹어도 죽기는 매한가지인데 괜한 수고를 할 필요도 없지.'

영호충은 양손을 허리에 얹고 길 한가운데 버티고 서서 외쳤다.

"영호충이 여기 있다! 죽이려거든 어서 덤벼라!"

그에게 가까이 다가온 장한들은 어리둥절한 눈길로 흘끔거리고는 바삐 지나쳐갔다. 누군가 옆 사람에게 말하는 소리가 들렸다.

"미친 자로구먼."

옆 사람이 대답했다.

"그러게 말일세. 큰일을 그르치지 말고 내버려두세나."

"그놈이 달아나면 큰일이니 서두르세."

그들은 순식간에 저 멀리 사라졌고 남겨진 영호충은 머리를 긁적였다.

'뭐야, 다른 사람을 쫓는 자들이었군.'

그들이 사라지고 얼마 지나지 않아 또다시 서쪽에서 말 다섯 필이 말발굽 소리도 요란하게 달려와 쏜살같이 그를 지나쳐갔다. 말을 탄 기수 가운데 한 중년 부인이 10여 장쯤 달려가다 말고 말 머리를 돌려 그에게 물었다.

"말 좀 묻겠네. 혹시 흰 장포를 입은 늙은이를 보았나? 호리호리한 몸집에 만도를 차고 있네."

영호충은 고개를 저었다.

"보지 못했소."

부인은 더 묻지 않고 다시 일행을 따라 달려갔다.

영호충은 호기심이 동했다.

'흰 장포를 입은 노인을 쫓고 있다고? 어차피 할 일도 없는데 구경

이나 할까?'

그들을 따라 동쪽으로 길을 잡았는데 얼마 가지 못해 또다시 10여 명의 추격자가 나타났다. 그의 옆을 달려 지나가던 추격자 중 쉰 살가량의 노인이 그에게 물었다.

"형제, 흰 장포를 입은 노인을 보았는가? 마르고 키가 큰데 허리에 만도를 찬 노인이라네."

"보지 못했습니다."

그들이 사라지고 얼마쯤 걸어 세 갈래 길에 이르자, 서북쪽에서 딸랑딸랑 방울 소리가 들리면서 말 세 필이 질풍같이 달려왔다. 이번에는 스무 살 정도 되는 청년들이 타고 있었다. 앞장선 사람이 고삐를 당겨 말을 세우며 물었다.

"이보시오, 혹시…?"

영호충은 냉큼 되물었다.

"혹시 키 크고 마르고 만도를 찬 흰 장포 입은 노인을 보았느냐고 묻는 게 아니오?"

세 사람은 얼굴에 희색을 띠며 물었다.

"그렇소. 그자는 어디 있소?"

영호충은 한숨을 푹 쉬었다.

"보지 못했소이다."

질문을 했던 청년이 버럭 화를 냈다.

"어디서 장난질이냐? 보지도 못한 사람을 어찌 안다는 말이냐?"

영호충은 싱글거리며 대답했다.

"보지 못하면 알지도 못한다는 법이 어디 있소?"

화가 난 청년이 채찍을 휘두르려 하자 옆에 있던 사람이 만류했다.

"둘째, 이런 쓸데없는 일에 시간 낭비하지 말고 어서 쫓자."

그러자 청년은 힘껏 콧방귀를 뀌고는 말에 박차를 가해 사라졌다.

'저 많은 사람들이 하나같이 흰 장포 입은 노인을 쫓다니, 대체 무슨 일일까? 재미있는 구경거리 같기는 한데, 만에 하나 저들이 내가 영호충이라는 것을 알면 위험해지겠지.'

그렇게 생각하자 슬며시 두렵기도 했지만, 곧 생각이 바뀌었다.

'정파와 사파가 모두 나를 죽이려는 마당에 숨는다고 얼마나 더 살 수 있겠어? 며칠 목숨을 부지한다 해도 언젠가는 적의 칼에 쓰러질 텐데, 하루하루 노심초사하며 사느니 마음 편히 내키는 대로 살다가 마주치는 아무에게나 목숨을 내주는 것이 낫지.'

그는 말발굽이 일으키는 뽀얀 먼지를 따라 나아가기 시작했다. 이번에도 뒤쪽에서 한 무리의 사람들이 나타나 흰 옷을 입고 마른 몸에 만도를 찬 노인을 보았느냐고 물었다.

영호충은 고개를 저으며 생각했다.

'이 사람들은 그 노인의 행방조차 모르면서 하나같이 똑같은 방향으로 가는구나. 참 이상한 일이야.'

몇 리를 더 걸어 소나무 숲을 통과하자 탁 트인 평야가 눈앞에 펼쳐졌다. 그곳에는 600~700명은 됨직한 사람들이 새까맣게 모여 있었지만, 터가 워낙 넓어 멀리서는 그 많은 사람들도 고작 조그마한 점으로밖에는 보이지 않았다. 영호충은 똑바로 뻗은 길을 따라 그들에게 다가갔다.

가까이 가보니 군중들 가운데 조그마한 정자가 있었다. 길 가는 사람들이 잠시 쉬었다 갈 수 있도록 지은 것으로 몹시 초라한 정자였다. 사람들은 그 정자를 에워싸고서도 다가가지 못하고 멀찍이 떨어져 있었다.

영호충은 좀 더 가까이 다가가보았다. 놀랍게도 그 정자에는 흰 장포를 입은 노인이 홀로 앉아 술을 마시고 있었다. 허리에 만도를 차고 있는지는 보이지 않았지만, 보통 사람보다는 키가 크고 마른 몸집이었다.

적들에게 포위당하고도 태연자약하게 술을 음미하는 노인의 기개에 영호충은 절로 존경심이 샘솟았다. 살아오는 동안 저토록 호기 넘치는 사람은 거의 만나본 적이 없었다. 그는 군중들을 비집고 천천히 정자 가까이 다가갔다. 사람들은 눈도 깜빡이지 않고 노인을 주시하느라 영호충에게는 눈길조차 주지 않았다.

영호충은 그 노인을 세세히 살폈다. 생김새가 시원시원하고 턱 밑으로는 길고 하얀 수염을 우아하게 길러 가슴 앞에 늘어뜨린 노인이었다. 노인은 한 손에 술잔을 들고 누런 흙이 날리는 대지와 푸르른 하늘이 맞닿은 지평선을 바라볼 뿐, 자신을 에워싼 무리에게는 일말의 관심도 없어 보였다. 등에 봇짐을 메고 있었지만 허리춤에 만도가 없는 것을 보니 무기조차 가져오지 않은 모양이었다.

영호충은 노인의 이름도 내력도 모르고, 이 많은 사람들과 적이 된 사연도 알지 못했다. 더욱이 그가 정파인지 사파인지조차 몰랐지만, 적들 앞에서도 당당하게 기개를 뽐내는 모습에 감탄하지 않을 수 없었다. 정파와 사파를 막론하고 자신을 죽이려 드는 지금, 영호충은 이 노인에게 동병상련을 느끼고 저도 모르게 한 걸음 나아가며 큰 소리로 외쳤다.

"선배님, 대작할 사람도 없이 너무 외롭지 않으십니까? 제가 함께 마셔드리겠습니다."

그는 성큼성큼 정자로 올라가 노인에게 읍하고 의자에 앉았다.

노인이 고개를 돌려 번갯불처럼 싸늘한 눈빛으로 영호충을 훑어보았다. 생전 처음 보는 청년이 무기 한 자루 지니지 않고 병색이 완연한 얼굴로 마주 앉는 것을 보자 다소 의아한 듯했지만, 노인은 아무 대답 없이 코웃음만 쳤다. 영호충이 술병을 들어 노인 앞에 놓인 잔에 먼저 술을 따르고, 또 다른 잔에 술을 채운 뒤 잔을 높이 들며 외쳤다.

"드시지요!"

망설임 없이 꿀꺽꿀꺽 마셨더니, 술이 너무 독해서 입안이 활활 타오르다못해 불덩이가 목구멍을 타고 배 속으로 들어가는 것 같았다. 그는 고개를 끄덕이며 찬탄했다.

"아주 좋은 술이군요!"

정자 밖에서 누군가 거칠게 외쳤다.

"이런 앞뒤 모르는 놈이 있나! 썩 나오지 못하겠느냐! 우리는 상문천向問天과 결판을 내야 하니 방해하지 마라!"

영호충은 빙긋 웃었다.

"제가 선배님과 술을 마시는데 어째서 여러분께 방해가 되는지 모르겠습니다."

그는 다시 술을 따르고 고개를 젖혀 꿀꺽 마시고는 엄지를 치켜세웠다.

"역시 좋은 술이군!"

왼쪽에서 싸늘한 목소리가 들려왔다.

"이놈, 이런 곳에서 헛되이 목숨 버리지 말고 비켜라. 우리는 동방 교주의 명을 받들어 반역자 상문천을 추포하러 왔다. 끼어드는 자는 비참한 죽음을 맞을 뿐이다."

영호충이 소리 나는 쪽을 돌아보니, 황금처럼 누르스름한 얼굴의 왜소한 남자가 검은 옷에 누런 띠를 두른 차림으로 서 있었다. 그의 뒤로는 검은 옷을 입었지만 허리에는 제각각 다른 색의 띠를 두른 사람들이 200명 넘게 늘어서 있었다. 문득, 오래전 형산성 밖에서 만난 적이 있는 마교 장로 곡양도 검은 옷에 누런 띠를 둘렀던 것이 떠올랐다. 동방 교주의 명을 받아 반역자를 잡으러 왔다고 했으니 그들은 마교의 사람들임에 틀림없었고, 복장으로 보아 저 마른 남자는 마교의 장로인 것 같았다.

영호충은 다시 술을 따라 한 잔 마셨다.

"훌륭하군요!"

그는 참지 못하고 탄성을 터뜨리며 흰 옷 입은 노인에게 말했다.

"상 노선배, 이렇게 좋은 술을 석 잔이나 내려주셨으니 깊이 감사드립니다."

이번에는 동쪽에서 누군가 버럭 외쳤다.

"저놈은 화산파에서 쫓겨난 영호충이다!"

영호충은 시선을 홱 돌렸다. 뜻밖에도 그렇게 외친 사람은 바로 청성파 제자 후인영이었다. 그제야 그는 오악검파 사람들도 무리에 적잖이 섞여 있다는 사실을 알아차렸다. 그 가운데 도사 한 명이 소리 높여 외쳤다.

"영호충! 네놈이 요사한 무리와 어울려 지낸다는 네 사부의 말이 옳았구나. 수많은 정파 영웅호걸의 피를 손에 잔뜩 묻힌 상문천과 한패가 되어 무슨 짓을 할 셈이냐? 당장 물러나지 않으면 우리 손에 피떡이 될 것이다!"

"태산파의 사백님이시군요. 저는 여기 계신 상 노선배와 일면식도 없습니다만, 수백 명이 한 사람을 에워싸고 위협하는 광경을 보고도 모른 척 지나칠 수가 없었을 뿐입니다. 오악검파가 언제부터 마교와 손을 잡았습니까? 정파가 사파와 연합하여 한 사람을 공격하다니, 천하의 영웅들이 비웃을 일입니다."

도사는 노성을 터뜨렸다.

"우리가 언제 마교와 손을 잡았다는 말이냐? 마교는 저들대로 반역자를 쫓아왔고 우리는 우리대로 저놈의 손에 죽은 친구의 복수를 하러 왔을 뿐, 아무 관계도 없다!"

"예예, 그렇군요, 잘 알겠습니다. 그럼 원하는 대로 하십시오. 저는 여기서 술이나 마시며 구경하겠습니다."

듣다못한 후인영이 버럭 소리를 질렀다.

"네놈이 뭐가 대단하다고 그따위 소리를 지껄이느냐? 다 같이 저놈부터 쓰러뜨립시다!"

영호충은 빙그레 웃으며 그를 바라보았다.

"영호충 한 사람을 쓰러뜨리는 데 다 같이 나설 필요가 있겠소? 후형 혼자 해도 충분하오."

영호충의 발길질에 나가떨어진 경험이 있는 후인영은 혼자 싸울 용기가 나지 않아 아무 대답도 하지 못했다. 당연히 그는 영호충이 내공을 잃어 예전 같지 않다는 사실을 알지 못했다. 후인영 외에 다른 사람들도 상문천이 껄끄러운지 쉽사리 정자로 올라오려 하지 않았다.

왜소한 마교의 남자가 외쳤다.

"상문천! 순순히 교주님 앞에 나아가 처벌을 받으면 살길이 열릴지도 모른다. 너도 한때 본 교에서 영웅 대접을 받지 않았느냐? 한집안 사람끼리 피 흘리며 싸워 남들의 웃음거리가 되고 싶으냐?"

상문천은 코웃음을 치며 술잔을 들었는데 뜻밖에도 철컹거리는 소리가 났다. 그제야 그의 양손이 쇠사슬로 묶여 있는 것을 알아차린 영호충은 깜짝 놀랐다.

'아니, 이제 보니 손을 묶은 사슬을 풀 겨를도 없이 감옥에서 탈출하셨구나.'

영호충은 동정 어린 마음으로 그를 바라보았다.

'저 상태로는 맞서 싸울 수도 없겠지. 그래, 내가 대신 싸우다가 여기서 목숨을 바치자.'

그는 벌떡 일어나 두 손을 허리에 대고 자신만만하게 외쳤다.

"상 노선배께서는 양손이 사슬에 묶여 여러분과 싸울 수 없소. 저분의 술을 세 잔 얻어 마셨으니 내가 대신 싸우겠소. 상 노선배를 해치려거든 이 영호충부터 죽여야 할 것이오."

상문천은 마땅한 이유도 없이 불쑥 끼어든 영호충의 행동에 어리둥절했다.

"젊은이, 대체 무엇 때문에 나를 돕는 건가?"

그가 나지막이 묻자 영호충은 거리낌 없이 대답했다.

"불공평한 일을 보고 어찌 모른 척 지나갈 수 있겠습니까?"

"무기는 있나?"

"검을 씁니다만 안타깝게도 지금은 없습니다."

"검법은 어느 정도인가? 화산파 제자라고 하니 대단할 것도 없겠다만."

영호충은 시원스레 웃었다.

"본래도 시원찮은데 지금은 중상을 입어 내공마저 잃어서 더욱 보잘것없습니다."

상문천은 고개를 가로저었다.

"참 알 수 없는 젊은이로군. 알겠네, 내 자네에게 검을 가져다주지."

말이 끝나기 무섭게 허연빛이 눈앞을 획 스치는가 싶더니, 상문천의 몸은 어느새 정자 밖으로 나가 있었다. 열 개가 넘는 무기들이 상문천에게로 쏟아졌지만, 상문천은 이리저리 피하며 태산파 도사에게 접근했다. 도사가 검을 뽑아 찌르는 순간, 상문천의 몸이 번쩍하더니 순식간에 도사의 뒤로 돌아가 왼쪽 팔꿈치를 뒤로 힘껏 내밀었다. 퍽 소리와 함께 등을 얻어맞은 도사는 양손에 힘이 빠져 검을 놓쳤고, 아래로 떨어지던 검은 상문천의 쇠사슬에 걸렸다. 검을 얻은 상문천은 오른발을 굴러 단번에 정자로 돌아왔다.

이 일련의 움직임은 몹시도 민첩하고 매끄러워, 정파의 군웅들은 막으려야 막을 틈도 없었다. 개중에서 가장 반응이 빠른 남자가 뒤쫓아와 칼을 내리쳤지만, 상문천은 등에도 눈이 달린 듯 돌아보지도 않고 왼발로 그의 가슴을 힘껏 걷어찼다. 남자는 비명을 지르며 끈 떨어진 연처럼 뒤로 날아갔다. 그 바람에 오른손에 들었던 칼은 주인의 오른쪽 다리를 푹 찔렀다.

검을 빼앗긴 태산파의 도사 역시 휘청휘청하다가 힘없이 쓰러지며 입에서 선혈을 뿜어냈다.

그 광경에 마교 사람들은 우레와 같은 갈채를 보냈고, 누군가는 큰 소리로 칭찬까지 했다.

"상 우사右使의 솜씨는 역시 대단하십니다!"

상문천은 빙그레 웃으며 마교 사람들을 향해 포권을 해 보였다. 손목을 묶은 쇠사슬은 여전히 철컹철컹 소리를 냈다. 인사를 마친 그가 손을 떨치자 검은 탁 소리를 내며 탁자에 꽂혔다.

"그 검을 쓰게!"

영호충은 감탄 어린 얼굴로 고개를 끄덕였다.

'저 많은 군웅들을 본체만체하더니 과연 그럴 만하구나.'

그는 검을 뽑는 대신 공손히 포권을 하며 말했다.

"상 노선배님의 무공이 이토록 뛰어나신데 제가 주제도 모르고 나섰습니다. 이만 물러가겠습니다."

상문천이 대답하기도 전에 눈앞에 한광이 번뜩이며 검 세 자루가 날아들었다. 후인영을 비롯한 청성파 제자들이었다. 그들의 검은 오로지 영호충을 노리고 있었다. 그중 하나는 영호충의 등을, 나머지 둘은 허리를 겨눴는데, 신속하기 짝이 없어 어느새 그의 몸에서 채 한 자도 떨어지지 않은 곳까지 와 있었다.

"영호충, 꿇어라!"

후인영이 오만하게 외치며 검을 내밀자 검날이 영호충의 피부에 서늘하게 와닿았다.

'이 영호충이 아무리 운이 없기로서니 비열한 청성파의 손에 죽을

수는 없지.'

영호충이 이런 생각을 하는 사이, 검 세 자루는 그의 주위를 단단히 휘감아 살짝 몸을 틀기만 해도 가슴과 배를 꿰뚫을 것 같았다. 영호충은 껄껄 웃으며 시원하게 대답했다.

"꿇으라면 꿇어야지!"

그는 오른쪽 무릎을 살짝 굽히는 척하면서 탁자에 꽂힌 검을 뽑아 잽싸게 휘둘렀다. 청성파 제자들의 손목은 느닷없이 날아든 검을 피하지 못하고 싹둑 잘려, 들었던 검과 함께 땅으로 툭 떨어졌다. 후인영 등은 안색이 하얗게 질린 채 믿을 수 없는 눈길로 잘린 손목을 내려다보다가 한참 만에야 정신을 차리고 비명을 지르며 물러났다. 그중 한 명은 겨우 열일고여덟 살의 젊은이로 통증을 견디지 못하고 엉엉 울기까지 했다. 영호충이 미안한 목소리로 말했다.

"당신이 먼저 나를 공격하는 바람에 그리된 거요."

"훌륭한 검법일세!"

상문천이 갈채를 보내고는 다시 덧붙였다.

"허나 검에 힘이 없고 내공이 한참 모자라는군!"

영호충은 웃으며 고개를 숙였다.

"모자라는 것이 아니라 아예 없습니다."

별안간 상문천의 기합과 함께 쇠사슬 소리가 철커덩철커덩 울렸다. 검은 옷을 입은 남자 두 명이 정자에 뛰어들어 상문천을 공격한 것이다. 한 명은 단철로 만든 쌍회장雙懷杖을, 다른 한 사람은 쌍철패雙鐵牌를 들었는데 하나같이 묵직한 무기들이었다. 그 네 개의 무기와 상문천의 쇠사슬이 부딪칠 때마다 팟팟 불꽃이 튀었다. 상문천은 이리저리 피하며 회장을 든 남자의 뒤로 돌아가려고 했지만 남자는 급소를 단단히 지키며 틈을 주지 않았다. 양손이 쇠사슬에 묶인 상문천은 아무래도 움직임이 자유롭지 못했다.

마교 사람들 속에서 호통이 터지는가 싶더니, 다시 두 명이 더 정자로 뛰어올랐다. 그들은 양손에 든 무시무시한 팔각동추八角銅鎚를 다짜고짜 휘둘러댔고, 조력자가 나타난 덕분에 쌍회장을 든 남자도 수비에서 공격으로 전환했다. 상문천은 날랜 동작으로 무기들 사이로 요리조리 피했지만 적을 쓰러뜨리기에는 요원했다. 빈틈이 보여 쇠사슬로 공격이라도 할라치면 매번 나머지 세 사람이 목숨을 돌보지 않고 흉맹하게 덤벼드는 바람에 물러날 수밖에 없었던 것이다.

그렇게 10여 초를 버티자 마교 사람들 중 수령인 듯한 자가 높이 외쳤다.

"팔창八槍은 나서라!"

흑의를 입은 장한 여덟 명이 긴 창을 들고 방향을 나눠 정자로 뛰어들었다. 동서남북에서 각각 두 자루씩 창이 튀어나와 상문천을 공격했다. 상문천은 영호충을 향해 외쳤다.

"젊은이, 어서 떠나게!"

말이 끝나기도 전에 창날 여덟 개가 동시에 날아들었다. 동시에 동추 네 자루가 배를, 쌍회장이 정강이를, 철패가 얼굴을 때리려고 덮쳐왔다. 하나같이 허투루 넘길 수 없는 살초여서, 열두 명 고수들이 필사의 각오로 싸움에 임했다는 사실을 알 수 있었다. 그들은 상문천과 싸우는 것이 마치 지옥의 문을 두드리는 것처럼 위험하다고 생각하는 듯했다.

그들이 사정없이 공격을 퍼부어 상문천이 위험에 처하자 영호충은 참지 못하고 외쳤다.

"여럿이서 한 사람을 공격하다니, 부끄러운 줄도 모르느냐!"

돌연, 상문천이 빠른 속도로 몸을 빙글빙글 돌리며 쇠사슬을 힘차게 휘두르자, 적의 무기는 빠르게 맴도는 쇠사슬에 부딪혀 땡땡땡 소리를 냈다. 상문천의 몸이 팽이처럼 빙빙 돌며 적의 시야를 흐리는 사이 땡그랑 하는 소리와 함께 철패 두 개가 쇠사슬에 맞아 정자 지붕을 뚫고 날아가버렸다. 상문천은 적이 방어할 틈을 주지 않고 더욱 빠르게 돌며 여덟 개의 창마저 물리쳤다.

마교의 수령이 외쳤다.

"공격을 늦추고 놈의 힘이 빠질 때를 기다려라!"

"예!"

장창수들은 입을 모아 대답하고 두 걸음씩 뒤로 물러났다. 상문천이 기력이 다해 빈틈이 생기기를 기다리려는 것이 분명했다.

구경하던 사람들 가운데 어느 정도 견문이 있는 사람들은 상문천의 무공이 아무리 높아도 저런 식으로는 오래 버티지 못한다는 것을 알고 있었다. 온 힘을 다해 싸우더라도 기력이 다하면 속수무책으로 붙잡히는 것밖에 달리 도리가 없었다.

그러나 상문천은 큰 소리로 웃음을 터뜨리며 갑자기 왼쪽 다리를 살짝 굽혔다. 쇠사슬이 쐐액 소리를 내며 날아가 동추를 쓰는 한 사람의 허리를 때렸다. 그 사람이 '앗' 하고 비명을 지르는 찰나, 왼손에 들고 있던 동추가 방향을 가누지 못해 그의 머리를 내리치자 머리가 쩍 갈라지고 뇌수가 흘렀다. 장창수들이 우르르 달려들어 전후좌우에서 상문천을 찔러갔다. 상문천이 쇠사슬로 창 두 자루를 밀어내자, 나머지 여섯 명은 약속이나 한 듯 그의 왼쪽 옆구리를 찔렀다. 아무리 상문천이라지만 한두 자루는 피할 수 있을망정 여섯 자루를 모두 피할 재간은 없었다.

여섯 자루의 창 앞에서 피할 곳을 찾지 못하는 상문천을 보는 순간, 영호충의 뇌리 속에 독고구검 제4식 파창식이 떠올랐다. 주저할 틈이 없었다. 그가 앞뒤 가리지 않고 검을 내지르자 창 여덟 자루는 쩽그렁 소리를 내며 바닥에 우수수 떨어졌다. 떨어진 무기는 여덟 자루였지만 떨어지는 소리는 단 한 번뿐이었다. 당연히 영호충은 여덟 사람의 손목을 차례대로 찔렀지만, 그 움직임이 너무도 빨라 마치 동시에 찌른 것 같았기 때문이었다.

한 번 펼친 검을 도중에 멈추기는 어려웠으므로 그는 계속해서 제5식 파편식을 펼쳤다. 파편식이란 붙인 이름에 불과했고 사실은 변화가 다양해 강편과 철간, 점혈궐, 판관필, 괴장, 아미자, 비수, 도끼, 철패, 팔각추, 철추 같은 짧은 무기를 모두 깨뜨릴 수 있었다. 검광이 번쩍번쩍하더니 쌍회장과 동추 두 자루가 주인의 손을 벗어나 바닥에 나뒹굴었다.

정자로 뛰어오른 열두 명의 공격수 가운데 한 명은 상문천의 손에 죽고 한 명은 쇠사슬에 맞아 철패를 잃어 쓸모가 없어진 상태였는데, 나머지 열 명마저 영호충의 검에 무기를 떨어뜨리자, 그들은 풀이 죽어 일행에게 돌아갔다.

정파의 군웅들도 절로 찬탄을 터뜨렸다.

"훌륭한 검법이다!"

"화산파 검법이 새로운 경지를 열어 보이는군!"

마교의 수령이 뭐라고 호령하자 또 다른 사람 다섯 명이 정자로 올라왔다. 그중 쌍도를 든 중년 부인이 영호충을 공격했고, 남자 넷은 상문천을 에워쌌다. 중년 부인의 도법은 무척 빨라, 한 칼로 몸을 보호하면서 다른 칼로 질풍 같은 공격을 쏟아냈다. 왼손으로 공격할 때는 오른손이 수비를 하고, 오른손으로 공격할 때는 왼손이 수비를 하며 항상 공격과 수비를 동시에 하니, 수비는 빈틈없이 완벽했고 공격은 물 흐르듯 매끄러웠다. 영호충은 그 움직임을 완전히 파악하지 못해 연신 뒤로 물러나야 했다.

그때 휙휙 하는 바람 소리가 귓가에 울렸다. 누군가 부드러운 무기로 상문천을 공격하는 모양이었다. 영호충이 바쁜 와중에도 곁눈질로 살펴보니 연자추鏈子鎚를 든 사람 둘과 연편軟鞭을 휘두르는 사람 둘이 상문천의 쇠사슬과 격렬하게 싸우는 중이었다. 연자추는 무척 길어 이따금 한 장 정도 떨어진 영호충의 머리 위를 스치기도 했다.

"빌어먹을!"

상문천이 욕을 하자 그 남자가 외쳤다.

"상 우사, 미안하게 되었소이다!"

그의 연자추가 상문천의 손을 묶은 쇠사슬을 단단히 얽어 꼼짝 못하게 하고 있었다. 그 틈을 놓치지 않고 다른 세 사람의 무기가 동시에 상문천의 몸으로 쏟아졌다.

상문천은 기합을 터뜨리며 힘껏 쇠사슬을 잡아당겼다. 연자추를 든 사람이 그 힘을 이기지 못하고 끌려오자 때마침 날아든 채찍과 연자추는 상문천 대신 그의 등을 세게 때렸다.

영호충은 검을 비스듬히 눕히며 중년 부인의 왼손 손목을 때렸다. 그런데 예상과 달리 쩡 하는 소리가 나면서 검이 살짝 휘어졌다가 튕겨났고, 중년 부인은 칼을 떨어뜨리기는커녕 더욱 힘차게 휘두르며 공격해왔다. 처음에는 영문을 몰라 당황해하던 영호충이었지만 곧 깨달았다.

'이 여자는 손목에 강철 보호대를 차고 있어서 검에 찔리지 않는군.'

그는 재빨리 검을 위로 올려 중년 부인의 왼쪽 견정혈을 푹 찔렀다. 그녀는 다소 놀랐으나 용맹무쌍한 성미였기 때문에 통증에도 아랑곳하지 않고 오른손에 든 칼을 힘껏 휘둘렀다. 하지만 영호충의 검은 기세 좋게 날아올라 이번에는 그녀의 오른쪽 견정혈을 찔렀다. 더 이상 무기를 들 수 없게 된 중년 부인은 최후의 발악으로 영호충을 향해 있는 힘껏 쌍도를 던졌으나 팔에 힘이 주어지지 않아 한 자 정도 날아가다 힘없이 바닥에 떨어지고 말았다.

영호충이 그녀를 제압하자 오른쪽에 있는 정파의 군웅들 중에서 한 도인이 검을 들고 나와 시퍼렇게 화난 얼굴로 외쳤다.

"화산파에 그런 요사한 검법 따위는 없다!"

차림새로 보아 태산파 사람이었다. 아마도 동문 사형제가 상문천의 손에 당해 복수를 하러 온 모양이었다. 비록 사문에서는 쫓겨났지만 어려서부터 화산파 문하에서 자란 영호충은 오악검파는 한 뿌리라는 말을 귀가 닳도록 들어, 태산파의 선배를 대하자 자연스레 검을 내리고 공손하게 포권을 했다.

"태산파 사백님께 죄를 지을 마음은 없습니다."

이 태산파 도인은 천을天乙이라는 사람으로, 천문 진인, 천송 도장과 항렬이 같았다. 천을 도인이 쌀쌀하게 물었다.

"네가 쓴 것이 무슨 검법이냐?"

"화산파의 선배께서 전수해주신 검법입니다."

천을 도인은 코웃음을 쳤다.

"허튼소리! 어디서 요사한 작자에게 배웠겠지. 받아라!"

그의 검이 다짜고짜 영호충의 가슴으로 날아들었다. 검에서 찬란한 빛이 쏟아지고 웅웅거리는 소리가 났다. 단 일검이었지만 가슴 쪽의 단중혈을 비롯해 신장혈神藏穴, 영허혈靈墟穴, 신봉혈神封穴, 보랑혈步廊穴, 유문혈幽門穴, 통곡혈通谷穴 등 일곱 군데의 대혈大穴을 모두 노리고 있었기 때문에 어디를 어떻게 피하든 반드시 한 곳은 찔리는 수밖에 없었다. 이것이 바로 '칠성낙장공七星落長空'이라는 태산파의 절초였다.

이 초식을 피하려면 뛰어난 경공에 의지해 즉시 한 장 밖으로 물러나야만 했다. 특히 반응 속도가 매우 중요해, 상대의 초식이 칠성낙장공이라는 것을 알아보고 초식이 펼쳐지는 순간 주저 말고 날아올라야만 가슴을 꿰뚫리는 화를 피할 수 있었다. 그뿐 아니라, 물러난 뒤에도 이어지는 매서운 공격을 막아내야 했는데, 잇달아 펼쳐지는 초식 세 개는 서로 보완하며 더욱 강해지기 때문에 막아내기가 무척 어려웠다.

천을 도인은 영호충의 날카로운 검법을 상대하기 위해 제일 먼저 이 절초를 펼친 것이었다. 태산파의 고인이 이 초식을 창안한 이래, 누군가와 싸울 때 이 초식을 제1초로 사용한 적은 여태껏 단 한 번도 없었다.

영호충은 황급히 사과애의 동굴 벽화를 떠올렸다. 당시 전백광을 물리치기 위해 시험 삼아 오악검파의 초식을 써보았으나 제대로 익히지 않아 승리를 거두지는 못했다. 그러나 동굴 벽에서 본 초식의 흐름이나 그 초식을 깨뜨리는 방법만큼은 확실하게 머리에 새겨져 있었다. 그러는 동안 으스스한 검기가 피부에 닿자 더는 생각할 틈이 없어 천을 도인의 아랫배를 향해 잽싸게 검을 들어올렸다.

동굴 벽에 그려져 있는 바로 그 파해법이었다. 마교의 장로가 이 초식을 깨뜨리기 위해 사용한 이 방식은 언뜻 보기에는 적과 동귀어진同歸於盡하는 것 같았지만 실상은 그렇지 않았다. 태산파의 칠성낙장공은 두 단계로 나눌 수 있는데, 첫 번째는 검기로 적의 가슴 쪽 요혈 일곱 군데를 덮어 적을 혼란에 빠뜨리는 것이고, 두 번째는 검법으로 그중 한 곳을 찌르는 것이었다. 검기가 노리는 곳은 일곱 군데지만, 적을 죽음으로 몰아가는 것은 결국 혈도를 찌르는 검이었다. 검이 어느 곳을 찌르든 적을 무찌르고 승리를 거머쥘 수 있으니 구태여 혈도 일곱 곳을 모두 찌를 필요가 없었고, 그럴 수도 없었다. 말하자면 첫 단계는 두 번째 단계를 성공하기 위한 초석이었다.

초식을 이렇게 두 단계로 나눈 것이야말로 이 초식을 강력하게 만드는 비결이었으나, 사과애에 갇힌 마교의 장로는 이 초식을 분석하고 또 분석해 결국 이 비결에서 약점을 찾아냈다. 첫 번째 단계가 끝나는 순간 번개같이 적의 아랫배를 찔러 초식을 중단시키는 바로 그것이었다.

과연 천을 도인은 영호충의 오묘한 공격에 초식을 계속 진행하지 못하고 하얗게 질린 얼굴로 비명을 질렀다. 곧 검이 자신의 배를 관통할 것이라 생각한 그는 너무나 놀란 나머지 착각에 빠져 자신이 이미 죽은 줄 알고 그 자리에서 까무러치고 말았다. 사실 영호충은 검이 그의 배에 닿는 순간 재빨리 멈췄지만, 천을은 그 무시무시한 초식의 결과를 예측하고 제풀에 놀라 기절한 것이었다. 그의 무공이 이 초식의 무서움을 깨우치지 못할 만큼 약했더라면 도리어 무사했을지도 모를 일이었다.

천을 도인이 쓰러지자 태산파 제자들은 그가 영호충의 손에 해를 입은 줄 알고 영호충을 향해 삿대질을 해댔다. 그 가운데 젊은 도사 다섯 명은 숫제 검을 뽑아 덤비기까지 했다. 그들은 모두 천을 도인의 문하 제자였고, 사부의 복수를 하겠다는 일념으로 폭풍우가 몰아치듯 사정없이 검을 휘둘렀다. 그러나 영호충이 검을 휙휙 내질러 그들의 손목을 때리자 다섯 자루의 검은 쨍그랑 소리를 내며 바닥에 떨어지고 말았다. 젊은 도사들은 깜짝 놀라 물러났다. 그때, 천을 도인이 부들부들 떨며 일어나 외쳤다.

"내가 죽었구나! 검에 찔려 죽었어!"

제자들은 몸이 멀쩡해 보이는 사부가 이상한 말을 하자 흠칫 놀랐다. 천을 도인은 똑같은 말을 몇 번 외치더니 휘청거리며 다시 쓰러졌다. 제자 두 명이 달려가 그를 부축하고 낭패한 꼴로 물러났다.

영호충이 태산파의 고수인 천을 도인을 단 1초 만에 패퇴시키자 정자를 에워싼 군웅들의 안색이 싹 변했다.

그때 상문천은 또 다른 사람들과 싸우고 있었다. 검을 쓰는 남자 두 명은 형산파 사람으로 쌍검을 신속하게 놀리며 상문천의 빈틈을 노렸다. 또 다른 한 사람은 왼손에 방패를, 오른손에 칼을 든 마교 사람으로, 방패로 몸을 보호하면서 지당도법地堂刀法을 펼쳐 상문천의 하반신을 공격했다. 상문천의 쇠사슬이 연신 방패를 두들겼지만 마교 사람은 다치기는커녕 방패 뒤에 숨어서 불쑥불쑥 칼을 내밀어 날카롭게 반격했다.

'저자는 방패로 몸을 단단히 숨기고 있지만, 칼을 찌를 때는 허점이 있군. 그 틈을 타서 팔을 잘라버리면 되겠어.'

그때 뒤에서 누군가 걸걸하게 외쳤다.

"네 이놈, 네놈이 죽고 싶은 게로구나?"

울리는 목소리는 아니었지만 거리가 가까워 마치 귀를 때리는 듯 크게 들려왔다. 영호충이 화들짝 놀라 돌아보니 누군가 바로 앞에 우뚝 서 있었다. 거리가 어찌나 가까운지 아차하면 서로 코가 닿을 것 같아 황급히 물러나려는데, 어느새 그 사람이 두 손으로 그의 가슴을 누르며 차갑게 내뱉었다.

"내가 내공을 발산하면 네놈의 뼈가 모조리 부서질 것이다."

영호충도 그 말이 사실이라는 것을 알고 그 자리에 얼어붙었다. 너무 놀라 심장마저 멈춘 것 같았다. 그 사람은 두 눈으로 영호충을 뚫어져라 응시했다. 거리가 너무 가까워 어떻게 생긴 사람인지 확실히 볼 수는 없었지만, 두 눈에 이글거리는 불꽃은 그 무엇보다 위압적이었다.

'결국 이 사람 손에 죽는구나.'

마침내 삶이 끝난다고 생각하니 오히려 마음이 편안했다.

처음에는 놀란 토끼 눈이던 영호충이 별안간 태연자약한 표정을 짓자 그 사람은 다소 당황한 얼굴이었다. 죽음 앞에서 두려움을 벗어던진다는 것은 무림의 일류고수들도 쉽사리 얻을 수 없는 기백이었다. 그런 기백을 마주하자 그 사람은 탄복한 듯이 껄껄 웃었다.

"기습으로 네놈의 요혈을 제압했으니 이대로 죽여도 승복하지 않겠구나!"

그는 이렇게 말하며 두 손을 거두고 뒤로 물러났다.

영호충은 그제야 작고 뚱뚱한 그의 몸과 누런 얼굴을 볼 수 있었다. 대략 쉰 살쯤 된 남자로, 작지만 두툼한 손을 하나는 위로, 하나는 아래로 내밀어 숭양수嵩陽手 자세를 취하고 있었다. 영호충은 빙그레 웃으며 말했다.

"숭산파 선배님이셨군요. 살려주셔서 감사합니다. 선배님의 존성대명을 여쭤도 되겠습니까?"

"나는 효감孝感(중국 호북성 중부에 있는 도시) 출신 악후樂厚다."

그는 이렇게 말하고는 잠시 생각하다가 덧붙였다.

"확실히 네 검법은 고명하다만, 적을 맞아 싸운 경험이 많이 부족하구나."

"부끄럽습니다. 대음양수大陰陽手 악 사백의 빠른 솜씨에 탄복했습니다."

악후는 고개를 저었다.

"사백이라는 말은 빼거라!"

이 말과 함께 그가 왼손을 치켜들며 오른손으로 장법을 펼쳤다. 악후는 숭산파 장문인 좌냉선의 다섯 번째 사제로, 생김새는 볼품없었지만 무공을 펼치자 태산같이 웅장한 기운이 넘쳐 자못 위엄이 있어 보였다. 그에게서 빈틈을 전혀 찾아내지 못한 영호충이 찬탄을 터뜨렸다.

"훌륭한 장법입니다!"

그가 검을 비스듬히 내질렀지만, 공격보다는 수비를 위한 움직임이었으므로 허초에 가까웠다. 악후는 어느 곳을 때리든 결국 영호충의 검 앞에 손을 가져다주는 형국이라는 것을 알아차리고 재빨리 장법을 거뒀다.

"훌륭하구나!"

"무례를 용서하십시오!"

"조심하거라!"

악후가 일갈하며 쌍장을 내밀자 강맹한 장풍이 쏟아졌다.

'큰일이군!'

영호충은 깜짝 놀랐다. 악후와의 거리가 꽤 떨어져 있어 장력으로 공격해오면 검으로는 막을 수 없기 때문이었다. 피하기 위해 몸을 움직이는데, 서늘한 한기가 엄습해 저도 모르게 몸이 부르르 떨렸다. 악후는 한 손으로는 음기陰氣를, 다른 한 손으로는 양기陽氣를 쏟아냈는데, 먼저 펼친 것은 양기가 실린 장력이었지만 영호충의 몸에 먼저 와닿은 쪽은 음기가 실린 장력이었다. 서늘한 기운을 맞고 멈칫하는 사이 뜨거운 장풍이 질식할 것처럼 덮쳐오자 영호충은 몸을 휘청거렸다.

음양쌍장을 맞으면 요행을 바랄 수 없는 것이 보통이지만, 영호충은 달랐다. 내공은 잃었지만 그의 몸속은 도곡육선의 진기와 불계 화상의 진기, 그리고 소림사에서 요양하는 동안 얻은 방생 대사의 진기로 충만했다. 음양쌍장을 몸에 맞자 그 진기들이 자연스레 보호반응을 일으켜 심맥과 내장을 감쌌기 때문에 큰 피해는 입지 않은 것이었다. 하지만 충격이 워낙 커서 몸을 가누기가 힘들고 지독한 통증이 찾아왔다. 그는 악후가 재차 공격해올까 두려워, 통증을 무시하며 재빨리 검을 들고 정자에서 뛰쳐나갔다.

악후는 쌍장을 맞은 영호충이 운 좋게 목숨을 건진다 해도 최소한 중상을 입고 쓰러지리라 생각했다. 하지만, 뜻밖에도 영호충은 멀쩡하게 검을 휘두르며 달려오고 있었다. 번뜩이는 검광이 날아들자 그는 놀란 와중에도 양손을 모아 영호충의 얼굴과 배를 노리고 장력을 쏟아냈다.

그러나 바로 그 순간, 날카롭게 찌르는 통증이 손바닥에서부터 심장까지 찌르르 흘러들었다. 겹친 두 손바닥이 어느새 날아든 검에 꿰뚫린 것이었다. 영호충이 팔을 움직여 검을 찌른 것인지, 아니면 그 스스로 검 앞에 손을 갖다 바친 것인지 도무지 갈피가 잡히지 않았다.

영호충의 검은 왼손을 뚫고 들어와 손등으로 다섯 치가량 튀어나와 있었다. 조금만 더 힘을 주었더라면 가슴까지 꿰뚫었을 테지만, 앞서 한 번 놓아준 은혜 때문인지 영호충은 두 손만 찌른 뒤 검을 멈췄다. 악후는 괴성을 지르며 검에서 손을 빼내고 뒤로 물러섰다.

영호충은 미안한 얼굴로 허리를 숙였다.

"죄송합니다!"

그가 사용한 것은 독고구검 파장식의 절초로, 풍청양이 은거한 뒤로는 그 누구도 펼쳐 보인 적이 없는 초식이었다.

별안간 뒤에서 우당탕 쾅쾅 하는 굉음이 들려왔다. 일고여덟 명이나 되는 장한들이 상문천을 둘러싸고 일제히 공격을 퍼붓고 있었는데, 그중 두 명이 펼친 장력이 기둥을 부러뜨리는 바람에 요란한 소리와 함께 지붕의 기와며 서까래가 우수수 떨어져내린 것이었다. 그러나 모두들 싸움에만 몰두해 머리 위로 기와 조각이 떨어져도 아랑곳

하지 않았다.

영호충이 정자 쪽에 정신이 팔린 사이 악후가 거리를 좁혀오며 일장을 내질렀다. 장력을 가슴에 맞은 영호충은 뒤로 벌렁 쓰러지며 검을 놓쳤고, 등이 채 바닥에 닿기 전에 어디서 나타났는지 예닐곱 명이 달려들어 일제히 무기를 내리쳤다.

영호충은 피식 웃었다.

"손 안 쓰고 코를 푸시겠다?"

그때 쇠사슬이 휭 날아들어 그를 휘감았고, 그의 몸은 구름을 탄 듯 두둥실 날아올랐다.

영호충을 구해준 사람은 마교의 고수 상문천이었다. 상문천은 마교와 정파 사람들에게 포위되어 위기에 처했을 때 세상 두려운 줄 모르는 젊은이가 나타나 적을 물리쳐주자 크게 감격했다. 그 젊은이는 검법은 훌륭해도 내공이 형편없어 강적을 만나면 위험에 처하기 십상이라 싸우는 동안에도 이따금씩 그의 상황을 살피곤 했는데, 마침 그가 적의 손에 쓰러지자 쇠사슬로 그를 휘감아 달아나기 시작한 것이었다. 상문천이 경공을 펼치자 두 사람은 마치 질주하는 말에 올라탄 듯 눈 깜짝할 사이 몇 장 밖으로 벗어났다.

수십 명의 적들이 뒤를 쫓았고 우렁찬 외침 소리가 귀를 때렸다.

"상문천이 도망친다, 붙잡아라!"

대로한 상문천이 홱 몸을 돌렸고, 쫓아오던 사람들은 화들짝 놀라 우뚝 멈춰섰다. 그중 하반신이 약한 한 사람이 급작스럽게 멈추지 못해 몸이 휘청휘청 앞으로 쏠렸다. 상문천이 왼발로 힘껏 걷어차자, 그 사람은 빙글빙글 돌며 날아가 땅에 나뒹굴었다. 쫓는 사람들은 여전히 많았지만 그 광경을 보자 함부로 가까이 다가오지 못했다. 상문천은 다시 질풍처럼 내달리며 속으로 중얼거렸다.

'이 청년은 나와 일면식도 없는 사이인데 나를 위해 목숨을 버리려고 했다. 세상에서 이런 친구를 만나기는 쉽지 않은 일이지. 그나저나 거머리처럼 달라붙는 쓰레기 같은 놈들을 어떻게 따돌린다?'

곰곰이 생각해보니 적당한 방법이 떠올랐다.

'그렇지, 그곳이면 되겠구나!'

그러나 걱정스러운 부분이 있었다.

'하지만 거리가 너무 멀군. 그곳까지 갈 여력이 있을까? 어쩔 수 없지, 해보는 수밖에. 내가 힘들면 저놈들도 똑같이 힘들 테지!'

그는 해를 올려다보며 방향을 가늠한 다음, 보리밭을 가로질러 동북쪽으로 달리기 시작했다. 10여 리쯤 달려 큰길로 들어서는데, 갑자기 옆길에서 말 세 필이 불쑥 튀어나왔다. 아슬아슬하게 멈춰 피하자 기수들이 마구 욕을 퍼부었다.

"이놈아, 눈깔을 어디다 붙이고 다니는 것이냐!"

상문천은 진기를 끌어올려 그들을 바짝 쫓아간 뒤, 몸을 휙 솟구치며 비각으로 기수를 걷어차고 말 등에 올라탔다. 그런 다음 영호충을 안장 위에 내려놓고 쇠사슬을 휘둘러 나머지 말에 탄 두 사람에게 내리쳤다. 그들은 뼈가 부러져 바닥에 나뒹굴었다. 옷차림으로 보아 세 사람 다 무림인이 아닌 평범한 백성들이었는데, 운 나쁘게도 상문천을 만나 억울하게 목숨을 잃고 만 것이다. 영호충은 무고한 사람들을 함부로 죽이는 그를 보며 속으로만 한숨을 쉬었다.

기수가 사라졌는데도 말들이 계속 앞으로 내닫자 상문천은 쇠사슬을 휘둘러 달리는 말의 고삐를 잡아챘다. 쇠사슬을 쓰는 품이 너무나 자연스러워 마치 기다란 팔이 달린 것 같았다.

말 세 필을 빼앗은 상문천은 기분이 좋은지 고개를 젖히고 껄껄 웃었다.

"형제, 이제 그놈들이 쫓아오지 못할 걸세."

영호충은 미소를 지으며 대답했다.

"오늘은 그렇지만 내일이면 또 쫓아올 겁니다."

"제기랄, 올 테면 오라지! 우리 둘이서 오는 족족 죽여버리면 그만인 것을!"

상문천은 말 세 필을 번갈아 타며 큰길을 따라 달렸다. 얼마쯤 가니 산길로 접어들었고 경사가 점점 가팔라져 더 이상 말을 타고 갈 수 없게 되었다. 상문천은 말을 세우고 영호충에게 물었다.

"배가 고픈가?"

영호충이 고개를 끄덕였다.

"조금 고픕니다. 혹시 건량을 가지고 계십니까?"

"건량은 무슨! 말 피나 마시세!"

그가 말에서 훌쩍 뛰어내려 오른손으로 말의 목을 움켜쥐자, 구멍이 뻥 뚫리고 새빨간 피가 솟구쳤다. 상문천은 그 구멍에 입을 가져가 피를 꿀꺽꿀꺽 마시고는 영호충에게 권했다.

"자네도 마시게!"

영호충은 경악스러운 광경에 입을 떡 벌렸다. 상문천이 그런 그를 보며 말했다.

"이렇게라도 해야 기운이 나서 또 싸우지 않겠나?"

"또 싸워야 합니까?"

"두려운가?"

그 질문에 영호충은 오기가 치솟아 큰 소리로 웃음을 터뜨렸다.

"지금 두렵냐고 물으셨습니까?"

그렇게 되묻고 나서 말 목에 입을 댔더니 금세 피가 입안을 가득 채웠다. 그는 망설임 없이 피를 삼켰다. 처음에는 피비린내가 진동해 괴로웠지만, 몇 모금 삼켜보니 역한 냄새도 익숙해졌다. 그는 배부를 때까지 피를 마신 다음 입을 뗐다. 상문천이 또다시 피를 빨자 얼마 지나지 않아 말이 구슬피 울부짖으며 픽 쓰러졌다. 상문천이 발을 휘둘러 말을 골짜기 쪽으로 걷어찼다. 적어도 800근은 나감직한 커다란 동물을 발길질 한 번에 멀리 날려버렸으니 영호충도 깜짝 놀랄 수밖에 없었다. 상문천은 두 번째 말도 걷어차 떨어뜨리고는 돌아서서 세 번째 말의 뒷다리 두 개를 싹둑 잘랐다. 말이 고통에 찬 목소리로 천지가 떠나갈 듯 울부짖었다. 상문천이 발을 휘두르자 그 말 역시 힘없이 개울로 굴러떨어졌지만, 울부짖음은 계속 이어졌다.

상문천이 말했다.

"이 다리를 하나 들게! 아껴 먹으면 열흘은 견딜 걸세."

그제야 상문천이 말 다리를 자른 까닭을 깨달은 영호충은 그가 천성적으로 잔인한 성품을 가진 것은 아니라는 데 안도하며 시키는 대로 말 다리 하나를 주워들었다. 상문천도 다른 쪽 말 다리를 들고 산등성이를 올라갔고, 영호충은 그 뒤를 따랐다. 상문천은 느릿느릿 걸었지만, 내공이 없는 영호충은 채 반 리도 못 가 얼굴이 파랗게 질리며 헐떡였다. 그가 한참 뒤처지자 상문천은 별수 없이 걸음을 멈추고 기다려주었다. 그러나 다시 1리 정도 가자, 영호충은 더 이상 걸을 수가 없어 길옆에 털썩 앉아 숨을 골랐다.

상문천이 그런 그를 향해 말했다.

"형제는 참 이상하구먼. 내공이 그 모양인데 악후 놈의 대음양수를 두 번이나 맞고도 멀쩡하다니, 대체 어찌 된 일인가?"

영호충은 쓴웃음을 지었다.

"멀쩡할 리가 있겠습니까? 오장육부가 네 번은 뒤집히고 내상도 수십 번은 입었습니다. 여태 어떻게 살아 있는지 저도 모르겠습니다. 이대로라면 언제 쓰러져 죽어도 이상할 게 없지요."

"그렇다면 좀 더 쉬세나."

영호충은 자기 목숨은 얼마 남지 않았으니 적들이 쫓아오기 전에 먼저 떠나라고 말하고 싶었지만, 호방한 상문천이 그를 버리고 혼자 달아날 것 같지 않아 입을 다물었다.

상문천은 길가 바위에 앉아 그에게 물었다.

"형제, 자네는 어쩌다 내공을 모두 잃었나?"

"아주 우스운 이야기지요."

영호충은 빙긋 웃으며 우연히 상처를 입은 일과 도곡육선이 그를 치료한 일, 불계 화상이 나타나 또다시 진기를 주입한 일들을 간략하게 이야기해주었다. 듣고 난 상문천은 골짜기가 쩌렁쩌렁 울리도록 웃었다.

"하하하하! 그렇게 괴상한 이야기는 내 평생 처음 듣는군!"

그의 웃음소리가 그치기도 전에 멀리서 누군가 외쳤다.

"상문천! 이제 달아날 곳도 없으니 순순히 투항해라!"

"우습구먼, 아주 우스워! 그 도곡육선과 불계 화상이라는 자는 천하에서 제일가는 멍청이일세."

상문천은 아랑곳하지 않고 말을 마친 다음에야 눈살을 찌푸리며 투덜거렸다.

"빌어먹을, 쓰레기 같은 놈들이 또 쫓아왔군."

그는 영호충을 번쩍 안아들고는, 말 다리는 버려둔 채 진기를 끌어올려 달리기 시작했다. 달리는 속도가 무척 빨라 마치 구름을 타고 나는 기분이었는데, 얼마 지나지 않아 짙은 안개가 덮쳐 정말로 구름 속에 들어온 양 주변이 부옇게 흐려졌다.

'잘됐다! 수백 명이 동시에 산을 오를 수는 없으니 안개 속에서 한 명씩 쓰러뜨리면 우리 두 사람으로도 충분하겠군.'

영호충은 이렇게 생각하며 추격자의 소리에 귀를 기울였다. 호통 소리가 점점 가까워지는 것으로 보아 쫓아오는 사람들도 제법 경공이 뛰어난 것 같았다. 상문천에 비할 정도는 아니었으나 상문천은 그를 안고 달리느라 시간이 갈수록 힘이 빠져 거리는 점점 좁혀졌다. 상문천도 이를 깨닫고 재빨리 산모퉁이를 돌아 영호충을 내려놓으며 속삭였다.

"조용히 있게."

바위에 바짝 기대 몸을 숨기자, 이내 다급한 발소리와 함께 두 명의 추격자가 나타났다.

그들은 급히 달리느라 안개 속에 숨은 상문천과 영호충을 발견하지 못했다. 두 사람이 숨은 바위 옆을 지나칠 때에야 겨우 눈치를 챘으나, 걸음을 멈추기도 전에 상문천이 내지른 쌍장을 맞아 찍소리도 내지 못하고 골짜기 밑으로 굴러떨어졌다. 한참 후 풍덩풍덩 하고 두 사람이 개울에 빠지는 소리가 들려왔다.

'왜 떨어지는 동안 비명을 지르지 않았지? 아아, 알겠다. 장력에 맞자마자 숨이 끊어져 비명을 지를 수가 없었구나.'

상문천이 씨익 웃으며 말했다.

"저놈들은 평소 제 무공이 높은 줄 알고 '점창쌍검點蒼雙劍은 검기가 하늘을 찌른다'며 뽐내고 다녔지. 흥, 검기는 무슨, 아주 시궁창 냄새가 하늘을 찌르는군."

'점창쌍검'이라면 뛰어난 검법으로, 흑도의 유명한 인물들을 수없이 죽인 고수였다. 그런 고수를 검 한 번 제대로 휘두르지 못하고 나가떨어지게 만들었으니, 상문천의 무공에 놀라지 않을 수 없었다.

상문천은 다시 영호충을 안아들었다.

"선수협仙愁峽까지는 아직 10리는 더 가야 하네. 그곳에만 이르면 저놈들을 걱정할 필요가 없지."

그는 걸음걸이를 빨리했지만, 또다시 추격자의 발소리가 들렸다. 산길을 따라 동쪽으로 굽이돌아온 이곳에는 산모롱이도, 골짜기도 없어, 바위에 숨었다가 기습하는 방법은 쓸 수가 없었다. 어쩔 수 없이 앞으로만 달려가는데, 뒤에서 핑 하고 암기 날아드는 소리가 들려왔다. 힘찬 파공성으로 보아 제법 묵직한 암기 같았다. 상문천은 영호충을 내려놓고 홱 뒤돌아서서 암기를 낚아챘다.

"하何 가야! 네놈까지 이 더러운 진흙탕에 뛰어들었구나?"

안개 너머로 누군가의 대답이 들려왔다.

"무림에 해를 끼치는 너 같은 놈을 누군들 살려두려 하겠느냐? 자, 하나 더 받아라!"

핑핑핑 하는 파공성이 잇달아 터졌다. 말로는 '하나 더'라고 했지만 실제로 던진 비추飛錐는 일곱 개가 넘었다.

영호충은 암기가 내는 무시무시한 소리에 걱정이 앞섰다.

'풍 태사숙께서 전수하신 검법은 어떤 암기라도 막을 수 있지만, 저 비추에 실린 힘이라면 내공 하나 없는 내가 검으로 때려도 검만 튕겨 나겠군.'

상문천은 마보馬步 자세로 떡하니 버티고 서서 상반신을 앞으로 살짝 숙였다. 잔뜩 긴장한 모습이 군웅들에게 둘러싸여서도 태연하게 술을 마시던 때와는 아주 딴판이었다. 날아온 비추가 소리도 없이 사라지는 것을 보면, 그가 하나씩 받아낸 것이 분명했다. 돌연, 귀를 찢을 듯 커다란 파공성이 울리고 셀 수 없이 많은 비추가 허공을 가르며 날아들었다.

영호충도 이것이 '만천화우滿天花雨'라는 암기 수법임은 알고 있었다. 만천화우는 본디 금전표金錢鏢나 철련자鐵蓮子같이 작고 가느다란 암기를 던질 때 쓰는 수법인데, 어떻게 한 근은 족히 나갈 것 같은 비추를 동시에 수십 개나 던질 수 있는 것일까? 그는 어리둥절했지만, 날카로운 파공성을 듣자마자 반사적으로 바짝 엎드렸다.

"윽!"

상문천이 암기를 맞은 듯 비명을 질렀다. 깜짝 놀란 영호충이 벌떡 일어나 그의 앞을 막아서며 물었다.

"상 선배님, 괜찮으십니까?"

"나… 나는 이제 틀렸네. 자네… 자네라도 어서…."

"죽으려면 같이 죽고 살려면 같이 살아야지요! 절대로 저 혼자 달아나지는 않을 겁니다!"

그 대화를 들었는지 추격자가 큰 소리로 외쳤다.

"상문천이 비추에 맞았다!"

안개 속에서 10여 개의 그림자가 스멀스멀 다가왔다. 바로 그때, 힘찬 바람이 영호충의 오른쪽 옆구리를 스치고 지나갔다. 껄껄거리는 상문천의 웃음소리 속에서 다가오던 10여 명이 픽픽 쓰러졌다. 상문천이 비추에 맞은 척하고 적들을 유인한 뒤, 받아낸 비추 수십 개를 만천화우 수법으로 던져 그들을 쓰러뜨린 것이었다. 안개가 짙어 시야가 흐리기도 했고, 영호충이 당황한 나머지 확인하지도 않고 소리쳤기 때문에 적들도 의심하지 않았던 것이다. 더군다나 상문천이 그 무거운 암기로 만천화우를 펼칠 줄은 누구도 예상하지 못했기 때문에, 경계도 하지 않고 앞으로 나섰던 10여 명은 화를 피하지 못하고 죽거나 부상을 입었다.

상문천은 또다시 영호충을 안고 달리기 시작했다.

"형제, 자네는 정말 의리 있는 대장부일세."

영호충이 처음 나타나 그의 편에 섰을 때만 해도 그는 그저 희한한 젊은이라고만 생각했다. 그런데 중상을 입은 척했을 때 영호충이 함께 죽자고 외치는 순간, 강호에서 가장 귀하게 여기는 '의리'를 뼛속 깊이 느꼈던 것이다.

얼마 지나지 않아 적들이 또 쫓아왔다. 바람을 가르는 소리가 잇달아 울리고 암기가 쉼 없이 날아들었다. 상문천은 뛰어오르거나 몸을 숙여 하나하나 피했지만, 적들이 가까워지자 영호충을 내려놓고 돌아서서 적에게 돌진했다. 챙챙챙 하는 소리가 몇 번 울린 뒤 다시 돌아온 그의 등에는 누군가가 업혀 있었다. 그는 손목을 묶은 쇠사슬로 그자의 양팔을 단단히 감아 등에 매단 후, 영호충을 안아들고 계속 달렸다.

"살아 있는 방패 하나가 생겼네."

상문천이 싱긋 웃으며 말하자 기다렸다는 듯이 등 뒤에서 외침 소리가 들려왔다.

"그만! 멈춰라! 암기를 던지지 마라!"

하지만 추격자들은 아랑곳 않고 계속해서 암기를 던졌다.

"어이쿠!"

등 뒤에 있던 사람이 암기를 맞고 비명을 질렀다. 등에는 사람 방패를 매달고 팔에는 영호충을 안은 상문천은 지치지도 않고 빠른 속도로 달려갔다. 그의 등에 매달린 사람이 마구잡이로 욕을 퍼부었다.

"왕숭고王崇古, 이 의리 없는 놈! 내가 여기 있는 것을… 으악, 수전袖箭이군! 빌어먹을 장부용張芙蓉, 이 음탕한 여우 같으니라고! 이… 이틈에 나를 죽일 작정이냐?"

그러는 동안에도 퍽퍽 하고 암기가 몸에 박히는 소리가 계속해서 들려왔다. 등 뒤에 매달린 사람의 목소리는 점차 잦아들다가 마침내 조용해졌다. 상문천이 씨익 웃으며 말했다.

"살아 있는 방패가 죽은 방패가 되었군."

암기에 맞을 걱정을 던 그는 쏜살같이 달려 산등성이 두 개를 넘었다.

"다 왔네!"

그는 걸음을 멈추고 길게 숨을 내쉬더니 속이 시원한 듯 껄껄 웃었다. 마지막 10리 길은 가파르고 위험천만해 추격자들을 따돌렸는지 확인할 틈도 없었다.

주변을 둘러본 영호충은 흠칫 놀랐다. 만길 낭떠러지 위로 좁다란 돌다리가 놓여 있는데, 보이는 부분은 아홉 자 정도에 불과했고 그 뒤로는 구름과 안개에 가려 끝을 알 수가 없었다. 상문천이 나지막이 속삭였다.

"안개 속에는 사슬 다리뿐일세. 함부로 내디디면 큰일 난다네."

"알겠습니다!"

영호충은 자신 있게 대답했지만 등에서는 식은땀이 흘렀다.

'저 돌다리만 해도 폭이 고작 한 자도 되지 않는 데다 아래는 깊이 모를 낭떠러지니 위험하기 짝이 없어. 그런데 그 뒤쪽은 사슬 다리라니, 내 실력으로는 꿈도 꾸지 말아야겠군.'

상문천은 '죽은 방패'의 손을 풀어주고 그의 허리춤에서 검을 뽑아 영호충에게 건네고는, '죽은 방패'를 앞세워 적이 쫓아오기를 기다렸다.

차 한잔 마실 시간도 못 되어 첫 번째 적의 무리가 당도했다. 정파와 마교 양쪽이 골고루 섞인 무리였다. 한 발짝만 잘못 내디뎌도 목숨을 잃을 무시무시한 낭떠러지를 보자, 그들은 상문천이 배수진을 쳤다는 것을 깨닫고 가까이 다가올 엄두를 내지 못했다. 곧이어 다른 갈래의 적들이 속속 도착했지만, 하나같이 대여섯 장 밖에 서서 큰 소리로 욕을 하며 비표며 비황석이며 수전 같은 암기만 던질 뿐이었다. 상문천과 영호충이 '방패' 뒤에 몸을 숨긴 덕에 암기들은 하릴없이 방패만 두드려댔다.

그때 우렁찬 외침 소리가 산골짜기를 쩌렁쩌렁 울리더니, 우람한 몸집의 두타가 쇠로 만든 선장禪杖을 휘두르며 달려와 여든 근은 족히 될법한 쇳덩이로 상문천을 내리쳤다. 상문천은 고개를 숙여 피한 뒤 쇠사슬을 휘둘러 두타의 다리를 때렸다. 두타는 힘이 엄청나서 한 번 휘두른 선장을 거두기가 쉽지 않았기 때문에 펄쩍 뛰어 피하는 수밖에 없었다. 그러나 상문천의 쇠사슬은 재빨리 방향을 틀어 달아나는 두타의 오른발 발목을 휘감았다. 그가 뒤로 물러나는 두타의 힘을 역이용해 쇠사슬을 앞으로 슬쩍 밀자, 두타는 균형을 잡지 못하고 벌러덩 나동그라지며 곧장 낭떠러지로 곤두박질쳤다.

상문천이 손목을 살짝 털자 쇠사슬은 마치 살아 있는 것처럼 발목에서 풀려났고, 두타의 참혹한 비명만이 끝을 알 수 없는 낭떠러지 아래로 메아리쳤다. 보던 사람들은 모골이 송연해져, 상문천이 자기도 낭떠러지로 밀어버릴까 두려운 듯이 슬금슬금 뒷걸음질쳤다.

한동안 눈치 보기가 이어지다가 이윽고 두 사람이 앞으로 나섰다. 한 사람은 쌍극을 든 무림인이었고 다른 한 사람은 월아산을 든 승려였다. 두 사람은 나란히 서서 쌍극으로는 아래위로 상문천의 얼굴과 배를 노리고, 월아산으로는 왼쪽 옆구리를 노렸다. 묵직하고 웅후한 내력이 실린 무기들이라 보기만 해도 위력을 짐작할 수 있었다. 그들 두 사람은 지형을 잘 살펴, 상문천이 쇠사슬로 막을 수밖에 없도록 막다른 곳으로 몰아붙였다. 예상대로 상문천이 쇠사슬을 휘두르자 땡땡거리는 소리와 함께 쌍극과 월아산이 단단히 가로막았다. 무기가 서로 부딪칠 때마다 불꽃이 팟팟 튀었다. 이는 상문천이 꾀를 부릴 틈을 주지 않는 정공법이었다. 맞은편에 모인 추격자들 사이에서 박수갈채가 터져나왔다.

두 사람의 무기는 쇠사슬에 밀려 물러났다가 곧 다시 공격해왔다. 땡땡땡 하고 네 무기가 한 번 더 충돌했다. 그 충격에 승려와 남자는 휘청거렸지만 상문천은 작은 흔들림조차 없었다. 그는 적이 기운을 가다듬기 전에 대갈을 터뜨리며 쇠사슬을 힘껏 휘둘렀다. 두 사람이 무기를 들어 막자 또다시 땡땡땡 하는 소리가 시끄럽게 울렸다. 승려는 비명을 지르며 월아산을 내던지고 왈칵 피를 토했고, 홀로 남은 남자는 쌍극을 높이 들어 상문천을 찔렀다. 상문천은 막을 생각도 하지 않고 가슴을 쭉 펴고 껄껄 웃기만 했다. 아니나 다를까, 쌍극은 그의 가슴을 찌르기 직전에 별안간 맥없이 아래로 떨어지고, 남자 역시 쌍극과 함께 바닥에 쓰러져 축 늘어졌다. 두 사람 모두 상문천의 강력한 내력을 이기지 못해 그 자리에서 심맥이 끊겨 죽은 것이었다.

이 광경을 본 추격자들은 사색이 되어 아무도 나서서 싸우려 하지 않았다.

상문천이 영호충에게 말했다.

"형제, 저놈들 때문에 힘을 많이 썼으니 앉아서 좀 쉬세나."

그는 바닥에 주저앉아 모여든 추격자들에게는 눈길 한 번 주지 않고 하늘을 올려다보았다.

이 방약무인한 태도에 누군가 엄한 목소리로 외쳤다.

"대담하기 짝이 없구나! 사악한 요마가 어찌 천하의 영웅들을 이리 멸시한단 말이냐!"

도사 네 명이 상문천에게 다가와 일제히 검을 내밀었다.

"일어나서 검을 받아라!"

상문천이 차갑게 대꾸했다.

"이 몸이 아미파에 무슨 죄를 지었던가?"

왼쪽 끝에 있는 도사가 말했다.

"사마외도가 강호를 어지럽히니, 정의를 위해 해악을 제거하는 것은 도를 닦는 사람이 마땅히 해야 할 의무다."

상문천은 껄껄 웃었다.

"해악을 제거하는 것이 마땅한 의무라! 너희 뒤에 선 무리 중에도 반은 마교의 사람인데 어째서 그 해악은 내버려두는 것이냐?"

도사는 당당하게 대답했다.

"큰 해악부터 제거하는 것이 순서다!"

상문천은 여전히 앉은 채로 하늘에 둥둥 떠가는 구름을 바라보며 태연하게 고개를 끄덕였다.

"음, 그런 순서가 있었군. 하긴, 그래야지!"

말이 끝나기 무섭게 그의 몸이 훌쩍 뛰어올랐고, 손목에 감긴 쇠사슬은 마치 연못 깊숙이 숨어 있던 교룡蛟龍(뱀과 비슷한 몸에 비늘과 사지가 있고, 머리에 흰 혹이 있는 상상 속 동물)처럼 도사들을 쓸어갔다. 예상하지 못한 기습이었지만 제법 솜씨가 있는 고수들이라 창졸간에도 반응이 빨랐다. 세 사람이 재빨리 검을 내려 쇠사슬을 막는 사이 제일 오른쪽에 있던 도사가 상문천의 목을 노리고 검을 찔렀다. 검 세 자루는 쇠사슬에 맞아 맥없이 구부러졌고, 상문천은 고개를 젖혀 날아드는 검을 피했다. 그 도사는 바람처럼 빠른 속도로 세 번 연달아 검을 찔러 상문천이 반격할 틈을 주지 않았다.

그사이 나머지 세 명은 뒤로 물러나 검을 바꾸고 다시 덤벼들었다.

검 네 자루는 서로의 빈틈을 메우며 마치 조그마한 검진劍陣처럼 흩어졌다 모였다를 반복하면서 어지러이 춤을 추었다.

잠시 지켜보던 영호충은, 양손이 묶여 쇠사슬을 휘두를 때마다 두 손을 모두 써야 하는 상문천은 한 손으로 무기를 휘두를 때보다는 움직임이 더뎠기 때문에 싸움이 길어질수록 불리하다는 것을 알아차렸다. 그는 상문천을 돕기 위해 오른쪽에 서서 한 도사의 옆구리를 향해 힘껏 검을 찔렀다. 검이 기괴한 방향으로 찔러오자 도사는 어떻게 피해야 할지 몰라 허둥거리다가 퍽 하고 옆구리에 검을 맞았다. 그 순간 영호충은 퍼뜩 정신이 들었다.

'아미파는 수련을 중요하게 여겨 강호의 분쟁에는 거의 나서지 않기 때문에 깨끗한 명성을 얻고 있어. 상 선배님을 돕기는 해도 아미파 도사의 목숨을 해쳐서는 안 되지.'

그는 검이 깊이 찔러들어가기 전에 재빨리 멈췄다. 억지로 멈추는 바람에 그의 초식이 흐트러지자, 도사는 고통스러워하면서도 이를 악물고 그의 검을 팔과 옆구리 사이에 꽉 끼웠다.

영호충의 검이 도사에게 붙잡혀 꼼짝 못하게 된 틈을 타서 옆에 있던 중년 도사의 검이 날아들어 영호충의 검을 때렸다. 영호충은 손아귀가 찢어지는 듯 아파 검을 놓칠 뻔했지만, 무기를 잃는 순간 폐인이나 다름없다는 것을 알기에 갖은 애를 써서 꽉 붙잡았다. 충격을 받은 검이 부르르 떨리자 마치 심장까지 뒤흔들리는 것 같았다. 그의 검을 맞은 도사는 본래도 상처가 무거웠는데, 빠져나가려는 영호충의 검을 붙잡느라 더욱 깊이 찔려 뼈가 훤히 드러나고 피가 폭포처럼 쏟아져 더 이상 싸울 수가 없었다.

그때 다른 두 사람은 영호충의 뒤에서 상문천과 격전을 벌이고 있었다. 두 사람의 검법은 무척 정묘했고 서로 손발이 잘 맞아 수비도 튼튼했다.

상문천은 몇 초마다 한 걸음씩 물러나기를 반복하며 안개 속으로 들어갔다. 공격에 정신이 팔려 뒤쫓던 두 도사의 검도 어느새 안개에 반쯤 가렸다. 돌다리 끝에 있던 추격자들 가운데 누군가 큰 소리로 외쳤다.

"조심하시오! 더 들어가면 사슬 다리뿐이오!"

그 말이 끝나기 무섭게 참혹한 비명 소리와 함께 두 도사의 몸이 안개 속으로 쑥 끌려들어갔다. 누가 봐도 스스로 달려든 것이 아니라 상문천에게 끌려간 것이 분명했다. 비명 소리는 낭떠러지 아래로 점점 멀어지다가 이내 사라졌다.

상문천은 껄껄 웃으며 안개 속에서 걸어나왔지만, 쓰러질 듯 비틀거리는 영호충을 발견하고는 금세 웃음기가 싹 가셨다.

영호충이 정자에서 독고구검으로 여러 사람을 물리치는 것을 직접 본 아미파 도사는, 그가 검법으로는 상대할 자가 없는 고수지만 내공은 대단치 않다는 것을 파악해 끊임없이 내공으로만 공격했다. 설령 영호충이 내공을 지니고 있었더라도, 30년간 아미파의 내가심법을 수련한 도사에 비할 정도는 아니었다. 다행스럽게도 그의 몸속에 든 다른 사람의 진기 덕분에 도사의 공격에 상처를 입지는 않았지만, 기혈이 들끓고 현기증이 일어 똑바로 서 있기가 힘들었다. 머리가 어질어질해 정신을 차리지 못하고 있는데, 대추혈로부터 뜨거운 기운이 스며들어와 묵직하게 팔을 내리누르던 힘이 한결 가벼워졌다.

정신을 차려보니 상문천이 도와주고 있었다. 놀랍게도 상문천은 상대의 내공을 끌어당겨 팔에서부터 허리를 거쳐 발끝으로 내려보내 흔적도 없이 사라지게 만들고 있었다.

도사는 아차 싶은 얼굴로 황급히 검을 거두고 뒤로 물러났다.

"흡성요법吸星妖法, 흡성요법이다!"

'흡성요법'이라는 네 글자에 추격자들 중 적지 않은 사람들의 안색이 급변했다.

상문천은 껄껄 웃었다.

"그렇다, 이것이 바로 흡성대법이다! 시험해보고 싶은 사람이 더 있느냐?"

누런 띠를 두른 마교의 장로가 쉰 목소리로 말했다.

"서, 설마 임… 임… 그가 다시…? 당장 돌아가서 교주께 아뢰고 다음 지시를 받아야겠다."

마교 사람들이 일제히 몸을 돌려 사라지자, 추격자의 수는 대번에 반으로 줄었다. 남은 정파 사람들도 수군수군 상의를 하더니 하나둘씩 흩어지기 시작해 마지막에는 겨우 열 사람 정도만 남았다. 그중 한 사람이 낭랑한 목소리로 외쳤다.

"상문천, 영호충! 흡성요법을 쓴 이상 너희는 돌이킬 수 없는 길로 들어섰다! 앞으로 우리는 수단과 방법을 가리지 않고 너희를 상대할 것이다. 너희가 자초한 일이니 후회하지 마라!"

상문천은 시원스레 웃음을 터뜨렸다.

"이 상문천은 스스로 한 일을 후회한 적이 없다. 낯짝 두껍게 수백 명이 몰려와 단 두 사람을 공격하더니, 이제 와서 수단과 방법을 가리지 않겠다고? 하하하, 가소롭구나!"

그의 웃음소리가 산골짜기에 메아리치는 가운데 남은 사람들도 돌아서서 떠나갔다. 상문천은 귀를 기울여 추격자들이 완전히 사라진 것을 확인한 다음 소리 죽여 말했다.

"저 쓰레기 같은 놈들은 분명코 다시 돌아올 걸세. 내게 업히게."

그의 진지한 표정에 영호충은 이것저것 캐묻지 않고 순순히 업혔다. 상문천은 허리를 숙이고 조심조심 낭떠러지로 다가갔다. 영호충은 깜짝 놀랐지만, 상문천은 쇠사슬로 벼랑 끝에 있는 나뭇가지를 휘감고 힘껏 잡아당겨 두 사람의 무게를 견딜 만큼 튼튼한지 확인한 뒤에야 안심하고 아래로 내려가기 시작했다.

쇠사슬을 이용해 허공에 대롱대롱 매달린 상태로 발 디딜 곳을 찾아내자, 그는 손목을 반대로 휘둘러서 나뭇가지를 감았던 쇠사슬을 풀어 아래로 내렸다. 양손을 절벽에 딱 붙이고 몸을 지탱하는 사이 쇠사슬은 발치에 툭 튀어나온 바위를 휘감았고, 두 사람은 다시 쇠사슬에 매달려 아래로 한 장 정도 내려갔다.

깎아지른 듯 미끄러운 곳이나 나무나 튀어나온 돌부리조차 없는 곳이 나오면, 상문천은 위험하게도 절벽에 몸을 붙이고 아래로 쭉 미끄러졌다. 가파른 경사에 가속도가 붙어 순식간에 10여 장이나 미끄러지기 일쑤였지만, 약간이라도 튀어나온 곳이 있으면 신공을 펼쳐 손으로 붙잡거나 발로 딛거나 쇠사슬로 휘감아 속도를 늦추곤 했다.

이 위험천만한 움직임을 지켜보는 영호충은 심장이 튀어나올 것 같았다. 이렇게 계곡 아래로 미끄러지는 것이 조금 전 수많은 적들과 싸우는 것보다 더 위험한 것 같았지만, 평생 겪어보기 힘든 경험이라고 생각하자 마음이 달라졌다. 상문천이라는 기인을 만나지 않았다면 아마 100년이 지나도 이런 경험은 해보지 못했으리라. 그래서인지 상문천이 계곡 바닥에 내려서는 순간에는 오히려 낙심해 계곡이 좀 더 깊었으면 하고 아쉬워했다. 위를 올려다보니 그들이 서 있던 벼랑은 하얀 구름에 뒤덮여 돌다리의 그림자만 가물가물하게 보일 뿐이었다.

"선배님…."

영호충이 입을 열자 상문천이 재빨리 그의 입을 막으며 손가락으로 위를 가리켰다. 영호충이 흠칫하며 고개를 들어보니 과연 추격자들이 돌아와 있었다. 거리가 너무 멀어 누가 왔는지는 전혀 알 수 없었다.

상문천은 그의 입을 막은 손을 치우고 절벽에 귀를 바짝 붙여 동정을 살피다가, 한참 후에야 싱긋 웃으며 말했다.

"빌어먹을 놈들! 몇 놈은 지키고 서 있고 몇 놈은 수색 중이군."

그는 고개를 돌려 영호충을 쳐다보았다.

"자네는 명문정파의 제자고 나는 방문좌도니 엄밀히 말하자면 서로 죽이지 못해 안달하는 적이 아닌가? 그런데 어째서 정파 친구들과 척을 지면서까지 내 목숨을 구해주었나?"

"우연히 선배님과 협력해 정파와 마교의 무리들과 한바탕 싸움을 벌였을 뿐인데, 죽지 않고 살아났으니 정말 운이 좋은 모양입니다. 그러니 제가 선배님을 구했다는 말은… 쿨럭쿨럭… 그런 말… 쿨럭…."

"그런 말은 헛소리다, 이 말 아닌가?"

상문천이 대신 말하자 영호충은 고개를 저었다.

"어찌 감히 선배님의 말씀을 헛소리라고 할 수 있겠습니까? 하지만 제가 선배님의 목숨을 구했다는 말씀은 사실이 아닙니다."

"이 상문천은 한 번 뱉은 말을 주워담은 적이 없네. 내가 목숨을 구했다고 하면 구한 것이야."

영호충은 항변하지 않고 빙긋 웃었다.

"방금 저 쓰레기 같은 놈들이 '흡성요법'이니 뭐니 하며 까무러칠 듯 놀라는 것을 보았겠지. 자네는 그 흡성요법이 무엇인지 들어보았나? 저놈들이 왜 저렇게 벌벌 떠는지 아는가?"

"선배님께 가르침을 청할 뿐입니다."

상문천은 눈을 찡그렸다.

"선배니 가르침이니 하는 소리는 집어치우게. 거슬려서 들을 수가 있어야지. 그냥 시원하게 형님이라 부르게나. 나도 자네를 형제라 부르겠네."

"제가 어찌 감히…."

"오호라, 입이 더러워질까 봐 마교 사람에게는 형님이라 부르지 못하겠다 이건가? 자네는 내 목숨을 구했지만, 이 목숨이 붙어 있느냐 마느냐는 중요한 일이 아닐세. 그보다는 나를 어떻게 생각하느냐가 중요하지. 자네라 해도 이 상문천을 깔보면 결코 가만두지 않을 걸세."

상문천의 목소리는 나지막했지만 얼굴에는 노기가 잔뜩 묻어 있었다.

"화를 푸십시오. 형님께서 이렇게까지 말씀하시니 분부를 따르겠습니다."

영호충은 웃으며 말하고는 속으로 중얼거렸다.

'전백광 같은 채화음적과도 친구가 되었는데 상문천과 교분을 맺는 것쯤이야. 이 사람은 내가 제일 좋아하는 호방하고 기개 있는 호남아

가 아닌가?'

그는 망설이지 않고 허리를 숙여 절했다.

"형님, 아우의 절을 받으십시오."

상문천은 몹시 기뻐했다.

"이 세상에 나와 의를 맺은 사람은 자네 한 사람밖에 없네. 꼭 기억하게나."

영호충이 웃는 얼굴로 대답했다.

"과분한 총애십니다."

강호의 관례를 따르자면, 의형제를 맺을 때는 최소한 제단을 쌓고 향을 피워 화복을 함께하겠다고 맹세해야 했지만, 영호충과 상문천은 사소한 예절에 얽매이는 사람들이 아니었기 때문에 함께 싸우고 서로 마음이 통하면 그뿐, 복잡한 허례허식 따위에는 일말의 관심도 없었다.

상문천은 마교 출신이지만, 같은 곳에 몸담은 사람들 중에서는 눈에 차는 인물이 거의 없을 만큼 까다로웠다. 그런데 오늘 처음 만난 이 형제는 무척이나 마음에 들었다.

"술이 없는 것이 애석하군. 그놈의 술을 열 잔은 마셔야 하는데!"

상문천이 말하자 영호충도 고개를 끄덕였다.

"그러게 말입니다. 그러잖아도 목이 깔깔했는데 형님 말씀을 들으니 견딜 수가 없군요."

상문천은 위를 가리키며 말했다.

"저놈들이 아직 멀리 가지 않았으니 여기서 며칠만 기다리세. 형제, 그 아미파 땡도사가 내공으로 공격할 때 내가 도왔더니 어떻게 되었는지 기억하는가?"

"그 도사의 내공을 땅으로 흘려보내시는 것 같더군요."

그 대답에 상문천이 무릎을 탁 치며 즐거워했다.

"그렇지, 바로 그것일세! 제법 머리가 잘 돌아가는군. 나도 어쩌다가 우연히 방법을 깨우친 것이라 무림인들도 모르는 무공이지. 이 무공의 이름은 '흡공입지소법吸功入地小法'이라 하네."

"괴상한 이름이군요."

"이 흡공입지소법은 무림인들이 이름만 듣고도 낯빛을 바꾸는 '흡성대법'에 비하면 그야말로 새 발의 피라네. 그러니 '대법'이라고는 못하고 '소법'이라고 짓는 수밖에. 사실 이 무공은 남의 힘을 빌려 쓰는 잔재주일세. 상대방의 내공을 땅으로 흘려보내는 것이니 상대방에게도 피해를 주지 못하고 나 자신에게도 좋을 것이 하나도 없지. 더군다나 이 무공은 상대방이 내공으로 공격을 해야만 쓸 수 있고, 먼저 상대방을 공격할 수도 없다네. 이 무공에 당하면 상대방은 내공이 마구 흘러나가는 것처럼 느끼고 깜짝 놀라지만, 그 내공은 금세 회복된다네. 저놈들이 금방 되돌아온 까닭도 그 아미파 땡도사가 내공을 되찾자 내 흡공입지소법이 어린애 장난일 뿐 아무 위협도 되지 않는다는 것을 알았기 때문일 걸세. 내 본래 이런 잔재주로 남을 속이는 것을 썩 좋아하지 않아서 지금껏 써본 적이 없었다네."

영호충은 웃으며 고개를 끄덕였다.

"평생 속임수를 쓴 적이 없는 상문천이 오늘 이 아우를 위해 규칙을 깨뜨리셨군요."

상문천은 씨익 웃었다.

“평생 속임수를 쓰지 않았다고는 하지 않았네. 하지만 아미파 송문松紋 도인 따위의 잔챙이들에게 구태여 속임수를 쓸 필요가 어디 있나? 속임수라는 것은 본디 큰일에 쓰는 것일세. 세상 사람들이 깜짝 놀랄 속임수를 써야 제대로 쓴 것이라 할 수 있지.”

두 사람은 서로 마주 보며 껄껄 웃었다. 벼랑 위에 있는 적이 들을까 봐 크게 웃지는 못했지만, 속이 탁 트이는 유쾌한 웃음이었다.

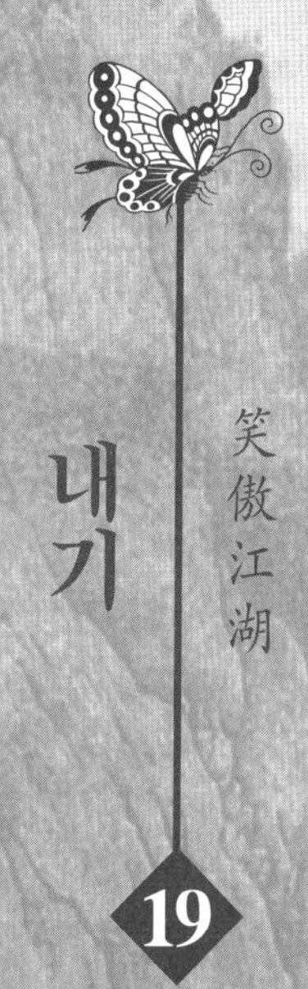

19 내기

笑傲江湖

흑백자는 검이 찔러오기를 기다렸다가 왼손 둘째 손가락과 가운뎃손가락을 홱 뻗어 검날을 잡아채려 했다.
옆에서 지켜보는 다섯 사람은 그 위험한 행동에 비명을 질렀다.

영호충과 상문천은 몹시 지쳐 바위에 기대 눈을 감고 쉬었다. 얼마 지나지 않아 영호충은 잠이 들었는데, 꿈속에서 영영이 나타나 구운 개구리 세 마리를 그의 손에 건네며 물었다.

"당신, 나를 잊었나요?"

영호충은 큰 소리로 외쳤다.

"잊지 않았소, 절대 잊지 않았소! 당신은… 당신은 도대체 어딜 갔었소?"

별안간 영영의 그림자가 흐릿하게 옅어지자 그는 다급히 외쳤다.

"가지 마시오! 당신에게 할 말이 많소!"

그러나 영영은 사라지고 날카로운 칼과 검이 눈앞으로 날아들었다. 그는 비명을 지르며 잠에서 깨어났다. 눈앞에서 상문천이 히죽 웃으며 물었다.

"꿈에서 정인이라도 만났나? 할 말이 많은 모양이군."

영호충은 낯부끄러운 잠꼬대라도 했을까 봐 얼굴이 벌겋게 달아올랐다. 상문천이 말했다.

"이보게, 형제. 정인을 만나고 싶으면 몸부터 추슬러야지. 병이 나아야 찾으러 갈 게 아닌가?"

"저… 저는 정인이 없습니다. 제 병은 나을 병도 아니고요."

"비록 의형제를 맺었지만, 내 자네에게 목숨을 빚져 마음이 영 편치 않네. 반드시 자네를 살려놓아야만 빚을 갚을 수 있을 것 같으니, 병을 치료할 수 있는 곳으로 데려가줌세."

영호충이 생사에 연연하지 않는다고 말은 했지만, 이는 어차피 죽을 목숨이라 생각하고 포기한 탓이 컸기에 병을 치료해주겠다는 상문천의 말에 눈이 번쩍 뜨였다. 다른 사람의 말이었다면 우스개로 여기고 넘겼겠지만, 상문천은 남다른 데가 있는 사람이었다. 태사숙인 풍청양을 제외하면 평생 그렇게 어마어마한 무공을 가진 사람은 본 적이 없었다. 사부인 악불군조차 그에게는 미치지 못할 정도였으니, 가볍게 던진 한마디도 그 무게가 남달랐던 것이다.

"제… 제 병이…."

영호충은 기쁨에 겨워 말을 채 끝맺지 못했다. 어느새 떠오른 반달이 싸늘하게 바닥을 비춰 음습한 산골짜기는 으스스하기까지 했지만, 영호충의 눈동자는 뜨겁게 불타올랐다.

상문천은 고개를 끄덕였다.

"병을 고쳐줄 사람을 알고 있네. 하지만 성미가 고약해서 만나더라도 선불리 목적을 밝히면 안 되네. 형제, 나를 믿는다면 내가 시키는 대로만 하게."

"형님을 믿지 않을 이유가 어디 있겠습니까? 제 병을 치료하는 것은 죽은 말을 되살리는 것처럼 희망이 없는 일입니다. 천지신명께서 보살피신다면 나을 수 있을 것이고, 그렇지 않더라도 어쩔 수 없는 노릇이지요."

상문천은 빙그레 웃었다.

"내 자네와 생사를 함께하기로 약속했으니 무엇이든 숨기지 말아야 하네만, 무슨 일이 있어도 이번 일만큼은 비밀을 유지해야 한다네. 일이 무사히 끝나면 하나도 빠짐없이 알려주겠네."

"걱정 마십시오. 무엇이든 형님이 하자는 대로 따르겠습니다."

"형제, 나는 일월신교의 우사자右使者일세. 자네 같은 정파들 눈에는 우리네 행동이 괴이하고 사악해 보이겠지. 이번 일이 성공하면 자네 치료에도 큰 도움이 되리라 확신하지만, 그래도 미리 말해둠세. 이 형은 이번 일에 자네를 이용할 생각이라네. 필시 고된 일이 될 걸세."

영호충은 호탕하게 가슴을 치며 대답했다.

"의를 맺은 이상 제 목숨이 곧 형님 목숨인데 고생 따위를 마다하겠습니까? 사람에게 가장 중요한 것이 바로 의리입니다. 의리 앞에서 그런 구구절절한 말씀은 하실 필요 없습니다."

상문천은 기쁜 얼굴로 고개를 끄덕였다.

"우리 사이에 고맙다는 말도 필요 없겠지!"

"물론입니다!"

화산파에서 무공을 배우는 동안 영호충의 마음은 오로지 소사매 악영산에게 향해 있었다. 육대유와도 사이좋게 지냈지만, 형제의 의리보다는 사제를 돌봐준다는 마음이 강했기 때문에, 상문천을 만난 오늘에서야 강호인들이 말하는 '목숨을 뛰어넘은 우정'과 친구를 위해 목숨을 바치는 것이 무엇인지 알 것 같았다. 그는 상문천의 출신도, 과거도, 성품도 자세히 알지 못했다. 시대자나 고근명 같은 사제들에 비하면 낯선 이나 다름없었지만, 한눈에 동질감을 느끼고 자연스레 생사지교를 맺게 된 것이었다.

상문천은 혀로 입술을 축이며 물었다.

"말 뒷다리는 어디로 갔는지 모르겠군. 빌어먹을! 그 많은 놈들을 죽였는데 어째 이쪽으로 떨어진 놈은 아무도 없는 거야!"

영호충은 죽은 시체라도 먹을 것 같은 그의 말에 흠칫 놀라 아무 말도 하지 않고 다시 눈을 감고 잠을 청했다.

이튿날 아침 일찍, 상문천이 잠든 그를 깨웠다.

"형제, 이곳에는 이끼와 풀밖에 없네. 여기서 버티려면 시체라도 뜯어야 할 판인데, 어제 이리로 떨어진 자들은 죄다 늙고 쇠심줄 같은 놈들뿐이니 자네 입에는 맞지 않을 걸세."

영호충이 황망히 손을 내저었다.

"예예, 그럼요. 절대 안 맞을 겁니다."

상문천은 그럴 줄 알았다는 듯이 웃으며 말했다.

"자, 여기서 나가세나. 우선 얼굴을 조금 바꿔야겠군."

그는 골짜기에서 진흙을 구해 얼굴에 바르고, 턱수염을 매만져 힘들이지 않고 뭉텅뭉텅 수염을 뽑았다. 다음은 머리였다. 허연 백발마저 깨끗하게 뽑아내고 반들반들한 대머리가 되자, 영호충이 보기에도 완전히 딴사람 같았다. 우습기도 했지만 감탄할 만한 기술이었다. 상문천이 얼굴에 진흙을 좀 더 묻혀 코를 세우고 양볼을 두툼하게 살찌우자 가까이에서 꼼꼼히 살펴도 본래 모습을 찾아보기 힘들 만큼 완벽했다.

상문천은 앞장서서 나갈 길을 찾았다. 쇠사슬이 보이지 않도록 손을 소매 속에 넣으니, 저 뚱보 대머리가 대범한 강호의 호걸 상문천이라는 사실을 아무도 알아보지 못할 것 같았다.

두 사람은 골짜기를 이리저리 헤매다가 정오 무렵 복숭아나무 한 그루를 발견했다. 설익은 복숭아는 시고 떫었지만 이것저것 따질 겨를이 없어 닥치는 대로 입에 넣고는 한 시진 정도 쉰 후 다시 걸었다. 어스름이 내릴 즈음에야 비로소 골짜기를 나가는 길을 찾았는데, 수백 자는 됨직한 벼랑을 올라가야 했다. 상문천은 이번에도 영호충을 업고 벼랑을 기어올랐다. 벼랑 위에는 길쭉길쭉 자란 풀 사이로 구불구불한 오솔길이 나 있었다. 황량하기 짝이 없는 길이었으나 짐승 발자국조차 찾아볼 수 없는 낭떠러지를 벗어난 것만으로도 안도의 숨이 절로 나왔다.

두 사람은 다음 날 아침 일찍 동쪽으로 길을 나섰다. 커다란 마을이 나오자, 상문천은 품에서 금 조각을 꺼내 영호충에게 주며 은자로 바꿔오게 했고, 그 돈으로 객잔에 방을 구했다. 그런 다음 그는 점소이에게 커다란 단지 가득 술을 가져오게 해서, 식사도 거른 채 영호충과 술을 마셨다. 술단지가 반쯤 비어갈 즈음, 한 사람은 탁자에 엎어져 잠들고 또 한 사람은 곤드레만드레가 되어 침상에 쓰러졌다.

다음 날 해가 중천에 떠오를 때에야 겨우 깨어난 두 사람은 마주 보고 껄껄 웃음을 터뜨렸다. 엊그제만 해도 정자에서, 또 돌다리 위에서 강적 수십 명과 악전고투를 벌였는데 지금은 마치 딴 세상에 와 있는 것 같았다.

상문천이 웃으며 말했다.

"형제, 잠깐 다녀올 테니 여기서 기다리게."

곧 돌아온다던 그는 한 시진이 지나도 소식이 없었다. 혹시 도중에 적을 만난 것은 아닐까 하고 영호충이 안절부절못하는 차에 드디어 양손에 보따리를 한가득 안은 상문천이 나타났다. 대장장이에게 다녀왔는지 손목을 묶었던 쇠사슬도 보이지 않았다. 짐 보따리를 풀자 안에는 화려한 옷이며 장신구가 그득했다.

"부유한 상인으로 변장을 해야 하네. 최대한 호화롭게 꾸미게나."

상문천과 영호충은 머리부터 발끝까지 새 옷으로 갈아입었다. 방에서 나가자 점소이가 마구도 화려한 큰 말 두 마리를 끌고 왔다. 상문천이 사온 말이었다.

두 사람은 말을 타고 느릿느릿 동쪽으로 향했다. 이틀을 내리 달리는 통에 영호충이 기진맥진하자, 상문천은 말 대신 마차를 구해 그를 태웠다. 강가에 이르러서는 아예 마차도 버리고 배로 갈아타 남쪽으로 방향을 꺾었다. 가는 동안 상문천은 돈을 물 쓰듯 했는데, 그의 주머니는 화수분인 양 끊임없이 금 조각을 쏟아냈다. 장강으로 들어서자 뱃길 양쪽으로 호화로운 상점들이 즐비하게 서 있었기 때문에 상문천이 사들이는 옷가지는 점점 더 화려해졌다.

배에서 보내는 기나긴 시간 동안, 상문천은 잘 알려지지 않은 강호의 일화를 들려주었다. 처음 듣는 이야기가 많아서 영호충은 시간 가는 줄 모르고 재미있게 들었다. 그러나 흑목애에 있는 마교의 이야기가 나오면 상문천은 곧 화제를 돌렸고, 영호충도 구태여 캐묻지 않았다.

배가 항주에 도착하던 날, 상문천은 자신과 영호충의 모양새를 공들여 다듬고, 영호충의 머리칼을 잘라 수염처럼 만든 뒤 입술 위쪽에 붙여주었다. 치장이 끝나자 이번에는 배를 버리고 뭍에 올라 준마 두 필을 사서 항주성으로 들어갔다.

항주의 옛 이름은 임안臨安으로, 남송 때의 도성이기도 해서 볼거리가 많았다. 성안으로 들어서니 거리마다 행인이 북적이고 곳곳에서 풍악이 울려 무척 시끌벅적했다. 영호충은 상문천을 따라 서호西湖로 갔다. 쪽빛 물결이 출렁이고 버드나무 가지가 한들한들 춤추는 풍경이 너무나도 아름다워 마치 신선들이 사는 세상에 온 기분이었다.

"'하늘에는 천당, 땅에는 소주와 항주'라는 말이 허풍이 아니었군요. 소주에는 가보지 못해 모르지만, 서호를 직접 보니 천당에 비유할 만합니다."

영호충이 말하자 상문천은 빙그레 웃기만 하고 계속 앞으로 나아갔다. 조그마한 산을 등지고 호수 쪽으로는 기다란 둑을 쌓은 고요한 곳에서 말을 멈춘 그는 영호충과 함께 말에서 내려 호숫가 버드나무에 묶고 산으로 이어진 돌계단을 올라갔다. 상문천은 이곳에 자주 왔는지 길을 손바닥 보듯 훤히 꿰고 있었다.

굽이를 몇 번 돌자 매화나무가 빽빽이 자란 숲이 나타났다. 나이깨나 먹은 나뭇가지들이 굵직굵직하게 뻗어 있고 잎도 무성해, 매화가 만발하는 이른 봄이면 새하얀 꽃들이 향기를 뿜어대는 아름다운 광경을 볼 수 있을 것 같았다.

두 사람은 매화 숲을 지나 청석을 깐 큰길을 따라 걷다가 흰 담장에 붉은 칠 문을 단 커다란 장원에 이르렀다. 가까이 가보니 대문 위에는 '매장梅莊'이라는 큼지막한 글자와 함께 '우윤문 씀'이라는 낙관이 새겨져 있었다. 공부를 많이 하지 않은 영호충은 우윤문이 남송 때 금나라 군대를 격파한 공신이라는 사실을 알지 못했지만, 우아한 필체에 담긴 헌걸찬 기개를 느낄 수 있었다.

상문천은 앞으로 나아가 번쩍거리는 커다란 문고리를 잡고 나지막하게 말했다.

“형제, 자네는 내가 시키는 대로만 하게. 이 일로 목숨이 위험해질 수도 있는 데다 설사 일이 순조롭게 풀리더라도 며칠간 고생을 해야 할 걸세.”

“상관없습니다!”

영호충은 고개를 끄덕이며 생각했다.

‘이 장원은 분명 항주 어느 대부호의 집이겠지. 혹시 이곳에 당세의 명의가 사는 것일까? 목숨이 위험해질 수 있다고 하는 것을 보면 병을 치료하는 방법이 아주 고통스럽고 위험한 모양이구나.’

상문천은 문을 네 번 두드린 다음 잠시 멈췄다가 다시 두 번 두드리고, 그다음 또 다섯 번, 세 번을 두드린 후 문고리를 놓고 물러섰다.

한참 후, 대문이 스르르 열리고 하인 차림을 한 두 명이 나왔다. 그들을 본 영호충은 다소 놀라지 않을 수 없었다. 형형한 눈빛이나 묵직한 걸음으로 봐서는 무공이 얕은 사람 같지 않은데, 어째서 이런 곳에서 하인 노릇을 하고 있는지 영문을 알 수 없었기 때문이었다.

왼쪽에 있는 사람이 허리를 숙이며 말했다.

“두 분께서는 무슨 일로 오셨는지요?”

상문천이 대답했다.

“숭산파와 화산파 제자가 강남사우江南四友 선배님을 뵙고자 찾아왔소이다.”

“주인께서는 손님을 만나지 않으십니다.”

노인이 대답하고 문을 닫으려 하자, 상문천이 품에서 무언가를 꺼내 보였다. 영호충은 이번에도 깜짝 놀랐다. 상문천이 꺼낸 것은 휘황찬란하게 번쩍이는 오색 깃발로, 진주와 보석이 가득 박혀 있었다.

저 깃발이 숭산파 좌 맹주의 오악영기라는 것은 영호충이 누구보다 잘 알고 있었다. 오악영기가 나타나면 좌 맹주를 대하듯 존경해야 하기 때문에 오악검파 사람이라면 누구나 이 영기를 든 사람의 명을 따랐다. 상문천이 정당한 방법으로 오악영기를 얻었을 리 없으니, 십중팔구 숭산파 주요 인물에게서 빼앗았을 것이다. 어쩌면 정파 사람들이 그를 쫓아온 이유도 저 깃발 때문이 아닐까 싶었다. 그런데 버젓이 깃발을 꺼내 들고 숭산파 제자를 자처하는 까닭이 무엇일까?

영호충의 마음속은 의문투성이였지만, 시키는 대로 하겠다 약속했기 때문에 말없이 지켜보기만 했다. 하인들은 그 깃발을 보자 표정이 살짝 바뀌었다.

"숭산파 좌 맹주의 영기가 아닙니까?"

"그렇소!"

상문천이 당당하게 대답했다. 오른쪽에 있는 하인이 말했다.

"강남사우와 오악검파는 오늘까지 단 한 번도 왕래가 없었습니다. 좌 맹주께서 몸소 찾아오신다 해도 주인께서는… 아마도…."

그 뒤는 듣지 않아도 '좌 맹주가 몸소 찾아와도 만나주지 않겠다'는 말임이 뻔했다. 숭산파 좌 맹주의 명망이 높아 모욕적인 말을 입에 담기가 꺼려져 얼버무리기는 했지만, 하인들은 여전히 강남사우가 좌 맹주보다 위계가 높다고 여기는 것 같았다.

영호충은 속으로 고개를 갸웃했다.

'강남사우는 대체 어떤 사람일까? 무림에서 그리 유명한 인물이라면, 사부님과 사모님께서 한 번도 이야기하지 않으셨을 리 없는데….
강호를 다니면서 당세 고인들 이야기를 많이 들었지만, 강남사우라는
이름은 들어보지 못했어.'

상문천은 오악영기를 품에 갈무리하며 빙그레 웃었다.

"좌 사질의 이 깃발은 소인배들을 놀래주는 장난감에 불과하니, 강
남사우 선배님 같은 분들 눈에 차지 않는 것도 당연하오."

그 말에 영호충은 속으로만 중얼거렸다.

'좌 사질이라고? 좌 맹주의 사숙을 사칭하다니 갈수록 태산이구나.'

상문천의 말이 이어졌다.

"허나 이 몸은 운이 나빠 오늘날까지도 강남사우 선배님을 뵐 기회
가 없었소. 이 영기는 신분을 증명하기 위해 보여드린 것뿐이오."

하인 중 한 명이 보일락 말락 고개를 끄덕였다. 강남사우를 높이 대
우하는 상문천의 말에 안색도 훨씬 부드러워졌다.

"귀하께서는 좌 맹주의 사숙 되십니까?"

상문천은 사람 좋게 웃어 보였다.

"그렇소. 강호의 무명소졸이라 두 분께서 알아보지 못한 것도 이상
한 일은 아니오. 허나 내 비록 무명소졸일지언정, 기련산祁連山에서 장
법 하나로 사패四霸를 쓰러뜨리고 검 한 자루로 쌍웅雙雄을 굴복시킨
정丁 형의 기개와, 호북에서 강을 건너 고아를 구하고 자금팔괘도紫金
八卦刀로 청룡방青龍幫의 수령 열세 명을 베어 강물을 붉게 물들인 시施
형의 위풍은 늘 마음에 새기고 있소."

하인 차림을 한 두 사람의 이름은 정견丁堅과 시령위施令威였다. 매
장에 은거하기 전에는 정파나 사파에 속하지 않고 홀로 강호를 휘젓

던 인물들인데, 무슨 일을 하고도 이름 밝히는 것을 좋아하지 않아 고강한 무공에 비해 이름은 잘 알려지지 않은 편이었다. 상문천이 언급한 사건들은 두 사람이 가장 자랑스러워하는 필생의 역작이었다. 적이 강하고 머릿수도 많았는데 철저하게 무너뜨린 것이 첫 번째 이유였고, 상대방의 잘못으로 말미암아 시작된 싸움인 데다 두 사람이 정의의 편에서 싸운 것이 두 번째 이유였다. 두 사람 평생 그렇게 의로운 행동을 한 적은 손에 꼽을 만큼 적었던 것이다. 그 일이 있은 뒤로도 두 사람은 여전히 자랑스레 떠들지는 않았지만, 누군가 알아줄 때면 속으로 몹시 흐뭇해했다. 이번에도 상문천이 그때의 이야기를 꺼내자 절로 얼굴에 희색이 떠올랐다.

정견이 빙그레 웃으며 말했다.

"하찮은 일을 어찌 입에 담으십니까? 귀하께서는 견문이 아주 넓으시군요."

"강호에는 명예를 좇는 무리들만 수두룩하고, 쓸모 있는 재주를 갖춰 큰일을 하면서도 남에게 알리지 않는 고상한 선비는 찾아보기 힘드오. 때문에 '일자전검一字電劍' 정 형과 '오로신五路神' 시 형의 위엄을 오래전부터 흠모해왔는데, 마침 좌 사질이 강남사우 선배들께 가르침을 받을 일이 있다 하여, 강남사우를 뵙지 못하더라도 일자전검과 오로신을 만나면 이 또한 헛걸음은 아니겠구나 싶어, 은거한 지 오래된 몸으로 사질의 청을 받아들여 항주까지 온 것이오. 좌 사질은 자신이 직접 오면 강남사우 선배들이 결코 만나주지 않으리라 생각하고 있소. 사질은 근래 강호에서 소란스러운 일을 많이 하여 선배들의 눈 밖에 났을 터이나, 나는 평소 바깥출입을 하지 않으니 그렇게 미워하지는 않을 것이라 하더구려, 하하하하!"

그가 강남사우는 물론이고 자신들까지 떠받들자, 정견과 시령위도 몹시 흡족해하며 허허 웃었다. 그들은 뚱뚱하고 대머리에 치장이 화려한 이 손님이 생김새는 볼품이 없어도 행동거지는 바르고 법도가 있어 보통 인물은 아니라고 생각했다. 특히 좌냉선의 사숙이라면 무공도 높을 것이 분명했기 때문에 마음속으로 깊이 존경하게 되었다.

손님이 찾아온 것을 주인에게 알리기로 결정한 시령위가 영호충을 돌아보았다.

"이분은 화산파 문하십니까?"

상문천이 재빨리 끼어들었다.

"여기 이 풍 형제는 바로 당금 화산파 장문인 악불군의 사숙이오."

그가 헛소리를 잔뜩 늘어놓을 때부터 자신에게도 가짜 신분을 지어주리라 생각했던 영호충이지만, 사부의 사숙을 칭하자 황공한 마음에 몸이 부르르 떨렸다. 다행히 얼굴에 진흙을 두껍게 발라 겉으로는 당황한 표정이 드러나지 않았다.

정견과 시령위는 서로 눈짓을 주고받더니 의심스러운 목소리로 물었다.

"이분의 연세를 알아보기는 힘드나, 수염은 있어도 아직 마흔도 아니 되신 듯한데, 어찌 악불군 선생의 사숙이라 하십니까?"

상문천이 공을 들여 꾸며주었지만, 젊디젊은 영호충을 노인으로 변장시키기는 쉽지 않았던 것이다. 억지로 우기면 마각이 드러날 수도 있기에, 상문천은 허허 웃으며 둘러댔다.

"풍 형제는 악불군보다 나이가 조금 적소. 허나 풍청양 사형의 일가

친척으로, 풍 사형의 독문검법을 전수받은 유일한 전인이라 검술만큼은 화산파의 누구에게도 지지 않소."

영호충은 또다시 부르르 떨었다.

'내가 풍 태사숙의 전인이라는 것을 어찌 아셨을까?'

의혹이 솟구쳤지만 곧 답을 찾았다.

'풍 태사숙님의 검법은 필시 강호를 떠들썩하게 만들었을 거야. 형님은 견식이 넓으시니 내 검법을 보고 미루어 짐작하셨겠지. 방생 대사도 알아보셨는데 형님이 못 알아보실 까닭이 없지.'

정견이 탄성을 터뜨리며 고개를 끄덕였다. 검의 명수인 그는 영호충이 검법에 뛰어나다는 말에 한번 대결해보고 싶어 몸이 근질근질했지만, 얼굴이 누렇게 뜨고 생김새도 괴상한 이 사람이 검법에 정통한 인물이라고는 믿기지가 않았다. 그가 가만히 물었다.

"두 분의 존성대명이 어찌 되십니까?"

상문천이 스스럼없이 대답했다.

"이 몸은 동화금童化金이고, 이 풍 형제의 이름은 풍이중風二中이라 하오."

정견과 시령위가 두 손을 포개 들며 말했다.

"말씀 많이 들었습니다."

상문천은 속으로 피식 웃었다. 동화금이란 구리로 만든 금이라는 말과 통하니 가짜라는 뜻이고, 이중이란 영호충의 이름인 '충冲' 자의 파자破字였다. 세상에 이런 사람이 있을 리가 없는데도 두 사람이 '말씀 많이 들었다'며 인사치레를 했으니 어디서 어떻게 들었다는 말인지 우습기 짝이 없었던 것이다.

정견이 말했다.

"대청에서 차를 드시고 계시면 주인께 말씀드리겠습니다. 허나 주인께서 만나주실지는 확답을 드릴 수 없습니다."

상문천은 웃으며 고개를 끄덕였다.

"두 분과 강남사우는 명분은 주인과 하인이나 정은 형제와 같다고 들었소이다. 강남사우 선배님들께서 정 형과 시 형의 체면을 깎으실 리 있겠소."

정견은 빙그레 웃으며 옆으로 비켜 길을 터주었다. 상문천이 안으로 들어가자 영호충도 뒤를 따랐다. 널따란 앞뜰에는 좌우로 오래 묵은 매화나무가 한 그루씩 서 있었는데, 굵직굵직한 나뭇가지가 고풍스러우면서도 힘찬 기운을 풍겼다.

대청에 들어서자 시령위는 두 사람에게 자리를 권하고 옆에 서서 대접했고, 정견은 소식을 전하러 들어갔다.

상문천은 시령위가 서 있는데 앉는 것은 예의가 아니라고 생각했지만, 하인인 그에게 자리를 권할 수도 없었다.

"풍 형제, 이 그림 좀 보게나. 고작 몇 번의 붓질로 이렇게 남다른 기상을 그려내다니, 놀랍지 않은가?"

그는 짐짓 이렇게 말하며 일어나 대청에 걸린 그림 쪽으로 다가갔다.

요 며칠 상문천과 함께 지낸 영호충은 그가 기지는 뛰어나도 글이나 그림을 보는 재주는 없다는 것을 알고 있었다. 그런 그가 갑자기 그림 이야기를 꺼내자 숨은 뜻이 있겠구나 싶어, 역시 일어나 그의 옆으로 갔다. 어느 신선의 뒷모습을 그린 이 그림은, 먹이 짙고 획이 시원시원해 그림을 잘 모르는 영호충조차 역작이라고 느낄 정도였다. 낙관에는 '단청생丹青生이 만취하여 먹을 뿌렸노라'라는 글귀가 쓰여 있었는데, 마치 획 하나하나 검을 휘두른 것처럼 위엄이 넘치는 필체였다.

한동안 그림을 감상하던 영호충이 말했다.

"동 형, 여기 이 '만취'라는 단어가 몹시 마음에 드는군요. 이 글과 그림 속에는 고명한 검법이 담겨 있습니다."

낙관의 필체며 그림 속 신선의 소맷자락은 보면 볼수록 사과애 동굴 벽화에서 본 검법을 연상시켰다.

상문천이 대답하기도 전에 두 사람 뒤에 서 있던 시령위가 말했다.

"풍 나리께서는 과연 검술의 고수십니다. 넷째 장주이신 단청 선생께서는, 그날 만취하여 붓을 드셨다가 우연히 검법을 담아 그 그림을 그리셨는데, 실로 평생의 역작이라 술이 깨신 후에는 더 이상 그릴 수 없다 말씀하셨습니다. 풍 나리께서 그 속에 담긴 검법을 알아보셨으니, 넷째 장주께서는 필시 지기를 얻었다 생각하실 것입니다. 제가 가서 말씀드리고 오겠습니다."

그는 내심 흐뭇해하며 안채로 들어갔다.

상문천이 헛기침을 하며 말했다.

"풍 형제, 이제 보니 자네 그림을 좀 아는군."

"알긴요, 나오는 대로 해본 말인데 우연히 맞은 거지요. 단청 선생이라는 분이 저와 그림에 대해 담론이라도 하려 들면 크게 창피를 당할 겁니다."

그때 대청 바깥에서 누군가 큰 소리로 외쳤다.

"내 그림에서 검법을 알아봤다고? 그래, 안력이 대단한 그분이 대체 누구신가?"

우렁찬 목소리와 함께 한 사람이 안으로 들어섰다. 배에 닿을 정도로 수염을 기른 남자인데, 왼손에 술잔을 들었고 얼굴에는 이미 취기가 잔뜩 올라 있었다.

시령위가 뒤따르며 말했다.

"이분은 숭산파의 동 나리시고, 이분은 화산파의 풍 나리십니다. 두 분, 이쪽은 저희 매장의 넷째 장주이신 단청 선생이십니다. 장주님, 바로 여기 계신 풍 나리께서 장주님의 필법을 보시고 그 속에 고명한 검법이 담겨 있다 하셨습니다."

넷째 장주인 단청생은 취기 가득한 눈동자로 영호충을 자세히 들여다보더니 물었다.

"그림을 아시오? 검은 좀 쓰시오?"

몹시 무례한 말투였다.

영호충은 그의 손에 들려 있는 초록빛 물이 뚝뚝 떨어질 듯 푸르른 비취잔과 그 속에서 풍기는 이화주 향기에 황하에서 만난 조천추의 이야기가 떠올라 빙그레 웃으며 말했다.

"백낙천은 〈항주춘망〉에서 '붉은 소매 비단 잣는 솜씨 뽐내고, 푸른 깃발 이화주 파는 주막 보이나니'라고 노래했습니다. 이화주를 마실 때는 반드시 비취잔을 써야 하는 법, 장주께서는 과연 술을 잘 아시는군요."

책을 많이 읽지 않아 시나 부賦를 전혀 알지 못하는 그였지만, 타고난 총기 덕분에 한 번 들은 말은 똑똑히 기억하는 재주가 있어 조천추의 말을 그대로 옮긴 것이었다. 그 말을 듣자 단청생은 눈을 휘둥그레 뜨더니 별안간 영호충을 와락 껴안았다.

"아이쿠, 좋은 친구가 오셨구먼! 자자, 같이 300잔을 비워보세나! 풍 형제, 나는 술도 잘 마시고 그림도 잘 그리고 검도 잘 쓴다고 하여 삼절三絶이라고 불리는데, 그 삼절 중에서도 으뜸이 바로 술이라네. 그림은 그다음이고 검은 제일 마지막이지."

영호충은 속으로 무척 기뻐했다.

'나는 그림도 전혀 모르고 몸 상태가 나빠 비검을 할 수도 없지만, 술이라면 질 수 없지.'

그가 단청생이 이끄는 대로 안으로 들어가자 상문천과 시령위도 뒤따라왔다. 일행은 긴 회랑을 지나 서쪽 끝에 있는 방으로 향했는데, 문 앞에 늘어진 가리개를 걷기 무섭게 술 냄새가 코를 찔렀다.

영호충은 어려서부터 술을 좋아했지만, 사부와 사모가 주는 용돈이 넉넉지 않아 기회만 생기면 따지지 않고 닥치는 대로 마셨기 때문에 품질에 대해서는 까막눈이나 마찬가지였다. 그러나 낙양에서 녹죽옹을 만나 주도를 배우고 유명한 술에 대해 들은 뒤로는 본래 좋아하는 데다 명사의 가르침까지 더해져 술을 감상하는 능력이 생겼고, 덕분에 향기만 맡아도 무슨 술인지 알 수 있게 되었다.

"훌륭합니다. 오래 묵은 삼과두분주가 있다니…. 오오, 저 백초미주는 적어도 75년은 되었겠군요. 그리고 저것은 그렇게도 구하기 어렵다는 원숭이 술이 아닙니까?"

원숭이 술 향기를 맡자 여섯째 사제 육대유가 생각나 가슴 한편이 아릿했다.

단청생은 박장대소하며 외쳤다.

"대단하군, 대단해! 술창고에 들어서자마자 내가 수집한 진귀한 술 세 종류를 모두 알아맞히는군. 역시 대가는 어디가 달라도 다르다니까! 탄복했네, 정말 탄복했어!"

영호충이 둘러보니, 술창고는 술단지와 술병, 호로병, 술잔들로 가득했다.

"선배님께서 소장하신 것은 그 세 종류뿐만이 아니군요. 소흥의 여아홍女兒紅도 극상품이고, 서역 토로번吐魯番, Tulufan의 저 진한 포도주도 네 번 증류하고 네 번 빚어 만든 술로 당세에 둘째가라면 서러울 귀한 미주입니다."

단청생은 이번에도 놀라고 기뻐했다.

"토로번의 진한 포도주는 나무통에 단단히 밀봉해두었는데 어찌 알았나?"

영호충은 빙그레 웃으며 대답했다.

"저렇게 좋은 술은 땅을 파서 깊숙이 묻어둔다 해도 향기로움을 가릴 수 없지요."

단청생은 연신 고개를 끄덕였다.

"자자, 어서 네 번 증류하고 네 번 빚은 저 진한 포도주를 마셔보세."

그가 방 한쪽에 놓인 커다란 나무통을 들고 왔다. 세월의 때가 거뭇거뭇하게 묻은 나무통 위에는 서역의 꼬부랑 글씨가 쓰여 있고 마개에는 인장이 찍힌 봉랍封蠟이 붙어, 몹시 귀하게 다루는 물건임을 알 수 있었다.

단청생이 마개를 살짝 당겨 열자 방 안은 순식간에 향기로운 술 냄새로 가득 찼다. 술이라고는 입에 대본 적도 없는 시령위는 그 진한 냄새만으로도 취하는 것 같았다. 단청생이 껄껄 웃으며 손을 내저었다.

"자네는 나가게, 어서. 그러다 취해 쓰러지겠군."

그런 다음 술잔 세 개를 나란히 놓고 술잔 위로 술통을 기울였다. 선지처럼 불그스름한 술이 술잔에 넘칠락 말락 하게 담겼으나 점성이 있어 밖으로는 한 방울도 떨어지지 않았다. 영호충은 속으로 감탄을 터뜨렸다.

'엄청난 무공이구나. 100근짜리 나무통으로 작은 잔에 딱 알맞게 술을 따르는 것이 쉬운 일은 아니지.'

단청생은 나무통을 옆구리에 끼고 왼손으로 잔을 들었다.

"자, 건배!"

그는 술을 맛본 영호충이 어떤 표정을 지을지 호기심 어린 눈빛으로 가만히 응시했다. 영호충은 술을 반쯤 입에 넣고 천천히 음미했는데, 얼굴에 두껍게 바른 진흙 때문에 표정에 변화가 없어 썩 마음에 들지 않는 것처럼 보였다. 단청생은 어렵게 만난 술의 대가가 이 포도주를 흔해빠진 술이라고 평할까 봐 조마조마했다.

눈을 감고 한참 동안 음미하던 영호충이 이윽고 눈을 뜨며 말했다.

"이상하군요, 뭔가 이상합니다."

"무엇이 이상한가?"

"실로 해답을 찾기 힘든 일이라 소생은 도무지 모르겠습니다."

단청생의 눈에 기쁨의 빛이 출렁였다.

"그 말은…?"

"낙양에서 딱 한 번 이 술을 마셔보았는데, 향기롭고 달달하기가 이를 데 없었지만 시큼한 맛이 다소 섞여 있었습니다. 술을 잘 아시는 선배님의 말씀으로는 운반하는 동안 많이 흔들려서 그렇다고 하시더군요. 토로번의 진한 포도주는 오래 운반할수록 빛깔과 맛이 옅어지는데, 토로번에서 이곳 항주까지는 몇만 리가 넘는 길입니다. 그런데 이 포도주는 신맛이라고는 전혀 없으니…."

단청생은 득의양양하게 웃었다.

"그것이 바로 내 비결일세. 서역의 검호劍豪 모화이철莫花爾徹에게 검법 3초를 주고 바꾼 비결이지. 무엇인지 궁금한가?"

영호충은 고개를 저었다.

"이런 술을 맛본 것만으로도 만족스러운데 어찌 뻔뻔하게 선배님의 비결까지 여쭙겠습니까?"

단청생은 허허 웃으며 잔을 들었다.

"자자, 어서 들게나."

세 잔을 더 마셨지만 영호충이 비결을 묻지 않자 그는 도리어 입이 근질거렸다.

"솔직히 그 비결이란 동전 한 닢의 가치도 없는 뻔한 것일세."

영호충은 듣지 않으려고 할수록 더욱 말해주고 싶어 하는 사람의 심리를 잘 알고 허둥지둥 손을 내저었다.

"아니요, 아니요. 절대 말씀하지 마십시오. 그 비결과 바꾼 검법은 필시 어마어마한 절초였을 것입니다. 그렇게 비싸게 사오신 비결을 돈 한 푼 안 들이고 얻어배우면 마음이 편치 않지요. 공을 세우지 못하면 녹봉도 받지 말라는 말이 있지 않습니까?"

"나와 더불어 술을 마시고 이 술의 내력까지 정확히 파악했으니 공이라면 충분히 세웠네. 내 반드시 자네에게 비결을 알려주어야만 하겠네."

"선배님을 만나뵙고 극상품의 술까지 하사받은 것도 감격스러운데 어떻게…."

"내가 말하고 싶어서 말하는 것이니 자네는 듣기만 하게."

보다못한 상문천이 나섰다.

"풍 형제, 넷째 장주의 호의니 감사히 받아들이게."

"그럼, 그럼!"

단청생이 맞장구를 치며 씨익 웃었다.

"자네를 한번 더 시험해보아야겠군. 그래, 이 술이 몇 년 묵었는 지 알겠나?"

영호충은 잔에 남은 술을 입에 털어넣고 한참 동안 음미한 다음 입을 열었다.

"이 술은 참 이상하군요. 120년 묵은 술 같기도 하고 겨우 12년 묵은 술 같기도 합니다. 새것 같으면서도 오래된 맛이 나고, 오래된 것 같으면서도 신선해서 100년 이상 묵은 다른 술에 비하면 색다른 풍미가 느껴집니다."

상문천은 눈을 찡그리며 생각에 잠겼다.

'이번에는 틀렸구나. 어떻게 120년 묵은 술과 12년 묵은 술을 나란히 비교한단 말인가?'

단청생이 불쾌해할까 봐 걱정스러웠지만, 뜻밖에도 그는 풍성한 수염을 흔들며 큰 소리로 웃었다.

"형제, 역시 훌륭하구먼. 내 비결이 바로 그것일세. 서역의 검호 모화이철은 세 번씩 증류하고 빚어 만든 120년 묵은 토로번의 진한 포도주 열 통을 대완마 다섯 필에 실어 항주로 보냈다네. 나는 그 술을 받아 원래 방식대로 한 번 더 증류하여 열 통을 한 통으로 빚어냈지. 그때가 언제인고 하니, 꼭 12년 전의 일일세. 산 넘고 물 건너오면서도 신맛이 섞이지 않고 오래된 것 같으면서도 신선한 맛이 나는 까닭은 바로 거기에 있다네."

상문천과 영호충은 혀를 내두르며 박수를 쳤다. 영호충이 말했다.

"이렇게 좋은 술을 빚을 수 있다면 검법 10초를 주어도 아깝지 않을 겁니다. 그런 비법을 단 3초로 맞바꾸셨으니 아주 헐값으로 얻으셨군요. 하기야 선배님의 3초라면 다른 사람의 10초나 다름없겠지요."

상문천은 그런 그를 보며 속으로 싱긋 웃었다.

'검법만 뛰어난 줄 알았더니 입발림 소리도 제법이군.'

영호충이 언변에 능해 언제나 악불군으로부터 입만 살았다고 야단을 들었다는 사실을 그가 알 리 없었다.

단청생은 더욱 기뻐하며 말했다.

"자네야말로 내 지기일세. 큰형님과 셋째 형님은 고작 술을 얻자고 중원의 절초를 서역에 전했다며 어찌나 나무라시던지! 둘째 형님은 웃기만 하셨지만, 필시 속으로는 고개를 저으셨을 거야. 내가 득을 본 장사라는 것을 알아준 사람은 자네뿐일세. 자자, 한 잔 더 들게."

이렇게 말하는 그는 술을 전혀 모르는 상문천에게는 눈길조차 주지 않았다. 영호충은 한 잔 더 마신 후 말했다.

"넷째 장주님, 이 술은 마시는 법이 따로 있습니다. 한데 지금은 그리하기가 어렵겠군요."

단청생이 다급히 물었다.

"무슨 방법인가? 어째서 지금은 어렵다는 건가?"

"토로번은 천하에서 가장 더운 지방입니다. 현장 법사께서 경을 구하러 천축국으로 떠나실 때 화염산火燄山을 지나셨다고 하는데, 그곳이 바로 토로번이라 들었습니다."

"그렇지, 정말 더운 곳일세. 여름에는 하루 종일 냉수에 몸을 담그고 있어도 열기를 견딜 수가 없을 정도인데, 겨울이 되면 오히려 꽁꽁 얼어붙을 만큼 춥다네. 덕분에 그곳 포도가 남다른 맛이 있지."

"소생이 낙양에서 이 술을 마실 때는 날이 몹시 추웠습니다. 술에 정통하신 그 선배님께서는 얼음 한 덩이를 가져와 술잔을 그 얼음 위에 올려두셨지요. 이 술은 차갑게 얼리면 아주 별미입니다만, 지금은 초여름이니 얼린 진한 포도주를 맛볼 방법이 없어 애석합니다."

단청생은 고개를 끄덕였다.

"내가 서역에 갔을 때도 하필이면 햇살이 강한 한여름이었다네. 모화이철도 이 술을 차갑게 마시면 묘미가 다르다고 하더군. 하지만 걱정 말게나. 여기서 반년쯤 눌러살다가 겨울이 오면 함께 마시면 되지, 안 그런가?"

그는 잠시 생각하더니 눈살을 찌푸리며 덧붙였다.

"그 오랜 시간을 기다려야 하다니… 속이 타는군."

그러자 상문천이 말했다.

"강남 일대에 한빙장寒冰掌이나 음풍조陰風爪 같은 순음의 무공을 익힌 고수가 없어 아쉽구려. 그런 고수가 있었다면…."

그의 말이 끝나기도 전에 단청생이 기쁜 얼굴로 외쳤다.

"있소, 있소!"

그가 술통을 내려놓고 신이 나서 밖으로 달려나가자, 영호충은 궁금한 눈길로 상문천을 돌아보았다. 상문천은 빙그레 웃을 뿐 아무 말이 없었다.

얼마 후 단청생이 키가 훌쩍 크고 마른 노인을 끌고 나타났다.

"둘째 형님, 이번에는 꼭 도와주셔야 합니다."

검은 옷을 입은 노인은 단정하고 고상한 외모를 가졌으나, 안색이 너무 창백해 마치 죽은 사람을 보는 것처럼 소름이 오싹 끼쳤다. 단청생이 두 사람에게 소개한 노인은 바로 매장의 둘째 장주인 흑백자黑白子였다. 까만 머리칼과 허연 얼굴이 선명하게 대비되어 흑백자라는 이름이 썩 잘 어울렸다.

흑백자가 쌀쌀하게 말했다.

"무엇을 도와달라는 것이냐?"

"여기 이 친구분들께 물을 얼리는 무공을 좀 보여주십시오."

흑백자는 흑백이 분명한 눈동자를 번쩍이며 쌀쌀하게 대꾸했다.

"하찮은 잔재주를 보여 무엇 하겠나? 웃음거리만 될 뿐일세."

"둘째 형님, 솔직히 말씀드리지요. 여기 이 풍 형제 말로는 토로번의 진한 포도주는 차갑게 마시면 별미라고 하는군요. 한데 이렇게 햇살이 쨍쨍한 계절에 어디 가서 얼음을 구하겠습니까?"

"술이 이렇게 향기로운데 구태여 차갑게 만들 필요가 어디 있느냐?"

흑백자가 말하자 영호충이 입을 열었다.

"토로번은 몹시 더운 곳이라…."

"그럼요, 덥고말고요!"

단청생이 옆에서 맞장구를 쳤다. 영호충이 계속 말을 이었다.

"그곳에서 나는 포도는 달고 맛있지만 열기를 품고 있지요."

"그렇지요. 당연지사 아니겠습니까?"

이번에도 단청생이 맞장구를 쳤다. 영호충은 이야기를 계속했다.

"그렇게 술에 들어간 열기는 100년을 묵히는 동안 대부분 사라지나, 어쩔 수 없이 시큼한 맛이 남게 됩니다."

"그랬구먼, 그랬어! 자네가 알려주지 않았다면 나는 꿈에서도 몰랐을 거야. 이 술을 빚을 때 불길이 어찌나 강한지 공연히 어주御廚 탓만 했다네."

"어주라니요?"

영호충이 놀라 묻자 단청생은 싱글벙글하며 대답했다.

"아궁이 불이 약해 어렵게 얻은 술 열 통을 아깝게 버릴까 봐 일부러 북경 황궁에 들어가 황제 어르신의 주방을 좀 빌려 썼다네."

흑백자가 고개를 설레설레 저으며 중얼거렸다.

"배보다 배꼽이 더 크겠군."

상문천이 끼어들었다.

"그러셨구려. 보통 사람들은 술에 신맛이 조금 있다 해도 그럭저럭 넘기지만, 둘째 장주와 넷째 장주께서는 수려하고 우아한 서호에 은거하실 만큼 품격이 높으시니 보통 사람들과는 다르실 것이오. 이 술은 얼려서 열기를 제거해야만 두 분의 신분에 어울린다 할 수 있소. 바둑을 둘 때에도 우격다짐으로 싸우는 사람은 삼류요, 냉정하게 상황을 파악하는 사람이 일류라고 하지 않소?"

흑백자가 눈을 번쩍이며 그의 어깨를 붙잡았다.

"바둑을 두시오?"

상문천은 놀라지 않고 대답했다.

"내 평생 가장 즐기는 것이 있다면 바로 바둑이오. 허나 애석하게도 자질이 모자라 실력이 늘지 않기에 장강과 황하 남북을 두루 순회하며 기보棋譜를 찾아다녔소. 그런 지도 벌써 30년이나 되었으니, 고금의 유명한 대국들은 대부분 외고 있소이다."

흑백자가 몸이 달아 물었다.

"어떤 대국들이오?"

"왕질王質이 난가산爛柯山에서 보았다는 신선들의 기보나, 유중보劉仲甫가 여산驪山에서 신선과 대국한 기보, 그리고 왕적신王積薪이 호선狐仙 시어머니와 며느리를 만나 두었던 기보…."

그의 말이 끝나기도 전에 흑백자는 고개를 저으며 끼어들었다.

"전설에나 나오는 이야기인데 그것을 믿으시오? 그런 기보가 어디 있겠소?"

"나도 처음에는 무료한 자들이 지어낸 이야기라고 생각했소. 그런데 25년 전에 유중보와 여산 신선이 대국했다는 기보를 보았더니, 한 수 한 수가 놀랍고 신비하여 속인俗人들로서는 생각지도 못할 솜씨인지라, 그때부터 전설이 거짓이 아니라는 신념을 얻게 되었소이다. 혹시 바둑을 좋아하시오?"

그 물음에 단청생이 수염이 마구 흔들릴 정도로 웃음을 터뜨렸다. 상문천이 물었다.

"어찌 그리 웃으시오?"

"우리 둘째 형님께 바둑을 좋아하느냐고 물었소? 하하하, 둘째 형님의 별호가 흑백자인데 그런 것을 물어 무엇 하겠소? 둘째 형님은 내가 술을 좋아하는 만큼 바둑을 좋아한단 말이오."

상문천이 놀란 얼굴로 고개를 숙였다.

"이 몸이 공자님 앞에서 문자 쓰는 줄도 모르고 허튼소리를 늘어놓았구려. 너무 탓하지 마시기 바라오."

흑백자가 물었다.

"정말 유중보와 여산 신선이 두었다는 기보를 보았소? 선인들이 남긴 글에는, 유중보는 당시의 유명한 국수國手였으나 여산 기슭에서 나이 든 시골 아낙에게 대패를 당하자 됫박으로 피를 토해, 그 기보를 '구혈보嘔血譜'라 부르게 되었다고 했소. 진실로 그 구혈보가 세상에 존재한다는 것이오?"

방에 들어설 때만 해도 쌀쌀맞기 그지없던 그가 지금은 잔뜩 흥분해 있었다.

상문천이 대답했다.

"25년 전 사천성 어느 세가의 옛 저택에서 발견했소이다. 그 기보가 너무나 놀라워 25년이 지난 지금도 112수로 끝난 그 대국을 똑똑히 기억하고 있소."

"112수라고? 원컨대 한번 복기해주시오. 자자, 어서 내 바둑실로 갑시다."

단청생이 팔을 활짝 내밀어 앞을 막았다.

"잠깐! 둘째 형님, 얼음을 만들어주시지 않고서는 한 발짝도 못 나가십니다."

그는 그렇게 말하며 물이 가득 담긴 백자 그릇을 내밀었다.

"사형제四兄弟가 각자 좋아하는 것이 다르니 어쩌겠느냐."

흑백자는 한숨을 푹 쉬며 오른손 둘째 손가락을 그릇에 넣었다. 잠시 후 그릇 위로 하얀 김이 피어오르기 시작하더니 얼마 지나지 않아 수면에 살얼음이 끼었다. 얼음은 점점 두꺼워져 차 한잔 마실 정도의 짧은 시간이 지날 즈음에는 그릇 안의 물이 꽁꽁 얼어붙었다.

상문천과 영호충은 찬탄을 터뜨렸다.

"흑풍지黑風指는 오래전에 무림에서 실전되었다고 들었는데, 이제 보니 둘째 장주께서…."

단청생이 상문천의 말을 끊었다.

"이 무공은 흑풍지가 아니라 현천지玄天指라는 것이오. 흑풍지 같은 패도적인 무공과는 하늘과 땅만큼 다르오."

그는 술잔 네 개를 얼음 위에 올려놓고 잔에 술을 따랐다. 얼마 후 술잔에서 김이 모락모락 솟아오르기 시작했다.

"됐습니다!"

영호충이 말하자, 단청생은 술잔을 들어 단숨에 비웠다. 과연 잡다한 맛이 뒤섞이지 않은 진하고 깊은 풍미에다 청량감이 더해져 가슴을 촉촉이 적시는 것 같았다. 그는 큰 소리로 찬탄을 터뜨렸다.

"일품이로고! 술을 잘 빚은 것은 내 공이요, 별미를 알려준 것은 풍 형제의 공이며, 얼음을 만든 것은 둘째 형님의 공이로다! 그리고 당신은…?"

그가 상문천을 바라보며 껄껄 웃었다.

"옆에서 밀고 당기며 둘째 형님을 설득한 것은 바로 당신 공이구려!"

단청생은 다시 술을 따르고는 아예 얼음이 언 그릇을 술잔 위에 올려놓았다.

"한기는 위에서 아래로 내려가니 이렇게 해놓으면 더 빨리 차가워지겠군."

영호충이 고개를 저었다.

"한기가 아래로 내려가는 것은 맞습니다만, 이렇게 하면 술도 위에서 아래로 차가워지기 때문에 극상품이라 할 수 없습니다. 아래에서부터 식혀야 층층이 온도가 달라지고 층마다 미세한 맛의 차이를 느낄 수 있지요."

단청생은 술에 정통한 그에게 감탄하며 시험 삼아 한 모금 마셔보았다. 그의 말대로 처음 것과 맛이 약간 다르고 풍미도 떨어졌다.

흑백자는 술을 마시는 둥 마는 둥 하고 상문천을 잡아끌었다.

"자자, 갑시다! 어서 유중보의 구혈보를 보여주시오."

상문천이 영호충의 소맷자락을 붙잡자, 영호충은 눈치를 채고 말했다.

"저도 가서 구경하렵니다."

단청생은 손을 내저었다.

"구경할 것이 무어 있다고 그러나? 우리는 여기서 술이나 마시세."

"술을 마시면서 구경하면 되지 않겠습니까?"

영호충은 그렇게 말하며 흑백자와 상문천을 따라 나갔다. 단청생도 어쩔 수 없이 커다란 술통을 끼고 바둑실로 향했다.

널찍한 바둑실에는 돌로 만든 탁자 하나, 푹신한 의자 둘만 덩그러니 놓여 있었다. 돌탁자 위에는 가로세로로 각각 열아홉 개의 선이 그어져 있고, 빈 공간에는 검은 돌과 흰 돌이 든 상자가 놓여 있었다. 바둑에 필요한 물건 외에는 아무것도 없었기 때문에 바둑을 두다가 다른 곳에 정신이 팔릴 일은 없을 것 같았다.

상문천은 돌탁자 앞에 앉아 평부平部, 상부上部, 거부去部, 입부入部 네 귀퉁이에 바둑돌을 배치하고, 평부에서 육삼 위치에 흰 돌 하나를, 구삼 위치에 검은 돌 하나를 놓았다. 이어서 육오 위치에 흰 돌, 구오 위치에 검은 돌을 놓는 식으로 한 수씩 복기하기 시작했는데, 돌이 많아질수록 속도는 점점 느려졌다.

검은 돌과 흰 돌이 격렬하게 싸우며 중원을 한 치의 틈도 없이 빽빽하게 채우는 광경을, 흑백자는 이마에 땀을 뻘뻘 흘리며 지켜보았다. 손가락 하나로 물을 꽁꽁 얼리는 현천지를 쓸 때만 해도 눈 한 번 깜빡하지 않던 그가 고작 바둑 한 판에 땀까지 흘리며 긴장하는 것을 보자 영호충은 놀랍고 신기하기만 했다. 곰곰이 생각해보니 상문천은 흑백자가 바둑을 몹시 사랑한다는 것을 미리 알고 그 약점을 공략한 것이 분명했다.

'내 병을 치료해줄 명의는 이 사람들과 어떤 관계일까?'

영호충이 생각에 잠긴 사이 상문천은 66번째 수를 놓고 한참 동안 움직이지 않았다. 보다못한 흑백자가 물었다.

"다음 수는 어떻게 되오?"

상문천은 빙그레 웃으며 되물었다.

"이 부분이 관건이라오. 둘째 장주의 고견으로는 어디다 두어야 할 것 같소?"

흑백자는 고민스레 중얼거렸다.

"그다음이라… 길을 끊으려니 마땅치 않고 이으려니 그것은 아닌 것 같고… 뚫고 나가자니 나갈 길이 없고 살자니 살길이 없구나. 음… 이것은….”

그는 손에 든 흰 돌로 돌탁자 모서리를 톡톡 두드리며 고민에 고민을 거듭했지만, 밥 한 끼 먹을 시간이 훌쩍 지나도록 돌을 내려놓지 못했다. 그사이 단청생과 영호충은 진한 포도주를 열일곱 잔이나 마셨다.

흑백자의 얼굴이 점점 퍼렇게 물들자 단청생이 나섰다.

“동 형, 이 기보가 구혈보라고 하지 않았소? 우리 둘째 형님이 피를 한 사발 토해야만 속이 시원하겠소? 그러지 말고 어서 빨리 다음 수를 보여주시오.”

“좋소이다! 67번째 수는 바로 이곳이오.”

상문천은 이렇게 말하며 상부의 칠사 위치에 돌을 놓았다. 흑백자가 무릎을 탁 쳤다.

“옳거니! 그 자리에 놓으면 당장은 이득이 없어도 새로운 기회를 마련할 수 있지. 실로 묘수로다, 묘수야!”

상문천이 빙그레 웃으며 말했다.

“유중보의 이 수는 확실히 훌륭했소. 허나 결국은 인간 국수의 묘수일 뿐, 여산 신선의 묘수에 비하면 한참 멀었소.”

흑백자가 성급하게 물었다.

“여산 신선의 묘수는 어떤 것이었소?”

“둘째 장주께서 한번 맞혀보시오.”

흑백자는 한참 동안 머리를 쥐어짰지만 워낙 불리한 상황이라 아무리 생각해도 뒤집을 방법이 떠오르지 않았다. 그가 고개를 가로저으며 말했다.

"신선의 묘수를 나 같은 평범한 속인이 어찌 알겠소? 동 형, 그만 뜸들이고 알려주시오."

상문천은 미소를 지으며 말했다.

"이 신기묘산은 실로 신선이기에 생각할 수 있는 한 수요."

흑백자는 바둑에 뛰어날 뿐만 아니라 사람의 마음을 읽는 데도 일가견이 있었다. 상문천이 기보를 속 시원히 알려주지 않고 애를 태우는 데는 필시 무슨 요구가 있으리라 싶었다.

"동 형, 동 형이 귀한 기보를 알려주는데 설마 맨입으로 듣기야 하겠소?"

영호충도 그 말을 듣고 속으로 고개를 끄덕였다.

'혹시 둘째 장주의 현천지로 내 병을 치료할 수 있는 것이 아닐까? 형님께서 도움을 청하기 위해 기보를 보여주시는 것인지도 몰라.'

상문천은 고개를 젖히고 껄껄 웃었다.

"이 몸과 풍 형제는 네 분 장주께 아무것도 바라지 않소이다. 그런 말씀은 우리 두 사람을 모욕하는 것이오."

그러자 흑백자는 상문천과 영호충에게 깊이 읍했다.

"내가 실언을 했소. 진심으로 사과하겠소."

상문천이 웃으며 말했다.

"우리가 매장을 찾은 까닭은 네 분 장주님과 내기를 하기 위해서요."

흑백자와 단청생이 입을 모아 물었다.

"내기라니? 무슨 내기 말이오?"

"이 매장에 있는 사람 가운데 검법으로 여기 이 풍 형제를 이길 사람은 아무도 없다는 데 내기를 걸겠소."

흑백자와 단청생이 약속이나 한 듯 영호충을 돌아보았다. 흑백자는 차분한 표정으로 아무 말도 하지 않았지만, 단청생은 큰 소리로 웃음을 터뜨렸다.

"그래, 무얼 걸겠소?"

"우리가 지면 이 그림을 넷째 장주께 드리겠소."

상문천이 말하며 등에 멘 봇짐을 열어 보였다. 안에는 족자 두 개가 들어 있었는데, 그중 하나를 펼치자 한눈에도 오래돼 보이는 그림이 나타났다. 오른쪽 위 귀퉁이에 '북송 범중립范中立의 계산행려도谿山行旅圖'라는 글이 쓰여 있고, 한가운데에는 하늘을 찌를 듯 높이 솟은 산이 그려져 있는데, 먹이 짙게 묻어 운치가 빼어나고 기세 또한 몹시 웅장했다. 그림을 잘 모르는 영호충도 그 그림 속 산수가 걸작 중의 걸작이라는 것을 느낄 수 있었다. 나무가 무성한 산은 종이에 그린 그림임에도 불구하고 절로 우러러보게끔 만드는 힘이 있었다.

단청생이 찬탄을 터뜨렸다.

"오오!"

시선이 그림에 못 박힌 듯 한참 동안 눈을 떼지 못하던 그가 이윽고 입을 열어 물었다.

"북송 범관의 진적眞跡이라니, 이… 이것을… 도대체 어디서 구하셨소?"

상문천은 미소로 답을 대신하며 천천히 족자를 말았다.

"잠깐!"

단청생은 아쉬워하며 그의 팔을 붙잡았지만, 손이 닿는 순간 부드럽지만 중후한 내력이 솟아나 그의 손을 튕겨냈다. 상문천은 시치미를 뚝 떼고 족자를 말아 넣었다. 단청생으로서는 기이하기 짝이 없는 일이었다. 상문천을 붙잡을 때 혹시라도 그림이 찢어질까 봐 손에 전혀 힘을 주지 않았는데, 힘을 가하지 않은 손을 튕겨내기란 지극히 높은 내공이 아니고서는 꿈도 꾸지 못할 일이었다. 그는 속으로 감탄하며 말했다.

"동 형, 이제 보니 무공이 아주 뛰어나구려. 이 단청생보다 높으면 높았지 낮지는 않겠소이다."

"농담이 지나치시오. 매장의 네 분 장주께서는 검법을 제외하면 세상에 당할 자가 없는 무공을 지니고 계시지 않소. 무명소졸에 불과한 이 동화금이 무슨 낯으로 네 분 장주와 비할 수 있겠소?"

단청생은 얼굴을 굳혔다.

"'검법을 제외하면'이라니? 설마 내 검법이 풍 형제에게 못 미친다고 생각하는 거요?"

상문천은 빙그레 웃으며 말을 돌렸다.

"자, 이 글씨는 어떻소이까?"

그가 펼친 두 번째 족자에는 마치 용이 날아오르는 듯한 광초체狂草體가 휘갈겨져 있었다. 단청생은 눈을 동그랗게 뜨고 비명을 질렀다.

"아니, 저… 저!"

연신 비명을 지르던 그가 벼락을 맞은 듯 소리를 질러댔다.

"셋째 형님! 셋째 형님! 형님의 보물이 찾아왔습니다!"

장원이 떠나갈듯 질러대는 소리에 문과 창문이 덜덜 떨리고 서까래에 쌓인 먼지가 풀풀 떨어졌다. 워낙 갑작스러운 외침이라 영호충은 펄쩍 뛰어오를 만큼 놀랐다.

멀리서 누군가가 대답했다.

"대체 무슨 일인데 이리 호들갑이냐?"

"빨리 와서 보십시오! 못 보시면 평생 후회하실 겁니다!"

"쯧쯧, 또 어디서 위조품을 찾아낸 게지, 아니 그러냐?"

그 말과 함께 문이 벌컥 열리고 한 사람이 나타났다. 키가 작고 통통한 데다 머리는 박박 깎아 반들반들하게 매만진 사람이었는데, 손에는 커다란 붓을 들었고 입은 옷은 먹물이 튀어 엉망이었다. 방 안으로 들어와 족자를 한 번 쳐다본 그는 단청생과 마찬가지로 눈이 휘둥그레지더니 숨까지 헐떡이며 떨리는 소리로 외쳤다.

"지, 진… 진짜다! 진짜… 진짜 당나라… 당나라 장욱張旭이 쓴 〈솔의첩率意帖〉이야! 절대… 절대 가짜일 리 없다!"

족자의 글씨는 큼직큼직하고 시원했으며, 마치 무림의 고수가 펼치는 경공처럼 아래위로 자유롭게 노닐면서 빠르게 움직이는 데도 우아함을 잃지 않았다. 영호충은 족자에 쓰인 열 글자 중 단 한 글자도 알아보지 못했지만, 족자 끝에 제발題跋이 가득하고 갖가지 인장이 찍혀 있는 것으로 보아 보통 물건이 아니라는 생각이 들었다.

단청생이 말했다.

"이분은 우리 셋째 형님이신 독필옹禿筆翁이오. 이런 별호를 얻은 까닭은 원체 서예를 좋아하여 붓 수백 자루가 털이 다 빠지도록 글을 쓰셨기 때문이지, 머리칼이 한 올도 없으시기 때문은 아니오. 절대로 오해하면 아니 되오."

영호충은 빙그레 웃으며 고개를 끄덕였다.

"알겠습니다."

독필옹은 둘째 손가락을 내밀어 허공에다 〈솔의첩〉의 획을 하나하나 따라 그리기 시작했다. 완전히 넋이 나간 사람처럼 상문천이나 영호충에게는 눈길 한 번 주지 않았고, 단청생의 말조차 듣지 못한 것 같았다.

영호충은 퍼뜩 정신이 들었다.

'형님은 이 모든 것을 철저히 준비하셨구나. 정자에서 처음 만났을 때에도 저런 봇짐을 메고 계셨으니…. 아니야, 그때 봇짐 안에 든 것은 저 족자가 아니었을 거야. 어쩌면 매장의 장주들이 나를 치료할 수 있다는 것을 알고 지난번에 내가 객잔에서 쉬는 동안 사거나 훔쳐서 준비하셨을지도 모르지. 음, 훔친 것이 맞겠구나. 저렇게 진귀한 보물을 어디서 팔겠어?'

허공에 글을 쓰는 독필옹의 손가락에서는 크고 작은 소리가 쉭쉭 흘러나왔다. 저만한 내공이라면 흑백자에 비해도 뒤떨어질 것 같지 않았다.

영호충은 그 소리를 들으며 생각했다.

'이 내상은 도곡육선과 불계 화상으로 인해 생겼다. 오늘 만난 매장의 세 장주는 도곡육선이나 불계 화상보다 심후한 내공을 지니고 있으니, 첫째 장주는 더욱 대단하겠지. 장주 네 사람에 상 형님까지 가세하면 내상을 치료할 수 있을지 몰라. 공력 소모가 너무 크지 않아야 할 텐데….'

상문천은 독필옹이 글씨를 모두 따라 쓰기 전에 족자를 둘둘 말아 봇짐에 넣었다. 독필옹은 아연실색한 얼굴로 그를 바라보더니 한참 후에야 물었다.

"무엇을 주면 바꾸겠소?"

"바꿀 생각은 없소이다!"

상문천은 단호하게 고개를 저었다. 독필옹이 대뜸 말했다.

"석고타혈필법石鼓打穴筆法 28초를 주겠소!"

"아니 된다!"

"안 됩니다!"

흑백자와 단청생이 입을 모아 소리쳤지만 독필옹은 고집스레 고개를 저었다.

"됩니다. 안 될 까닭이 무엇입니까? 장욱의 광초체 진적을 얻을 수 있다면 석고타혈필법쯤은 아까울 것이 없어요."

그러나 상문천이 고개를 저었다.

"안 되오!"

독필옹은 몸이 달아오르기 시작했다.

"바꾸지도 않을 생각이면 왜 그 글씨를 보여주었소?"

"이 몸이 실수를 했다 생각하시고 안 본 셈 치시면 되지 않겠소?"

"이미 보았는데 어찌 안 본 셈 치란 말이오?"

"좋소, 진심으로 장욱의 진적을 원하신다면 방법은 있소. 우리와 내기를 하는 것이오."

"무슨 내기 말이오?"

단청생이 끼어들었다.

"셋째 형님, 이분은 머리가 어떻게 되신 게 아닌가 싶습니다. 이 매장 안에 여기 이 화산파 풍 형제의 검법을 당해낼 사람이 없다는 데

내기를 걸겠다고 하지 뭡니까."

"내가 저 친구를 이기면 어떻게 되오?"

독필옹이 물었다.

"매장에 있는 그 누구든 풍 형제의 검을 꺾으면 셋째 장주께는 장욱의 진적 〈솔의첩〉을, 넷째 장주께는 범관의 진적 〈계산행려도〉를, 그리고 둘째 장주께는 내 머릿속에 있는 신기막측한 기보 열두 개를 모두 복기해드리겠소."

"그럼 큰형님께는 무엇을 줄 생각이오?"

"내게 〈광릉산〉 금보가 있는데, 첫째 장주께서…."

상문천이 말을 끝맺기도 전에 흑백자 등 세 사람이 입을 모아 외쳤다.

"〈광릉산〉?"

영호충 역시 놀라움을 감추지 못했다.

'〈광릉산〉이라면 곡양 선배님께서 옛 무덤을 파헤쳐 얻은 뒤 〈소오강호곡〉에도 편곡해 넣었다는 그 곡보야. 그게 어쩌다 상 형님 손에 들어갔을까? 그렇군, 상 형님은 마교의 광명우사고 곡양 선배님은 마교의 장로였으니 가까운 사이였을 거야. 곡양 선배님은 곡보를 얻은 후 기쁨을 이기지 못해 형님께 말씀하셨을 것이고, 형님이 빌려달라고 하자 기꺼이 내어주셨겠지.'

곡보는 아직 남아 있는데 사람은 이미 가고 없다고 생각하자 어쩐지 쓸쓸한 기분이 들었다.

그러는 사이 독필옹이 고개를 저으며 말했다.

"혜강이 죽은 후 〈광릉산〉은 실전되었소. 아무래도 동 형은 거짓으로 우리를 속이려는 것 같구려."

상문천은 미소를 지으며 말했다.

"내게는 금을 애지중지하는 벗이 한 명 있었소이다. 그는 혜강이 죽고 〈광릉산〉이 실전되었다는 말에 진나라 이후에는 실전되었을지라도 그전에는 다르리라 생각했소."

독필옹을 비롯한 세 사람은 그 뜻을 헤아리지 못해 어리둥절해했다. 상문천이 말을 이었다.

"그 벗은 지혜가 남다르고 담력 또한 높아, 진나라 이전에 살았던, 금으로 유명한 인사들의 무덤을 하나하나 파헤치기 시작했소. 과연 뜻이 있는 곳에 길이 있다고, 수십 개의 고분을 파헤친 끝에 드디어 동한 채옹의 무덤에서 그 곡보를 찾아냈소."

독필옹과 단청생은 탄성을 터뜨렸고 흑백자는 가만히 고개를 끄덕이며 중얼거렸다.

"지용智勇을 겸비한 사람이군. 대단하오!"

상문천은 봇짐을 풀어 서책 한 권을 꺼냈다. 겉표지에는 '광릉산 금곡'이라는 다섯 글자가 쓰여 있었고, 책장을 넘기자 칠현금의 선율이 빼곡히 기록되어 있었다. 그는 곡보를 영호충에게 건네며 말했다.

"풍 형제, 매장 사람들 중에 자네의 검법을 깨뜨리는 사람이 있으면 그 곡보를 첫째 장주께 드리게."

영호충은 곡보를 받아 품에 갈무리하며 생각했다.

'이 곡보는 곡양 선배님의 유물이나 다름없다. 곡양 선배님께서 돌아가셨으니 상 형님이 이 곡보를 손에 넣는 것이 그리 어렵지 않았을 거야.'

단청생이 웃으며 말했다.

"풍 형제는 주도에 정통하니 필시 검법도 고명할 터이나 아무래도 아직은 나이가 젊소. 설마 우리 매장에 그런… 허허허, 실로 우스운 이야기로구려."

흑백자가 물었다.

"만약 동 형의 말대로 이 매장에서 풍 소협을 꺾는 사람이 없다면 우리는 무엇을 내놓아야 하오?"

영호충은 상문천의 말에 무조건 따르기로 약속했지만, 사태가 이렇게 돌아가자 상문천의 행동이 너무 과하다는 느낌이 들었다. 치료를 부탁하러 왔는데 이렇게까지 오만하게 굴 필요는 없지 않을까? 하물며 그 자신은 내공을 모두 잃어 매장의 즐비한 고수들을 당해낼 자신도 없었다.

"동 형께서는 우스개를 좋아하십니다. 저같이 배운 것 없는 후배가 무슨 수로 매장의 여러 장주들과 검을 논할 수 있겠습니까?"

그가 말하자 상문천은 허허 웃으며 대답했다.

"물론 겸양을 떠는 것도 조금은 필요하지. 그렇지 않으면 사람들이 자네를 너무 오만하다 여기지 않겠나?"

독필옹은 두 사람의 대화는 귀에 들어오지도 않는 듯 혼잣말을 중얼거렸다.

"'장욱은 석 잔 술에 초성草聖이라 불렸노라, 관을 벗고 머리칼을 흩날리며 왕공王公 앞에 나아가, 붓을 휘두르니 종이 위에 구름이 번지더라.' 둘째 형님, 장욱이 초성이라 불린 것은 초서에 뛰어났기 때문입니다. 제가 읊은 세 구절은 두보杜甫(당나라의 시인)가 〈음중팔선가飮中八仙歌〉에서 장욱을 노래한 부분인데, 이 시에 따르면 장욱 역시 음중팔선

중 한 명이지요. 〈술의첩〉을 잘 보십시오. 지난날 그가 술에 취해 붓을 휘두르는 광경이 떠오르지 않습니까? 아아, 실로 고삐가 풀려 하늘을 내닫는 천마天馬와도 같은 힘찬 글입니다! 세상에 이토록 훌륭한 글씨가 있다니!"

단청생이 맞장구를 쳤다.

"그럼요, 그럼요. 술을 그렇게 좋아했다면 분명히 훌륭한 사람이었을 겁니다. 그러니 필체도 좋을 수밖에요!"

독필옹은 고개를 끄덕였다.

"한유韓愈(당나라의 문학가이자 정치가)는 장욱을 두고 '기쁨과 어려움, 근심이나 슬픔, 원망이나 그리움을 술에 취하거나 무료할 때 그 마음을 온전히 붓에 쏟아냈다'고 평했지. 그러니 장욱은 꼭 우리 같은 사람이 틀림없네. 감정이 생길 때 초서체로 풀어내는 것이 검을 휘둘러 마음속 울분을 토해내는 것과 무엇이 다른가? 실로 통쾌한 일이지!"

그는 이렇게 말하며 손가락으로 허공에 획을 그리다가 우뚝 멈추고 상문천을 바라보았다.

"동 형, 한 번만 더 보여주시구려."

상문천은 웃으며 고개를 저었다.

"내기에서 이기면 이 족자가 장주의 것이 되는데 어찌 그리 초조해하시오?"

바둑에 능한 흑백자는 모든 길을 따져보고 승리보다는 패배를 먼저 고려하는 편이었으므로 다시 한번 물었다.

"우리 매장에서 풍 소협의 검법을 꺾는 사람이 없으면 우리는 무엇을 내놓아야 하오?"

"우리가 매장에 찾아온 것은 부탁할 일이 있어서도, 원하는 물건이 있어서도 아니오. 다만 천하 무학의 최고봉인 이곳에서 당세의 고수들에게 풍 형제의 검법을 인정받으려는 것이오. 요행히 승리를 얻으면 우리는 아무런 대가도 받지 않고 떠날 것이오."

흑백자는 고개를 끄덕였다.

"음, 풍 소협이 이름을 날리고 싶어 하는구려. 단번에 강남사우를 꺾으면 그 이름이 강호에 진동하겠지."

"잘못 짐작하셨소이다."

상문천이 고개를 저으며 말했다.

"오늘의 비무에서 누가 이기건, 이 이야기가 한마디라도 밖으로 새어나간다면 나와 풍 형제는 천벌을 받아 비루먹은 개보다 못한 삶을 살게 될 것이오."

"좋소, 좋소! 말 한번 시원하구려! 이 바둑실은 널찍하니 내 여기서 풍 형제와 겨뤄보겠소. 풍 형제, 검을 가지고 왔는가?"

단청생이 묻자 상문천이 대신 대답했다.

"우리는 네 분 장주를 존경하는 마음으로 찾아왔는데 어찌 감히 무기를 들고 올 수 있겠소?"

그러자 단청생은 밖을 향해 우렁차게 외쳤다.

"검을 가지고 오너라!"

밖에서 대답이 들리고, 정견과 시령위가 검 한 자루씩을 들고 들어와서 단청생에게 다가와 허리를 숙이며 검을 바쳤다. 단청생은 정견의 손에서 검을 받아들고 시령위에게 말했다.

"그 검은 풍 형제에게 주게."

"예!"

시령위가 두 손으로 검을 받쳐들고 영호충에게 다가갔다. 영호충은 난처해하며 상문천을 돌아보았다. 상문천이 말했다.

"매장의 넷째 장주께서는 검법에 통달하셨다네. 두어 초만 배워도 평생 쓰고도 남을 것일세."

영호충은 어쩔 수 없이 허리를 살짝 숙이며 검을 받아들었다.

문득 흑백자가 말했다.

"넷째, 잠깐 기다려라. 동 형께서는 우리 매장에 있는 사람 중 누구라도 풍 소협을 이기면 된다고 하셨다. 정견도 매장 사람이고 검을 쓸 줄 아니 네가 직접 나설 필요는 없겠지."

믿는 구석이 있는 듯한 상문천의 말투에 뭔가 이상하다는 느낌이 들어 먼저 정견을 내세워 싸우게 하려는 것이었다. 정견은 하인이라는 신분 덕택에 지더라도 매장의 명성에 누를 끼치지 않는 데다, 검술도 뛰어나 풍이중이라는 자의 허실을 파악할 수도 있었다.

상문천은 웃으며 고개를 끄덕였다.

"그렇소. 매장 사람 가운데 누구라도 풍 형제를 꺾으면 패배를 인정하겠소. 구태여 네 분 장주께서 몸소 나설 필요도 없소이다. 정 형은 강호에서 일자전검이라 불리는 분이니 검의 빠르기는 세상에 따를 자가 없을 것이라 믿소. 풍 형제, 우선 정 형의 일자전검을 가르침 받는 것이 좋겠네."

단청생이 정견에게 검을 던지며 껄껄 웃었다.

"자네가 지면 이 토로번의 진한 포도주를 벌주로 내리겠네!"

정견은 허리를 숙여 검을 받은 뒤 영호충을 돌아보았다.

"정견이 풍 나리께 가르침을 청합니다."

말이 끝나기 무섭게 쐐액 하고 검이 검집에서 빠져나왔다. 영호충도 검을 뽑고 검집을 돌탁자 위에 내려놓았다.

상문천이 말했다.

"장주님들, 그리고 정 형, 우리 목적은 검법을 인정받는 것이지 내공을 겨루는 것이 아니오."

흑백자는 고개를 끄덕였다.

"이미 그리 말하지 않았소?"

"풍 형제, 자네도 내공을 써서는 안 되네. 검법을 겨루는 자리니 초식에 정통한 사람이 이기고 그렇지 않으면 지는 걸세. 화산파의 기공은 무림에서도 유명하지 않은가? 만에 하나 내공으로 상대방을 물리친다면 우리가 지는 것일세."

영호충은 속으로 빙그레 웃었다.

'형님께서 내공이 없는 나를 배려하여 저렇게 말씀하시는구나.'

그는 다른 사람들을 둘러보며 말했다.

"제가 보잘것없는 내공을 사용하면 세 분 장주와 정 형, 시 형께서 배꼽을 잡고 비웃으실 텐데 어찌 언감생심 그런 짓을 하겠습니까?"

상문천이 말했다.

"우리는 지극한 정성으로 이 매장을 찾아오지 않았는가? 자네가 계속 그렇게 과도한 겸양을 하면 오히려 네 분 장주께 불경한 일이 된다네. 화산파의 자하신공이 우리 숭산파 내공을 훨씬 뛰어넘는다는 것은 무림인이라면 누구나 아는 사실일세. 자, 여기 내가 만든 발자국

위에 서서 두 발을 움직이지 않고 정 형의 검초를 받아내도록 하게나. 어떤가?"

그가 이렇게 말하며 옆으로 비켜서자, 파란 벽돌을 깐 바닥에 두 개의 발자국이 뚜렷하게 찍혀 있었다. 이야기를 하는 동안 내공을 끌어올려 벽돌 위에 발자국을 찍은 것이었다.

흑백자와 독필옹, 단청생은 어림잡아 깊이가 두 치는 될 법한 발자국을 보며 박수갈채를 보냈다.

"훌륭한 무공이오!"

태연하게 이야기를 나누면서 아무런 징조도 없이 내공을 끌어올려 발끝으로 전달하고, 단단한 벽돌 위에 가루조차 내지 않고 마치 조각칼로 세심하게 새긴 것처럼 발자국을 찍었으니 놀라운 내공이 아닐 수 없었다. 세 사람 모두 자신의 내공으로는 따를 수 없으리라 생각하며 혀를 내둘렀다. 물론 이렇게 대놓고 내공을 자랑하는 것이 우아한 행동은 아니었지만, 단청생 등을 놀라게 하는 효과는 있었다.

하지만 상문천이 이런 행동을 한 데에 다른 뜻이 있다는 사실을, 영호충을 제외한 누구도 알지 못했다. 자신의 내공을 자랑한 뒤 영호충의 내공이 훨씬 높다고 말함으로써 상대방이 비무 중에 함부로 내공을 쓰지 못하도록 겁을 주는 것이 상문천의 본래 목적이었다. 더불어 영호충이 검법 외에는 할 줄 아는 것이 없는 데다 경공도 뛰어나지 못했으므로, 두 발을 땅에 붙이고 검법을 펼치게 하여 그 사실을 감추려는 의도도 있었다.

정견은 두 발을 움직이지 않고 비무하라는 상문천의 말을 몹시 모욕적으로 받아들였으나, 바닥에 발자국을 찍은 내공에는 놀라지 않을 수 없었다.

'배짱 좋게 장주님들께 도전했으니 평범한 무리는 아닐 것이다. 저자와 평수만 이뤄도 우리 매장에 공을 세울 수 있겠군.'

한때 그는 세상 사람들을 눈 아래로 보며 오만하게 굴던 젊은이였다. 그러다가 강적을 만나 죽지도 살지도 못하는 입장에 처했을 때 운 좋게 강남사우의 도움을 받아 살아났고, 매장에 들어와 기꺼이 잡일을 도맡게 되었다. 덕분에 흉포하고 오만하던 성격은 차차 옅어져 오랜 시간이 지난 지금은 전혀 찾아볼 수가 없었다.

영호충은 상문천이 남긴 발자국 위로 올라가 빙그레 웃으며 말했다.

"정 형, 시작하시지요!"

정견은 고개를 숙이며 말했다.

"풍 나리, 실례를 용서하십시오!"

검이 날아오르자 마치 번갯불이 눈앞으로 획 지나가는 것 같았다. 매장에 은거한 지 10여 년이 흘렀지만 그의 무공은 조금도 녹슬지 않았던 것이다. '일자전검'을 펼칠 때마다 번갯불이 허공을 가르는 듯해, 보기만 해도 정신이 혼미하고 가슴이 철렁했다. 지난날 그가 눈먼 대도大盜의 손에 패한 까닭도, 상대방의 눈이 멀어 혼을 쏙 빼놓는 이 검법이 효과를 보지 못했기 때문이었다. 지금 다시 펼쳐진 일자전검은 삽시간에 방 안을 번갯불로 가득 채우며 모든 사람들의 눈을 어지럽혔다.

그러나 그가 첫 번째 초식을 펼치는 순간, 영호충은 그 속에서 커다란 허점을 세 곳이나 찾아냈다. 정견은 서둘러 공격하지 않고 검을 이리저리 휘두르기만 했다. 겉보기에는 손님에게 예의를 갖추려는 것 같았으나 실은 영호충의 눈과 정신을 어지럽혀 실제 공격을 막아내지 못하게 하기 위함이었다. 다섯 번째 초식까지 펼치자 이미 열여덟 곳의 허점을 발견한 영호충이 불쑥 말했다.

"실례하겠습니다!"

말이 끝나기 무섭게 그의 검이 비스듬히 쏘아져나갔다.

그때 정견은 왼쪽에서 오른쪽으로 검을 베어내리던 중이었다. 영호충의 검이 손목에서 두 자 여섯 치 정도로 바짝 다가왔지만, 정견은 힘을 거둬들일 수가 없어 손목을 영호충에게 갖다 바치는 자세가 되었다. 검을 휘두르던 속도가 워낙 빨라 멈추기 어렵다는 것은 구경하던 사람들도 알아보고 다 함께 비명을 질렀다.

"조심하게!"

마침 검은 돌과 흰 돌 하나씩을 쥐고 있던 흑백자는 영호충의 검을 향해 돌을 던져 정견의 손목이 잘리는 것을 막으려다가 주춤했다.

'내가 나서면 둘이서 한 사람을 공격하는 셈이니 매장의 패배다.'

그가 망설이는 사이 정견의 손목은 영호충의 검에 거의 닿을 정도가 되었다.

"저런!"

시령위가 비명을 질렀다.

정견의 손목이 검에 찔리려는 찰나, 영호충이 손목을 살짝 비틀자 검끝은 아슬아슬하게 방향을 바꿨고, 정견의 손목은 검신에 살짝 부딪혀 아무 상처도 입지 않았다. 상대방이 검을 틀지 않았다면 손목이 끊어져 평생 다시는 검을 잡을 수 없게 되었으리라 생각하자, 정견의 등에서 식은땀이 주르륵 흘렀다. 그가 황망히 허리를 숙이며 말했다.

"풍 대협, 사정을 보아주셔서 감사합니다."

영호충도 허리를 숙여 인사했다.

"별말씀을!"

영호충이 검을 돌려 정견이 피투성이가 되는 사태를 막아준 데 대해 흑백자와 독필옹, 단청생은 무척 감격했다. 단청생이 술잔 가득 술을 따르고 말했다.

"풍 형제, 자네 검법은 실로 대단하군그래. 자, 존경의 뜻으로 한 잔 올리겠네."

"감당하기 어려운 말씀입니다."

영호충이 겸손하게 말하며 잔을 받아 마셨다. 단청생도 함께 잔을 비우고는 영호충의 잔에 다시 술을 따랐다.

"풍 형제, 자네가 너그러운 마음으로 정견의 손을 보존해주었으니 고마움의 뜻으로 한 잔 올리겠네."

"우연히 그리된 것뿐입니다."

영호충은 그렇게 말하며 두 손으로 잔을 들고 마셨다. 단청생은 이번에도 함께 마시고는 또다시 잔을 채웠다.

"세 번째 잔은 아직 마셔서는 아니 되네. 자네와 내가 검으로 신나게 놀아본 뒤 지는 사람이 마시도록 하세."

영호충은 웃으며 대답했다.

"제가 질 것이 뻔하니 미리 마셔야겠군요."

단청생은 손을 내저었다.

"어허, 서두를 것 없네!"

그는 잔을 돌탁자에 올려놓고 정견에게서 검을 건네받았다.

"풍 형제, 자네 먼저 출수하게."

영호충은 술을 마시면서 속으로는 이미 방도를 찾아놓고 있었다.

'저 사람은 자기 입으로 첫째가 술이요, 둘째가 그림이요, 셋째가 검이라고 했으니 검법이 무척 뛰어날 거야. 직접 그렸다는 대청에 걸린 선인도를 보면 필법이 날카롭기는 하나 자제력이 다소 부족한 느낌이 있어. 검법도 마찬가지라면 허점이 많겠지.'

그는 허리를 살짝 숙이며 말했다.

"양보를 부탁드립니다."

"무슨 그런 겸손을! 자, 출수하게!"

"예!"

영호충이 검을 들어 어깻죽지를 노리고 찔러갔다. 검은 아무런 힘이 실리지 않은 것처럼 흐느적거렸고 제대로 된 법도도 없어 아무리 좋게 보아주어도 검초라고 할 수가 없었다. 단청생은 황당무계한 눈으로 그 검을 바라보았다.

'저것이 무엇이란 말인가?'

영호충이 화산파의 제자라고 해서 화산파의 갖가지 검법들을 떠올렸는데 날아든 검은 화산파의 검법은 물론이고 숫제 검법이라 할 수도 없었으니 그럴 만도 했다.

다른 사람 눈에는 이상하기 짝이 없는 이 검법은, 영호충이 풍청양에게 검을 배운 후로 고금을 통틀어 독보적인 '독고구검'을 터득했을 뿐 아니라 '초식이 없는 것으로 초식이 있는 것을 깨뜨린다'는 검의 정수를 깨우친 덕분에 펼칠 수 있는 것이었다. 초식이 없는 검법은 독고구검의 약점을 보완해주는 것으로, 정묘하고 오묘한 점에서는 비할 데 없는 독고구검도 필경은 초식으로 이루어져 그 흔적이 남기 때문에, 초식이 없는 것으로 초식을 깨뜨리는 이치를 그 속에 녹여냄으로써 더욱 표홀하고 변화무쌍하여 그 누구도 파해법을 찾아낼 수 없는 검법을 만들어낼 수 있었던 것이다.

이런 검이 날아들자 단청생은 당황스러웠다. 검으로 막으려고 해도 어떻게 막아야 할지 몰라 우선 뒤로 물러서서 피하는 수밖에는 달리 도리가 없었다.

단 1초로 정견을 패퇴시킨 영호충이었으나 흑백자와 독필옹은 그 검법을 칭찬하면서도 그리 놀라지는 않았다. 호기롭게 매장에 도전해 온 자가 매장의 하인조차 꺾지 못한다면 그야말로 비웃음을 살 일이 아니겠는가? 그런데 단청생마저 단 1초 만에 뒤로 물러서자 이번에야말로 깜짝 놀랐다.

두 걸음 물러난 단청생은 곧바로 두 걸음을 다시 나갔다. 영호충의 검이 날아들었다. 이번에는 왼쪽 옆구리를 노리고 있었는데 여전히 검법이라고는 할 수 없는 이상야릇한 움직임이었다. 단청생은 검을 가로 세워 막았지만, 두 검이 부딪치기도 전에 상대방의 검끝이 오른쪽 옆구리로 방향을 바꿨다는 것을 깨달았다. 방어조차 없이 훤히 노출된 곳이었기 때문에 그 틈을 파고들면 돌이키기 어려웠다. 그는 다급히 초식을 거두고 두 발로 바닥을 굴러 한 장 뒤로 물러섰다.

"좋은 검법이군!"

단청생은 그렇게 외치며, 빙글 몸을 돌려 검을 세운 채로 영호충을 향해 맹렬히 달려들었다.

영호충은 그의 오른쪽 팔오금에서 허점을 발견하고 검을 찔러 오른쪽 팔꿈치를 쓸었다. 초식을 거두지 않으면 오른쪽 팔꿈치가 먼저 영호충의 검에 베이고 말 터라, 그는 황급히 손목을 꺾어 검으로 바닥을 찍은 뒤 그 힘을 빌려 빙글빙글 공중제비를 돌며 두 장 뒤에 내려섰다. 그때 그의 등과 담벼락의 거리는 고작 몇 치밖에 되지 않았다. 공중제비를 조금만 크게 돌았다면 등이 담벼락에 부딪혀 강호의 명망 높은 고수답지 않게 민망한 상황을 연출했을 것이다. 요행히 그런 상황은 피했지만, 이렇게 허둥지둥 물러나는 것도 낭패스러웠기 때문에 얼굴이 벌겋게 달아올랐다. 하지만 활달한 그는 껄껄 웃으며 왼손 엄지를 치켜세웠다.

"훌륭한 검법일세!"

외침과 동시에 검이 춤을 추며 백홍관일白虹貫日을 펼쳐냈다. 백홍관일은 채 완성되기도 전에 춘풍양류春風楊柳로 바뀌었고 곧이어 등교기봉騰蛟起鳳으로 변했다. 세 개의 초식이지만 마치 하나처럼 단숨에 펼쳐졌고, 발을 움직인 것 같지도 않은데 어느새 검날이 영호충을 덮쳐오고 있었다.

영호충은 검을 비스듬히 내질러 단청생의 검등을 살짝 눌렀다. 그의 검이 날아간 시각, 그리고 위치는 한 치의 어긋남도 없이 정확했다. 바로 그 순간, 단청생은 온 힘을 검끝에 쏟아부어 검등에는 아무런 힘도 들어 있지 않았고, 덕분에 무게를 견디지 못한 검은 힘없이 아래로 처졌다. 그 틈에 영호충의 검이 불쑥 솟아올라 단청생의 가슴을 찔러갔다. 단청생은 '어엇' 하고 놀라며 몸을 왼쪽으로 틀었다. 그리고 왼손으로 검결을 짚으면서 오른손에 든 검을 다시 찔렀는데, 이번에도 정면승부를 노리는 초식이었다.

그는 검을 아래로 내리찍으면서 외쳤다.

"조심하게!"

방금 펼친 이 옥룡도현玉龍倒懸은 위력이 어마어마해, 펼친 사람조차 쉽게 거둬들일 수 없었기 때문에 영호충을 해칠 마음이 없었던 그가 미리 주의를 준 것이었다.

"예!"

영호충은 큰 소리로 대답하며 검을 살짝 내밀었다. 그의 검은 단청생의 검에 거의 맞닿은 상태로 검신을 훑어올라가기 시작했다. 검을 내리찍는 중이던 단청생은 검끝이 영호충의 머리에 닿기도 전에 손가락을 베일 판이었다. 상대방의 검이 자신의 검 위로 미끄러져들어오니 검으로 막을 방도도 없었다. 그는 하는 수 없이 왼손을 힘껏 휘둘러 장력으로 바닥을 내리쳤다. 펑 하는 굉음과 함께 그의 몸은 장풍의 반탄력을 이용해 한 장 밖으로 훌쩍 날아갔다.

그는 땅에 내려서기도 전에 검을 빙글빙글 돌려 동그라미를 세 개 그렸다. 동그라미는 눈부신 빛을 뿌리며 마치 실체가 있는 것처럼 허공에 잠시 머물다가 영호충을 향해 천천히 움직이기 시작했다. 검기로 만든 이 빛무리는 얼핏 보기에는 일자전검만큼 날카로워 보이지 않았지만, 실제로는 검기가 방 안을 가득 채워 칼날같이 차가운 바람이 휘몰아쳤다.

영호충은 검을 내밀어 빛무리의 왼쪽을 비스듬히 찔렀다. 그 위치는 바로 단청생이 첫 번째 펼친 초식의 힘이 사라지고 두 번째 초식의 힘이 채 닿지 못한 틈이었다. 단청생이 신음을 하며 뒤로 물러서자 검기도 그를 따라 물러났다.

그러나 그것도 잠시, 동그란 빛무리는 한껏 줄어들었다가 다시 팽

창하며 영호충에게 날아들었다. 영호충은 손목을 떨치며 검을 내밀었고 단청생은 또다시 신음을 터뜨리며 급히 물러났다.

이렇게 나아갔다가 물러나는 싸움이 계속되었다. 단청생의 공격은 눈부시게 빨랐고 후퇴 역시 비할 데 없이 빨랐다. 그 짧은 순간에 그는 11초를 공격하고 열한 번을 물러났다. 머리칼과 수염이 올올이 곤두서고 퍼렇게 번쩍이는 검광에 얼굴마저 퍼렇게 물든 것 같았다.

그가 짧게 호통을 지르자 크고 작은 빛무리 수십 개가 영호충을 덮쳤다. 이는 그의 검법에서도 절정의 경지라 할 수 있는 초식으로, 수십 초의 검초를 하나로 엮어낸 절초 중의 절초였다. 이 속에 담긴 초식들은 하나하나가 목숨을 앗아가는 살초요, 헤아릴 수 없는 변화를 담고 있었는데, 그 초식들을 한데 엮었으니 변화무쌍하고 복잡하기가 이루 말할 수 없었다.

그러나 영호충은 간결함으로 복잡함을 이기는 법을 알고 있었다. 그는 몸을 살짝 숙이고 날아드는 수십 개의 빛무리 아래쪽으로 검을 찔러넣어 단청생의 아랫배를 겨눴다. 단청생은 이번에도 커다랗게 비명을 지르며 힘껏 뒤로 물러났다. 쿵 하는 소리와 함께 그의 몸이 돌탁자 위로 털썩 떨어졌고, 곧이어 탁자 위에 있던 술잔들이 진동을 이기지 못하고 바닥으로 떨어져 와장창 박살이 났다.

단청생은 껄껄 웃으며 말했다.

"훌륭하군, 훌륭해! 풍 형제, 자네의 검법은 나보다 몇 수 위일세. 자, 자, 받게! 존경의 뜻으로 술 석 잔을 올리겠네!"

넷째 아우의 검법에 대해서 누구보다도 잘 아는 흑백자와 독필옹은 아우가 17초를 공격하고도 영호충이 발을 떼게 만들기는커녕 자기 혼자 열여섯 차례나 물러나는 광경을 보자 영호충의 검법이 실로 대단하다는 것을 깨닫고 놀라지 않을 수 없었다.

단청생은 술을 따라 영호충과 함께 석 잔을 마셨다.

"강남사우 중에서는 나의 무공이 가장 얕다네. 나는 졌지만 둘째 형님과 셋째 형님은 패배를 인정치 못하실 테니 아마도 몸소 시험해보려 하실 거야."

"10여 초를 겨뤘지만 넷째 장주께서는 단 1초도 제게 밀리신 적이 없는데 어찌 승패를 논할 수 있겠습니까?"

영호충이 말하자 단청생은 고개를 가로저었다.

"첫 번째 초식부터 졌으니 그 뒤에 펼친 16초는 부질없는 것이었네. 큰형님께서 늘 나더러 도량이 부족하다고 하셨는데 그 말씀이 틀리지 않았구먼."

영호충은 웃으며 대답했다.

"넷째 장주님의 도량은 주량과 마찬가지로 아주 높고 크십니다."

"그럼, 그럼! 자, 한 잔 더 마시게. 내 검법은 그저 그래도 주량만큼은 쓸 만하다네!"

검술에 자부심이 강한 고수가 이름조차 알려지지 않은 후배의 손에 패하고도 화를 내거나 낙담하지 않고 소탈하게 넘기는 것은 실로 크나큰 도량을 갖추지 않고서는 어려운 일이었다. 상문천과 영호충은 그 도량에 감탄하며 단청생의 인품을 새삼 느꼈다.

독필옹이 시령위에게 말했다.

"시 총관, 수고스럽지만 가서 내 독필을 가져오게."

시령위가 방에서 물러갔다가 무기 하나를 들고 와 두 손으로 바쳤다. 무기는 길이가 한 자 여섯 치인 순철로 만든 판관필이었는데, 특이한 것은 끝부분에 먹물이 검게 물든 양털 다발이 붙어 있어 평소 글을 쓸 때 사용하는 큰 붓 같다는 점이었다. 판관필이란 보통 붓끝으로 점혈을 하는 무기인데, 독필옹의 판관필에는 부드러운 양털이 달려 있어 혈도를 때려도 아무런 효과를 보지 못할 것 같았다. 달리 말하면, 그의 무공이 일가를 이룰 만큼 높다면 필시 내공도 깊을 테니 양털로 적을 쓰러뜨리는 일이 불가능하지 않다는 의미기도 했다.

독필옹은 판관필을 손에 쥐며 빙그레 웃었다.

"풍 형, 이번에도 그 발자국에서 발을 떼지 않을 생각인가?"

영호충은 황급히 뒤로 두어 걸음 물러서서 허리를 숙였다.

"아닙니다. 선배님의 가르침을 받는데 어찌 그런 오만한 짓을 하겠습니까?"

단청생이 고개를 끄덕이며 끼어들었다.

"하긴… 나와 비무할 때는 발을 떼지 않아도 되었겠지만, 셋째 형님과의 비무에서는 그렇게는 안 될 걸세."

독필옹은 판관필을 들어올리며 또다시 빙그레 웃었다.

"내 필법은 명사의 필첩筆帖에서 따온 것일세. 풍 형은 문무를 겸비했으니 내 필법을 알아볼 수 있겠지. 좋은 친구와 비무하는 자리니 붓에 먹을 묻히지는 않겠네."

영호충은 속으로 고개를 갸웃했다.

'좋은 친구가 아니면 먹을 묻히겠다는 뜻인데, 먹을 묻히면 어떻게 되는 걸까?'

독필옹이 적과 싸울 때 판관필에 묻히는 먹은 특수한 약재를 졸여 만든 것으로, 피부에 닿으면 깊숙이 스며들어 몇 년 동안은 물에도 지워지지 않고 칼로 피부를 벗겨내도 사라지지 않는다는 사실을 영호충이 알 리 없었다. 오래전 무림의 고수들이 강남사우와 대적할 때 독필옹을 가장 골치 아픈 상대로 꼽은 연유도 바로 여기에 있었다. 자칫 경계를 늦췄다가는 얼굴에 동그라미가 그려지거나 글자가 새겨져 몇 년 동안 사람들 앞에 나서지 못하는 사태가 벌어지기 십상이었기 때문이다. 고수들에게는 얼굴에 먹을 묻히는 것보다는 차라리 칼에 맞아 팔이 잘리는 편이 덜 치욕적이었다.

정견이나 단청생과 싸울 때 정직하고 예의를 갖추는 영호충의 모습에 감탄한 독필옹은 존중의 뜻으로 그 먹을 사용하지 않기로 한 것이었다. 영호충은 그 속뜻을 알지 못했지만 자신을 배려해준다는 것은 짐작해 공손하게 허리를 숙여 보였다.

"후의에 감사드립니다. 솔직히 말씀드리면 소생은 글을 잘 모르니 셋째 장주님의 필법을 알아보지는 못할 것입니다."

독필옹은 다소 실망한 표정이었다.

"서법을 잘 모른다고? 괜찮네. 내 미리 가르쳐주지. 내 필법은 배장군시裴將軍詩라 하는데, 안진경顔眞卿(당나라의 정치가이자 서예가)이 쓴 시에서 변화를 준 것일세. 도합 스물세 글자로 이루어져 있고, 글자마다 3초에서 16초의 초식이 있으니, 잘 듣게. '배장군裴將軍! 대군제육합大君制六合, 맹장청구해猛將淸九垓, 전마약용호戰馬若龍虎, 등릉하장재騰陵何壯哉!' 뜻을 풀자면 '배장군! 장군은 사방을 두루 평정하고 용맹한 군사는 아홉 주를 휩쓸었노라. 용호 같은 군마 나는 듯 내디디니 실로 장관일세.'"

"가르쳐주셔서 감사합니다."

영호충은 이렇게 말하면서도 속으로는 고개를 가로저었다.

'시사건 서예건 아무리 말한들 나로서는 통 알아들을 수가 없으니 아무 소용이 없겠군.'

그때 독필옹이 커다란 붓을 들어 영호충의 오른쪽 뺨을 향해 잇달아 세 번을 찔렀다. 바로 '배裴' 자의 첫 번째 3획이었는데, 이는 모두 허초였다. 붓이 곧바로 높이 솟구쳤다가 선을 긋듯 위에서 아래로 떨어져내리자, 영호충은 재빠르게 검을 뻗어 기선을 제압하고 질풍같이 독필옹의 오른쪽 어깨를 찔렀다. 독필옹은 어쩔 수 없이 붓을 가로질러 막았지만 영호충의 검은 어느새 사라진 뒤였다. 두 사람 다 허초만 뿌리느라 무기가 부딪치는 일은 없었지만, 독필옹은 배장군시 필법 중 제1식조차 다 펼치지 못한 상황이었다. 허초를 막으려고 헛손질을 한 그는 즉각 제2식을 펼쳤다. 영호충은 붓끝이 찔러들어오기 전에 약점을 향해 검을 내질렀고, 이번에도 독필옹이 막으려고 붓을 휘두르자 재빨리 검을 거뒀다. 덕분에 독필옹은 제2식마저 도중에 멈출 수밖에 없었다.

잇달아 두 번이나 초식이 막혀 자랑하는 필법을 제대로 펼쳐 보이지 못하자, 독필옹은 심히 답답하고 초조했다. 마치 글씨를 잘 쓰는 사람이 마음먹고 붓을 들었는데 옆에 있는 어린아이가 붓을 빼앗고 팔을 잡아당기며 보채 한 글자도 제대로 쓰지 못하는 상황이나 마찬가지였다.

'배장군시를 읊어주었더니 내 초식이 어떻게 진행되는지 알고 선수를 쳐서 막는구나. 그렇다면 순서에 상관없이 펼쳐야겠다.'

이렇게 생각한 그는 붓으로 허공을 찍고 오른쪽 위에서부터 왼쪽 아래로 힘껏 그어내렸다. 붓이 그려낸 글자는 바로 초서체로 쓴 '약若' 자였다. 영호충의 검이 휙 날아들어 그의 오른쪽 어깨를 찔렀다. 독필옹은 깜짝 놀라 황급히 붓을 끌어올려 검을 때리려 했다. 이번에도 영호충의 검은 흉내만 낸 허초였고 독필옹은 또다시 초식을 중단해야 했다.

초서체에는 정력과 힘이 한껏 담겨 있었기 때문에 갑작스럽게 중단하자 기의 흐름이 막혀 진기가 뒤엉키고 기혈이 거꾸로 솟구치는 바람에 단전에 찢어지는 듯한 통증이 찾아들었다.

그는 숨을 후후 내쉬며 기운을 가다듬고, 붓을 빠르게 휘둘러 '등騰' 자의 제1식을 펼쳤다. 그러나 역시 반도 펼치기 전에 영호충의 검이 날아들어 붓을 꺾을 수밖에 없었다. 독필옹은 잔뜩 골이 나서 외쳤다.

"이놈, 아주 성가신 놈이로구나!"

붓이 더욱더 빠르게 움직였지만, 그 어떤 변화를 주어도 매번 두 획 이상을 나아가지 못하고 영호충의 검에 막히고 말았다. 그는 대갈을 터뜨리며 필법을 바꿨다. 조금 전처럼 자연스러운 필치가 아니라 붓 가운데 힘을 주어 묵직하게 내리치는 필치로, 그 끝에서 흘러나오는 힘은 검을 뽑고 활시위를 당기듯 팽팽하게 긴장되어 있었다.

영호충은 그 필법이 촉한의 장군 장비張飛가 쓴 〈팔몽산명八濛山銘〉에서 따왔다는 사실을 알지 못했으나, 앞서의 필법과는 판이하게 다르다는 것은 알아차렸다. 하지만 독필옹이 무슨 초식을 쓰든 그는 전과 마찬가지로 그의 붓이 움직이는 순간 허점을 찔러 초식을 멈추게 만들었다. 독필옹은 마구 기합을 지르며 붓을 이리 휘두르고 저리 내리쳤지만, 무엇을 어떻게 해도 한 글자를 완전히 써낼 수가 없었다.

독필옹의 필법이 또다시 바뀌었다. 이번에는 종횡으로 휘저으며 거침없이 흘려쓰는 〈회소자서첩懷素自敍帖〉의 초서체였다.

'회소(당나라의 승려이자 서예가)의 초서체는 본래도 알아보기 어려운데 그 위에 흘림을 더욱 가중시켰으니 파악하기가 더욱더 어려울 것이다. 이놈, 내가 만들어낸 이 광초체를 알아볼 수나 있겠느냐?'

독필옹은 속으로 단단히 별렀지만, 영호충이 초서체는 고사하고 곧고 단정한 해서체조차 몇 글자 알지 못한다는 사실은 짐작조차 하지 못했다. 그는 영호충이 필획의 흐름을 예측하고 선수를 쳐서 막는다고 생각했지만, 기실 영호충의 눈에 보이는 것은 오로지 무기의 움직임에 불과했고, 그 속에서 빈틈을 찾아 허점을 파고든 것뿐이었다.

때문에 회심의 광초체도 여느 때처럼 반쯤 펼치다가 멈춰야 했고, 독필옹은 울화가 쌓여 견딜 수가 없었다.

"그만하세, 그만해!"

별안간 그가 버럭 소리를 지르며 뒤로 물러났다. 그러고는 단청생에게서 술통을 빼앗아 돌탁자 위에 쏟더니 붓끝을 술에 적셔 허연 벽에 글씨를 써내려가기 시작했다. 다름 아닌 배장군시였다. 시를 이루는 스물세 글자는 한 획 한 획에 정기가 충만했고, 특히 '약' 자는 벽을 뚫고 날아갈 듯 시원시원했다. 시를 다 쓰고 나자 쌓였던 울분도 가셨는지, 그는 그제야 긴장을 풀고 껄껄 웃으며 연지처럼 벽을 붉게 물들인 글씨를 흐뭇하게 감상했다.

"좋구나! 내 평생 쓴 글씨 중에서도 최고로다!"

보면 볼수록 마음에 드는지 그는 허허 웃으며 흑백자에게 말했다.

"둘째 형님, 이 바둑실은 제게 주셔야겠습니다. 이 글씨가 눈에 밟혀 떠날 수가 없군요. 아마도 앞으로 다시는 이렇게 훌륭한 글씨를 쓰지 못할 겁니다."

"그리하거라! 어차피 이 방에 있는 것이라야 바둑판밖에 없으니 네가 청하지 않아도 옮길 참이었다. 용이 날아오르는 듯한 저 글씨를 옆에 두고서야 무슨 수로 바둑에 집중할 수 있겠느냐?"

독필옹은 머리를 이리 돌리고 저리 돌리며 벽에 쓴 글씨를 바라보다가 자화자찬을 했다.

"안 노공魯公(안진경의 봉호)이 살아 돌아와도 이런 글씨는 쓰지 못할 게야!"

그는 영호충에게로 고개를 돌렸다.

"풍 형제, 모두 자네 덕분일세. 자네가 내 붓을 막은 덕에 풀어내지 못한 필법이 속에 꾸역꾸역 쌓였다가 단번에 손끝으로 쏟아져나와 세상에 둘도 없는 걸작을 이뤄낸 거지! 자네는 검법이 뛰어나고 나는 서법에 일가견이 있어 각자 장기가 있으니 승부를 가릴 수 없네."

상문천이 웃으며 맞장구를 쳤다.

"그렇소이다. 각자의 장기가 있으니 승부를 가릴 수가 없지요."

단청생도 웃으며 끼어들었다.

"하나 빠뜨리셨군요! 이것이 다 저의 진귀한 술 덕분입니다!"

흑백자는 다소 미안한 목소리로 말했다.

"셋째 아우가 아직 천진난만하여 글씨 생각에만 빠져서 패배하고도 인정하지 않는구려."

"충분히 이해하오. 어차피 매장 사람 가운데 풍 형제의 검법을 꺾을 사람이 없다는 데 내기를 걸었으니, 승부를 가리지 못하면 우리도 진 것은 아니지 않소?"

흑백자는 고개를 끄덕였다.

"그렇구려."

그는 돌탁자 아래로 손을 넣어 네모진 철판을 하나 꺼냈다. 상판에 가로세로 각각 열아홉 개의 선이 그어져 있는 것으로 보아 철로 주조한 바둑판이 분명했다. 그는 철판 모서리를 움켜쥐며 말했다.

"풍 소협, 내 이 바둑판을 무기 삼아 풍 소협의 뛰어난 검법을 가르침 받고자 하오."

상문천이 넌지시 끼어들었다.

"둘째 장주의 바둑판은 각종 무기와 암기를 담을 수 있는 보물 중의 보물이라 들었소만…."

흑백자가 그를 뚫어져라 응시하며 말했다.

"동 형은 실로 견문이 넓구려. 감탄했소이다. 솔직히 말해 이 무기는 보물이라 할 만한 것은 못 되나, 자철석으로 만들어 쇠로 만든 물건을 잡아당기는 힘이 있소. 하여 배나 말 위에서 대국을 할 때 흔들림이 심해도 바둑알이 흩어지지 않아 무척 편리하오."

상문천은 고개를 끄덕였다.

"그런 것이었구려."

영호충은 그 대화를 들으며 속으로 안도의 숨을 내쉬었다.

'상 형님께서 알려주지 않으셨다면 검을 찌르는 순간 저 바둑판에 달라붙어 싸우기 전에 질 뻔했구나. 저 사람과 대결할 때는 바둑판에

검을 부딪지 않는 것이 좋겠어.'

그는 검끝을 바닥을 향해 내리고 포권했다.

"잘 부탁드립니다, 둘째 장주님."

"겸손이 과하시구려. 내 평생 풍 소협이 펼친 것만큼 고명한 검법은 본 적이 없소. 자, 공격하시오!"

영호충이 아무렇게나 팔을 뻗자 검은 삐뚤빼뚤 허공을 가르며 앞으로 나아갔다. 그 모습을 본 흑백자는 어리둥절했다.

'이 무슨 초식인가?'

검이 목을 겨누며 다가오고 있었기 때문에 그는 검을 막기 위해 바둑판을 들었다.

그러자 영호충은 검끝을 홱 돌려 그의 오른쪽 어깨를 찔렀고, 흑백자 역시 바둑판을 움직여 가로막았다. 영호충은 검과 바둑판이 부딪치기 전에 재빨리 검을 거둬 이번에는 똑바로 그의 아랫배를 노렸다.

흑백자는 또다시 막으며 결단을 내렸다.

'이번에도 반격하지 않으면 언제 선수를 점하겠는가!'

바둑에서 선수를 잡는 것이 중요하듯, 비무에서도 선수를 점하는 것이 중요했다. 바둑의 이치에 정통한 흑백자는 선수를 빼앗는 법도 속속들이 알고 있었기에 이번 수비를 끝으로 재빨리 바둑판을 들어 올려 영호충의 오른쪽 어깨를 내리쳤다. 바둑판은 한 면의 길이가 두 자에 두께는 한 치가량으로 몹시 무거운 무기였다. 이 무거운 무기로 검을 때리면 자철석이 아닌 평범한 쇠바둑판이라 해도 검이 그 무게를 견뎌내지 못하고 부러질 것은 뻔한 이치였다.

영호충은 몸을 옆으로 살짝 틀며 검을 비스듬하게 세워 흑백자의 오른쪽 옆구리를 찔렀다. 그 검에 특별한 초식은 없었지만 급소를 노리고 있었기 때문에 흑백자는 얼른 바둑판으로 검을 가로막은 뒤 힘껏 앞으로 내밀었다. '대비大飛'라는 이 초식은 본디 수비에서 공격으로 전환하는 것으로, 상대방이 이 초식에 응수하면 후초가 끊임없이 이어져 상대방을 밀어붙이게 되어 있었다.

그런데 영호충은 그의 초식을 막는 데는 관심이 없는 듯 검을 비스듬히 쳐올려 도리어 공격해오는 것이었다. 덕분에 수비에서 공격으로 전환하는 이 초식은 수비만 성공하고 반격은 하지 못한 채 수포로 돌아가고 말았다.

그 후 영호충은 검을 빠르게 찔러내며 마흔 번이 넘도록 쉬지 않고 공격을 퍼부었다. 흑백자는 앞뒤좌우로 어지럽게 쏟아지는 공격을 막으며 물샐틈없이 방어했다. 실로 놀라운 수비였지만, 40여 초를 싸우는 동안 오로지 수비만 할 뿐 단 한 번도 반격을 펼치지 못했다.

독필옹과 단청생, 정견, 시령위 네 사람은 입을 떡 벌리고 넋이 나간 얼굴로 그 광경을 지켜보았다. 영호충의 검법은 눈부시게 빠른 것도 아니요, 소름 끼치게 날카로운 것도 아니며, 초식의 변화 역시 특별하거나 오묘한 곳이 없었지만, 이상하게도 검을 찌르기만 하면 흑백자는 빈틈을 방어하느라 허둥지둥 바둑판을 휘둘러야만 했다.

그 어떤 초식이든 허점이 있기 마련이지만, 선수를 쳐서 한 발 먼저 적의 급소를 공격하면 자신의 허점은 감출 수 있다는 이치를 독필옹과 단청생도 충분히 터득하고 있었다. 만에 하나 초식에 수백 개의 허점이 있더라도 이 방식으로 적을 공격한다면 아무런 문제도 되지 않았다. 영호충이 마흔 번이나 쉼 없이 공격을 퍼부은 까닭도 바로 이 이치를 따른 것이었다.

흑백자는 갈수록 놀라 어쩔 줄 몰라 했다. 초식을 바꿔 반격하려 해도 바둑판을 움직이는 순간 상대방의 검이 허점을 노리고 찔러오니 마음대로 반격할 수도 없었다. 40여 초가 흐르는 동안 단 한 차례도 반격을 하지 못했으니, 마치 바둑에서 자신보다 훨씬 뛰어난 국수를 만나 마흔 수가 넘도록 상대방의 돌을 막는 데만 급급해 자신이 가진 수는 펼쳐보지도 못한 형국이나 다름이 없었다. 이렇게 나가다가는 100초, 200초가 되도록 반격도 못하고 얻어맞기만 하는 상황에 처할 것이 분명했다.

'모험을 하여 이 국면을 뒤집지 못하면 이 흑백자가 평생 쌓아올린 명성이 물거품이 되겠구나.'

이렇게 생각한 흑백자는 바둑판으로 허공을 비끼며 질풍처럼 영호충의 왼쪽 허리를 때렸다. 영호충은 피하지도 않고 그의 아랫배를 향해 검을 내질렀다. 이번에는 흑백자 역시 방어하지 않고 양패구상兩敗俱傷이라도 할 기세로 바둑판을 밀고 나아갔다. 검이 배에 닿으려는 순간, 그가 번개같이 왼손을 내밀어 둘째 손가락과 가운뎃손가락으로 검날을 잡아채려고 했다. 현천지를 연성한 그의 손가락은 날쌔고 강력해 또 하나의 예리한 무기나 마찬가지였다.

옆에서 지켜보는 다섯 사람은 그 위험한 행동에 비명을 질렀다. 이런 싸움은 비무라기보다 생사를 건 혈투라고 할 수 있었다. 만에 하나 그의 손가락이 빗나가 검을 붙잡지 못하면 날카로운 검이 배를 꿰뚫고야 말 것이었다. 절체절명의 순간, 지켜보는 다섯 사람의 손에는 식은땀이 잔뜩 고였다.

어느새 흑백자의 손가락은 영호충의 검날에 거의 닿을 정도가 되었다. 검을 붙잡든 붙잡지 못하든 둘 중 한 사람은 다치거나 죽어야 할 운명이었다. 검을 붙잡으면 영호충은 검을 찌르지 못하고 바둑판에 허리를 맞아 부상을 입을 것이고, 검을 붙잡지 못하거나 혹은 붙잡더라도 손가락의 힘으로 검세를 막아내지 못하면 검은 앞으로 뻗어나가 흑백자의 배를 찌를 것이다. 그때가 되어 뒤늦게 몸을 뒤로 물려보았자 소용이 없었다.

흑백자의 손가락이 영호충의 검날에 닿는 바로 그 순간, 영호충의 검끝이 느닷없이 위로 방향을 홱 틀며 흑백자의 목을 찔러갔다.

방 안에 있는 그 누구도 예상하지 못한 변화였다. 예로부터 지금까지 전해진 모든 무학을 통틀어 이런 초식은 그 어디에도 없었다. 이는 곧 앞서 배를 노리고 찔러낸 검이 허초였다는 의미인데, 고수의 싸움에서 이런 식의 허초는 어린아이 장난이라고밖에 할 수 없었다. 그런데 검리劍理로 따지자면 결코 있을 수 없는 이런 움직임이 영호충의 손에서 펼쳐진 것이다. 검이 튀어오르듯 목으로 날아들자 흑백자의 두 손가락은 허공만 낚아채야 했다. 이대로 바둑판을 계속 내리치면 검이 먼저 그의 목을 꿰뚫을 것이 분명했다.

흑백자는 대경실색해 오른손에 든 바둑판을 우뚝 멈췄다. 머리 회전이 빠르고 바둑의 이치에도 통달한 그는 찰나에 불과한 그 위기일발의 순간, 상대방의 생각을 읽고 자신이 바둑판을 멈춰세우면 상대방도 더 이상 검을 찌르지 않으리라는 사실을 알아차렸던 것이다.

과연 그의 바둑판이 멈추자 영호충 역시 검을 멈췄다. 검끝은 흑백자의 몸에서 겨우 몇 치 떨어진 곳에 와 있었고, 바둑판 역시 영호충의 허리에서 몇 치 떨어지지 않은 곳에서 멈춰 있었다. 두 사람은 굳은 듯이 서서 꼼짝도 하지 않았다.

얼핏 비긴 것처럼 보였지만, 사실 승기를 잡은 것은 영호충이었다. 육중한 바둑판으로는 최소한 몇 자 정도 거리를 두고 휘둘러야 상처를 입힐 수 있는데, 지금 그의 바둑판은 영호충의 몸에서 겨우 몇 치 밖에 떨어져 있지 않으니 아무리 힘껏 내밀어도 그를 쓰러뜨릴 수가 없었다. 반면 영호충의 검은 예리해 살짝만 찔러도 흑백자를 죽음의 늪에 빠뜨릴 수 있었다. 이 상태에서 두 사람 중 누가 유리한지는 불 보듯 뻔한 일이었다.

상문천이 웃으며 말했다.

"이쪽도 먼저 두지 못하고 저쪽도 먼저 두지 못하는 것을, 바둑에서는 비김수라고 하오. 둘째 장주께서는 과연 지혜롭고 담력이 크셔서 풍 형제와 승부를 가를 수가 없구려."

영호충은 검을 거두고 두 걸음 뒤로 물러나 허리를 숙였다.

"실례가 많았습니다!"

흑백자가 말했다.

"동 형, 농담이 과하시구려. 승부를 가를 수 없다니? 이 몸은 풍 형의 절묘한 검술에 여지없이 패했소."

"둘째 형님, 형님의 바둑알 암기는 무림에서 손꼽는 절기입니다. 검은 돌과 흰 돌 361개를 모두 쏘았을 때 막을 사람이 아무도 없다고 알려져 있는데, 풍 형이 그 암기를 깨뜨릴 수 있는지 시험해보시는 것이 어떻습니까?"

흑백자는 이런 단청생의 제안에 마음에 흔들렸는지 상문천과 영호충의 표정을 살폈다. 상문천은 보일락 말락 고개를 끄덕이고 있었고 영호충은 아무런 표정 변화가 없었다.

'저자의 검법은 무척 고명하니, 아마도 당금 세상에서 저자를 이길 사람은 그 사람이 유일할 것이다. 표정을 보아하니 자신이 있는 모양인데 여기서 암기를 꺼냈다가는 창피만 더할 뿐이겠지.'

이렇게 생각한 흑백자는 고개를 가로저으며 빙그레 웃었다.

"내 이미 패했거늘, 이제 와서 암기를 시험해 무엇 하겠느냐?"

작가 주: 어느 평론가가 단청생과 영호충이 매장에서 술을 마시는 부분을 언급했는데, 이토록 세심한 부분까지 살펴준 성의에 감사할 따름이다. 옛사람들의 술 담그는 법이나 그들이 사용한 술잔은 지금과는 크게 다르다. 평론가들은 미국에서 몸소 체험한 경험을 토대로 단청생과 영호충이 술을 마시는 장면을 논하는데, 이것이 꼭 들어맞는다고는 할 수 없다. 현대의 기준으로 옛사람을 평한다면, 와인의 원조는 프랑스며, 독일, 이탈리아, 스페인, 포르투갈, 스위스, 벨기에, 룩셈부르크, 오스트리아도 각기 와인으로 유명하다는 것을 알아야 한다. 최근에는 호주의 펜폴즈 그랜지Penfolds Grange가 유명해져서 글로벌하게 인기를 얻으며 가격이 치솟기도 했다. 이외에도 칠레, 아르헨티나, 남부 아프리카, 뉴질랜드 등지에서도 좋은 레드와인이나 화이트와인이 생산되고 있다.
미국이나 캐나다의 와인은 품질이 낮아, 전 세계 고급 호텔과 레스토랑은 품격을 갖추기 위해 이런 술을 주류 목록에서 제외하곤 한다. 미국인들은 마치 홍콩이나 싱가포르에서 브랜디에 얼음이나 사이다를 넣어 마시는 것처럼 와인에 오렌지 소다수나 얼음 등을 섞어 마시는데, 이는 알맞은 방법이 아니다. 프랑스에서는 와인을 다시 증류해 더욱 진한 술을 만드는데 이를 코냑Cognac이나 아르마냑Armagnac이라고 한다. 소설에서는 이를 '진한 포도주'라고 표현했고, 이는 와인과는 약간 다르다. '브랜디'라는 말은 프랑스 술을 뜻하는 네덜란드어에서 나온 말이다. 보통 포도를 증류한 각종 술을 섞은 혼합주를 일컫는데, 상표에 따라 혼합하는 성분이 다르며 순수 포도주는 아니다.

지하 감옥

笑傲江湖

20

영호충은 옥퉁소를 가볍게 휘둘렀다. 바람을 머금은 퉁소가 부드러운 소리를 냈다. 황종공이 오른손으로 요금의 현을 살짝 쓰다듬자 맑은 소리가 울리며 금 끝머리가 영호충의 오른쪽 어깨로 날아왔다.

독필옹은 장욱의 〈솔의첩〉에 미련을 버리지 못하고 애절하게 부탁했다.

"동 형, 그 글씨를 한 번만 더 보여주시오."

상문천은 미소를 지으며 말했다.

"첫째 장주께서 풍 형제를 꺾으시면 이 글은 셋째 장주의 소유가 될 것이오. 그렇게 되면 사흘 밤낮 눈도 떼지 않고 살펴본들 누가 무어라 하겠소?"

"사흘 밤낮이 아니라 이레 밤낮은 봐야겠소!"

"좋소이다. 이레 밤낮 눈도 떼지 말고 살펴보시오."

독필옹은 몸이 달아 다급히 흑백자에게 물었다.

"둘째 형님, 제가 큰형님을 모셔올까요?"

"너희는 여기서 손님을 대접하거라. 내가 큰형님께 말씀드리겠다."

흑백자는 그렇게 말하고 돌아서서 방을 나갔다.

단청생이 여유롭게 말했다.

"풍 형제, 우리는 술이나 마시세. 셋째 형님도 참, 이 좋은 술을 이렇게 많이 쏟다니 아까워서 어쩌나?"

그는 혀를 차며 잔에 술을 따랐다.

그 말을 들은 독필옹이 버럭 화를 냈다.

"아깝긴 무엇이 아깝다는 거냐? 저 술이 네 배 속으로 들어가봤자 곧 오줌으로 나오기밖에 더하겠느냐? 허나 내가 벽에 남긴 글씨는 만고불멸이니라. 술로 글을 써서 남겼으니, 천 년이 지난 후에 사람들이 내 글씨를 보고 세상에 토로번의 진한 포도주가 있었다는 사실을 알게 될 테니, 얼마나 좋은 일이냐?"

단청생은 벽을 향해 술잔을 들어 보였다.

"얘야, 벽아. 너는 참 운도 좋구나. 이 넷째 어르신이 손수 빚은 훌륭한 술을 맛보았으니, 셋째 형님께서 네 얼굴에 글을 남기지 않았더라도 너는… 너는 분명코 만고불멸의 벽이 되었을 것이다."

"이 무지한 벽에 비하면 소생은 천 년에 한 번 날까 말까 한 이 술을 음미할 수 있으니 크나큰 행운이군요."

영호충이 웃으며 말하고는 잔을 싹 비웠다. 상문천은 두어 잔을 마신 뒤 더 이상 마시지 않았지만, 단청생과 영호충은 마실수록 신이 나서 술통이 바닥을 드러낼 때까지 마셔댔다.

열일곱 잔 정도 마셨을 때 이윽고 흑백자가 돌아왔다.

"풍 소협, 큰형님께서 찾으시니 나와 함께 가주시오. 동 형께서는 여기서 술을 마시며 기다려주시겠소?"

상문천은 뜻밖이라는 표정을 지었다.

"그것은…?"

하지만 함께 갈 뜻이 조금도 없는 흑백자의 표정을 보자 우길 수도 없었다. 그는 탄식하며 고개를 끄덕였다.

"이 몸은 첫째 장주를 뵐 인연이 없나 보오. 참으로 유감스럽소이다."

"부디 탓하지 말아주시오. 큰형님께서는 오래전에 은거하신 뒤로 손님을 만나지 않았소. 절정에 이른 풍 소협의 검술을 듣고 흠모하는 마음에 한번 만나보고자 하는 것이지, 결코 동 형에게 결례를 저지를 뜻은 없소."

"무슨 그런 말씀을! 잘 알고 있소이다."

상문천이 손을 내저으며 말했다. 영호충은 술잔을 내려놓고 일어섰으나 검을 들고 매장의 주인 앞에 나아가는 것은 예의가 아니라고 생각해 맨손으로 흑백자를 따라나갔다. 바둑실을 벗어나 회랑을 지나자 월동문이 하나 나타났다.

월동문 상인방에는 쪽빛 유리를 입힌 편액에 '금심琴心'이라는 글이 쓰여 있었는데, 힘이 넘치는 필치로 보아 독필옹의 친필임을 쉽게 알 수 있었다. 월동문을 통과하자 그윽한 꽃길이 나타났고, 길옆으로는 높이 자란 대나무가 한들거리고 있었다. 꽃길 위에 깔아놓은 자갈에는 이끼가 잔뜩 끼어 평소 지나는 사람이 많지 않다는 사실을 알려주었다. 꽃길은 세 칸짜리 석옥石屋으로 이어졌다. 집 앞뒤로는 푸르른 소나무 일고여덟 그루가 우뚝 솟아 구불구불한 가지로 주변에 짙은 그늘을 드리우고 있었다.

흑백자가 문을 열며 조용히 말했다.

"들어오시오."

안으로 들어서자 향나무 냄새가 났다.

"형님, 화산파의 풍 소협이십니다."

안방에서 노인이 걸어나와 두 손을 포개 들어 인사했다.

"누추한 곳까지 오셨는데 멀리 나가 맞지 못하였소이다. 부디 용서해주시오."

나이는 예순 살 정도일까, 오래된 장작처럼 비쩍 마른 몸에 두 뺨이 푹 꺼지고 살 한 점 없는 얼굴은 마치 해골이나 다름없었지만, 두 눈만은 형형하게 빛을 뿜고 있었다. 영호충은 공손하게 허리를 숙였다.

"소생이 주제도 모르고 함부로 찾아왔으니 죄를 청해야 마땅합니다."

"무슨 그런 말씀을."

흑백자는 노인을 소개했다.

"큰형님의 별호가 바로 황종공黃鍾公이오. 필시 풍 소협도 들어보았을 것이오."

"오래전부터 네 분 장주님의 대명을 듣고 흠모해왔는데, 오늘 이렇게 뵈오니 실로 행운입니다."

영호충은 그렇게 말하며 속으로 쓴웃음을 지었다.

'상 형님도 참 짓궂으시지. 아무것도 알려주지 않고서 그저 시키는 대로만 하라고 하시더니, 이렇게 나 혼자 보내셨으니 이제 어쩌라는 거지? 첫째 장주께서 어려운 질문이라도 하면 어찌 답해야 할지….'

황종공이 입을 열었다.

"풍 소협은 화산파 풍 노선생의 가르침을 받아 검법이 무척 신묘하다 하더구려. 이 늙은이는 늘 풍 노선생의 인품과 무공을 우러러왔지만 인연이 얕아 뵈올 기회가 없었소. 강호의 풍문을 듣자니 풍 노선생께서 이미 세상을 뜨셨다 하여 몹시 애석하게 여기던 차에 이렇게 풍 노선생의 전인을 만나게 되었으니 평생의 바람을 이루었다 싶구려. 둘째 아우에게 들으니 풍 소협은 풍 노선생과 종형제간이라고 하던데, 그렇소?"

영호충은 재빨리 머리를 굴렸다.

'풍 태사숙님은 남들에게 행적을 알리지 말라 신신당부하셨어. 상형님이 내 검법을 보시고 태사숙의 가르침을 받았다는 것을 알아차리셨기 때문에 여기까지 데려오셨지만, 분별없이 검법을 자랑하는 것은 차치하더라도 성까지 빌려 쓰면 기만도 이만저만한 기만이 아니지. 그렇다고 이제 와서 사실대로 말하는 것도 적절치 못하고….'

이렇게 생각한 그는 어쩔 수 없이 대답을 얼버무렸다.

"저는 그 어르신의 손아랫사람입니다. 자질이 우둔하고 가르침을 받은 날이 짧아 그분의 검법 열 중 한둘밖에는 배우지 못했습니다."

황종공은 탄식을 섞어 말했다.

"그 말대로 풍 소협이 그 어른의 검법 열 중 한둘만 배우고도 이 늙은이의 아우 셋을 물리쳤다면 풍 노선생께서는 실로 그 깊이를 알 수 없는 검법을 지니셨구려."

"세 분 장주께서는 소생과 가볍게 몇 초를 주고받으셨을 뿐, 승부가 나기 전에 멈추셨습니다."

황종공은 고개를 끄덕였다. 피골이 상접한 얼굴 위로 한 줄기 미소가 피어올랐다.

"젊은 사람이 교만하지 않고 신중함까지 갖추기란 참으로 쉽지 않은 일이오. 자, 저쪽 금당琴堂으로 들어갑시다. 차라도 한잔 대접하겠소."

영호충과 흑백자는 황종공을 따라 금당으로 들어갔다. 자리에 앉자 동자 한 명이 맑은 차를 받쳐들고 왔다.

"풍 소협에게 〈광릉산〉의 옛 곡보가 있다는 것이 사실이오? 이 늙은이는 음률을 몹시 사랑하여 혜중산嵇中散(혜강이 중산대부라는 직책을 맡은 적이 있어 직책을 붙여서 높여 부르는 말)이 형장에 올라 그 곡을 타고

'앞으로 〈광릉산〉은 사라지는구나!'라고 외친 일을 생각할 때마다 탄식을 터뜨리곤 했소. 진실로 그 곡이 다시금 세상에 나타나 말년에 한 번이라도 연주할 수 있다면 평생 여한이 없을 거요."

말을 마치고 나자 창백하던 얼굴에 발그레하게 혈색이 돌아 그가 얼마나 간절한지를 보여주었다.

'상 형님께서는 허풍을 늘어놓아 이분들을 속이셨지만, 내 보기에 이분들은 보통 사람이 아니야. 더군다나 치료를 부탁하러 찾아온 마당에 이렇게 애만 태우시게 만들 수는 없지. 이 곡보가 곡양 선배님께서 동한 채… 채 어쩌고 하는 사람의 무덤에서 얻은 〈광릉산〉이라면 이런 분께 보여드리는 것이 옳아.'

영호충은 곧바로 상문천이 준 곡보를 품에서 꺼내 자리에서 일어나 두 손으로 공손히 바쳤다.

"장주님, 보시지요."

황종공이 허리를 살짝 숙이며 받았다.

"〈광릉산〉이 실전된 지 오래건만 오늘에서야 옛사람의 진귀한 곡보를 내 눈으로 보게 되다니, 기쁨을 이길 수가 없소이다. 허나… 허나 이것이 과연…."

말끝을 흐렸지만 마음 같아서는 이 〈광릉산〉이 모리배들이 꾸며낸 위작이 아니라 진품인지 어떻게 확신하느냐고 묻고 싶은 눈치였다. 그는 차분하게 책장을 넘기며 중얼거렸다.

"음, 곡이 꽤 길구먼."

첫 장부터 자세히 보기 시작한 그는 얼마 지나지 않아 안색이 싹 바뀌었다.

그는 오른손으로 곡보를 짚으며, 왼손으로는 금을 타듯 다섯 손가락을 펼쳐 탁자를 이리저리 누르더니 탄성을 질렀다.

"오묘하도다! 평화롭고 올바르면서도 빼어나게 아름답구나!"

그러고는 곡보를 한 장 더 넘겨 한참을 들여다보다가 외쳤다.

"고상하며 운치가 있고 현기玄機를 깊이 갈무리한 곡이로다. 이렇게 음률을 짚어보기만 해도 가슴이 탁 트이는구나!"

황종공이 겨우 두 장만 보고도 넋이 나간 듯하자 흑백자는 이러다가 몇 시진이 훌쩍 가겠구나 싶어 슬그머니 끼어들었다.

"풍 소협은 숭산파의 동 형이라는 분과 함께 오셨는데, 우리 매장에서 풍 소협의 검법을 꺾는 사람이 없으면…."

"음, 풍 소협의 검을 꺾어야만 이 〈광릉산〉을 필사할 수 있게 해준다는 말이겠지. 아니더냐?"

"맞습니다. 저희 세 사람은 모두 패했으니 큰형님께서 나서주시지 않으면 우리 매장은… 흠흠."

황종공은 담담하게 미소를 지으며 말했다.

"너희가 이기지 못했다면 난들 무엇이 다르겠느냐?"

"저희가 어찌 큰형님과 비교가 되겠습니까?"

"나는 늙고 힘이 빠져 아무 도움이 못 되느니라."

영호충이 일어나서 말했다.

"첫째 장주님의 도호에 십이율의 첫 음인 '황종'이 있으니 칠현금의 대가이신 것이 분명합니다. 비록 이 곡보가 구하기는 힘드나 남이 봐서는 안 되는 비밀이라고는 할 수 없으니 천천히 필사하십시오. 나흘이나 닷새 정도 후에 찾으러 오겠습니다."

황종공과 흑백자는 깜짝 놀랐다. 특히 바둑실에서 상문천의 능청에 거듭 괴롭힘을 당하면서 조바심을 냈던 흑백자는 풍이중이라는 사람이 이렇게 시원스레 나올 줄은 꿈에도 생각지 못했던 터라, 눈이 휘둥그레졌다. 바둑에 능한 그는 영호충의 이런 행동에 반드시 함정이 있으리라 생각했으나 그 함정이 무엇인지는 좀처럼 짚이는 데가 없었다.

황종공이 차분하게 말했다.

"공이 없으면 상을 받지 않는 법이오. 풍 소협과 이 늙은이가 오랜 친구도 아닌데 어찌 이리 후한 선물을 받을 수 있겠소? 이 누추한 곳까지 찾아온 데에는 필시 무언가 가르침이 있을 터이니 솔직하게 말씀해주시오."

영호충은 고민에 빠졌다.

'형님께서 나를 매장에 데려온 까닭은 대체 무엇일까? 이곳 장주들께 내 병을 치료해달라고 부탁하는 줄 알았는데, 지금까지 하신 행동을 짚어보면 아무래도 이상한 부분이 많아. 아마도 이곳 장주들이 평범하지 않은 분들이라 쉽게 말을 꺼내지 못하셨겠지. 어차피 나는 형님이 무슨 목적으로 이곳에 왔는지 모르니 그렇게 말해도 거짓이라고는 할 수 없겠지.'

그는 결심을 하고 입을 열었다.

"소생은 동 형님을 따라왔을 뿐입니다. 솔직히 말씀드리면 이곳에 오기 전까지만 해도 장주님들이 어떤 분인지조차 알지 못했고, 세상에 '매장'이라는 곳이 있는 줄도 몰랐습니다."

그는 잠시 망설이다가 덧붙였다.

"물론 소생의 견문이 얕아 무림의 선배 고인들에 대해 아는 바가 적기 때문입니다. 부디 탓하지 마시기 바랍니다."

황종공은 흑백자에게 눈짓을 하더니 빙그레 미소를 지었다.

"풍 소협은 참으로 솔직한 분이구려. 사실대로 말해주어 고맙소. 우리 사형제가 항주에 은거한 사실은 강호에서 아는 사람이 드물고, 특히 오악검파는 우리와 왕래조차 없었던 터라, 그곳에서 왔다기에 몹시 이상하게 생각했더랬소. 이제 풍 소협의 말을 듣고 보니 역시 풍 소협은 우리가 누군지도 몰랐구려."

"부끄럽습니다. 조금 전에 네 분의 대명을 익히 들었다고 말씀드린 것은 사실… 그러니까…."

그가 머뭇거리자 황종공이 고개를 끄덕이며 말했다.

"황종공이니 흑백자니 하는 별호는 우리 형제들끼리 지은 이름이오. 본래의 이름은 쓰지 않은 지 오래되어 풍 소협이 우리 네 사람의 이름을 모르는 것은 당연한 일이오."

그는 오른손으로 곡보를 넘기며 물었다.

"이 늙은이가 정말 이 곡보를 필사해도 되겠소?"

"그렇습니다. 보검을 얻으면 열사烈士에게 바치라는 말이 있습니다. 제 물건이었다면 기꺼이 선물로 드렸겠지만 동 형님의 곡보인지라 빌려드릴 수밖에 없겠습니다."

황종공의 야윈 얼굴에 한 줄기 기쁨이 떠올랐다.

흑백자가 물었다.

"이 곡보를 빌려주는 것을 동 형께서 허락하시겠소?"

"동 형님과 소생은 생사를 함께한 사이입니다. 호방하고 관대하신

분이니 제가 약속했다고 말씀드리면 아무리 큰일도 흔쾌히 넘기실 겁니다."

흑백자는 알겠다는 듯 고개를 끄덕였다.

황종공이 말했다.

"풍 소협의 호의는 이 늙은이도 감사히 생각하오만, 동 형이 친히 승낙하지 않는다면 아무래도 마음이 불편하구려. 동 형께서는 '이 곡보를 얻으려면 매장 사람이 풍 소협의 검법을 꺾어야 한다'고 했다 들었소. 다 늙어서 물건을 공으로 받을 수는 없으니, 몇 초 겨루어보는 것이 어떻겠소?"

영호충은 가만히 생각했다.

'둘째 장주는 자신들이 큰형님과는 비교도 되지 않는다고 했어. 그 말은 첫째 장주님의 무공이 그들보다 훨씬 높다는 뜻이겠지. 세 장주들도 무공이 절륜했으나 태사숙께 전수받은 검법 덕에 겨우 우위를 점했을 뿐이니, 첫째 장주와 싸워서는 이기기가 쉽지 않을 거야. 구태여 수치스러운 싸움을 할 필요가 없지. 설령 운 좋게 이긴다 해도 얻을 것도 없고…'

그는 공손하게 대답했다.

"동 형님께서 재미 삼아 하신 말씀에 참으로 민망할 따름입니다. 네 분 장주께서 방자하다고 책망하지 않으신 것만으로도 감사한데 어찌 감히 첫째 장주님을 수고롭게 할 수 있겠습니까?"

황종공은 미소를 지었다.

"소협의 인품이 이리도 훌륭하니 우리 둘이 몇 초 주고받는다고 해서 무슨 큰일이 있겠소?"

그는 벽에 걸린 옥통소를 내려 영호충에게 내밀었다.

"이 통소를 검 삼아 검법을 펼쳐보시오. 나는 이 요금을 무기로 쓰겠소."

그는 이렇게 말하며 침상 머리맡에 놓인 요금을 보물단지처럼 받쳐 들며 빙그레 웃었다.

"내 악기들이 성 하나와 바꿀 만큼 값진 것은 아니나 어렵게 구한 물건이라오. 아무렇게나 망가뜨리기에는 아까운 것들이니 초식 흉내만 내도록 합시다."

영호충이 보니 통소는 짙은 녹색에 반짝반짝 빛이 나 상등품의 비취로 만들었다는 것을 알 수 있었다. 입이 닿는 부분에는 핏빛 같은 붉은 점이 군데군데 찍혀 몸체의 청록빛깔이 더욱더 도드라졌다. 황종공이 든 요금은 낡고 빛이 바래 족히 수백 년에서 천 년은 묵은 골동품 같았다. 두 악기는 서로 살짝 닿기만 해도 부서질 것이 뻔해서 실제 무기처럼 싸울 수는 없었다. 더 이상 사양하는 것은 예의가 아니었기 때문에 영호충은 두 손으로 옥통소를 받으며 공손하게 말했다.

"그러시다면 많은 가르침 부탁드립니다."

"풍 노선생은 일대의 검호로 나 또한 흠모해마지않소. 그 어른께 전수받은 검법이라면 결코 평범하지 않을 터. 자, 공격하시오!"

영호충은 옥통소를 가볍게 휘둘렀다. 바람을 머금은 통소가 삐리리 하고 부드러운 소리를 냈다. 황종공이 오른손으로 요금의 현을 살짝 쓰다듬자 맑은 소리가 울리며 금 끝머리가 영호충의 오른쪽 어깨로 날아왔다. 아련한 금 소리가 영호충의 마음을 뒤흔들었다. 그는 옥통소로 느릿느릿 황종공의 팔꿈치를 찔러갔다. 요금이 방향을 바꾸지 않고 영호충의 어깨를 내리치면, 황종공의 팔꿈치 혈도가 먼저 짚일 판국이었다. 황종공은 요금을 빙그르르 돌려 영호충의 허리를 노렸다. 요금이 움직이자 현이 또다시 맑은 소리를 냈다.

'퉁소로 막으면 진귀한 악기가 망가질 테니, 악기를 애지중지하는 첫째 장주라면 반드시 금을 거두겠지. 하지만 이런 수법은 역시 너무 무례한 짓이야.'

이렇게 생각한 영호충은 황종공의 겨드랑이를 향해 호를 그리듯 옥퉁소를 빙그르르 돌렸다. 황종공은 요금을 들어올려 막았고 영호충은 악기가 부딪치지 않도록 재빨리 퉁소를 거둬들였다. 황종공은 연신 현을 퉁겨 급박한 음을 연주했다.

그 소리를 듣자 흑백자는 살짝 얼굴을 굳히며 금당을 나가 널문을 닫았다.

황종공이 현을 퉁긴 까닭은 여유롭게 음악을 즐기려는 뜻이 아니라 금 소리에 상승의 내공을 실어 적의 마음을 어지럽히기 위함이었다. 그 소리를 들으면 적의 진기가 금 소리에 공명해 자신도 모르는 사이 연주에 조종을 당할 수 있었다. 금 소리가 완만하면 적의 공격도 느슨해지고, 금 소리가 다급하면 적의 공격도 급박해지는 데 반해 황종공은 자신의 연주와 정반대로 초식을 풀어나갔다. 즉, 자신의 초식이 빨라질 때 금을 느리고 완만하게 연주함으로써 적이 공격을 막아내지 못하게 하는 것이었다.

흑백자가 금당에서 나간 이유는 황종공의 이 무공이 얼마나 위력적인지 잘 알기 때문에 자신의 내공마저 해를 입을까 봐 두려워서였다. 비록 널문 밖으로 나갔지만, 빨라졌다가 느려지고 고요하다가도 커다랗게 울리는 금 소리를 어렴풋이 들을 수 있었다. 얼마쯤 시간이 지나자 금 소리는 마치 무엇에 쫓기듯 점점 빨라졌다. 흑백자는 그 소리에도 마음이 뒤흔들리고 숨이 가빠져 아예 대문 밖으로 나가 문을 꽉 닫았다. 금 소리는 두 개의 문에 가로막혀 거의 들리지 않게 되었지만, 이따금씩 높은 음이 문을 넘어 새어나올 때마다 흑백자의 심장이 쿵쿵 뛰었다. 그는 한참 동안 대문 밖에 서 있었으나 금 소리는 그칠 기미가 없었다.

'풍 소협은 검법에도 뛰어나지만 내공도 보통이 아니로구나. 큰형님의 칠현무형검七絃無形劍 아래에서 이렇게까지 버텨내다니….'

놀라움을 감추지 못하는 그의 뒤로 독필옹과 단청생이 나타났다. 단청생이 속삭이듯 물었다.

"어떻게 되었습니까, 둘째 형님?"

흑백자가 대답했다.

"비무를 시작한 지 오래되었다만 그 젊은이가 여태 버티고 있다. 큰형님께서 젊은이를 해치지나 않을지 걱정이다."

"가서 살살 좀 하시라고 부탁드려야겠군요. 저런 좋은 친구를 해칠 수야 없지요."

단청생이 말했지만 흑백자는 고개를 저었다.

"들어갈 수 없다."

바로 그때, 쟁쟁거리는 금 소리가 문을 뚫고 들려와 세 사람은 흠칫하며 한 걸음씩 물러섰다. 곧이어 같은 소리가 다섯 번 연달아 울렸고 세 사람은 부득불 다섯 걸음 더 물러날 수밖에 없었다. 독필옹은 하얗게 질린 얼굴로 억지로 마음을 가라앉히며 말했다.

"큰형님의 무형검 '육정개산六丁開山'이 어떤 검법입니까? 저렇게 여섯 번이나 맹렬하게 공격하는데 풍 소협이 무슨 수로 버틸까요?"

그의 말이 끝나기 무섭게 금당 안에서 굉음이 터지더니 핑핑 하고 현이 끊어지는 소리가 들려왔다. 세 형제는 화들짝 놀라 허둥지둥 대문을 열고 달려들어갔다. 금당의 널문을 열어보니, 넋이 나간 사람처럼 멍하니 서 있는 황종공이 보였다. 그의 손에 들린 요금은 일곱 개의 현이 모두 끊겨 힘없이 늘어져 있었다. 영호충은 옥퉁소를 쥔 채 옆으로 물러나 허리를 숙였다.

"죄송합니다!"

척 보기에도 이번 비무의 패자는 황종공이 분명했다.

흑백자와 독필옹, 그리고 단청생은 놀라 입을 다물지 못했다. 큰형님이 심후한 내공을 갖췄고 무림에서도 손꼽는 절정의 고수라는 사실을 누구보다 잘 아는 세 사람이었다. 그런 형님이 화산파 청년 손에 패할 줄은 꿈에도 상상하지 못한 일이어서, 직접 보지 않았다면 결코 믿지 않았을 것이다.

황종공은 쓴웃음을 지으며 말했다.

"풍 소협의 검법은 이 늙은이가 평생 본 적도 없는 신묘함을 갖추었구려. 더욱이 내공까지 이토록 뛰어나니 탄복을 금할 수가 없소. 이 늙은이의 '칠현무형검'은 무림에서 당할 자가 드문 절학絶學이라고 자부해왔으나 풍 소협 앞에서는 어린아이의 장난이나 다름없었소. 우리 사형제가 매장에 은거한 뒤로 10여 년간 강호에 발길을 하지 않았더니 우물 안 개구리가 되었구려, 허허허."

자못 씁쓸한 목소리였다. 영호충이 공손하게 대답했다.

"소생도 가까스로 버텼을 뿐입니다. 첫째 장주께서 사정을 봐주신 덕분입니다."

황종공은 장탄식과 함께 설레설레 고개를 젓고는 쓸쓸한 얼굴로 힘없이 의자에 앉았다.

그런 모습을 보자 영호충도 마음이 편치 않았다.

'상 형님께서는 이분들이 우리가 치료를 부탁하러 왔다는 것을 알면 일이 잘 풀리지 않을까 봐 내가 내공을 잃은 사실을 숨기셨지. 하지만 대장부라면 무엇을 하건 광명정대해야 해. 남을 속여서 이득을 볼 수는 없어.'

그는 이렇게 생각하고 입을 열었다.

"첫째 장주님, 분명히 말씀드릴 일이 있습니다. 소생이 장주님의 무형검에 당하지 않은 까닭은 제 내공이 고강해서가 아니라 제 몸에 내공이 전혀 없기 때문입니다."

황종공은 당황한 얼굴로 일어섰다.

"무슨 말이오?"

"소생은 거듭 내상을 당해 내공을 모두 잃었습니다. 때문에 장주님의 금 소리에도 흔들리지 않았던 겁니다."

황종공은 놀라고 기뻐 떨리는 목소리로 물었다.

"그것이 사실이오?"

"믿기지 않으시거든 제 맥을 짚어보시지요."

영호충이 그렇게 말하며 오른손을 내밀었다.

황종공과 그 아우들은 몹시 이상하게 생각했다. 이 풍이중이라는 자가 명확히 적의를 가지고 찾아온 것은 아니나 무언가 꿍꿍이가 있는 것은 분명한데, 무슨 생각으로 이렇게 쉽사리 명맥을 맡기는 것일까? 황종공이 맥을 짚는 척하며 손목의 혈도를 짚으면 제아무리 날고 기는 재주가 있다 해도 꼼짝없이 당할 수밖에 없었다.

조금 전 황종공은 육정개산이라는 신기神技를 펼쳤으나 영호충의 털끝 하나 건드리지 못했다. 게다가 마지막에는 내공을 절정으로 끌어올려 현 일곱 줄을 한꺼번에 퉁겼는데도 현만 끊어졌으니 받아들이기 힘든 크나큰 패배를 당한 셈이었다.

그는 망설임 없이 손을 내민 영호충을 바라보며 가만히 생각했다.

'내가 손을 내밀기를 기다렸다가 도리어 내 혈도를 짚으려 한다면 내 또 한 번 너와 내공을 겨루어보겠다.'

그는 영호충의 오른 손목을 향해 천천히 오른팔을 뻗었다. 동시에 호조금나수虎爪擒拿手, 용조공龍爪功, 소십팔나小十八拿 등 세 가지 금나 수법을 암암리에 팔에 실어 상대가 어떻게 나오든 적어도 그의 손아귀에는 들어가지 않게끔 방비했다. 그런데 예상과 달리 그의 다섯 손가락이 영호충의 손목에 닿을 때까지 영호충은 꼼짝도 하지 않았고 반격할 낌새도 없었다.

황종공은 이상하다 싶었지만, 영호충의 맥박이 몹시 미약하고 늘어져 있어 내공을 잃었다는 사실을 분명히 알 수 있었다. 처음에는 당황해하던 그가 곧 껄껄 웃으며 말했다.

"그랬구먼, 그랬어! 내가 속았군. 자네에게 속은 게야!"

말로는 속았다고 하지만 기분은 몹시 좋아 보였다.

황종공의 칠현무형검은 따지고 보면 금 소리에 불과했다. 금 소리 자체로는 사람을 해칠 수 없고, 오로지 상대방의 내공을 흩뜨려 초식을 올바로 펼치지 못하게 하는 것이 주목적이었다. 상대방이 내력이 강할수록 금 소리에 감응하는 정도도 강해지는데, 뜻밖에도 영호충은 내공이 전혀 없어 칠현무형검이 아무 효과를 보지 못한 것이었다. 대패한 이후 크게 낙심했던 황종공은 패배의 원인을 알고 나자 수십 년간 힘겹게 익힌 절기가 쓸모없는 것이 아니라는 것을 깨닫고 기쁜 마음에 웃음을 터뜨리지 않을 수 없었다. 그가 영호충의 손을 잡고 마구 흔들며 말했다.

"형제! 자네는 참 좋은 사람이구먼! 어쩌자고 그런 비밀을 알려주었는가?"

영호충도 웃으며 말했다.

"소생이 내공을 잃었다는 사실을 미리 말씀드리지 못한 것만도 죄송스러운데 무슨 낯으로 끝까지 속이겠습니까? 장주께서는 훌륭한 연주를 들려주셨으나 기실 소귀에 경 읽기였지요."

황종공은 수염이 덜덜 떨릴 정도로 웃음을 터뜨렸다.

"그 말은 이 늙은이의 칠현무형검이 폐물은 아니라는 말이구먼. 나는 칠현무형검이 칠현무용검이 된 줄 알고 걱정했다네, 하하하!"

흑백자가 말했다.

"풍 소협, 솔직하게 말해주어 정말 고맙소. 허나 이렇게 약점을 드러내면 우리 형제가 소협의 목숨을 앗는 것은 식은 죽 먹기가 아니겠소? 풍 소협의 검법이 아무리 뛰어나다 한들 내공이 없으면 우리의 상대가 되지 못하오."

"둘째 장주의 말씀이 옳습니다. 소생은 네 분께서 영웅호걸이심을 알기에 사실을 털어놓았을 뿐입니다."

황종공이 고개를 끄덕였다.

"그럼, 그럼. 풍 형제, 자네가 이곳을 찾아온 연유가 무엇인지 솔직하게 말해보시게. 우리 형제는 자네를 친구로 여기고 있으니 힘이 닿는 일이라면 결코 사양하지 않겠네."

독필옹도 말했다.

"내공을 모두 잃었다면 큰 내상을 입었겠군. 내게 귀신같은 의술을 지닌 절친한 벗이 하나 있네. 성품이 괴팍하여 아무나 치료하지 않지만, 내가 나서면 내 체면을 봐서라도 풍 형제를 치료해줄 걸세. 살인명의 평일지는 오래전부터 나의…."

영호충은 놀란 목소리로 되물었다.

"평일지 의원 말씀이십니까?"

"바로 그렇다네. 풍 형제도 그의 이름을 들어보았군?"

영호충은 울적한 목소리로 대답했다.

"예. 허나 평 의원께서는 며칠 전 산동성 오패강에서 세상을 떠나셨습니다."

독필옹은 '헉' 하고 놀란 숨을 들이켜고는 실성한 목소리로 물었다.

"그… 그가 죽었다고?"

단청생이 끼어들었다.

"무슨 병이든 고친다는 사람이 어찌 자기 병은 고치지 못했을까? 아, 혹시 원수의 손에 죽임을 당했나?"

영호충은 고개를 저었다. 평일지의 죽음이 자신의 책임이라 생각해온 그는 미안한 목소리로 말했다.

"평 의원께서는 돌아가시기 전에 소생을 진맥해주셨습니다. 제 병이 너무나 이상해 그분의 힘으로도 치료할 수 없다고 하셨지요."

평일지의 부고를 들은 독필옹은 몹시 상심한 듯 말없이 눈물만 뚝뚝 흘렸다.

한참 동안 생각에 잠겼던 황종공이 입을 열었다.

"풍 형제, 내 한 가지 방법을 일러주겠네. 그 사람이 승낙할지는 확신할 수 없네만, 서신을 한 통 써줄 테니 그것을 가지고 소림사 장문인 방증 대사를 찾아가보게. 소림파의 절학인《역근경》을 배울 수 있다면 자네의 내공이 회복될 수도 있네.《역근경》은 소림파에서도 아무에게나 전수하지 않는 비전이나, 방증 대사는 오래전에 내게 은혜를 입은 적이 있으니 내 체면을 보아줄 것이네."

두 형제가 평일지와 방증 대사를 언급한 것은 영호충의 병증을 정확하게 알고 최선의 해결책을 제안한 것이어서, 그들의 탁월한 견식과 자신을 향한 따뜻한 정을 절실히 느낄 수 있었다. 영호충은 감격에 겨워하며 말했다.

"방증 대사께서는《역근경》이 소림파 제자에게만 전하는 절기이므로 소생에게 소림파 문하로 들어오라 하셨는데, 소생은 차마 사문을 버릴 수가 없었습니다."

그는 일어나서 깊이 읍하며 말을 이었다.

"네 분 장주님의 호의에 감격을 금할 수가 없습니다. 사람의 생사는 정해진 운명이 있다 했습니다. 소생의 병은 그리 심각하지 않으니 너무 마음에 두지 마십시오. 이만 물러가겠습니다."

"기다리게!"

황종공이 그를 불러세우더니 내실로 들어가 자기병 하나를 들고 나왔다.

"지난날 선사先師께서 하사하신 환약 두 알일세. 몸보신과 요상療傷에 효과가 아주 좋은 약인데, 좋은 형제를 만난 기념으로 선물하고자 하네."

영호충이 보니, 자기병 주둥이의 나무 마개가 몹시 낡고 오래된 것이, 그의 사부가 남긴 유물인 듯 싶었다. 지금까지 보관해왔다면 몹시 귀중한 물건인 것 같아 영호충은 재빨리 사양했다.

"장주의 존사께서 하사하신 물건이 아닙니까? 저는 결코 받을 수 없습니다."

황종공이 고개를 저으며 말했다.

"우리 형제는 강호에 발길을 끊어 싸울 일도 없고 상처를 입을 일도 없으니 이런 영약은 쓸 데가 없다네. 더욱이 제자도 없고 자식 또한 없으니 자네가 받지 않으면 이 약은 관까지 가지고 가는 수밖에 없네."

그 쓸쓸한 목소리에 영호충은 어쩔 수 없이 정중하게 감사 인사를 하며 약을 받아들고 밖으로 나갔다. 흑백자와 독필옹, 단청생도 그와 함께 바둑실로 돌아갔다.

상문천은 네 사람의 표정만 보고도 영호충이 첫째 장주와의 비무에서 승리했음을 짐작했다. 첫째 장주가 이겼다면 언제나 무표정한 흑백자는 차치하고라도, 독필옹과 단청생은 으스대며 장욱의 서첩과 범관의 산수화를 내놓으라고 떠들었을 것이다. 그러나 상문천은 모르는 척하고 물었다.

"풍 형제, 첫째 장주께서 무어라 하시던가?"

"첫째 장주께서는 공력이 지극히 높고 인품도 훌륭하셨습니다. 허나 제게는 내공이 전혀 없어 그분의 요금 공격에 흔들리지 않았지요. 세상에 이렇게 운이 좋은 사람은 다시없을 것입니다."

단청생이 상문천을 흘기며 말했다.

"여기 이 풍 형제는 아무것도 숨기는 법이 없으니 참으로 솔직한 사람이오. 그런데 동 형은 그의 내공이 동 형보다 훨씬 깊다며 우리와 형님을 속였더구려."

상문천은 껄껄 웃었다.

"풍 형제가 내공을 잃기 전에는 확실히 나보다 내공이 깊었소이다. 내가 언제 지금이 그렇다고 했소?"

독필옹이 코웃음을 쳤다.

"나쁜 사람이군!"

상문천이 두 손을 포개 가슴 앞으로 올리며 말했다.

"매장의 어느 누구도 풍 형제의 검을 꺾지 못했으니 이제 내기는 끝났구려. 우리는 이만 물러가겠소."

그리고 영호충을 돌아보며 말했다.

"그만 가세나."

영호충은 세 사람을 향해 포권을 하며 허리를 숙였다.

"운 좋게 네 분 장주를 뵈었으니 여한이 없습니다. 네 분의 풍채를 마음 깊이 새기고 훗날 연이 닿으면 다시 한번 찾아뵙겠습니다."

"풍 형제, 술 생각이 간절하거든 언제든지 찾아오게. 내가 수집한 갖가지 명주들을 하나하나 맛보여줌세. 하지만 동 형은… 흠흠!"

단청생이 경멸하듯이 말했으나 상문천은 빙그레 웃기만 했다.

"나는 주량이 약해서 함께 와봤자 재미도 없을 거요."

그리고 포갠 손을 흔들어 인사한 뒤 영호충을 끌고 밖으로 나갔다. 흑백자와 독필옹, 단청생이 배웅을 나왔다.

"세 분 장주께서는 이만 들어가시지요. 이렇게 멀리 나오실 필요 없습니다."

상문천이 말하자 독필옹이 뾰족하게 대꾸했다.

"허, 우리가 당신을 배웅하는 줄 아시오? 우리는 풍 형제를 배웅하러 나왔소. 당신 혼자라면 한 발짝도 따라나오지 않았을 거요."

상문천은 그래도 껄껄 웃었다.

"아아, 그러셨구려."

흑백자와 그 형제들은 대문 밖까지 배웅한 후 영호충과 작별했다. 독필옹과 단청생은 상문천이 멘 봇짐을 빼앗고 싶어 안달이라도 난 표정으로 그를 노려보았다.

상문천은 영호충의 팔을 잡고 울창한 버드나무 숲을 향해 성큼성큼 걸음을 옮겼다. 매장에서 멀찍이 떨어지자 그가 싱글싱글 웃으며 말했다.

"첫째 장주의 무형검이 어마어마했을 텐데 어찌 이겼나?"

"형님께서도 다 알고 계셨군요. 제가 가진 내공이 없었기에 망정이지, 아니면 목숨을 부지하지 못했을 겁니다. 형님, 매장의 장주들과 무슨 원한이라도 있으십니까?"

"아닐세. 여태 만난 적도 없는 사이인데 무슨 원한이 있겠나?"

그때 누군가 소리쳐 불렀다.

"동 형! 풍 형! 잠시만 기다리시오!"

영호충이 돌아보니, 헐레벌떡 뛰어오는 단청생이 보였다. 손에 술그릇을 들고 있었고, 그 그릇에는 술이 반쯤 채워져 있었다.

"풍 형제, 이 술은 100년 넘게 묵은 죽엽청일세. 이것을 맛보지도 않고 가다니, 얼마나 애석한 일인가!"

그가 술그릇을 건네며 말하자, 영호충은 말없이 그릇을 받아들었다. 술은 비취처럼 짙푸른 빛깔을 띠어 그릇 바닥이 보이지 않을 정도였고, 향은 무척 짙고 강했다.

"정말 좋은 술이군요!"

영호충은 그렇게 찬탄하며 한 모금 마셔보더니 칭찬을 아끼지 않았다.

"훌륭하군요, 대단합니다!"

그리고 연거푸 네 모금을 더 마셔 그릇을 싹 비웠다.

"산뜻하면서도 묵직한 맛을 두루 갖췄으니 양주와 진강 일대의 명주가 분명하군요."

단청생은 기뻐하며 말했다.

"맞네. 진강 금산사金山寺의 지보至寶로, 통틀어 여섯 병밖에 없는 진귀한 술이지. 금산사의 대화상이 술을 마시지 말라는 계율을 지키느라 내게 한 병 보내주었는데, 반병쯤 마시고 나서는 아까워서 묵혀두었다네. 풍 형제, 내게는 이런 진귀한 술이 아직 많이 있네. 같이 가서 맛보지 않겠나?"

강남사우가 반가이 맞아주고 이렇게 좋은 술까지 대접하자 기껍지 않을 리 없었다. 영호충이 의견을 묻듯 상문천을 돌아보자 상문천이 말했다.

"형제, 넷째 장주께서 술을 대접하겠다 하시니 가보게나. 나는… 셋째 장주와 넷째 장주께서… 내게 화가 많이 나신 것 같으니 이대로… 흐흠!"

그러자 단청생이 웃으며 권했다.

"내 언제 동 형에게 화를 냈소? 자자, 같이 갑시다! 동 형은 풍 형제의 친구니 동 형께도 술을 대접하겠소."

상문천이 여전히 사양하자 단청생은 왼손으로 그의 팔을 잡고 오른손으로는 영호충의 등을 밀며 청했다.

"어서 갑시다, 가요! 가서 시원하게 몇 잔 들이켭시다!"

영호충은 고개를 갸웃했다.

'조금 전만 해도 상 형님을 흘겨보시던 분이 왜 갑자기 친밀하게 굴까? 형님의 봇짐 속에 든 그림이 탐난 나머지 무슨 계략이라도 꾸민 것일까?'

세 사람이 매장으로 돌아가니, 독필옹이 문 앞에서 기다리고 있다가 반갑게 맞았다.

"풍 형제, 돌아왔구려. 잘되었군, 잘되었어!"

네 사람은 다시 바둑실로 들어갔다. 단청생은 온갖 좋은 술을 가져와 영호충과 주거니 받거니 하며 마시기 시작했으나 흑백자는 끝내 모습을 보이지 않았다.

날은 점차 어두워졌고, 독필옹과 단청생은 마치 누군가를 기다리듯 끊임없이 문 쪽을 흘끔거렸다. 상문천이 작별을 고할 때마다 두 사람은 적극적으로 붙잡고 만류했다. 영호충은 그런 상황에 신경 쓰지 않고 술만 마셨다. 상문천은 어두워지는 하늘을 보며 빙그레 웃었다.

"두 분께서 저녁 식사 대접도 안 하시면 이 밥통은 여기서 굶어 죽어야겠소이다."

"아아, 내 그걸 깜빡했구려!"

독필옹이 무릎을 탁 치며 큰 소리로 외쳤다.

"정 총관! 어서 잔칫상을 차리게!"

문밖에서 정견의 대답 소리가 들려왔다.

그때, 바둑실 문이 활짝 열리고 흑백자가 들어와 다짜고짜 영호충에게 말했다.

"풍 소협, 우리 매장에 친구가 한 분 계신데 소협의 검법을 한번 보고 싶어 하시오."

독필옹과 단청생이 튕기듯이 자리에서 벌떡 일어났다.

"큰형님께서 허락하셨습니까?"

그들의 기쁜 목소리에 영호충은 또다시 고개를 갸웃했다.

'그 사람이 나와 비무를 하려면 첫째 장주의 허락이 필요하다? 나를 여기 붙잡아두는 동안 둘째 장주께서 첫째 장주와 상의를 하신 모양인데, 이제야 겨우 허락이 떨어졌구나. 그렇다면 그 사람은 첫째 장주의 집안사람이거나 수하일 텐데 설마 그런 사람의 무공이 첫째 장주보다 나을까?'

잠시 생각하던 그는 곧 깨달았다.

'그렇구나! 큰일 났다! 내게 내공이 남아 있지 않은 것을 알고, 본인들은 신분 때문에 나설 수 없으니 후배나 부하를 시켜 내공으로 겨루게 하려는 거야. 그렇게 되면 내 목숨은 끝장이구나! 아니야, 네 분처럼 광명정대한 분들이 그런 비열한 수를 쓸 리 없어…. 하지만 셋째 장주와 넷째 장주는 상 형님께서 가진 글과 그림에 눈독을 들이고 있고,

둘째 장주는 겉으로는 침착해 보여도 귀한 기보를 손에 넣지 못해 억울해하고 있으니 충동적으로 비겁한 짓을 할 수도 있겠지. 만일 그자가 내공으로 나를 해치려 하면 검으로 관절의 급소부터 찔러야겠군.'

흑백자는 그의 마음을 아는지 모르는지 담담하게 말했다.

"풍 소협, 수고롭겠지만 함께 가주겠소?"

"진짜 무공의 고하를 논하자면 소생은 셋째 장주와 넷째 장주의 적수도 되지 못하니, 첫째 장주와 둘째 장주와는 비할 수도 없지요. 장주들께서는 무공이 절륜하심에도 소생과 술을 나누어 마시고 의기투합한 덕에 비무 중에도 살펴주시고 양보해주셨습니다. 제 조잡한 검술을 다시 펼치기에는 실로 부끄럽습니다."

단청생이 나서서 권했다.

"풍 형제, 그 사람의 무공은 물론 자네보다는 뛰어나다네. 하지만 걱정할 필요 없네, 그 사람은…."

흑백자가 단청생의 말을 끊었다.

"우리 매장에는 검술에 정통하신 대가가 한 분 계시오. 풍 소협의 검법 이야기를 듣더니 반드시 겨뤄보고 싶다 하셨소. 부디 한 번만 더 솜씨를 보여주시기 바라오."

영호충은 이번 비무에서 누군가 다치기라도 하면 강남사우와 원수를 맺게 될까 봐 걱정스러웠다.

"네 분께서는 소생에게 후의를 베푸셨습니다. 비무를 하시려는 분의 성품이 어떤지 모르나 혹여 유쾌하지 못한 일이 생기거나 소생이 그 선배님의 검에 상처를 입는다면 공연히 화기和氣만 해치게 되지 않을지요?"

그의 말에 단청생이 웃으며 입을 열었다.

"상관없네. 그런 일은…."

흑백자가 또다시 그의 말을 끊으며 나섰다.

"무슨 일이 생긴다 하더라도 우리는 결코 풍 소협을 탓하지 않을 것이오."

그때껏 듣고만 있던 상문천이 말했다.

"좋소이다. 한 번 더 비무를 하는 것쯤 대수로운 일도 아니지요. 허나 나는 일이 있어 먼저 가보아야겠습니다. 풍 형제, 비무가 끝나면 가흥부嘉興府에서 만나세."

"아니, 동 형이 먼저 가시면 어쩌오?"

독필옹과 단청생이 입을 모아 외쳤다. 독필옹이 덧붙였다.

"장욱의 글은 두고 가시오."

단청생도 망설이지 않고 말했다.

"풍 소협이 지면 언제 또 당신을 찾아 글씨 그림을 받겠소? 안 되오, 절대 안 되오. 조금만 더 기다리시오. 정 총관, 어서 잔칫상을 차리래도!"

흑백자가 영호충에게 말했다.

"풍 소협, 나를 따라오시오. 동 형, 동 형은 식사를 하며 잠시 기다려주시오. 곧 돌아올 것이오."

상문천은 연신 고개를 저었다.

"여러분은 이번 시합에서 반드시 이기겠다 마음먹지 않으셨소? 풍 형제가 검법은 고명하나 적과 싸운 경험은 일천하오. 더욱이 내공을 잃었다는 사실이 밝혀졌으니 내가 옆에서 일깨워주지 않고서는 혹여 이번 비무에서 패배하더라도 승복할 수 없소."

"그 무슨 말씀이오? 설마하니 우리가 속임수를 쓰리라 생각하오?"

"매장의 네 분 장주께서 의기 높은 호걸이라는 것을 어찌 모르겠소? 나 또한 오랫동안 그 명성을 흠모해왔으니 네 분이 그럴 리 없으리라 믿어 의심치 않소. 허나 풍 형제는 네 분이 아니라 다른 사람을 맞아 싸우는 것이오. 이 매장에 네 분 장주 외에 다른 고수가 있다는 사실은 이 몸도 아는 바가 없으니 그 사람이 어떤 분인지 밝혀주시오. 그 사람이 장주들처럼 광명정대한 영웅호걸이라면 나도 마음 놓고 풍 형제를 보내드리리다."

"그분의 무공과 명성은 우리 형제들보다 높으면 높았지 결코 낮지 않소. 우리와 나란히 논할 분이 아니시오."

단청생의 말에 상문천은 고개를 끄덕이며 대답했다.

"무림에서 네 분 장주와 비할 명망을 가진 사람은 손에 꼽을 정도니, 아마 이 몸도 아는 분이겠구려."

독필옹이 고개를 저었다.

"그분의 성함은 밝히기 어렵소."

"그렇다면 이 몸도 함께 가서 관전해야겠소. 그렇지 않으면 이번 비무는 있을 수 없소."

단청생은 한숨을 푹 쉬었다.

"왜 이리 고집을 부리시오? 동 형이 함께 가봤자 좋을 것이 하나도 없소. 그분은 은거하신 지 오래되어 남들 앞에 모습을 보이기를 좋아하지 않으신단 말이오."

"그렇다면 어찌 풍 형제를 불러 비무를 하자 하셨소?"

"양쪽이 모두 가리개를 써서 눈만 내놓고 겨룰 것이오. 따라서 서로 상대방의 얼굴을 볼 수 없소."

흑백자의 설명에 상문천이 다시 물었다.

"네 분 장주께서도 가리개를 쓰시오?"

"그렇소. 그분은 성미가 몹시 괴팍하셔서 그렇게 하지 않으면 결코 비무를 하시지 않을 것이오."

"그렇다면 이 몸도 가리개를 쓰면 되지 않겠소?"

흑백자는 한참을 주저하다가 비로소 고개를 끄덕였다.

"동 형이 이렇게 고집을 부리시니 어쩔 수 없구려. 허나 그곳에 가시더라도 결코 소리를 내서는 아니 되오. 이것만 약속해주시오."

상문천은 허허 웃었다.

"벙어리 흉내를 내는 것이 무에 그리 어렵겠소?"

이렇게 해서 상문천과 영호충은 흑백자를 따라 바둑실을 나섰다. 독필옹과 단청생도 뒤에서 따라왔다. 일행은 첫째 장주의 처소로 통하는 낡은 길을 지나 금당에 이르렀다. 흑백자는 문을 세 번 두드린 뒤 안으로 들어갔다. 안에는 검은 가리개를 쓴 사람이 앉아 있었는데 옷차림으로 보아 황종공이었다. 흑백자가 그에게 다가가 귀에 대고 속삭이자 황종공은 고개를 저으며 소리 죽여 무어라고 말했다. 상문천이 함께 갈 수 없다는 말 같았다. 흑백자는 고개를 끄덕인 뒤 일행을 돌아보고 말했다.

"형님께서는 사소한 비무 때문에 그분을 귀찮게 해드릴 수는 없다 하시오. 이 일은 여기서 그만둡시다."

다섯 사람은 황종공에게 인사를 한 뒤 물러나왔다.

밖으로 나온 단청생이 씩씩거리며 말했다.

"동 형은 참으로 못 말릴 사람이구려. 설마 우리가 떼거리로 달려들어 풍 형제를 때려눕히기야 하겠소? 동 형이 떼를 쓰는 바람에 멋진 비무가 수포로 돌아가지 않았소? 덕분에 흥만 깨졌소이다!"

독필옹도 마찬가지였다.

"둘째 형님께서 어렵사리 큰형님의 허락을 얻어냈는데 당신이 다 망쳤소!"

상문천은 껄껄 웃었다.

"알았소, 알았소! 내 한발 양보해서 비무장에 들어가지는 않겠소. 여러분께서는 부디 풍 형제를 속이지 말고 공평하게 겨루도록 해주시오."

독필옹과 단청생은 몹시 기뻐하며 일제히 외쳤다.

"우리가 어떤 사람인지 모르시오? 우리가 왜 풍 형제를 속이겠소?"

상문천이 웃으며 말했다.

"이 몸은 바둑실에서 기다리고 있겠소이다. 풍 형제, 이분들이 저리 수상쩍고 비밀스레 구니 속지 않도록 정신 바짝 차리게."

영호충은 웃으며 고개를 끄덕였다.

"매장에 계신 분들은 모두 헌걸스러운 영웅들이신데 그런 수작을 부릴 리가 있겠습니까?"

단청생이 거보란 듯이 고개를 끄덕이며 끼어들었다.

"아무렴! 풍 형제는 누구와는 달리 소인배의 마음으로 군자의 뜻을 헤아릴 사람이 아니지."

상문천은 돌아서서 몇 걸음 가다가 우뚝 멈추고는 영호충에게 손짓을 했다.

"풍 형제, 이리 와보게. 남들에게 속지 않도록 몇 마디 일러줌세."

단청생은 가소로운 듯이 웃으며 고개를 저었고 영호충도 슬며시 웃음이 났다.

'상 형님은 겁이 너무 많으시구나. 세 살 먹은 어린아이도 아닌 내가 그리 쉽게 속아넘어가리라 생각하시는 건가?'

그가 상문천에게 다가가자, 상문천은 그의 손을 잡아끌었다. 영호충은 손바닥에 종잇조각이 닿는 것을 느끼고 살짝 움켜쥐었다. 딱딱한 것으로 보아 종이 속에 무언가 단단한 물건이 들어 있는 것 같았다. 상문천은 허허 웃으며 그를 가까이 잡아당기고는 귓가에 속삭였다.

"그 사람을 만나거든 그 사람 가까이 다가갔을 때 이 종이에 싼 물건을 몰래 넘기게. 중대한 사안이니 결코 실수해서는 아니 되네. 알겠나? 하하하하!"

그의 말투는 무척 심각했지만, 그 내용과 달리 얼굴은 내내 웃는 표정이었고 마지막에는 아예 소리 내 웃기까지 했다.

흑백자 일행은 그가 자신들을 비웃는 줄로만 생각했다. 단청생이 불쾌한 듯 말했다.

"왜 웃으시오? 풍 형제의 검법이 고명한 것은 알지만, 동 형의 검법이 어떤지는 아직 가르침 받은 바 없소만?"

상문천은 웃으며 대답했다.

"이 몸의 검법은 고명한 구석이라고는 없으니 가르침 받을 필요도 없소이다."

그러고는 어정어정 밖으로 나갔다.

단청생이 싱긋거리며 말했다.

"자자, 이제 큰형님께 갑시다."

네 사람은 다시 금당으로 향했다. 황종공은 그들이 돌아올지 몰랐는지 가리개를 벗고 있었다.

"큰형님, 저희가 동 형을 설득하여 비무장에 함께 가지 않기로 했습니다."

"좋다!"

황종공은 검은 가리개를 가져와 다시 머리에 눌러썼다. 단청생이 나무 궤짝을 열어 가리개 세 개를 꺼내더니 그중 하나를 영호충에게 내밀며 말했다.

"내 것인데 자네가 쓰게. 큰형님, 저는 베갯잇을 좀 빌리겠습니다."

그렇게 말하며 내실로 들어간 그는 얼마 후 구멍 두 개를 뚫은 베갯잇을 뒤집어써 두 눈만 내놓은 모습으로 나타났다.

황종공은 고개를 끄덕이고 영호충을 돌아보았다.

"이번 비무에서는 양쪽 다 목검을 쓸 것일세. 풍 형제가 손해를 보지 않도록 내공은 쓰지 않도록 하겠네."

영호충은 기쁜 얼굴로 대답했다.

"그렇게 해주신다면 감사할 따름입니다."

황종공은 흑백자에게 말했다.

"둘째, 목검 두 자루를 준비하거라."

흑백자가 궤짝에서 목검 두 자루를 꺼냈다. 황종공은 다시 영호충에게 말했다.

"풍 형제, 승패에 상관없이 이번 비무에 대해서는 결코 다른 사람에게는 한마디도 해서는 아니 되네."

"당연한 말씀입니다. 진작 말씀드렸다시피 소생은 명성을 얻기 위해 매장을 찾은 것이 아닙니다. 한데 무엇 하러 그런 말을 떠들고 다니겠습니까? 하물며 소생이 패할 것이 자명하니 떠들고 싶어도 떠들 이야기가 없을 것입니다."

"꼭 그렇지만은 않네. 허나 풍 형제는 믿을 만한 사람이니 밖으로 새어나가지 않으리라 생각하네. 이제부터 보는 모든 것들은 비밀에 부쳐주게. 동 형에게도 말해서는 아니 되네. 할 수 있겠는가?"

영호충은 주저했다.

"동 형님께도 말씀드리면 안 된다는 겁니까? 비무가 끝나면 분명 어찌 되었느냐고 물으실 텐데 친구로서 어찌 입을 꾹 다물고 있겠습니까?"

"동 형은 강호를 오래 겪은 분일세. 풍 형제가 이 늙은이와 약속했고, 대장부가 한 번 약속한 일은 쉽사리 어길 수 없다 하면 결코 풍 형제를 난처하게 하지는 않을 것이네."

영호충은 고개를 끄덕였다.

"옳은 말씀입니다. 그렇게 하겠습니다."

황종공이 두 손을 포개 들며 말했다.

"기꺼이 받아들여주어 고맙네. 자, 가세!"

영호충은 몸을 돌려 밖으로 나가려고 했지만, 뜻밖에도 단청생이 내실을 가리키며 말했다.

"저 안쪽일세."

"그 사람이 내실에 있다고요?"

영호충은 아연실색하여 소리를 질렀지만 곧 깨달았다.

'아, 그렇구나! 비무할 사람이 여자인 거야. 아마 첫째 장주의 부인이나 첩이겠지. 그래서 상 형님이 지켜보는 것을 끝내 반대했던 거야. 비무하는 사람이 서로의 얼굴을 보지 못하게 하는 것도 남녀가 유별하기 때문에 그런 것일 테지. 그렇다면 첫째 장주께서 다른 사람에게는 말하지 말라 재삼 당부하시고, 상 형님께도 비밀로 해달라 하신 것도 당연하구나. 규방의 일이 아니고서야 이렇게까지 조심스러울 까닭이 없지.'

그 사실을 깨닫자 쌓였던 의문이 풀려 속이 시원했지만, 손바닥에 꼭 쥔 종잇조각이 느껴지자 생각이 달라졌다.

'상 형님은 이렇게 될 줄 알고 모든 준비를 하셨는데 그 사람을 만날 방법이 없었구나. 몸소 만나지 못하게 되자 나를 통해 서신과 신물을 전하려 하시다니, 대놓고 만나지 못하는 사사로운 관계라도 있는 모양이야. 아무리 상 형님과 의를 맺은 사이라고는 하지만, 이런 물건을 전하는 것은 지극한 정성으로 나를 대해주신 네 분 장주께 죄송스러운 일인데, 이를 어쩐다?'

그는 남몰래 고개를 가로저었다.

'상 형님과 네 분 장주는 연세가 쉰이 넘으셨어. 그렇다면 그 여자도 젊지는 않을 테니 정분이 있었다 해도 아주 오래전 일이 아닐까? 서신 한 통 전한다고 그 여자의 명예와 절개를 해치지는 않을 거야.'

영호충이 고민을 거듭하는 사이 일행은 내실로 들어갔다.

방 안은 단출하여 침상 하나와 탁자 하나가 전부였다. 침상 앞에는 무척 낡아 누렇게 색이 바랜 가리개가 늘어져 있었고, 탁자 위에는 쇠로 만든 듯 몸체가 시꺼먼 단금이 놓여 있었다.

'돌이켜보면 이곳에서 벌어진 일들은 모두 상 형님의 계산대로였어. 휴, 이렇게까지 정이 깊으시니 바람을 이루어드리는 수밖에.'

영호충은 성격이 소탈해 유교에서 말하는 예의 같은 것을 깊이 따져본 적이 없었다. 상문천의 행동이 정 때문이라고 생각하자, 문득 그 여자가 사제인 임평지에게 시집간 소사매 악영산이고, 상문천은 바로 그 자신인 것 같은 상상에 빠졌다. 이제 그는 수십 년이 지나 갖은 방법을 동원해 소사매를 만나려 했으나 끝내 만나지 못하고, 오래전의 신물을 통해 마음을 전하는 것으로 수십 년간의 그리움을 달래려 하는 것이다.

'상 형님께서 교주나 교단 형제들과 갈라서면서까지 마교를 벗어나려는 것도 옛정 때문일지 모르겠구나.'

그가 상상의 나래를 펼치는 동안 황종공은 침상의 이불을 걷고 널판을 치웠다. 그 아래로 둥그런 구리 고리가 달린 철판이 보였다. 황종공이 고리를 잡아 위로 당기자 너비가 네 자, 길이가 다섯 자가량 되는 철판이 스르르 위로 올라오고 커다란 동굴이 나타났다. 철판은 두께가 반 자에 달해 몹시 무거워 보였다. 황종공은 철판을 바닥에 내려놓고 말했다.

"그분의 거처는 다소 괴상한 곳에 있네. 나를 따라오게, 풍 형제."

그가 동굴 속으로 뛰어들자 흑백자가 말했다.

"풍 소협, 먼저 들어가시오."

영호충은 의아해하며 동굴 안으로 뛰어내렸다. 동굴 안쪽은 벽에 걸린 등불로 누르스름하게 밝혀져 있었다. 지금 그가 내려선 곳은 지하 통로인 듯했다. 그가 황종공을 따라 앞으로 나아가자 흑백자와 그 아우들이 차례로 내려섰다.

두 장 정도 걸어가니 막다른 길이 앞을 가로막았다. 황종공은 품에서 열쇠 하나를 꺼내 열쇠 구멍에 넣고 몇 번 돌린 뒤 문을 안으로 밀었다. 우르릉 소리와 함께 돌문이 천천히 열리기 시작했다. 영호충은 흠칫 놀라며 속으로 상문천에게 동정을 보냈다.

'그 여자가 지하에 있다니… 본인의 의사와 상관없이 강제로 가뒀겠구나. 네 분 장주는 인의로운 호걸인 줄 알았는데 이런 비열한 짓을 할 줄이야.'

황종공을 따라 돌문을 지나자 아래로 경사진 길이 나타났다. 그 길을 따라 수십 장을 걸으니 또다시 앞을 가로막은 문이 보였다. 이번에는 철문이었다. 황종공은 또 열쇠 하나를 꺼내 문을 열었다. 길은 끊임없이 아래로 아래로 이어졌고, 어림잡아 100장 넘게 땅 속으로 들어온 것 같았다. 이리저리 구부러진 길을 따라 내려가자 또 하나의 문이 나타났다. 영호충은 슬며시 화가 나기 시작했다.

'네 분은 금기서화琴棋書畫에 능해 우아한 선비인 줄만 알았는데 지하 감옥을 만들어 해도 들지 않는 곳에 여자를 가둬놓다니!'

처음 지하도에 내려섰을 때만 해도 네 사람을 전혀 경계하지 않던 그였지만, 지금은 부쩍 의심이 들었다.

'혹시 나를 이기지 못한 것이 한스러워 이곳으로 유인해 가둬놓으려는 것은 아닐까? 이 지하도에는 기관도 많고 문도 첩첩이 쌓여 있으니 날개가 돋아나도 빠져나가기 힘들 거야.'

그러나 경계를 한다고 해도 앞에는 황종공, 뒤에는 흑백자와 독필옹, 단청생이 버티고 있으니 손에 쥔 무기 하나 없는 그로서는 별다른 소용이 없었다.

세 번째 문은 네 겹으로 이루어져 있었다. 철문 뒤에 솜을 두껍게 바른 나무문이, 그 뒤에는 또 철문이, 그 뒤에는 또 나무문이 있었다. 영호충은 속으로 중얼거렸다.

'어째서 철문 사이에 솜을 바른 나무문을 두었을까? 음, 갇힌 사람의 내공이 어마어마하기 때문이구나. 장력으로 때려도 솜이 그 힘을 흡수해 문을 깨뜨리지 못하게 하려는 거야.'

그 문을 지난 뒤로는 더 이상 문이 나타나지 않았다. 길을 밝히는 등불이 점점 더 드문드문해졌고, 군데군데 꺼진 곳도 있어 칠흑 같은 어둠속을 더듬으며 나아가야 겨우 빛을 만나곤 했다. 영호충은 호흡이 답답해지는 것을 느꼈다. 벽도 바닥도 습기를 머금어 축축했기 때문이었다.

'아차, 매장은 서호 가에 있었지! 이렇게 한참 걸었으니 서호 밑바닥에 왔을지도 모르겠군. 호수 밑바닥에 사람을 가둬놓으면 혼자 힘으로는 빠져나갈 방도가 없고, 누군가 도와주려 해도 실수로 벽을 뚫어 물이 새어들지도 모르니 쉽지 않겠구나.'

다시 몇 장 더 걸어가니 지하도의 높이가 급격히 낮아져 몸을 잔뜩 웅크려야만 지나갈 수 있었다. 가면 갈수록 천장은 점점 낮아지고 허리는 점점 숙여졌다. 그렇게 또 몇 장 걸은 뒤에야 황종공이 걸음을 멈추고 벽에 걸린 등에 불을 붙였다. 희미한 불빛이 눈앞에 우뚝 선 또 하나의 철문을 비췄다. 철문에는 직경이 한 자 정도 되는 구멍이 뚫려 있었다.

황종공은 그 구멍에 대고 큰 소리로 외쳤다.
"임 선생, 황종공이 형제들과 함께 배알하러 왔습니다."
영호충은 멈칫했다.
'임 선생이라고? 안에 갇힌 사람이 여자가 아니라는 건가?'
안에서는 아무 대답이 없었다. 황종공이 다시 외쳤다.
"임 선생, 오랫동안 찾아뵙지 못하여 송구스럽습니다. 대신 오늘은 큰일에 대해 말씀드리려 합니다."
철문 안쪽에서 굵직한 목소리가 버럭 소리를 질렀다.
"큰일은 무슨 빌어먹을 큰일! 개방귀가 그리 좋으면 실컷 뀌고, 다 뀌었거든 썩 꺼져라!"
여기까지 오면서 상상했던 것들이 순식간에 산산조각 나자 영호충은 놀라 입을 떡 벌렸다. 안에서 들려오는 저 음성은 노년 남자의 음성일 뿐 아니라 말투마저 시정잡배처럼 거칠었다.
황종공이 차분하게 말했다.
"지금껏 저희는 당금 세상에 검법의 대가라면 임 선생이 제일이라고 생각했습니다. 한데 그 생각이 완전히 틀렸을 줄 누가 알았겠습니까? 오늘 한 친구분이 매장을 찾아왔는데 우리 형제는 그의 적수가 되지 못했습니다. 임 선생께서도 그 친구분과 검을 대보시면 제대로 적수를 만났다고 생각하실 겁니다."
영호충은 그 말을 듣고 속으로 고개를 끄덕였다.
'저 사람을 격앙시켜 나와 겨루게 하려는 속셈이구나.'
안에 있는 사람은 대범하게 껄껄 웃었다.
"개잡종 같은 네놈들이 적을 꺾을 힘이 없으니 나를 이용해 강적을 제거하려는 것이겠지. 아니냐? 하하하, 오냐, 싸우는 것이야 좋지. 허나 나는 10여 년 동안 검을 써보지 못해 이미 오래전에 검법을 깡그리 잊어버렸다. 빌어먹을 개잡종놈들, 썩 꼬리를 말고 꺼지지 못할까!"

영호충은 더욱 놀랐다.

'이제 보니 기지가 뛰어난 사람이구나. 황종공의 한마디에 속셈을 훤히 꿰뚫다니.'

독필옹이 나섰다.

"큰형님, 임 선생께서는 결코 이 친구분의 적수가 못 됩니다. 매장의 그 누구도 풍 소협을 이길 수 없다는 동 형의 말씀이 전혀 틀리지 않은 게지요. 더 이상 말씀하실 필요도 없습니다."

임 선생이라고 불린 사람은 큰 소리로 일갈했다.

"나를 부추겨 무얼 하려느냐? 설마하니 이 몸이 너희 같은 개잡종들을 위해 무언가를 할까 보냐!"

"이 친구분의 검법은 화산파 풍청양 노선생의 진전을 이어받지 않았습니까? 큰형님, 제가 듣기로는 임 선생께서 세상 두려운 줄 모르고 강호를 종횡하실 때도 풍 노선생만큼은 두려워하셨다고 하더군요. 사람들이 임 선생을 일컬어 그 무엇이더라, '망풍이도望風而逃, 즉 바람만 보면 도망친다'고 한다던데, 그 '바람'이 바로 풍청양 노선생이라지요. 그게 사실입니까?"

독필옹이 다시금 부추기자 임 선생이라는 사람은 큰 소리로 웃음을 터뜨렸다.

"누가 이렇게 개방귀를 뀌는고? 냄새가 아주 고약하구나!"

"셋째 형님, 틀리셨습니다."

단청생이 고개를 저으며 말하자 독필옹이 물었다.
"무엇이 틀렸다는 것이냐?"
"한 글자 틀리셨어요. 임 선생을 일컫는 말은 '망풍이도'가 아니라 '문풍이도聞風而逃, 즉 바람 소리를 듣기만 해도 도망친다' 입니다. 생각해보세요. 임 선생께서 풍 노선생을 보셨다면 두 분의 거리가 무척 가까웠을 터인데 풍 노선생께서 임 선생이 도망치도록 내버려두셨겠습니까? 풍 노선생의 성함만 듣고도 걸음아 날 살려라 하고, 초상집 개처럼 꼬리를 말고…."
"그렇지! 그물에 걸린 물고기처럼 바동거리며 달아나야지!"
"그 덕분에 지금까지 무사히 목이 붙어 있는 것 아니겠습니까?"
단청생과 독필옹은 주거니 받거니 하며 조롱했지만 임 선생은 화를 내기는커녕 껄껄 웃었다.
"허허허, 개잡종들이 막다른 골목에 몰리자 어쩔 수 없이 노부의 도움을 청하러 왔구나. 하지만 꿈 깨거라. 네놈들의 궤계에 넘어가면 내 성을 갈겠다."
황종공은 한숨을 쉬었다.
"풍 형제, 임 선생께서 자네가 '풍'씨라는 것만 듣고도 혼비백산하여 싸울 엄두도 내지 못하시는군. 비무는 그만두세. 자네의 검법이 당대 제일이라는 것을 인정하겠네."
영호충은 상대방이 예상과 달리 여자가 아니라는 사실에 당혹스러웠으나, 적지 않은 세월을 깊디깊은 지하 감옥에서 보낸 듯한 임 선생에게 연민이 일던 차에 그런 말을 듣자 고개를 저으며 부인했다.
"첫째 장주님께서 오해하고 계십니다. 풍 노선배님께서는 소생에게 검법을 가르치시면서 여기 이… 임 노선생을 크게 칭송하셨습니다. 검법의 대가들 가운데 풍 노선배님께서 탄복하시는 분은 오로지 이 임 노선생뿐이라 하시며, 소생에게 언젠가 연이 닿아 임 노선생을 뵈면 성심성의껏 공손히 절을 올리며 가르침을 청하라 당부하셨습니다."

그 한마디에 황종공 일행은 놀라고 당황했으나, 임 선생은 무척 만족스러운 듯 껄껄 웃었다.

"이봐, 젊은 친구, 말 한번 잘했다. 풍청양은 예사 인물이 아니지. 이 몸의 검법을 알아볼 사람은 그자밖에 없을 거야."

황종공이 영호충에게 물었다.

"푸, 풍 노선생께서… 임… 선생이 여기 계시는 것을 아시오?"

무엇이 두려운지 목소리가 가늘게 떨렸다. 영호충은 나오는 대로 지어냈다.

"풍 노선배님께서는 임 선생께서 명산에 은거하신 줄 알고 계십니다. 소생에게 검법을 가르치시면서 종종 임 노선생 이야기를 하셨습니다. 이 검법을 익히는 까닭은 오로지 임 노선생의 전인과 맞서 싸우기 위함이며, 이 세상에 임 노선생이 안 계시면 복잡하고 어려운 이 검법을 익힐 필요도 없다 하셨지요."

매장의 네 장주에게 다소 불만이 생긴 터라 자못 신랄한 말투였다. 그는 임 선생이 선배 영웅이라 여겼고 그런 사람이 이 음습하고 어두운 지하 감옥에 갇힌 것은 필시 암산을 당했기 때문이라고만 생각했다. 네 사람이 얼마나 비열한 짓을 했을지는 묻지 않아도 훤했다.

임 선생이 맞장구를 쳤다.

"그렇지, 그렇지. 풍청양은 역시 사람 보는 눈이 있군. 젊은 친구, 네가 매장의 잡종놈들을 모조리 물리쳤느냐?"

"소생의 검법은 풍 노선배님께 직접 전수받은 것입니다. 임 노선생이나 그 전인이 아니고서야 보통 사람은 적수가 되지 못합니다."

영호충의 이 말은 황종공과 그 형제들을 공공연히 비웃는 것이었다. 축축하고 음침한 지하 감옥에 잠깐 있는 것도 이렇게 괴로운데, 이곳 매장의 장주들이 무림의 고인을 오랫동안 이런 곳에 가둬놓았다고 생각하자 의분이 끓어올라 두 번 생각하지도 않고 떠든 것이었다.

황종공은 그 말에 몹시 창피했으나, 비무에서 진 것은 사실이니 반박할 말이 없었다.

"풍 형제, 그 말은…."

단청생이 따지려 들다가 흑백자가 슬그머니 옷자락을 잡아당기는 바람에 입을 다물었다.

임 선생이 큰 소리로 말했다.

"좋아, 좋아. 젊은 친구 덕분에 내 속이 시원하게 뚫리는 것 같구나. 저놈들을 어떻게 이겼는지 소상히 말해보아라."

"저와 처음 맞선 사람은 일자전검인가 하는 정견이었습니다."

"그놈의 검법은 겉보기만 화려하지 내실이 없어. 검광으로 사람을 놀라게 하는 것이 전부고 제대로 된 실력이라고는 없지. 그런 놈은 공격할 필요도 없다. 검을 내밀고만 있으면 저 스스로 손가락이든 손목이든 팔이든 마음대로 자릅쇼 하며 검 앞에 떡하니 갖다 바쳤을 테지."

그 말을 듣는 순간 영호충과 황종공 형제들은 깜짝 놀라 약속이나 한 듯 탄성을 질렀다.

"왜? 내가 틀렸느냐?"

임 선생이 묻자 영호충은 공손히 대답했다.

"정확하게 맞히셨습니다. 마치 친히 보신 것 같군요."

임 선생은 껄껄 웃었다.

"아주 좋아! 그래, 그놈이 손가락을 잘렸느냐, 아니면 손목을 잘렸느냐?"

"아무것도 잘리지 않았습니다. 소생이 그전에 검을 치웠습니다."

"아니지, 아니야! 적에게 무엇 하러 아량을 베푸느냐? 그렇게 마음이 약해서야 언젠가 큰코다치지! 두 번째 덤빈 놈은 누구였느냐?"

"넷째 장주십니다."

"음, 넷째의 검법은 일자전검인지 뭔지 하는 놈보다야 낫지. 하지만 높아봤자 거기서 거기야. 자네가 정견을 물리치는 것을 보았으니 필시 절기를 써서 공격했겠지. 흐흠, 그 검법을 무어라 부르더라? 아, 그렇지. '발묵피마검법潑墨披麻劍法'이었지. 백홍관일이니 등교기봉이니 춘풍양류니 하는 초식을 펼쳤을 게야."

그가 자신의 절초를 어김없이 알아맞히자 단청생은 눈이 휘둥그레졌다.

영호충이 말했다.

"넷째 장주님의 검법은 실로 대단했습니다. 허나 공격할 때 허점이 너무 많았지요."

임 선생은 시원스레 웃음을 터뜨렸다.

"풍가의 전인은 과연 다르단 말이야. 단 한마디로 넷째가 자랑하는 발묵피마검법의 치명적인 약점을 짚어내는군. 넷째의 검법 중 가장 무섭다는 살초는 옥룡도현이라 하는데, 머리 위에서부터 검을 내리찍는 초식이지. 그놈이 그 초식을 쓰지 않았다면 또 모를까, 만에 하나 썼다면 결과는 불 보듯 뻔하구먼. 검을 그놈의 검에 맞추고 미끄러뜨리듯 찌르면 다섯 손가락이 몽땅 잘려나가고 피가 쏟아진 먹물처럼 철철 흐를 테니, 발묵피마검법이 아니라 발혈피철철검법이라고 불러야 할 것이다, 으하하하!"

"참으로 귀신같으십니다. 소생은 바로 그 초식으로 넷째 장주님께 승리를 거둘 수 있었습니다. 하지만 넷째 장주님과 원한이 있는 것도 아니고, 좋은 술까지 마시며 후한 대접을 받았으니 손가락을 자를 수는 없었지요, 하하하!"

단청생의 얼굴은 이름 그대로 단청을 입힌 양 붉으락푸르락했지만, 얼굴을 가린 베갯잇 때문에 아무도 눈치채지 못했다.

임 선생이 말했다.

"대머리 셋째는 판관필을 쓰지. 큰 붓으로 세 살배기 어린아이처럼 글씨를 써대면서, 무공에 명사의 서법을 적용했느니 어쩌니 하고 고상한 척 멋을 부렸을 게다. 흐흐흐, 생사가 갈리는 적과의 싸움에서는 온 힘을 다해 싸워도 이길까 말까 한데, 한가하게 시를 읊는답시고 고상을 떨어? 그런 짓을 하려면 상대방의 무공이 나보다 한참이나 처져야지. 상대방의 무공이 나와 비슷한데 판관필로 글씨나 써대면 숫제 날 잡아잡수 하는 뜻이 아니겠느냐?"

"선배님의 말씀이 지극히 옳습니다. 셋째 장주님과 싸워보니 확실히 과시가 심하시더군요."

이런 말을 듣자 독필옹은 처음에는 몹시 화가 났으나 들으면 들을수록 일리가 있다는 생각이 들었다. 서법을 판관필 초식에 녹여넣는 것이 재미는 있었지만, 확실히 판관필의 위력은 눈에 띄게 줄었다. 영호충이 봐주지 않았다면 독필옹 열 명이 와도 하릴없이 목숨을 바쳐야 했을 것이다. 이렇게 생각하자 독필옹의 등에서는 식은땀이 주르륵 흘렀다.

임 선생은 웃음 섞인 목소리로 말을 이었다.

"대머리를 때려눕히기란 식은 죽 먹기지. 판관필 솜씨는 그럭저럭 봐줄 만하지만, 신둥지게 무공에다 서법이니 뭐니 섞어보겠다고 날뛰는 것이 문제야, 하하하. 고수의 싸움이란 본시 촌각을 다투는 것인데 자기 목숨을 가지고 장난을 치면서 지금껏 무사히 살아남은 것만 해도 무림에 다시없는 신기한 사건일 게야. 대머리, 근 10여 년간 자라처럼 목을 잔뜩 웅크리고는 강호에 한 발짝도 나가지 않았지? 응?"

독필옹은 '흥' 하고 코웃음을 쳤지만, 가슴은 철렁했다.

'저자의 말이 틀림이 없다. 그동안 내가 강호에 나갔더라면 오늘까지 살아 있지도 못했을 것이다.'

임 선생의 이야기는 흑백자에게로 옮겨갔다.

"둘째의 현철 바둑판은 제법 쓸모가 있지. 펼칠수록 초식이 빨라지고 기세도 폭풍우처럼 거세니 그저 그런 놈들은 당해낼 재간이 없다. 젊은 친구, 둘째를 어떻게 물리쳤는지 말해보아라."

"물리쳤다는 말은 옳지 않습니다. 그저 선수를 쳐 둘째 장주님을 수세에 몰아넣었을 따름입니다."

"잘했다. 그다음은?"

"두 번째 초식에서도 공격을 감행했고 둘째 장주님께서는 계속 수비를 하실 수밖에 없었지요."

"그래, 아주 잘했다. 그다음은?"

"세 번째에도 공격을 했습니다."

"대단하구먼. 저 흑백자란 놈은 오래전에 강호에서 위풍을 떨칠 때 커다란 철패를 무기로 썼는데, 누구든 세 번 연속으로 철패를 막으면 반드시 살려주곤 했지. 나중에 현철 바둑판으로 무기를 바꾼 뒤에는 육중하고 강력한 무기 덕분에 위력이 더욱 무시무시해졌는데, 3초 동안이나 저놈을 몰아붙이다니 아주 훌륭해! 그래, 둘째는 네 번째 초식에서 어떻게 반격했느냐?"

"네 번째 초식에서도 저는 공격을 했고 둘째 장주는 수비를 하셨습니다."

"풍가의 검법이 그 정도라고? 물론 흑백자를 물리치는 것이 어렵지는 않다만, 연달아 4초를 수비만 하게 만들다니…. 하하하, 오냐, 잘했다! 그다음에는 저자도 분명 공격했겠지?"

"아닙니다. 다섯 번째 초식에서도 여전히 수비였습니다."

임 선생은 놀란 듯 연신 탄성을 터뜨리더니 한참 만에야 겨우 입을 열었다.

"흑백자가 몇 번째 초식에서 반격을 했느냐?"

"그… 그건… 기억이 나지 않습니다."

그때 흑백자가 입을 열었다.

"풍 소협의 검법은 신의 경지에 이르러 저는 시종일관 단 1초도 반격하지 못했습니다. 풍 소협의 공격이 40여 초 이어졌을 때, 적수가 못 된다는 사실을 깨닫고 패배를 시인했습니다."

지금까지 한마디도 없던 흑백자가 처음으로 임 선생에게 대답을 했는데, 그 말투는 공손하기 짝이 없었다.

임 선생은 이번에도 탄성을 터뜨렸다.

"그럴 수가? 풍청양이 화산파 검종 가운데 발군의 인재기는 하지만, 화산파 검종의 검법에도 한계는 있다. 화산파 제자 중에 40초가 지나도록 흑백자가 반격 한 번 못하게 만들 수 있는 사람이 있다고는 믿을 수가 없구나."

흑백자가 공손히 말했다.

"과한 말씀이십니다. 여기 이 풍 형제는 청출어람이라 그 검법은 이미 화산파 검종의 범위를 넘어섰습니다. 당세 무림의 고수들을 꼽아봐도, 임 노선생과 같이 수백 년에 한 번 나올까 말까 한 대고수가 아니고서야 그의 초식을 받아낼 수 없을 것입니다."

영호충은 그 말을 듣고 속으로 중얼거렸다.

'황종공과 독필옹, 단청생은 무례한 말만 했지만 흑백자는 아주 공손하구나. 하지만 임 노선생을 격분시켜 나와 싸우게 만들려는 속셈은 똑같아.'

임 선생이 코웃음을 쳤다.

"흥, 아부가 제법이다마는 개방귀같이 냄새나기는 매한가지다. 황종공의 무학은 흑백자와 엇비슷한 수준이지만 내공은 썩 괜찮은 편이지. 젊은 친구, 네 내공이 황종공보다 높으냐?"

"저는 이곳에 오기 전에 내상을 입어 내공을 모두 잃었습니다. 덕분에 첫째 장주님의 칠현무형검은 제게 아무 소용이 없었습니다."

임 선생은 큰 소리로 껄껄 웃었다.

"그것 참 재미있구먼! 좋아, 좋아. 그래, 어디 네 검법을 한번 보자."

"속지 마십시오, 선배님. 강남사우가 선배님을 자극하여 저와 비무를 하도록 만들려는 데에는 딴 뜻이 있습니다."

"딴 뜻이라니?"

"강남사우는 제 친구와 내기를 했습니다. 매장의 누군가가 제 검법을 꺾으면 제 친구가 이분들에게 무언가를 주기로 했습니다."

"무언가? 흠, 보나마나 희귀한 곡보나 기보, 선대 명사들의 서첩 따위겠지."

"역시 귀신같이 알아맞히시는군요."

"그저 네 검법이 어떤지 보고 싶은 것이지 진짜 겨룰 생각은 없다. 더구나 나라고 너를 이긴다는 보장도 없지 않으냐?"

"선배님께서는 십중팔구 제 검법을 꺾으실 것입니다. 허나 그전에 네 분 장주께 한 가지 약속을 받으셔야 합니다."

"무엇이냐?"

"선배님께서 저를 꺾으신 덕에 장주들께서 희귀한 보물을 얻으신다면, 선배님께서 이곳을 떠나실 수 있도록 감옥의 문을 활짝 열고 공손히 배웅하셔야 한다는 것입니다."

"그것은 결단코 아니 되네!"

영호충의 말이 끝나기 무섭게 독필옹과 단청생이 입을 모아 외쳤고, 황종공은 말없이 코웃음만 쳤다.

임 선생이 웃으며 말했다.

"젊은 친구가 참 엉뚱한 생각을 하는군. 풍청양이 그러라고 했느냐?"

"풍 노선배님께서는 선배님께서 이곳에 갇혀 계신 것을 전혀 모르십니다. 저 역시 이곳에 오기 전에는 상상조차 하지 못한 일입니다."

흑백자가 불쑥 끼어들었다.

"풍 소협, 여기 계신 임 노선생의 성함을 아시오? 무림동도들이 이분을 무어라 부르는지는 아시오? 이분이 본래 어느 파의 장문인이었는지, 무엇 때문에 이곳에 갇히셨는지 아는 바가 있소? 풍 노선생께서 그런 이야기를 해주셨소?"

느닷없이 이어지는 흑백자의 질문에 영호충은 한마디도 대답할 수가 없었다. 앞서 바둑실에서 영호충은 연달아 40초나 흑백자를 수세에 몰아붙였지만, 이번에는 흑백자가 연달아 네 가지 질문을 쏟아내 영호충을 숨도 쉬지 못할 만큼 바짝 몰아붙인 것이었다.

"그런 이야기는 하지 않으셨습니다. 저는… 저는 잘 모릅니다."

영호충의 대답에 단청생이 고개를 끄덕이며 말했다.

"하긴 모를 만도 하지. 내력을 알고서야 어찌 우리더러 이분을 놓아달라 할 수 있겠나? 이분이 이곳을 떠나면 온 무림이 발칵 뒤집어지고 셀 수도 없이 많은 사람들이 저 손에 목숨을 잃을 걸세. 그리되면 강호에 더 이상 평화란 없다네."

임 선생은 껄껄 소리 내 웃었다.

"바로 맞혔다! 강남사우의 간덩이가 배 밖으로 나올 만큼 크다 한들 언감생심 노부를 이곳에서 풀어줄 수야 없지! 더구나 저놈들은 명을 받아 이곳을 지키는 한낱 옥졸에 불과한데 무슨 권한이 있어 노부를 풀어주겠느냐? 젊은 친구, 저놈들에게 나를 놓아달라 청하는 것은 저놈들을 너무 높이 보고 하는 말이다."

영호충은 곧바로 대답하지 않고 속으로 헤아려보았다.

'이 일에 무슨 곡절이 있는지 나는 전혀 모른다. 혹여 잘못 말했다가

가짜 신분이 들통날지도 몰라.'

황종공이 생각에 잠긴 그에게 말했다.

"풍 형제, 자네가 습하고 어두운 이 지하 감옥에 갇힌 임 선생에게 연민을 느끼고 우리 형제에게 불만을 품은 것은 아네. 협의심 강한 자네 성격 때문이니 이 늙은이도 탓할 마음은 없네만, 임 선생이 다시금 강호에 나간다면 자네 사문인 화산파만 해도 최소한 태반이 죽어나갈 것일세. 임 선생, 제 말이 틀렸습니까?"

임 선생은 시원스레 웃었다.

"암, 그렇고말고! 화산파 장문 자리는 아직도 악불군이 맡고 있느냐? 위선이 줄줄 흐르는 그놈 낯짝이 딱 마음에 들지 않았는데, 바쁘기도 했고 나중에는 암산을 당해 이곳에 갇히는 바람에 손봐줄 틈이 없었다. 그렇지만 않았어도 점잖은 체하는 그놈의 가면을 벗겨놓았을 텐데."

그 말에 영호충은 심장이 부르르 떨리는 것 같았다. 비록 사부가 자신을 사문에서 축출하고 강호에 두루 서신을 보내 정파 무림 인사들이 그를 공적公敵으로 여기게 만들었지만, 어려서부터 보살피고 가르치며 친아들처럼 아껴준 은혜와 정은 여전히 가슴 깊이 남아 있어서 임 선생의 무례하고 모욕적인 언사를 참을 수가 없었다.

"무례하십니다! 사…."

버럭 소리를 지르던 그는 목구멍까지 올라오는 '사부'라는 단어를 가까스로 집어삼켰다. 상문천이 그를 사부인 악불군의 사숙이라고 소개했는데, 아직 적인지 친구인지 분명하지 않은 사람들 앞에서 제 입으로 진상을 털어놓을 수는 없었기 때문이었다.

임 선생은 그가 화를 내는 진짜 이유를 모른 채 껄껄 웃었다.

"물론 화산파 놈들 중에도 노부가 존중하는 사람은 있지. 풍가가 그 중 한 명이고, 너도 그렇다. 그리고 네 후배 가운데 그 무엇이더라, '화산옥녀' 영, 영… 그렇지, 영중칙. 그 꼬마 낭자도 제법 기개가 있는 것이 인물은 인물이었지. 애석하게도 악불군에게 시집을 갔으니 고운 꽃을 소똥에 꽂은 격이다."

그가 사모를 '꼬마 낭자'라 칭하자 영호충은 울어야 할지 웃어야 할지 몰랐다. 그러나 인물이라고 평한 것을 보면 사모를 칭찬한 셈이라 사부 이야기를 할 때처럼 화를 내지는 않았다.

임 선생이 물었다.

"젊은 친구, 네 이름이 무어냐?"

"성은 풍이고 이름은 이중이라 합니다."

"화산파에서 풍씨 성을 가진 자들은 다들 괜찮군. 자, 들어오너라! 어디 풍 형의 검법을 구경해볼까?"

처음에는 풍청양을 '풍가'라고 부르던 그가 새삼 '풍 형'이라고 호칭을 바꾼 것은 영호충이 아무렇게나 지어낸 풍청양의 말이 퍽 마음에 들어 다소 예의를 갖춰주기로 한 까닭이었다.

진작부터 임 선생이 어떻게 생긴 사람인지, 무공은 얼마나 대단한지 궁금했던 영호충은 즉각 대답했다.

"제 조잡한 검법으로는 바깥의 어중이떠중이들이야 어찌어찌 이길 수 있을지 모르나, 선배님 앞에서는 비웃음만 살 뿐입니다. 허나 선배님과 같은 인중호걸이 이곳에 계신데 한 번 뵙지 않고 떠날 수도 없지요."

단청생이 슬며시 다가와 그의 귀에 속삭였다.

"풍 형제, 저 사람은 무공도 괴이한 데다 수완도 음험하기 짝이 없으니 매사 조심하게. 안 되겠다 싶으면 당장 빠져나와야 하네."

들릴락 말락 하는 작은 목소리였지만 염려가 절절히 배어 있어 영호충은 절로 마음이 흔들렸다.

'넷째 장주는 나를 정말 가깝게 여기는구나! 방금 내가 그렇게 조롱했는데도 마음에 두기는커녕 도리어 내 안위를 걱정해주다니….'

이렇게 생각하자 조금 전에 있었던 일이 무척 부끄러웠다.

임 선생이 큰 소리로 외쳤다.

"자, 어서 들어오라니까. 그놈들이 또 무슨 수작들인지 모르겠군. 젊은 친구, 거기 있는 개잡종들은 상종 못할 놈들이야. 너를 살살 달래 속일 생각밖에 없을 터이니 무슨 말을 해도 믿지 마라."

영호충은 대체 어느 쪽이 좋은 사람인지, 어느 편을 들어야 할지 판단이 서지 않아 혼란스럽기만 했다.

그사이 황종공은 품에서 또 하나의 열쇠를 꺼내 철문의 열쇠 구멍에 넣고 돌렸다. 영호충은 자물쇠가 풀린 줄 알고 철문을 밀었지만 뜻밖에도 꼼짝도 하지 않았다. 황종공이 물러나고 흑백자가 다가와 품에서 열쇠를 꺼내 다른 구멍에 넣고 돌렸다. 그 뒤로 독필옹과 단청생도 각각 열쇠를 꺼내 자물쇠를 푸는 것을 보자 영호충은 그제야 깨달았다.

'저 선배님은 정말 보통 분이 아니구나. 네 장주가 각자 다른 열쇠를 보관하고 있고, 그 열쇠로 자물쇠 네 개를 모두 풀어야만 이 철문이 열리게 해두다니…. 강남사우는 친형제나 다름없고 마치 한 몸처럼 가까

운데도 서로를 믿지 못하는 것일까?'

그는 고개를 설레설레 저었다.

'방금 저 선배님은 강남사우는 명을 받고 감옥을 지키는 옥졸일 뿐 자신을 풀어줄 권한은 없다고 하셨어. 어쩌면 네 분이 각자 하나씩 열쇠를 맡은 것도 그 명령을 내린 사람이 정한 것일지도 몰라. 자물쇠 소리가 빽빽한 것을 보면 녹이 많이 슨 모양인데, 도대체 얼마나 오랫동안 문을 열지 않았던 걸까?'

마지막 자물쇠를 푼 단청생이 두어 번 철문을 흔들어보더니, 내공을 끌어올려 안으로 밀었다. 끼이이익 소리를 내며 철문이 몇 치 정도 열렸다. 철문이 열리는 순간 단청생은 재빨리 뒤로 몸을 날렸고, 황종공과 다른 두 사람도 동시에 한 장 뒤로 물러났다. 영호충도 저도 모르게 그들을 따라 주춤주춤 물러섰다.

임 선생은 껄껄 웃었다.

"젊은 친구, 놈들이야 겁을 먹는 것이 당연하지만, 너까지 놀랄 것이 무어냐?"

"아닙니다."

영호충은 다시 앞으로 나아가 철문에 손을 대고 힘껏 밀었다. 돌쩌귀에 녹이 잔뜩 슬어 끼끼거리며 힘을 주어야 겨우 사람이 들어갈 만큼 문이 열렸다. 안에서 곰팡내가 확 풍겼다.

단청생이 다가와 목검 두 자루를 건넸고, 영호충은 왼손으로 목검을 받아들었다.

"형제, 등불을 가지고 들어가게나."

독필옹이 말하며 벽에 걸린 등잔을 떼어 영호충에게 내밀었다. 영호충은 오른손으로 등잔을 받아 철문 안으로 들어갔다.

감옥 안은 고작 한 평 남짓했고 벽 쪽으로 침상 하나만 덩그러니 놓여 있었다. 침상 위에는 가슴에 닿을 정도로 치렁치렁한 머리칼에 얼굴이 온통 수염으로 뒤덮여 본모습을 찾아볼 수도 없는 사람이 앉아 있었다. 나이 든 목소리에 비해 머리칼이나 수염, 눈썹은 흰 올 하나 없이 새까맸다.

영호충은 허리를 숙이며 말했다.

"운이 좋아 이렇게 임 노선생을 뵙게 되었습니다. 부디 많이 가르쳐 주십시오."

임 선생은 웃으며 말했다.

"원, 별말을 다 하는구먼. 적적하던 차에 동무가 되어주러 왔으니 고마워할 사람은 나다."

"아닙니다. 등잔은 침상 위에 놓을까요?"

"오냐!"

임 선생은 그렇게 말했지만 받을 생각이 없는지 손을 내밀지 않았다.

'이렇게 좁은 공간에서 무슨 수로 비무를 한다는 말이지?'

영호충은 그렇게 생각하며 침상으로 다가가 등잔을 내려놓았다. 그리고 상문천이 준 종잇조각에 싸인 물건을 슬며시 임 선생의 손에 쥐여주었다.

임 선생은 멈칫하다가 종잇조각을 꼭 쥐며 바깥에 대고 낭랑하게 외쳤다.

"어이, 잡종들! 들어와서 구경하지 않을 테냐?"

"안이 좁아 몸 둘 곳이 없습니다."

황종공의 대답이었다.

"그러든지! 젊은 친구, 문을 닫아라."

"예!"

영호충은 몸을 돌려 철문을 힘껏 밀어 닫았다. 임 선생이 일어나자 가느다란 쇠사슬이 서로 부딪치는 듯 짤그랑짤그랑 소리가 났다. 그는 오른손을 내밀어 영호충이 가져온 목검 한 자루를 받아들더니 가볍게 탄식했다.

"10여 년 동안 무기를 손에 쥐어보지 못했으니, 오래전에 익힌 검법이 기억날지 모르겠군."

그 손목에는 쇠사슬이 채워져 있었고, 쇠사슬의 끝은 뒤쪽 벽에 단단히 박혀 있었다. 오른손뿐만 아니라 왼손과 두 다리도 마찬가지로 벽에 박힌 쇠사슬에 묶인 채였다. 처음 들어왔을 때부터 벽이 이상하리만치 번쩍거린다 싶었는데, 이제 보니 사방 벽이 다 강철로 만든 것이었다. 영호충은 이것만 보고도 임 선생의 손발을 묶은 쇠사슬도 강철이라는 것을 짐작할 수 있었다. 잘 단련한 강철이 아니면 임 선생 같은 무공의 고수를 잡아둘 수 없었을 것이다.

임 선생은 목검을 허공에 한 번 찔렀다. 위에서부터 아래로 내리는 초식으로 겨우 두 치 정도 움직였을 뿐인데, 감옥 안에 웅웅거리는 소리가 크게 울렸다. 영호충이 탄성을 질렀다.

"선배님, 정말 대단한 공력이십니다!"

임 선생은 몸을 돌렸다. 그가 종잇조각을 펼쳐 안에 있는 물건을 확인하고 종이에 쓰인 글을 읽고 있다는 것을 알아챈 영호충은 한 걸음 물러서서 밖에 있는 네 사람이 안을 훔쳐보지 못하도록 머리로 구멍을 가렸다. 임 선생은 종이에 적힌 글 내용에 몹시 격앙되었는지 바르르 몸을 떨었다. 쇠사슬이 짤랑짤랑 소리를 냈다. 그러나 잠시뿐, 다시 몸을 돌린 그의 눈동자에는 정광이 가득했다.

"젊은 친구, 내 두 손이 움직이기 불편하다 하여 이기지 못하리라는 법은 없다!"

"저 같은 말학은 결코 선배님의 적수가 못 됩니다."

"40여 초 동안 흑백자가 반격 한 번 못하도록 몰아붙이지 않았느냐? 그 검법을 내게 시험해보아라."

"그럼 실례를 용서하십시오."

영호충은 이렇게 말하고 그를 향해 목검을 찔러갔다. 앞서 흑백자를 공격할 때와 똑같은 초식이었다.

"잘한다!"

임 선생이 칭찬하며 영호충의 왼쪽 가슴을 노리고 목검을 내밀었다. 수비를 하면서도 공격을 겸하고, 공격 속에 수비가 갈무리된 무시무시한 검법이었다. 문에 난 구멍을 통해 들여다보던 흑백자도 참지 못하고 소리를 질렀다.

"훌륭한 검법이다!"

임 선생은 피식 웃었다.

"개잡종놈들이 오늘 운이 참 좋구나. 눈이 좀 뜨이겠어."

그때 영호충의 두 번째 공격이 날아들었다.

임 선생은 목검을 빙그르르 돌려 영호충의 오른쪽 어깨를 찔렀다. 역시 수비하면서도 공격을 겸하고 공격 속에 수비를 갈무리한 묘수였다. 영호충은 흠칫했다. 아무리 봐도 전혀 허점이 없어 검으로 허점을 파고들어 요해를 찌르기는 어려워서, 어쩔 수 없이 검을 가로세워 막으며 검끝을 비스듬하게 움직여 임 선생의 아랫배를 노렸다. 수비와 공격을 겸비한 움직임이었다.

"묘수로구먼."

임 선생은 허허 웃으며 검을 거뒀다.

두 사람은 이렇게 한 번 두 번 검을 주고받으며 순식간에 20여 초를 펼쳤으나 목검은 한 번도 서로 부딪치지 않았다. 영호충은 상대방의 변화무쌍한 검법에 놀라지 않을 수 없었다. 독고구검을 배운 뒤로 이런 강적은 처음이었다. 상대방의 검법에 허점이 조금도 없는 것은 아니지만, 초식 변화가 빠르고 복잡해 틈을 파고들 방도가 없었던 것이다.

그는 풍청양에게 배운 '초식이 없는 것으로 초식이 있는 것을 깨뜨린다'는 비결에 따라 자유롭게 변화를 시도했다. 독고구검의 파검식에는 검식이 단 하나뿐이었으나 그 속에는 천하 각 문파 검법의 요지가 두루 담겨 있어, 비록 초식이 없다 해도 그 바탕에는 천하 모든 검법의 초식들이 깔려 있었다.

임 선생은 영호충의 검법이 화수분처럼 끊임없이 이어지고 평생 보지 못한 변화들이 계속되자 풍부한 경험과 고강한 무공에 의지해 하나하나 풀어나갔지만, 40여 초가 지나자 차츰차츰 움직임이 굼떠지기 시작했다. 그가 서서히 내공을 목검에 불어넣는 바람에 검을 휘두를 때마다 우르릉대는 소리가 은은하게 감옥 안을 울렸다.

이렇듯 상대방의 내공이 아무리 깊어도 정묘하기 그지없는 독고구검 앞에서는 모두 물거품이나 마찬가지였으나, 심후한 내공과 뛰어난 검술을 모두 갖춘 임 선생은 결코 쉬운 상대가 아니었다. 그는 영호충을 수차례나 막다른 골목으로 몰아넣었지만, 검을 내던지고 패배를 시인할 수밖에 없는 순간이 올 때마다 영호충은 생각지도 못한 괴상한 초식을 펼쳐 곤경에서 벗어났고, 나아가 반격까지 시도했다. 영호충의 초식은 너무나도 기묘해 보통 사람들은 떠올려본 적조차 없는 것들이었다.

황종공과 그 아우들은 철문 밖에 옹기종기 모여 구멍을 통해 지켜보았다. 구멍은 너무 작아 고작 두 사람만 들여다볼 수 있었고, 그것도 각자 한쪽 눈만 구멍에 대야 할 정도여서 두 사람씩 짝을 지어 번갈아 구경하는 중이었다. 처음에는 네 사람 모두 임 선생과 영호충의 놀라운 검법에 찬탄을 금치 못했지만, 시간이 갈수록 두 사람이 펼치는 검법의 오묘한 부분을 깨우치기가 어려워졌다. 때로는 초식 하나에 머리를 감싸안고 골똘히 생각을 해봐야만 겨우 깨닫기도 했는데, 그럴 때는 이미 10여 초가 지난 후라 그동안 무슨 일이 있었는지, 어떤 초식을 펼쳤는지 전혀 알아낼 방법이 없었다.

황종공은 속으로 크게 놀랐다.

'풍 형제의 검법이 이 정도였구나. 나와 비무할 때는 저 검법의 3할밖에 쓰지 않았을 것이야. 내공을 잃어 내 칠현무형검이 효과를 보지 못했다 하나, 풍 형제에게 깊은 내공이 있었다 한들 내 무형검으로는 어림도 없다. 풍 형제가 3초만 펼쳐도 두 손 들고 패배를 외쳐야 했을 테고, 목숨을 건 싸움이었다면 단 1초 만에 옥퉁소로 내 눈을 찔러 끝냈겠지.'

사실 황종공은 영호충의 검법을 과대평가하고 있었다. 독고구검은 적이 강할수록 강해지는 검법으로, 적의 무공이 높지 않으면 독고구검의 요결 또한 쓸모가 없었다. 지금 영호충의 상대는 당금 무림을 뒤흔들 만큼 빼어난 인물이니 그 무공이 보통 사람으로서는 생각조차 못할 만큼 높은 것은 당연했고, 그 덕분에 오묘하고 심오한 독고구검의 능력을 마음껏 발휘할 수 있었던 것이다. 독고구패가 살아 돌아오거나, 풍청양이 몸소 왔더라면 이런 적수를 만난 것을 몹시 기뻐했을 것이었다.

독고구검을 펼칠 때는 검결과 검술도 중요하지만, 그보다는 검을 쓰는 사람의 깨달음이 큰 영향을 미쳤다. 자유롭게 검을 휘두르며 아무런 규칙도 따르지 않는 경지에 이르면, 검을 쓰는 사람이 총명하고 지혜로울수록 검법도 자연스레 높아져 어떤 싸움에서든 지난번 싸움의 전철을 그대로 밟는 일은 일어나지 않게 되는 것이었다. 이는 마치 명시인이 영감을 얻어 훌륭한 시를 지어내는 것과 같았다.

40여 초가 지나자 영호충의 초식은 점점 더 자유로워져, 풍청양이 가르쳐준 적도 없는 요결까지 깨우쳐 펼쳐냈다. 적의 정묘한 검법이 가로막으면 독고구검은 살아 있는 양 자연스레 반응해 그 검법에 맞섰다. 미지의 상대에 대한 두려움이 가신 뒤로 영호충의 정신은 오로지 검법에만 쏠려 두려움도, 기쁨도 느낄 겨를이 없었다.

임 선생은 상승의 팔문검법八門劍法을 잇달아 펼쳤는데, 때로는 맹렬한 공격으로 겁을 주고, 때로는 잇따른 초식으로 정신을 쏙 빼놓고, 때로는 빠르고 민첩하게, 때로는 용맹하게 날아들었다. 그러나 임 선생이 아무리 초식을 바꿔도 영호충은 언제나 별로 힘들이지 않고 막아냈는데, 그 모습이 마치 어린아이 때부터 팔문검법을 능숙하게 익힌 사람 같았다.

임 선생은 검을 가로세우며 외쳤다.

"젊은 친구, 대체 네게 검법을 전수한 사람이 누구냐? 풍청양도 이 정도는 아니었다."

영호충은 당황했다.

"풍 노선배님이 아니고서야 어느 고수가 이런 검법을 전수해주셨겠습니까?"

"하긴 그렇군. 자, 받아라!"

길게 늘어지는 파공성과 함께 목검이 확 떨어져내렸다. 영호충은 검을 엇질러 상대방이 부득불 검을 거둬들이게 했다. 임 선생은 미친 사람처럼 연신 고함을 쳐대며 점점 더 빨리 검을 휘둘렀다. 그의 검법은 별달리 뛰어난 곳이 없었지만, 귓가에 웅웅거리는 커다란 소리가 마음을 어지럽혀 겨우 정신을 가다듬으며 맞서야 했다.

그런데 어느 순간, 임 선생이 느닷없이 하늘이 떠나가라 고함을 질렀다. 영호충은 고막이 찢어진 것처럼 귓속이 마구 윙윙거리고 눈앞이 새까매져, 결국 그 자리에서 정신을 잃고 쓰러지고 말았다.

笑傲江湖